Sabine Latzel

Das gibt es nur in Timmendorf

CW Niemeyer

Der besondere Geschmack von Hass: Metall und Dunkelheit, ungewürzt und streng, nicht köstlich oder womöglich süß, aber okay, auszuhalten. Wäre Hass ein Brot, äße ich so lange davon, bis ich satt wäre, aber nicht mehr.

Ein guter Vergleich, oder? Originell, vielleicht sogar intelligent. Ich habe viele solcher Gedanken in letzter Zeit, sollte sie aufschreiben, doch wer würde sie lesen, hier, an diesem schrecklichen Ort, an dem sich niemand für mich interessiert.

Meine Gedanken sind jetzt so gut, weil es endlich meine eigenen Gedanken sind, aus der Tiefe meines Selbst, fundamental, massiv – und klar.

Früher haben völlig andere Gedanken meinen Geist gefüllt, aber nicht meine eigenen. Gedanken vom Loslassen, nachdem fast alles weg war, sie sollten mir helfen. Gedanken über Anhaftung und die Vergänglichkeit der Dinge, über innere Freiheit und das Verzeihen.

Sie haben nicht funktioniert.

Weil es fremde Gedanken sind. Ich habe versucht, sie mir anzueignen, meine Einstellung zu ändern. Loslassen! „Leichter als Festhalten und doch schwerer." Steht in diesem grässlichen Aphorismen-Büchlein. Wie lange habe ich mich vergebens damit herumgeplagt.

Doch das ist jetzt vorbei.

Weil es kein Loslassen gibt. Niemand lässt etwas los, niemand kann etwas loslassen. Wer vorgibt, es geschafft zu haben, lügt. Festhalten ist das Einzige, das zählt, festhalten, was man hat, und nach Möglichkeit noch mehr anhäufen, das tun alle.

Als ich den Wunsch nach dem Loslassen aufgab, kam die Ruhe. Zunächst. Zusammen mit dem Neid, kein Neuzugang, sondern ein Rückkehrer, ein treuer Kamerad, der mich seither wieder begleitet.

Ja, ich bin neidisch. Auf die, die das besitzen, was ich verlor. Ich will alles zurück und bekomme es nicht.

Neid ist erträglich, macht sich nur gelegentlich durch einen schmerzlichen Stich im Magen bemerkbar oder durch eine unwirsche Bemerkung, der aber niemand Bedeutung beizumessen scheint. Neid ist ein unaufdringlicher Zeitgenosse, der nichts von mir fordert.

Mit dem Neid allein hätte ich leben können. Aber dann haben sie entschieden, mir das Letzte wegzunehmen, das ich noch habe, und dann tauchte der Hass auf, schnell und flammend und überwältigend, hat im Handstreich die Regie übernommen.

Der Hass mit seinem besonderen Geschmack, den ich nun so oft schmecke. Ständig. Der Hass verlangt etwas von mir, dass ich etwas tue, etwas, das diesem Geschmack entspricht. Damit ich das kann, verleiht mir der Hass eine Energie, die ich seit Jahren nicht mehr gespürt habe.

Ich sehe zersplitterndes Glas vor mir, Trümmer, Rauch. Höre Schreie und Sirenen. Erschrecken, Hilflosigkeit, Zerstörung. Sie wollen mir wirklich alles wegnehmen? Nun, das können sie. Aber ich werde ihnen auch etwas wegnehmen, und ich werde bald damit anfangen.

Kapitel 1

Luft!, schrie ihre Lunge, Luft, ich brauche Luft! Dabei war genug Luft da, frische Ostseeluft sogar, aber das Lungenvolumen von Raucherinnen ist eben begrenzt. Keuchend blieb Lianne stehen, beugte sich nach vorn, stützte die Hände auf die Knie und ließ sich in den braungrauen Sand fallen.

Dort lag sie, platt auf dem Bauch, den Kopf mühsam einige Zentimeter erhoben, um das Gesicht nicht auf den feuchten, körnigen Untergrund legen zu müssen. Tränende Augen, laufende Nase, brennender Hals, hämmerndes Herz. Ein scharfer Schmerz, der durch ihren Rücken schoss, einmal diagonal von links unten bis hoch in die rechte Schulter, als Lianne sich mit letzter Kraft umdrehte, um in den düsteren, wolkenverhangenen Februarhimmel zu starren. Ein unangenehmer, unter die Kleidung kriechender Nieselregen-Schleier über dem Strand und dem Wasser, das schmutzig und abweisend wirkte. Spitze Steine, die aus dem eiskalten Sand ragten und sich in ihren voluminösen Hintern bohrten.

Liannes geplagte Lunge rang weiter um Sauerstoff. Willkommen in Timmendorfer Strand. Sie war hier. Und jetzt?

Was würde ein Fremder sehen, einer, der sie überhaupt nicht kannte? Die Frage vor etwa einer Stunde, als sich

Lianne vor dem hohen, schmalen Spiegel drehte, nachdem sie sich kurzentschlossen bis auf den teuren Seidenslip ausgezogen hatte, vor diesem hässlichen Spiegel, eingelassen in die Tür eines nicht minder hässlichen, weiß lackierten Kleiderschrankes. Graues Winterlicht, das durch das Fenster des kleinen, übermöblierten Schlafzimmers der kleinen, übermöblierten Ferienwohnung fiel, als Lianne ihren Blick an sich herabgleiten ließ und wieder hinauf, langsam, gründlich, bemüht, jedes Detail zu erfassen, schonungslos ehrlich, anstatt wie sonst die Augen rasch abzuwenden und Trost zu suchen – eine Zigarette, ein Getränk, eine Trüffelpraline, einen Jumbo-Döner.

Die Antwort auf die Frage: Das Gleiche wie Lianne würde ein Fremder sehen. Mach dir bloß nichts vor, Lianne Paulsen. Guck genau hin.

Doch das genaue Hingucken tat weh. „Acht von zehn Punkten auf der Grusel-Skala", hörte Lianne im Geiste ihre Freundin Svenja lachend kommentieren. Mindestens acht Punkte, dachte Lianne, eher neun. Nur, dass das überhaupt nicht witzig war.

Allein der Gesamtumfang. Ihr Gesamtumfang, üblicherweise verpackt in teures, beige- oder schlammfarbenes Knitterleinen – leicht deutbares Indiz dafür, dass sich unter edlem Stoff ein gewaltiger Fleischberg verbarg. Enthüllt, vor dem scheußlichen Spiegel des scheußlichen Schranks, türmte er sich ungeschützt auf. Von Cellulite befallen, voller Dehnungsstreifen und rötlicher Flecken, aufgeschwemmt vom Alkohol.

„Aber sie hat ein hübsches Gesicht." Die Stimme von Liannes Mutter aus weit entfernter Vergangenheit. Die

Mutter, damals stets bemüht, wenigstens irgendetwas Nettes über irgendeine dicke Klassenkameradin ihrer Tochter zu sagen. Ihre Tochter selbst zu jener Zeit: schlank und flink, und natürlich war das Gesicht ebenfalls hübsch.

Die Schulzeit war seit über einem Vierteljahrhundert vorbei, wahrscheinlich hatte heutzutage niemand aus Liannes ehemaliger Klasse noch ein hübsches Gesicht, sie auf jeden Fall nicht mehr. Graue, großporige Haut, tiefe Falten, harter Zug um den Mund, die einst gerühmten großen, veilchenblauen Augen stumpf und wässrig. Schlapp herabhängende, glanzlose Haare, deutlich schimmernder Grauansatz am unregelmäßig gezogenen Mittelscheitel, und die verbliebenen Reste der Tönung „Kastanienbraun" machten es schlimmer. Eine mittelalte Frau, müde, schlaff, verbittert.

Selbstmitleid ließ Lianne aufs Bett sinken. Im Sitzen floss ihr Körper auseinander wie Crêpes-Teig in der Pfanne.

„Grässlich!" Selbsthass und wütendes Starren in den Spiegel. Laut Personalausweis: Lianne Paulsen, 45 Jahre alt. Gefühlt um die 100. Kein Wunder, dass Matthias …

„Nein!" Lianne sprang auf, wich zurück, zur Tür, weg von diesem schwarzen Gedanken, der aus der Zimmerecke auf sie zukam, schwärzer als alles, was sie bisher in dieser kalten, unpersönlichen Ferienwohnung gedacht hatte. Hastiges Überstreifen einer riesigen Leinenhose und eines nicht minder riesigen Mohair-Pullovers. Ab in den Flur, Füße in die 500-Euro-Stiefel, dazu eine zeltartige Jacke und die Schlüssel, dann raus.

Das Treppenhaus runter, weißgraue Fliesen, Krankenhaus-Flair, die Eingangstür aufgerissen, hinaus auf die Wohldstraße, die sich vor dem ockerfarben geklinkerten Appartementhaus mit den geschmacklosen, rot lasierten Dachziegeln erstreckte. Nach rechts, und los, Lianne begann zu rennen, eine bescheuerte Idee, mit hochhakigen Wildlederstiefeln, kein normaler Mensch würde damit rennen, aber egal.

Wasser, das von den kahlen Ästen zahlreicher Bäume und braungrünem Buschgestrüpp tropfte, verlassen wirkende Einfamilienhäuser, eine Linkskurve, ein großer Parkplatz mit nur zwei Autos darauf, daneben eine langgestreckte Halle mit grauem Dach, ein Schriftzug: „Eissport- und Tenniscentrum“ in fleckigen Buchstaben. Ein Hinweisschild, „Polizei“, aber wie sollte die Polizei Lianne helfen?

Sie stellte sich vor, wie sie ins Revier taumelte, schnaufend, sich auf dem Tresen abstützte und in das ernste Gesicht eines kompetenten Beamten blickte. „Was kann ich für Sie tun?“, würde er sie begrüßen, und Lianne könnte etwas Dramatisch-Bedeutungsvolles antworten. „Ich will mein Leben zurück“ zum Beispiel, und wenn er dann fragen würde, wie es denn aussähe, ihr Leben, das sie zurückwollte, könnte sie es ihm gar nicht sagen.

Weiterrennen, noch mehr Schilder, „Evangelische Waldkirche“, „Sport-Hotel“, rechts ein fünfstöckiges Gebäude, wieder ockerfarben, damit hatten sie es hier offenbar, unten ein Geschäft: „Meeresmode“. Im Schaufenster zwei dünne Puppen, behängt mit bunten Designerfähnchen, nichts für Lianne, klar konnte sie sich die Teile leisten, aber sie würde nicht hineinpassen und war zu alt für fröhliche Muster, lächerlich sahen die an ihr aus.

Mareile könnte diese Kleider tragen, die zarte, hübsche Mareile mit den weichen, blonden Haaren und den runden, hellblauen Augen, so schlank und mädchenhaft, umhüllt von „Meeresmode", unwiderstehlich lächelnd, hinreißend und beschützenswert. Aber jetzt bloß nicht an Mareile denken. Lianne knickte mit dem rechten Fuß ein, stolperte unbeholfen und rannte weiter.

Links ein Hotel, ein ausgemusterter Fischkutter als Dekoration im Vorgarten, von morschen Holzplanken blätterte Farbe ab. Erinnerung an diesen Kutter, damals, vor zehn Jahren, im Sommer, im Sonnenschein, hatte in Timmendorf alles ganz anders ausgesehen. Aber sie selbst hatte damals auch anders ausgesehen, und ihr Leben ebenso. Matthias neben ihr, braun gebrannt und attraktiv und gut gelaunt, ein toller Mann, das hatten Liannes Freundinnen immer gesagt, und ihre Feindinnen auch, alle mit kaum verhohlenem Neid.

Wie hatte Lianne ihn für sich gewonnen, diesen großen Kerl, breite Schultern, grüne Augen, dunkelblonde Locken und ein freches Grinsen, wie hatte sie das gemacht? Sie wusste es nicht mehr, Lianne war eine andere gewesen, vor 20 Jahren, als alles angefangen hatte.

Eine kleine Verkehrsinsel, ein Schilderwald obendrauf, von links nach rechts eine breite Straße mit rotem Asphalt. Ein Transporter rollte vorbei, ein Transporter wie der, den Lianne gemietet hatte und der, voll mit willkürlich hineingeworfenem Kram, vor dem Appartementhaus wartete und entladen und in Lübeck abgegeben werden sollte. Das müsste sie eigentlich heute noch erledigen oder einen weiteren Tag dafür bezahlen – nicht, dass es darauf ankäme.

Geradeaus ein Fußweg, gesäumt von weiß verputzten Häusern mit düstergrauen Schieferdächern. Ein unscheinbarer Kiosk auf einem gepflasterten Rondell, mehr Trink-Halle als Champagner-Bar, die Jalousien heruntergelassen, für wen sollten sie auch öffnen, es war so was von keine Saison, wie es nur sein konnte. Lianne keuchte heftiger, aber dahinten schimmerte endlich die Ostsee stumpfgrau.

Der Strand und das Wasser seien nicht weit, hatte die Vermieterin der Ferienwohnung gesagt, vorhin, als Lianne die Schlüssel abgeholt hatte. Bei einer Frau, die genauso nichtssagend und unpersönlich aussah wie die Wohnung, die sie Lianne vermietet hatte, aber was sollten diese Gedanken, Lianne war nicht in der Position, über das Aussehen anderer Leute zu spotten.

Rechts die Promenade hoch, ein einsamer Fahrradfahrer wich erschrocken aus, als die dicke Frau mit dem hochroten Gesicht an ihm vorbeikeuchte, ein Kugelblitz in Zeitlupe. Ein mehrstöckiger weißer Hotelklotz, der in den Himmel ragte, wieder leichter Nieselregen. Links eine rostige Metallskulptur, die einen Mann mit Hut darstellte: Udo Lindenberg, hatten sie dem also auch schon ein Denkmal gesetzt, das gab es nur in Timmendorf. „Hinterm Horizont geht's weiter“, was für ein Quatsch, sorry, Udo, aber das war auch nur ein Kalenderspruch, eine Phrase, wie die Facebook-Deppen sie jeden Tag tausendfach verschickten, nein danke, und nein, Lianne glaubte nicht, dass es hinterm Horizont weiterging, denn hinterm Horizont war höchstwahrscheinlich Ende.

Ende, Ende, Ende. Das böse Wort, das im Kopf herumratterte, Ende, Ende, Ende, hörbar nur für Lianne, als Matthias ihr gegenübersaß, an diesem Abend am Küchentisch, und redete und redete, mit unerträglichem Gesichtsausdruck, bedauernd und mitleidig und entschlossen. Wie er erklärte und erklärte, eine Geschichte erzählte, die Lianne nicht hören wollte, denn sie lief ja nur auf eines hinaus: Ende, Ende, Ende. Doch Matthias wollte gestehen und dass Lianne ihn verstand, beichten und sich rechtfertigen, eine Last ablegen, Lianne ablegen und ihr gemeinsames Leben und frei sein, unbeschwert und glücklich. „Auseinandergelebt", „entfremdet", „gemeinsam einsam", „noch einmal neu anfangen": Vor keiner Plattitüde war er zurückgeschreckt, hatte Liannes Intelligenz und Kreativität mit banalem Gerede beleidigt, das jeder Seifenoper zur Ehre gereicht hätte.

Lianne sah sich, wie sie ihm schweigend gegenübersaß, unfähig zu einer Entgegnung und immer wieder diesen einen Satz denkend: Ich kann nicht glauben, dass das mir passiert. So etwas ungeheuer Gewöhnliches und zugleich undenkbar Schreckliches, aber vermutlich war das Schreckliche häufig gewöhnlich, was wusste sie schon darüber, sie hatte sich bislang ja wunderbar eingerichtet oder das zumindest gedacht.

So wunderbar schien das alles aber nicht gewesen zu sein, sondern eine Täuschung, sonst hätte es den Abend mit Matthias' vernichtender Rede nicht gegeben. Er sah immer noch so attraktiv aus, das war Lianne zum ersten Mal seit vielen Monaten wieder aufgefallen, keine Spur von verheerenden Verfallserscheinungen wie bei ihr. Die dunkelblonden Haare leicht grau meliert, aber immer noch dicht, ein paar feine Fältchen im kantigen, gut geschnittenen Gesicht – das war's. Matthias Paulsen, 48, konnte locker für 38 durchgehen, sportlich und trainiert, die Muskeln zeichneten sich unter seinem dunkelblauen Hemd ab, als er sich angespannt nach vorne beugte und die kräftigen Arme auf den Esstisch (Wildeiche, „white washed", hatte ein Schweinegeld gekostet) legte und die schmalen Hände mit den langen Fingern ineinander verschränkte wie ein seriöser Gutachter, der erläuterte, warum ein alter Baum unrettbar verloren war (Innere Fäulnis? Starke Bruchgefährdung?).

Er trug seinen Ehering nicht mehr, hatte Lianne in diesem Moment registriert. Seit wann? Das konnte sie nicht sagen, wie auch, sie hatte kaum auf Matthias geachtet in den vergangenen Monaten, anderes im Kopf gehabt als ihren Mann, der hatte schließlich auch genug zu tun. Allerdings offenbar nicht nur das, von dem Lianne gedacht hatte, dass er es zu tun hätte. Stattdessen war Matthias damit beschäftigt gewesen, Mareile zu treffen und sich in Mareile zu verlieben – ha, jetzt hatte Lianne den Gedanken doch zugelassen, da war er, gekommen, um zu bleiben.

Mareile, was war das eigentlich für ein Name? Mareile und Matthias, Matthias und Mareile, das klang wie Fix und Foxi, Pat und Patachon, lächerlich. Nur, dass Matthias es überhaupt nicht lächerlich fand, und dass es ihn gar nicht störte, dass das Namen aus zwei verschiedenen

Generationen waren, aber es störte ihn ja auch nicht, dass sie tatsächlich zwei verschiedenen Generationen angehörten, er und Mareile, die junge Mareile, was für ein abgegriffenes Klischee.

Kiefern säumten mittlerweile den Schotterweg, den sie hier Promenade nannten, rechts tauchte ein hübscher, filigraner Rundbau mit hohen Sprossenfenstern auf. Ein Spielplatz, viel Holz, dann ein futuristisches, ufoartiges Glasgebäude mit blauen Betonbögen, gefolgt von einem sechsstöckigen Kasten, dunkelrot verklinkert, wahrscheinlich eine Klinik, und wieder ein Rondell, dieses Mal mit Sitzbänken und der bronzenen Skulptur einer schlanken Frau in der Mitte, die sich mit einem Badetuch abtrocknete.

Lianne wurde schwindelig, ihr Atem kam stoßweise, lange würde das nicht mehr gut gehen, leichte Übelkeit, Halsschmerzen. Sie brauchte eine Pause, dabei hatte sie vermutlich nur wenige Hundert Meter zurückgelegt. Links abbiegen, vorbei an einem schmutzig weißen DLRG-Container, durch einen Streifen Dünengras, und da war er, der Strand, nass, braungrau und schwer. Hier schaffte sie noch wenige Schritte, die Füße versanken, blieben stecken, und Schluss.

Nichts hatte sie gemerkt, sie, Lianne Paulsen, so intelligent und organisiert und erfolgreich, wie sie war, gar nichts, aber dafür dann alles auf einmal gesehen, in dieser einen Stunde am Esstisch in der Küche. Wie sehr Matthias sich verändert hatte, oder vielmehr rückverwandelt, wie jung er wieder aussah. Nicht nur das dunkelblaue Hemd war neu, Lianne konnte sich nicht erinnern, es zuvor schon an ihrem Mann gesehen zu haben, auch die Jeans mit den breiten Nähten, und hatte er je zuvor Segelschuhe aus weichem Leder getragen?

Eine bittere Erkenntnis der Lianne Paulsen in ihrer Küche: Matthias und sie waren ab einem bestimmten Punkt in entgegengesetzte Richtungen marschiert. Sie: zu den bösen Klassikern – Arbeit und Geld, Zigaretten und Alkohol, Pralinen und Kanapees, zu Abenden in völliger Erschöpfung auf dem mächtigen Sofa im weitläufigen Wohnzimmer, Fernbedienung und Flachbildschirm im Kinoformat und Home-Entertainment vom Feinsten. Matthias: Richtung Sportstudio und Lauf-Runden die Weser entlang, garantiert nicht zu den Kippen und dem Rotwein, er baute Frust und Stress auf gesunde Weise ab. Und die Richtung Arbeit und Geld hatte ihm offenbar auch nicht mehr gefallen oder zumindest nicht mehr genügt, denn er war abgewichen, ein plötzlicher Ausfallschritt zur Seite, und zack! in eine kleine Gasse abgetaucht und verschwunden, in einem kleinen Café, wo Matthias Mareile entdeckte und sie ihn.

Er war wieder glücklich. Lianne konnte es an diesem Abend, in dieser letzten Stunde genau sehen. Matthias saß am Esstisch und beendete ihre Ehe und zeigte glaubhaft Bedauern und Mitleid, aber darunter leuchtete und funkelte es, sein neues Glück, er konnte es nicht komplett verbergen, es strahlte aus ihm heraus.

Lianne hätte es ihm am liebsten entrissen und es auf den Boden geworfen, um darauf herumzutrampeln und es mit einem brutalen Kick in die Ecke zu befördern, aber sie konnte sich nicht bewegen.

Gab es einen Wettbewerb für auf extrem schablonenhafte Weise auseinandergebrochene Ehen? Sie könnten sich anmelden und ihre Geschichte erzählen, und dann würde eine Jury tagen und ihr Sprecher das Ergebnis verkünden. „Herzlichen Glückwunsch, die Gewinner sind: Lianne und Matthias Paulsen". Was wohl die Siegprämie wäre? Vielleicht zwei neue Leben, für jeden eines, aber das brauchte Matthias ja gar nicht, das hatte er schon, zusammen mit Mareile und … Aber den letzten, schwärzesten Gedanken wollte Lianne dann doch nicht hereinlassen, nicht heute, genug war genug.

Timmendorfer Strand. Sie war hier und lag an einem kalten Februartag im Sand wie ein gestrandeter Grindwal. Und jetzt? Ich müsste aufstehen, dachte Lianne, ich werde mir die Grippe einfangen. Kälte kroch vom Rücken runter zu den Beinen und hoch zum Hals. Aber sie blieb liegen. Der Nieselregen hielt an. Zwei Grad plus Lufttemperatur, schätzte Lianne. Wie kalt wohl die Ostsee war? Doch das würde sie nicht ausprobieren.

Kein Mensch am weiten Strand, nur ganz hinten unterhalb der langen Seebrücke eine Gestalt mit Hund. Lianne breitete Arme und Beine zur Seite, als wollte sie einen Schnee-Engel malen, und malte einen Sand-Engel, einen traurigen, hässlichen, dicken Winter-Sand-Engel.

Alles muss anders werden, blinkte es in Liannes Kopf auf. Aber sie wusste nicht wie, sie wusste gar nichts, nichts, nichts, nichts, und das flößte ihr einen Moment lang eine solche Angst ein, dass sie ans Sterben dachte. Stattdessen blieb sie weiter liegen, nach Luft schnappend, im kalten Sand, mit spitzen Steinen, die sich in ihren Hintern bohrten, und einem Geröllhaufen auf der Seele.

Kapitel 2

Fünf Wagen zählte der private Fuhrpark von Jupp Schmitz, fünf sportliche, teure, auffällige Wagen. Von namhaften Herstellern natürlich, und ein Außenstehender hätte vielleicht vermutet, dass Jupp aufgrund dieses Übermaßes an Besitz den Zustand jedes einzelnen Fahrzeuges eher lässig sah. Schließlich hatte er sich nicht jahrelang eine durchschnittliche Mittelklasse vom Munde abgespart, die er nun sorgsam pflegte und hütete, sondern sich vielmehr einige Male munteren Spontankäufen hingegeben. War es deshalb nicht so, dass er den einen oder anderen Kratzer am einen oder anderen Gefährt auf die leichte Schulter nahm?

Nein.

Im Gegenteil.

Jupp Schmitz kochte vor Wut.

Allerdings ging es auch nicht um irgendeinen Kratzer.

Der schnittige Mercedes-AMG war Jupps Lieblingsauto. Jedenfalls spätestens jetzt, da jemand dem rollenden Männertraum rohe Gewalt angetan hatte. Jupp spürte die Attacke am eigenen Körper schmerzen. Tief und brutal waren die Buchstaben auf der stolz geschwungenen Motorhaube in die hyazinthrote Metallic-Lackierung gegraben worden, um eine denkbar schlichte Botschaft zu hinterlassen: „Arschloch“, quer über den 510-PS-Schlitten geschrieben.

Jupp atmete schwer. Sein ohnehin stets gerötetes Gesicht, das selbst bei medizinischen Laien die Assoziation „Bluthochdruck“ und „riskanter Alkoholkonsum“ hervorrief, lief im Ton seiner bordeauxfarbenen Hose an.

Er sah zum Rolltor der Tiefgarage, die sich unterhalb des Appartement-Komplexes in der Timmendorfer Bergstraße befand, in dem auch Jupps Zweitwohnung lag. Ein schönes Ostsee-Domizil, für seine Verhältnisse bescheidene 120 Quadratmeter, Penthouse mit Terrasse. Schade nur, dass es seit Jahren Ärger wegen des Rolltores gab.

Diese verfluchten Feriengäste! Zwei kleine Wohnungen im Haus waren in der ständigen Vermietung an Urlauber. An Menschen also, die ein oder zwei Wochen am Meer genossen, sich dem Müßiggang und der frischen Luft hingaben und ständig das Tor offen stehen ließen.

Jupp hatte sich beschwert und beschwert, bei der Hausverwaltung, den Wohnungseigentümern, den Urlaubern. Hatte auf den Wert seiner kostbaren Autos hingewiesen, Zettel aufgehängt und mit Schadenersatzforderungen gedroht.

Vergebens. Es klappte eine Zeit lang, und dann ließ doch wieder irgendein Idiot das Tor auf.

So wie jetzt.

Gestern Abend war der erfolgreiche Makler Jupp Schmitz von Dortmund an die Küste gefahren, ach was, gefahren, geflogen war er, in seinem roten Schätzchen, ein Gefühl irgendwo zwischen Formel 1 und Kampfjet über der Lüneburger Heide. Auf der A2, auf der A1 waren zu viele Baustellen. Knapp drei Stunden hatte er gebraucht, gute Zeit. Die er anschließend im *Timmendorfer Kaiser* gefeiert hatte, wobei von „Feiern“ derzeit eigentlich keine Rede sein konnte. Im Winter herrschte selbst in dieser angesagten Kneipe tote Hose.

Nun, Jupp Schmitz hatte das Beste daraus gemacht, sein Deckel konnte sich sehen lassen. Gegen zwei Uhr nachts war er nach Hause getorkelt, aber nach dem Tor hatte er gesehen, hundertprozentig, und hundertprozentig war es geschlossen gewesen, da irrte sich Jupp nicht, no way.

„Diese Schweine.“ Jupps sonst übliches, joviales Grinsen war ausgelöscht, was sein aufgeschwemmtes Gesicht schlaff und verbraucht wirken ließ. Vorsichtig strich er mit einer Hand über das A von „Arschloch“, mehrere Millimeter tief eingeritzt. Was hatten sie benutzt? Ein Messer? Einen Schraubendreher?

Jupp ballte die Fäuste. So nicht. Sie wollten Jupp Schmitz anpissen? Dann hatten sie sich mit dem Falschen angelegt. Das hier, das nahm er persönlich. So persönlich, wie man es nur nehmen konnte. Er würde herausfinden, wer seinem Wagen das angetan hatte.

Später.

Jetzt brauchte er auf den Schreck erst einmal einen Drink.

Die Frau stand seit 20 Minuten auf der Promenade, im Regen, ohne Schirm, genau gegenüber der *Asia*-Galerie, und starrte die bronzene Buddha-Statue im Vorgarten unentwegt an. Britt Peters hatte sie dabei beobachtet. Jedes Mal, wenn sie am offenen Schiebefenster ihres Kioskes vorbeikam, wofür an diesem trüben Sonntag reichlich Zeit war, warf sie einen Blick hinaus, und dann stand die Frau immer noch da. Mittelgroß, stämmig, halblanges Haar von undefinierbarem Braun, beigefarbene Jacke, braune Schuhe. Schon komisch, dachte Britt.

Natürlich zog die *Asia*-Galerie mit Buchhandlung Neugierige an, Hunderte täglich in der Saison. Für unzählige Fotos – zu pittoresk war das hübsche Reetdachhäuschen, verwandelt in einen fernöstlich anmutenden Pavillon: die Ansicht des Fachwerkhauses dunkelrot, weiß und schwarz, dazu Bambus und eine Kiefer im davor gelegenen Garten, in den die Besucher durch ein rotes Holztor und über eine geschwungene Granitbrücke gelangten. Auf dem Rasen steinerne Buddha-Statuen, in einer gläsernen Außen-Vitrine. Buddhas aus Messing und Bronze, versilbert und vergoldet, auf betuchte Käufer wartend. Ein eckiger Wasserlauf umgab das Haus, darüber führte eine rote Holzbrücke, alles klar und geradlinig angelegt, stimmig und doch fremd, als habe es Harry Potter von Japan weg an der Ostsee apparieren lassen.

Ein beliebtes Motiv. Aber so lange wie diese Frau fesselte es niemanden. Achselzuckend wandte sich Britt dem Kaffeeautomaten im hinteren Teil des Kioskes zu. Was ging es sie an, was die Frau dort tat? Wenn sie gucken wollte, sollte sie gucken.

Britt beugte sich über ihre Warenliste. Das kleine Lager des Kioskes war noch gut gefüllt, der Februar war nicht die Zeit, in der sie Pommes und Sandwiches, Prosecco und Bier, Weingummi und Eis ohne Unterlass aus dem Ausgabefenster schaufelte.

Britt seufzte. In den toten Monaten öffneten Meeno und sie den Kiosk – ebenfalls ein Reetdachhaus, mit angeschlossener öffentlicher Toilette – nur an den Wochenenden, und selbst dann tropften die Stunden zäh wie alter Honig dahin. Es kam einfach zu wenig Kundschaft, da nützten auch die großflächigen Glasscheiben nichts, die rund um den Kiosk als Windschutz montiert worden waren. Kein Vergleich zum Sommer, wenn Britt an sonnigen Tagen das Gefühl hatte, im Auge eines Orkans zu arbeiten: Sie auf den wenigen Quadratmetern ihres Kioskes, und draußen die wilde, hungrige, durstige Masse, gegen die weiß getünchten Mauern drängend.

Britt griff nach ihrer Tasche, darin: einer ihrer Heftromane mit dem goldenen Rand. Zu Hause spotteten Meeno und die Jungs, wenn sie sich mit glühendem Gesicht in die dramatischen Liebesabenteuer des Hochadels versenkte. Doch hier im Kiosk hatte sie ihre Ruhe, zumindest im Februar.

Britt schwang ihren zierlichen Körper auf einen Hocker, schlug die schlanken Beine übereinander und blätterte zu der Szene, in die sie sich vorhin bereits vertieft hatte: Die schöne Elena begegnete zum ersten Mal dem einsamen Prinzen auf seinem verfallenen Landgut und sagte ihm gehörig die Meinung wegen seiner unhöflichen Haltung ihr gegenüber, womit sie in Britts Augen vollkommen recht hatte, denn schließlich …

„Haben Sie geöffnet?" Eine raue Stimme, Britt wurde aus ihrer Lektüre gerissen. Am Tresen stand die Frau, die so lange auf den Buddha gestarrt hatte.

„Klar. Was soll's denn sein?" Britt lächelte freundlich. Die neue Kundin: in der Tat recht stämmig, mit rotbraunem, stumpfem Haar, nass vom Regen, die Gesichtshaut fahl und grau.

Andererseits: eine teure Designerjacke, mindestens 3000 Euro, schätzte Britt, damit kannte sie sich aus. Wer in Timmendorf lebte und arbeitete, hatte einen Blick dafür, auch wenn sie oder er sich die edle Ware selbst nicht leisten konnte.

„Was Heißes, bitte." Die Frau blickte auf die Getränketafel hinter Britt.

„Glühwein, Grog, Lumumba?" Britt sah sie auffordernd an. Wie eine Antialkoholikerin wirkte die Frau vor ihr ja nun nicht gerade.

„Lumumba", erwiderte diese zögerlich. „Aber ohne Rum, bitte."

Britt sah sie verständnislos an. „Ohne Rum ist das nur Kakao."

Die Frau stutzte, dann lachte sie, was ihr Gesicht verwandelte und hübsch wirken ließ, schöne Augen hatte sie, groß und veilchenblau. Elizabeth Taylor, ging es Britt durch den Kopf, sie hat Augen wie Elizabeth Taylor.

„Also gut, dann nur Kakao", sagte die Frau. „Bitte ohne Sahne."

„Kakao, ohne Sahne. Läuft." Britt drehte sich zur Edelstahl-Zeile um, zur geschlossenen Reihe aus Kaffeeautomaten, Fritteuse, Herd und Wärme-Bassin für Bockwürste.

„Ist nicht gerade die Hölle los hier, oder?", bemerkte die Frau in ihrem Rücken.

„Nö. Ist die toteste Zeit", bestätigte Britt. Becher unter die Maschine stellen, „Schokolade" programmieren, sich wieder umdrehen.

„Gibt es toter als tot?“

„Keine Ahnung.“ Britt zuckte mit den Schultern. „Aber wenn, dann haben Sie es gefunden.“

Die Frau lachte erneut.

„Ich glaube, das stimmt nicht. Ich habe vorhin mehrere Menschen gesehen.“

„Viele können es nicht gewesen sein“, antwortete Britt, während sie den dampfenden Kakao auf den Tresen stellte.

„Nein, da haben Sie recht. Was macht das?“

„Drei Euro.“

Die Frau kramte in ihrer Manteltasche, zog ein übergroßes Lederportemonnaie hervor, legte drei Münzen auf den Tresen.

„Was ist das für ein Gebäude?“, erkundigte sie sich. „Das mit den Buddhas und dem asiatischen Zeug drumherum.“

„Das ist die *Asia*-Galerie“, erklärte Britt. „Gehört einem reichen Hamburger Geschäftsmann. Der handelt vor allem mit Buddhas und Entspannungsbüchern und diesem ganzen Harmonie-Kram. Ihm gehören auch die drei Villen weiter hinten an der Promenade. Haben Sie die gesehen?“

„Nein“, sagte die Frau und nippte an ihrem Kakao. „Sollte ich?“

„Schon“, erklärte Britt. „Wenn Sie sie gesehen haben, vergessen Sie sie nicht wieder. Sind eine der Hauptattraktionen hier – drei Häuser nebeneinander, im asiatischen Stil gebaut. Werden ‚Die weiße Stadt‘ genannt.“

„Aha. Gehört das Haus auf der Brücke auch dazu?“ Die Frau wies mit dem Kopf zur Seebrücke hinter ihr.

„Nein, nicht direkt.“ Britt merkte, wie sie sich warmredete. Die Frau war interessiert, und Britt liebte es, von ihrem Heimatort zu berichten. An ihr sei eine Fremdenführerin verloren gegangen, meinte ihr Mann Meeno häufig, und manchmal spielte Britt tatsächlich mit dem Gedanken, Ortsführungen anzubieten, sah sich bereits ein Fähnchen schwingen, vor Scharen aufgeschlossener Bildungsbürger, die an ihren Lippen hingen.

„Also“, hob sie an, „das ist so: Die *Asia*-Galerie mit dem Buddha davor ist die ehemalige Lesehalle, das Haus wurde Anfang des 20. Jahrhunderts gebaut. Es stand einige Jahre leer, bis der Hamburger es 2004 gepachtet und umgemodelt hat.“

„Geizig scheint er ja nicht zu sein“, merkte Britts Zuhörerin an und zog amüsiert die Augenbrauen hoch.

„Nein, Geld ist nicht das Problem.“ Britt grinste. „Aber das ist es in Timmendorf häufig nicht. Jedenfalls hat sich der Mann zunächst eine dieser Villen an der Promenade gebaut und dann irgendwann die Nachbarhäuser gekauft und auf den Grundstücken sein Reich sozusagen erweitert. Die Häuser sind alle miteinander verbunden, es ist quasi ein Gebäude – um die 1000 Quadratmeter Wohnfläche, sagt man.“

„Oh.“ Die Frau zog die Stirn in Falten. „Wie bescheiden.“

„Ja.“ Britt nickte wissend. „Das gibt es nur in Timmendorf.“

„Und das Haus auf der Brücke?“

„Das ist die Seeschlösschen-Brücke, und das Haus darauf ist das berüchtigte Teehaus. Sagen Sie bloß, dass Sie diese Geschichte auch nicht kennen.“

Britt war erstaunt. Die Querelen um die Brücke und das gläserne Gebäude mit dem auffälligen, geschwungenen weißen Dach hatten jahrelang hohe Wellen bis nach Hamburg und darüber hinaus geschlagen.

„Sorry. Da habe ich wohl etwas verpasst." Die Frau schüttelte bedauernd den Kopf. „Ich komme aus Bremen. Bei uns hört man nicht so viele Geschichten von der Ostseeküste."

„Angefangen hat das alles mit dem Abriss der alten Seeschlösschen-Brücke. Die war marode", hob Britt an. „Damals hat der Hamburger vorgeschlagen, auf der neuen Brücke ein Teehaus zu errichten – er wollte es der Gemeinde sogar schenken."

„Großzügig, oder?" Die Frau sah Britt fragend an. „Darüber haben sich die Timmendorfer doch bestimmt gefreut?"

„Geht so." Britt verzog das Gesicht. „Es gab riesigen Streit im Ort. Einige wollten das Teehaus unbedingt, andere wollten es überhaupt nicht. Schließlich gab es einen Bürgerentscheid, und der ging zugunsten des Teehauses aus."

„Meine Güte. Was für ein Aufwand."

„Tja, da kennen die Timmendorfer nichts." Britt fuhr fort: „Die Gemeinde hat dann die Brücke bauen lassen, ich glaube, für knapp zweieinhalb Millionen Euro. Anschließend gab es wieder Streit – dieses Mal über den Bau des Teehauses. Erst wollten sich die Gemeinde und der Hamburger gegenseitig verklagen, später haben sie sich doch noch geeinigt, und der Hamburger hat eine Million Euro in das Haus eingebracht. Und die Gemeinde hat den Rest bezahlt."

„Eine teure Tasse Tee, wie?" Die Frau lächelte süffisant.

„Allerdings." Britt lachte. „Mindestens vier Millionen Euro für die Gemeinde, und dann waren nach kurzer Zeit die Fenster undicht. Wieder 800.000 Euro. Aber seit 2014 ist das Teehaus immerhin geöffnet."

„Ich muss dort unbedingt einen Tee trinken", bekräftigte die Frau. „Wenn die Timmendorfer doch so viel Geld für so ein kleines Haus ausgegeben haben."

Britt wollte gerade zu einer weiteren Erklärung ansetzen, als eine kratzige Männerstimme ertönte.

„Kaffeekränzchen am Nachmittag? Störe ich die Damen?"

Ole Martens war trotz des deprimierenden Wetters bester Laune. Der Grund hätte schlichte Lebensfreude sein können, doch stattdessen erfreute sich Ole über die Maßen an Jupps Zorn. Vor einer halben Stunde hatte Ole den aufdringlichen Angeber aus Nordrhein-Westfalen vor dem *Timmendorfer Kaiser* getroffen und von dem ach so bösen Frevel gehört, der Jupps Mercedes angetan worden war. Eine Nachricht, die den trüben Tag in Oles Augen in ungeahntem Glanz erscheinen ließ. Er fühlte sich regelrecht aufgekratzt, ein im Zusammenhang mit Jupps Auto geniales Wortspiel, befand Ole, als er sich Britts Kiosk näherte und die Betreiberin sowie eine Unbekannte am Tresen mit heiteren Worten begrüßte.

Lianne drehte sich um und sah einen großen, dünnen Mann um die 50 mit längerem, wirrem Haar in undefinierbarem Braungrau, an dem sich seit Ewigkeiten kein

Frisör mehr zu schaffen gemacht hatte. Dazu trotz der Kälte ausgelatschte Turnschuhe, zerschlissene, helle Jeans und eine schmuddelige, sackartig herabhängende Jacke in einem abschreckenden Türkiston. Krönung der Gesamtkombination waren eine selbst gestrickte, deutlich zu kleine Mütze und ein uraltes, klappriges Holland-Rad, das der Mann neben sich herschob und jetzt umständlich an der Seitenwand von Britts Kiosk abstellte.

„Ole, grüß dich", sagte Britt trocken. „Wie immer?"

„Moin, Britt. Ja, wie immer." Der Mann lehnte sich mit gespielter Lässigkeit neben Lianne an den Kiosk-Tresen und griff nach der Flasche Pils, die Britt für ihn geöffnet hatte. Ein tiefer Schluck, dann setzte er die Flasche wieder ab und zwinkerte Lianne zu, als sei er ein weltgewandter Geheimagent im Smoking und sie der dazu passende Vamp im Cocktailkleid.

„Auch hier im Regen unterwegs?"

Britt wand sich. Was für eine peinliche Bemerkung für einen Mann in Oles Alter. Aber so war Ole Martens: mental irgendwann kurz nach seinem 18. Geburtstag stehen geblieben und null Gespür für seine fatale Außenwirkung.

Lianne nippte an ihrem Kakao und lächelte Ole kühl an.

„Nein", erwiderte sie. „Ich bin nur eine Luftspiegelung und liege in Wahrheit gerade gemütlich zu Hause auf meinem Sofa."

„Wie?" Verwirrt ließ Ole seine Flasche sinken. „Was für eine Luftspiegelung?"

„Das war nur ein Scherz." Resigniert hob Lianne erneut ihre Tasse zum Mund. „Verschwendete Ironie, wenn Sie so wollen."

„Na, wie auch immer." Ole machte eine wegwerfende Handbewegung. „Prost jedenfalls."

Er wandte sich Britt zu.

„Schon gehört, was Jupp passiert ist?"

„Nein", gab Britt gelassen zurück. „Aber lass mich raten. Er hat einen neuen Promille-Rekord aufgestellt?"

„Nein, besser, viel besser." Ole schwenkte aufgeregt seine Bierflasche hin und her. „Jemand hat eines seiner Autos zerkratzt. Diesen roten Mercedes. Da steht jetzt in Riesen-Lettern ‚Arschloch' drauf."

„Ach du Schande." Britt zog die Augenbrauen hoch. „Wie ärgerlich. Das wird bestimmt teuer."

„Ach, der Jupp kann sich das doch leisten." Ole feixte und entblößte dabei lange, gelbe Zähne. „Ich hätte zu gern sein Gesicht gesehen, als er die Bescherung entdeckt hat."

„Du scheinst dich darüber zu freuen", hielt Britt ihm vor. „Das ist nicht gerade nett."

„Jupp ist auch nicht nett." Ole schnaubte verächtlich durch die Nase. „Der arrogante Angeber."

„Nun lass ihn mal. So verkehrt ist der Jupp gar nicht", erwiderte Britt. „Weiß man denn schon, wer es war?"

„Nee." Ole schüttelte den Kopf. „Jupp hat das Ganze bei der Polizei angezeigt, und jetzt will er selber Nachforschungen anstellen. Keine Ahnung, wie er das machen will. Er meinte irgendwas von Linken und der Antifa, die dahinterstecken sollen."

„Die Antifa. In Timmendorf. Und die nehmen sich ausgerechnet das Auto von Jupp vor." Britt zeigte Ole einen Vogel.

Der drehte sich erneut zu Lianne um. „Ich bin übrigens Ole Martens. Und mit wem habe ich das Vergnügen?“

Lianne starrte ihn an. Ihr lag eine weitere spitze Bemerkung auf der Zunge. Doch sie sagte nur: „Paulsen.“

„Paulsen, aha. Und hat Paulsen auch einen Vornamen?“ Olc fcixte wieder.

„Ja“, gab Lianne zurück. „Aber der geht Sie nichts an. Wir wollen uns ja nicht duzen.“

Erneut blickte Ole einen Moment lang ratlos vor sich hin. Dann verfinsterte sich sein Gesicht.

„Schon klar“, erwiderte er beleidigt. „Die feine Dame spricht nicht mit jedem. Erst recht nicht mit einem Otto Normalbürger wie mir. Lieber in teuren Klamotten herumstehen und Champagner saufen und wichtig tun. Typisch Timmendorf-Touristen, aber echt.“

Lianne sah ihn abschätzend und mit verhaltenem Interesse an – so, wie ein Wissenschaftler die nur wenig spannenden Aktivitäten wimmelnder Einzeller unter einem Mikroskop betrachten würde, dachte Britt.

„Erstens: Was typisch ist für Timmendorfer Touristen, weiß ich nicht“, erklärte Lianne mit kalter Höflichkeit. „Zweitens: Das hier ist kein Champagner, sondern Kakao. Drittens: Die Bekleidung meiner Mitmenschen interessiert mich nicht. Meinetwegen können Sie einen Nerz oder eine Mülltüte tragen – Hauptsache, Sie sparen sich diese billigen Sprüche.“

Ole verschluckte sich an seinem Bier, hustete und knallte die fast komplett geleerte Flasche auf den Tresen. Von seiner guten Laune angesichts von Jupps zerkratztem Wagen war nichts mehr zu merken.

„Dann will ich nicht weiter stören“, giftete er. „In Gegenwart von solchen Zimtzicken schmeckt einem ja das Bier nicht mehr.“

Er wandte sich zu Britt, die ihn amüsiert beobachtete.

„Tschüs, Britt. Ich komme ein anderes Mal wieder, wenn hier bessere Stimmung ist.“

„Tschüs, Ole. Ich schreib's auf deinen Deckel.“

Ole schnappte sich sein Rad und schob es die leichte Anhöhe der Promenade hoch und am Aufgang zur Seeschlösschen-Brücke vorbei. Die beiden Frauen sahen ihm hinterher, bis sich seine türkisfarbene Jacke im Nieselgrau verlor.

Kapitel 3

Eine Minute Schweigen am Tresen des Kioskes.

„Zimtzicke", murmelte Lianne dann. „So hat mich seit hundert Jahren niemand mehr genannt."

Britt kicherte.

„Ole ist von vorgestern", meinte sie. „Wenn Sie ihn hören, denken Sie, 1985 ist nie vergangen."

„1985." Die Frau verzog das Gesicht. „Ach je. Das waren Zeiten. Da war ich so jung, das kann gar nicht wahr gewesen sein."

„Wie jung denn?", rutschte es Britt heraus. Sie hatte nicht fragen wollen, aber ihre schlagfertige Kundin machte sie neugierig.

„Entschuldigung, das geht mich nichts an", fügte sie schnell hinzu.

„Ist schon gut." Die Frau betrachtete sie nachdenklich. „Was meinen Sie: Wie alt bin ich?"

Britt räusperte sich verlegen. Wie grässlich, das Alter anderer Menschen zu schätzen. Man lag doch immer falsch, in neun von zehn Fällen war das Gegenüber gekränkt.

„Schätzen Sie, aber bitte ehrlich", forderte die Frau.

Britt überlegte. Ehrlich geschätzt: Die Frau war Mitte bis Ende 50. Aber das würde sie ihr nicht sagen, denn diese Form von Ehrlichkeit kam nie gut an.

„Vielleicht Anfang 50?", meinte Britt zögerlich. Hatte sie der Frau jetzt einen Gefallen erwiesen?

Doch diese verzog das Gesicht.

„Das heißt: In Ihren Augen sehe ich wie 55 plus aus, oder?", fragte sie zurück.

Britt lächelte unsicher. „Ich hab's nicht böse gemeint. Sie haben doch gesagt, dass ich schätzen soll, und darin bin ich einfach nicht gut."

„Ach, ich finde, Sie sind sehr gut", gab die Frau zurück und reichte ihre Tasse über den Tresen. „Haben Sie noch einen für mich?"

„Klar." Erleichtert drehte sich Britt zum Kaffeeautomaten um.

„Wieder ohne Sahne, richtig?" Sie reichte einen zweiten Becher Kakao nach draußen.

„Richtig." Die Frau nahm den Becher. „Ich bin 45", erklärte sie unvermittelt. „Merkt man nicht, oder?"

Britt schluckte. Wie unangenehm. Die Frau wirkte nett, zugleich einsam und traurig, und Britt hatte sie vermutlich vor den Kopf gestoßen.

„Ist auch kein Wunder", fuhr die Frau fort. „Wer so mit sich umgeht, wie ich es getan habe, der sieht eben zehn Jahre älter aus, als er ist. Als sie ist, in diesem Fall."

Wieder trank die Kundin von ihrem Kakao.

„Zigaretten, Alkohol", zählte sie emotionslos auf, als hielte sie ein Referat vor rein faktenorientierten Zuhörern. „Jede Menge Essen und zum Ausgleich null Sport. Dafür Stress und Ärger und ständig schlechte Laune. Grauenhaft. Aber man gerät so hinein in das alles, und irgendwann merkt man gar nicht mehr, was man da macht."

Britt schwieg. Was sollte sie dazu sagen? Es kam öfter vor, dass Kunden ihr Herz ausschütteten – gerade, wenn wenig los war, kam sich Britt vor wie ein Barkeeper, dem die Leute nach dem fünften Drink ihre Geheimnisse anvertrauten. Normalerweise hörte sie sich Klagen und Beichten höflich an und vergaß sie auf dem Heimweg wieder. Aber diese Frau hatte etwas an sich, das Britt interessierte.

„Lianne", sagte die Frau. „Ich meine, das ist mein Vorname. Lianne, Lianne Paulsen." Sie reichte Britt ihre Hand.

„Britt. Britt Peters", strahlte die Kioskbesitzerin zurück und ergriff die dargebotene Hand. „Freut mich. Heißt das, dass wir uns jetzt duzen?"

Britt hatte einen festen Händedruck, was Lianne auch erwartet hatte. Die schmale, blonde Frau hatte in der kurzen Zeit, die Lianne am Kiosk verbracht hatte, einen bodenständigen Eindruck hinterlassen. Kurze Haare, schräge graue Augen, klar geschnittenes Gesicht, fröhliches, manchmal spöttisches Lächeln. Flink wirkte sie, diese Britt, und zugleich ruhig und ausgeglichen. Lianne hatte sich dabei ertappt, wie sie die Kioskverkäuferin insgeheim beneidete, um etwas beneidete, das sie, Lianne, nicht genau benennen konnte.

Freundlich war Britt auf jeden Fall, und überhaupt tat Lianne der Zwischenstopp am Kiosk gut. Kakao und kalte Luft vertrieben endlich die Restnachwirkungen des Katers, den sie sich vor drei Tagen eingefangen hatte. Zweieinhalb Flaschen Rotwein, diverse Einheiten Kräuterlikör, wiederholter Verstoß gegen das Rauchverbot in der Ferienwohnung. Selbstmitleidig, auf dem Wohnzimmerboden sitzend, Leonhard Cohen aus dem Bluetooth-Lautsprecher in Dauerschleife. Zwischendurch heulend, selbstverständlich, dann wieder wütend. Irgendwann war sie vollkommen betrunken ins Bett gefallen.

Eine bemerkenswerte Menge Alkohol, selbst für Liannes Gewohnheiten. Die Folgen ließen nicht auf sich warten. Am nächsten Tag ging es ihr dermaßen schlecht, dass sie sich kaum erheben konnte und tiefe Dankbarkeit dafür verspürte, dass sie beim hektischen Raubzug durch den Supermarkt – besagter Rotwein, besagter Kräuterlikör, an der Kasse die beiden Schachteln Zigaretten – auch Knäckebrot und zwei Flaschen Wasser in den Einkaufswagen geworfen hatte. Notverpflegung, mit der sie sich mühsam am Leben hielt, und mit einer sorgsam über den Tag verteilten Ration Kopfschmerztabletten.

Der Tag nach dem Tag danach: etwas besser, aber nicht sehr. Immerhin hatte Lianne es geschafft, die Kartons, die sie bei ihrem überstürzten Aufbruch hastig gefüllt hatte, und die Koffer aus dem Transporter in die Wohnung zu schleppen. Danach war ihr schwindelig, sie musste sich übergeben, wobei sie sich endgültig fühlte wie ein verkommenes Wrack.

Undenkbar, den Transporter selbst zur Annahmestation in Lübeck zu fahren. Also ein längeres Telefonat mit dem Stationsleiter, Zustimmung zu einer deutlich erhöhten Rechnung, dann wurde ein Mitarbeiter der Autovermietung nach Timmendorf gebracht, um von dort den Transporter in die Stadt zu kutschieren.

Lianne hatte sich anschließend in den Supermarkt gekämpft, wie unter einer Glasglocke und – mitten im norddeutschen Flachland – mit Bergauf-Gefühl in den Beinen, um sich für das einzudecken, was nach Kopfschmerzen die nächste unausweichliche Folge eines Lianne-Paulsen-Besäufnisses war: der Fressanfall. Fertigpizza, Chips, Käsescheiben direkt aus der Packung, Mini-Salamis, Weingummi, Schokolade. Sie hatte gestern etwa 20.000 Kalorien in sich hineingeschaufelt.

Einschlafen mit Magendruck und einem erneuten Gefühl von Übelkeit. Heute immer noch leichte Nachwehen, ein unbestimmtes, vertrautes Ziehen im Körper und pappiger Geschmack im Mund. Wie ungerecht, dass Lianne derart lange für einen mittelschweren Exzess bestraft wurde, der sich ja immerhin diskret nur in „ihrer" Wohnung abgespielt und verhältnismäßig wenig Geld gekostet hatte – und der ihr doch außerdem zustand, ihr Mann hatte sie verlassen!

Das Schlimmste am Kater, das wusste Lianne – auch wenn sie es verdrängte, so lange die Gläser gefüllt waren – waren jedoch nicht Kopfschmerzen, Müdigkeit, Schwindel und Fressanfall. Das Schlimmste war die Angst.

Sie kam seit Jahren, nach jedem Absturz, nach jedem berühmten Glas zu viel. Ein dunkles Gefühl, gespeist einerseits aus dem Bewusstsein völligen Versagens und zerstörter Selbstachtung und andererseits aus der nackten, überwältigenden Panik, gleich zu sterben. Lianne kannte die Angst inzwischen gut, wusste um deren Zuverlässigkeit, dennoch versprach ein dummes, verlogenes Stimmchen immer wieder, es würde nicht so schlimm werden und sie hatte es sich doch verdient, und fast alle tranken ab und an zu viel.

Dann die Frage, ob sie noch Trinkerin oder schon Alkoholikerin war, gepaart mit dem fehlenden Ehrgeiz, eine ehrliche Antwort darauf zu finden, obwohl das wahrscheinlich auch nur Angst war.

Kalte Luft und Nieselregen, Kakao und eine freundliche Kioskverkäuferin: Der heutige Nachmittag fühlte sich gar nicht schlecht an.

„Nehmen Sie – nimm Ole seinen Auftritt nicht übel", unterbrach Britt Liannes Gedanken.

„Ach das." Lianne machte eine wegwerfende Handbewegung. „Das war doch nichts."

„Nein." Britt schüttelte den Kopf. „Das klingt jetzt blöd, aber eigentlich ist Ole sehr nett. Etwas ungeschickt eben. Er eckt generell oft an."

„Dachte ich mir", gab Lianne zurück. „Auch wenn ich mich hier nicht gut auskenne, ich habe doch den Eindruck, dass er nicht nach Timmendorf passt."

„Du meinst in die Schicki-Micki-Szene?" Britt zuckte gleichgültig mit den Schultern. „Zu der passt ja kaum jemand. Auch die meisten Urlauber übrigens nicht, die Mehrheit ist ganz normal – Familien, Pärchen, Silver-Ager, das Übliche. Aber es stimmt, Ole gehört hier nicht hin. Er ist eher, wie soll ich sagen … alternativ, aus der Zeit gefallen, wie die Ökos früher."

„Öko." Lianne lachte. „Den Ausdruck habe ich ewig nicht mehr gehört. Aber dazu passt sein Outfit nicht – wenigstens einen Jutebeutel müsste er tragen."

„Ole sieht ärmlich aus, ja. Aber es ging ihm mal wesentlich besser“, berichtete Britt. „Ich meine, er hatte einen guten Job, war Oberstudienrat, verbeamtet. Dann Burnout, und dann ist er ausgestiegen. Er betreibt eine Art Biohof in Groß Timmendorf.“

„Es gibt auch ein großes Timmendorf? Ich dachte, das hier wäre das große, sozusagen.“

Jetzt lachte Britt.

„Groß Timmendorf ist eine Ortschaft der Gemeinde Timmendorfer Strand“, erklärte sie mit dem Gesichtsausdruck einer engagierten Dozentin für Neuere Geschichte. „Diese Gemeinde besteht aus Timmendorfer Strand und Niendorf sowie aus Groß Timmendorf und Hemmelsdorf.“

„Aha. War das schon immer so?“

„Nein.“ Britt schüttelte den Kopf. „Dieser Zuschnitt wurde nach dem Zweiten Weltkrieg festgelegt, durch die damalige britische Militärregierung. Vorher gehörte Timmendorf zur preußischen Provinz Schleswig-Holstein.“

„Du weißt wirklich eine Menge über deinen Heimatort“, merkte Lianne anerkennend an.

„Ja. 8700 Einwohner, ungefähr, gut 2000 Hektar Fläche. Noch Fragen?“ Britt lächelte.

„Also in Groß Timmendorf ist dieser Ole Biobauer?“, hakte Lianne nach.

„Na ja, so halb. Er ist nicht zertifiziert, glaube ich. Er versucht, sich mit Obstbäumen und Gemüseanbau und einigermaßen artgerechter Tierhaltung über Wasser zu halten. Er hat Hühner und Schweine. Aber es kommt nicht viel dabei herum.“

„Kann ich mir denken." Lianne nickte. „Aber warum versucht er es auch ausgerechnet hier? Die Gegend ist ja nicht gerade ein Mekka für den alternativen Lebensstil."

„Irgendetwas hält ihn hier fest", meinte Britt. „Ich kann es auch nicht erklären. Zumal er ständig gegen den Luxus und reiche Leute wettert."

„Damit dürfte er in Timmendorf viel zu tun haben."

„Geht so." Britt nickte. „Natürlich ist das hier nicht die Côte d'Azur, und wer meint, dass Timmendorf vor reichen Promis in dicken Autos nur so platzt, wird enttäuscht sein. Aber hier ist das Geld, keine Frage, oder vielmehr: Hier sind Leute, die es haben. Die kann Ole nicht ausstehen. Er schwärzt sie auch ständig beim Ordnungsamt an – wenn ein teurer Wagen falsch geparkt ist zum Beispiel, oder wenn er glaubt, dass jemand illegal ein Carport gebaut hat, solche Dinge. Es ist, als würde er am Rand stehen, zugucken und sich ärgern wie ein Aussortierter."

Britt verstummte. Was tratschte sie hier herum? Das war nicht ihre Art. Wie kam sie dazu, einer Wildfremden all diese Details über einen zwar penetranten, aber auch netten Stammkunden aufzutischen? Doch es war schön, einfach mal mit einer Frau zu tratschen. Die guten Freundinnen von früher hatten nach der Schule den Ort eine nach der anderen verlassen. Zu Hause warteten ausschließlich Männer beziehungsweise Jungen auf sie: ihr Mann Meeno, mit dem sie den Kiosk betrieb, der aber derzeit vollauf mit seinem Hauptjob als technischer Mitarbeiter beim Timmendorfer Bauhof beschäftigt war, und ihre Söhne – der siebzehnjährige Bosse und Rasmus, dreizehn Jahre alt. Allesamt liebenswert und toll und Britts

Familie – aber manchmal hing für ihren Geschmack zu viel Testosteron in der Luft.

„Aussortiert zu werden ist nicht leicht zu verkraften", eröffnete ihr Lianne überraschend. „Da kann man schon bitter werden."

„Vermutlich", stimmte Britt vorsichtig zu. „Wie meinst du das?"

„Oh, das kannst du dir sicher denken", führte Lianne aus. „Oder findest du nicht, dass ich aussortiert aussehe?"

„Du? Aussortiert?" Britt starrte Lianne ratlos an. „Nein, finde ich nicht. Vielleicht müde. Gestresst. Abgekämpft. Aber aussortiert – nein."

„Danke", antwortete Lianne trocken. „Bin ich aber. Ganz frisch aussortiert, sozusagen. Von meinem Mann. Oder muss ich sagen: von meinem zukünftigen Ex-Mann? Ab wann sagt man das eigentlich – beziehungsweise sagt man das überhaupt?"

„Weiß ich nicht." Achselzucken. „Die meisten geschiedenen Frauen, die ich kenne, sagen Ex-Arsch. Oh, Entschuldigung."

Britt schlug sich eine Hand auf den Mund. Aber Lianne lachte nur.

„Ex-Arsch", sinnierte sie. „Wenig originell, noch dazu unpräzise und widersprüchlich, wenn ich das mal bewerten darf. Ich hoffe, mir fällt etwas Besseres ein."

„Bestimmt."

Die beiden Frauen betrachteten schweigend das Teehaus über der spiegelglatt daliegenden, trüben Ostsee. Das weiße Dach schimmerte durch den Regenschleier. Kein

Mensch mehr auf der Seeschlösschen-Brücke, unwirkliches Grau in Grau, im roten Rahmen am Brückenfuß das *Asia*-Schild, leicht hin und her schwankend.

„Wie lange ist es denn her?", durchbrach Britt die Stille. „Ich meine, dass du …"

„Dass ich aussortiert wurde?", ergänzte Lianne ungerührt. „Tja, wann es tatsächlich war, ich meine, aus Sicht meines Mannes, das weiß ich nicht, er hat es mir ja nicht sofort erzählt. Ich habe es vor sechs Tagen erfahren."

„Ah." Britt versuchte, ein verständnisvolles Gesicht zu machen. Ihr fiel keine passende Antwort ein, musste es auch nicht, denn Lianne erzählte weiter.

„Er hat mich abends in der Küche informiert, als wir zusammen am Tisch saßen. Eigentlich war es eher unspektakulär, wenn ich jetzt so darüber nachdenke. Also seine Ansprache war unspektakulär. Ich bin danach abgehauen."

Ungefragt stellte Britt einen weiteren Becher Kakao vor Lianne auf den Tresen.

„Der Klassiker", fuhr Lianne fort. „Viel gearbeitet, auseinandergelebt, jetzt hat er eine Jüngere. Ich teile ein Millionenschicksal."

„Das macht es nicht besser."

„Nicht?" Lianne seufzte. „Ach, ich finde schon. Ist doch tröstlich zu wissen, dass es vielen Frauen so geht, oder? Wahrscheinlich gibt es einen Haufen Selbsthilfegruppen für solche wie mich. Ü-40, Reste-Rampe, etwas in der Art." Sie lachte wieder.

„Reste-Rampe!" Britt hob empört die Stimme und sah plötzlich aus wie ein in seiner Berufsehre auf Äußerste geforderter Persönlichkeitscoach. „So sollten Sie ... so solltest du nicht denken, das ist ja schrecklich."

„Das ist realistisch, meine Liebe – und die Realität ist eben oft schrecklich. Jedenfalls wenn man Angst hat, ihr ins Gesicht zu sehen. Wenn man es allerdings tut, soll sie ja nach einer Weile ihren Schrecken verlieren, heißt es."

„Hm." Wieder wusste Britt nicht, was sie sagen sollte. „Machst du das?", erkundigte sie sich schließlich. „Der Realität ins Gesicht sehen?"

„Früher habe ich es wohl getan." Lianne nahm einen Schluck Kakao. „Aber ich habe leider irgendwann damit aufgehört. War zu unbequem. Das rächt sich. Deshalb werde ich wieder damit anfangen."

„In Timmendorf?"

„Warum nicht?", fragte Lianne. „Mir ist auf die Schnelle nichts anderes eingefallen, als ich die Flucht vor dem neuen Glück meines lieben Gatten, Verzeihung, künftigen Ex-Gatten, angetreten habe. Und jetzt bin ich hier."

„Du hast einfach einen Koffer gepackt und bist los?"

Das würde Britt vermutlich nie wagen. Sie hatte allerdings auch keinen Grund dafür.

„Nein, nein, ich bin ja keine 20 mehr. Etwas mehr Komfort und Polster dürfen es sein."

Lianne berichtete, wie sie eine beachtliche Summe in bar vom gemeinsamen Konto geräumt sowie den Transporter gemietet und befüllt hatte.

„Dann habe ich mich bei der Arbeit krank gemeldet, ganz korrekt, das sitzt drin", schloss Lianne ihre Erzählung. Den Absturz der vergangenen Tage musste sie der sympathischen, unbescholten wirkenden Britt nicht auf die Nase binden.

„Was sagt denn deine Familie dazu?" Britt dachte an ihren Mann und ihre Söhne, ihre Eltern und ihre Brüder. Alle würden sich schreckliche Sorgen um sie machen.

„Ich habe keine", erwiderte Lianne trocken. „Bin ein spätes Einzelkind, meine Eltern waren schon über 40, als sie mich bekamen. Sie sind vor einigen Jahren gestorben, und ansonsten habe ich nur entfernte Verwandte, die gern weiterhin entfernt bleiben können."

„Aber was machst du jetzt?", fragte Britt.

„Keine Ahnung." Lianne spürte, wie sich diese Worte in ihr ausbreiteten. Keine Ahnung. Absolut. Lianne Paulsen hatte, vielleicht zum ersten Mal in ihrem Leben, keine Ahnung, was sie machen sollte. Das aber war nicht das Überraschende an ihrer Lage. Das Überraschende: Es störte sie nicht. Sie stand mit einem leeren Becher an einem Kiosk im Nieselregen, hatte keine Ahnung, und es störte sie nicht. Das gibt es nur in Timmendorf, dachte Lianne. Oder?

„Und deine Arbeit?"

„Die erwarten mich am Montag zurück", erklärte Lianne. „Aber ich werde nicht erscheinen."

„Das gibt bestimmt Ärger", meinte Britt.

„Hundertprozentig. Jede Menge Ärger. Aber es ist mir egal."

„Aber was willst du tun – hier, in Timmendorf?" Britt wirkte verwirrt.

„Keine Ahnung", wiederholte Lianne. „Hier am Kiosk stehen und Kakao trinken. Ist für den Anfang nicht schlecht."

Sie kramte in ihrer zeltartigen Jacke, zog ihr Portemonnaie heraus und legte einen Zehneuroschein auf den Tresen.

„Danke für die Getränke. Und fürs Zuhören. Ich hoffe, ich habe dich nicht allzu sehr vollgejammert."

„Nein, gar nicht. Schön, dass du hier warst."

„Wird nicht das letzte Mal gewesen sein." Lianne drehte sich um und marschierte los, als gelte es, noch an diesem Abend die Stadtgrenze von Hamburg zu Fuß zu erreichen.

„Wiedersehen!", rief sie über die Schulter zurück.

„Wiedersehen!", rief Britt. „Im Februar ist immer samstags und sonntags geöffnet, von 13 bis 18 Uhr!"

Lianne reckte einen Daumen in die Luft. Dann verschwand ihre Silhouette im Regen.

Britt atmete tief durch. Ein überraschender Besuch, der Nachmittag war schneller vergangen, als wenn sie sich in ihren Heftroman mit Goldrand vertieft hätte. Hoffentlich kam diese Lianne wieder.

Kapitel 4

Es gab Menschen, viele Menschen, die regelmäßig von Hamburg oder Berlin nach Timmendorf fuhren. Absolut verrückte Leute, jedenfalls in den Augen von Bosse Peters, 17 Jahre jung und nach eigener Auffassung vollkommen deplatziert im schmucken Urlaubsort. Der umgekehrte Weg von Timmendorf *nach* Hamburg oder Berlin: *Das* war die richtige Richtung, ins Schanzenviertel oder nach Kreuzberg, wo das Leben tobte und wo alle so waren wie Bosse und seine Freunde.

Traumziele, die warten mussten. Beziehungsweise Bosse musste warten, erst einmal auf sein Abitur im nächsten Jahr.

Der schlaksige Teenager rückte seinen schwarzen Stoff-Rucksack zurecht, zog den Reißverschluss seiner mit Aufnähern bestückten Lederjacke hoch, ging mit weit ausholenden Schritten die Strandallee hinunter. Kälte trotz der blassen Wintersonne, die sich gegen die Wolken durchsetzte, Kälte, die in die Löcher von Bosses Jeans kroch. Er strich sich die langen, blonden Haare aus der Stirn. Kurz rasiert an den Seiten, Andeutung eines – zugegebenermaßen sehr braven – Irokesenschnitts. Mehr wagte er nicht, eine wirklich krasse Frisur hätte wirklich mega Ärger mit seinen Eltern bedeutet, vor allem mit seiner Mutter. Britt Peters, richtig sauer: gute Nacht.

Der Timmendorfer Platz mit dem Brunnen, dessen Wasser im Winter abgestellt wurde. Geradeaus die Fußgängerzone, mit dem *Café Möchtegern* beginnend, zwischen teuren Boutiquen auf der einen und dem Strandpark auf der anderen Seite entlang führend, am *Hotel am Meer* endend. Doch Bosse hielt sich am Timmendorfer Platz leicht links und landete damit direkt auf dem Hochzeitshügel.

Ein kleines Areal unter mächtigen Eichen und Kiefern, vor einigen Jahren auf Initiative der Tourismus-Verantwortlichen zu einer kleinen Oase umgestaltet, mit Beeten voller Strandvegetation, einem Rondell aus Holzbohlen und einem halbrunden Holzpodest, über das sich ein trapezförmiges Sonnen- beziehungsweise Regen- oder Schnee-Segel spannte. In der Saison standen hier auch Strandkörbe, und an der romantischen Skulptur aus gebürstetem Edelstahl – zwei einander zugeneigte Seepferdchen, umrahmt von Ringen – baumelten die unvermeidlichen bunten Liebesschlösser.

Etwas mehr als 100.000 Euro hatte die Verwandlung gekostet, ein Schnäppchen für Timmendorfer Verhältnisse, Fördermittel gab es auch. Wie der Name Hochzeitshügel andeutete, sollten sich hier hoffnungsvolle Paare das Jawort geben, was bislang eher verhalten angenommen wurde. Immerhin: Nach den Trauungen im Alten Rathaus, das direkt am Platz stand, fanden sich auf dem Hügel die Hochzeitsgesellschaften ein, zwecks Anstoßen auf die frisch Vermählten.

Allerdings nicht im Winter. Jetzt hatten es sich lediglich vier gelangweilt wirkende Teenager auf der halbrunden Holzbank bequem gemacht. Bosses Freunde.

„Da bist du ja endlich." Mia stand auf, boxte Bosse leicht gegen den Arm. „Dachte schon, wir müssten hier festfrieren."

Bosse sah auf das schmale, rothaarige Mädchen hinunter. Mia war wirklich klein, und er hatte beinahe 1,90 Meter erreicht, weshalb der Größenunterschied besonders ins Auge fiel. Doch was Mia an Körperlänge fehlte, machte sie durch ihre scharfe Zunge wieder wett.

„Ihr hättet vorgehen können."

„Kein Ding, Alter", brummte Jonathan. Hatte Bosses schüchterner, schmächtiger Freund diese Formulierung nur aus Ironie gewählt oder nicht? Jonathan, 16, hochintelligent, aber ein schwieriger Charakter, dachte häufig über so viele Ecken, dass ihm niemand mehr folgen konnte oder wollte.

Nebeneinander saßen zudem die 18-jährige Laura – groß, stämmig, gutmütig – und Vito, 17-jähriger Sohn von Salvatore Romano, Inhaber eines angesehenen italienischen Restaurants in Timmendorf. Dass Vito gut bekocht wurde, sah man ihm an, und da er Mia nur um wenige Zentimeter überragte, wirkte er beinahe so breit wie hoch.

„Wir atmen frische Luft und machen einen guten Eindruck", erklärte Laura gleichgültig.

„Na, das Zweite üben wir aber noch mal", scherzte Bosse zurück. Tatsächlich mochten er und seine Freunde auf Außenstehende wenig vertrauenerweckend erscheinen, ging es ihm durch den Kopf. Mia: grundsätzlich nur schwarze Kleidung und zentimeterdick aufgetragener Kajalstift unter den Augen. Jonathan: abgewetzter Parka, dünne Beine in alten Bundeswehrstiefeln aus dem Second-Hand-Shop. Laura: verhüllt mit einem unförmigen, an eine Wolldecke erinnernden Mantel, millimeterkurze Haare, die ihren Kopf zu klein für ihren Körper wirken ließen. Vito: in puncto Dresscode auf Bosses Linie, ebenfalls eine Lederjacke mit zahlreichen Aufnähern und zerrissene Jeans. An die Andeutung eines Irokesenschnitts traute er sich allerdings nicht. Das Gezeter seines Vaters wäre in diesem Fall bis nach Scharbeutz zu hören.

„Mir ist jetzt aber kalt." Vito stand auf. „Kommt, lasst uns zum Treff gehen."

„Meinetwegen." Laura erhob sich, ordnete ihren wolldeckenartigen Umhang. „Und täglich grüßt das Murmeltier."

Es stimmte: Sie gingen fast immer in den Jugendtreff in der Poststraße, gleich neben der Strand-Arena des Sportvereins NTSV. Aber wo sollten sie sonst hin? Mit dem Zug nach Lübeck fahren? Dort hingen zwar einige Punks in der Breiten Straße herum, aber die waren Bosses Beobachtungen zufolge ständig betrunken, was er und seine Freunde entschieden ablehnten. Ein einziges Mal hatte er heimlich ein sehr lautes Konzert auf der *Flori*, dem alternativen Zentrum Lübecks in der Willy-Brandt-Allee, besucht. Bosse fand es toll dort, fühlte sich, als sei er aus einem handtuchgroßen Reihenhausgarten hinaus und hinein in die herrliche, freie Wildnis getreten. Aber er glaubte nicht, dass er dort einfach so am Nachmittag aufkreuzen konnte. Und nachts konnte er zwar durchaus seinem Elternhaus entwischen, aber dann fuhren weder Busse noch Züge nach Lübeck.

„Na dann mal los." Jonathan wandte sich um, da ertönte ein lauter Ruf, ein Kampfschrei, „Hab ich dich!", der schmächtige Teenager wurde von einem breiten, dunklen Schatten hochgerissen und baumelte kurz in der Luft, bevor er aufs Pflaster – ockerfarben, Typ „Timmendorfer Klinker" – flog.

Ein Mann muss tun, was ein Mann tun muss. Hilf dir selbst, sonst hilft dir keiner. Wer sich nicht wehrt, lebt verkehrt. Ein wildes Sammelsurium an Kalendersprüchen der eher martialischen Art ging Jupp Schmitz seit zwei Tagen im Kopf und in seiner geschundenen Seele herum. Um genau zu sein: Seit dem Moment, in dem er die Timmendorfer Polizeistation verlassen und die Hoffnung auf Hilfe seitens der Ordnungshüter aufgegeben hatte. Höflich hatte ein junger Beamter Jupps Anzeige aufgenommen und selbst bei der Erwähnung des Wortes „Arschloch", mit dem die Motorhaube des Mercedes geschändet worden war, keine Miene verzogen.

Jupps Wünschen nach sofortigem Beginn umfangreicher Ermittlungen hatte der Polizist allerdings eine Absage erteilt. Er wollte nicht einmal den Tatort aufsuchen, sondern gab sich mit einem Handy-Foto des Wagens und der frevelhaften Aufschrift zufrieden. Noch dazu deutete der Uniformierte an, dass wenig Aussicht bestand, den oder die Täter zu finden.

„Aber gut, dass Sie zu uns gekommen sind." Welch herablassende Bemerkung! „Schon allein wegen der Versicherung. Sie haben doch Vollkasko?"

Darauf hatte Jupp gar nicht geantwortet. Jedes seiner Autos hatte einen sechsstelligen Betrag gekostet. Was glaubte dieser Schutzmann vom Dorf? Dass Jupp Schmitz dafür irgendeine Billig-Versicherung abschloss?

Auch die Suche nach Trost oder wenigstens Verständnis im *Timmendorfer Kaiser war*: unergiebig. Gut, die wenigen Gäste hatten Worte des Bedauerns geäußert. Doch fehlte eine gewisse Aufrichtigkeit im Tonfall. Wahrscheinlich gönnten sie ihm diese Attacke auf sein Eigentum sogar, aus Neid, alle, wie sie da saßen! Dann noch dieser dämliche Ole Martens in seinen Penner-Klamotten mit seinem überheblichen Grinsen! Lustig gemacht hatte der sich, als ihm Jupp vor der Kneipe – den Aufenthalt am Tresen konnte sich der dahergelaufene Öko-Bauer ja meist nicht leisten – von der Untat berichtet hatte. Steckte Ole womöglich selbst hinter der ruchlosen Tat? Aber dafür war er bestimmt zu feige.

Nein, Jupp Schmitz wusste, wo er die Täter suchen und finden würde. Nach einer Nacht unruhigen Alkohol-Schlafes war er umso überzeugter von seiner Theorie. Nur noch ein kräftiges Frühstück – dann würde er diese selbst ernannte Antifa zur Rechenschaft ziehen.

Jonathan landete unsanft, konnte sich aber geschickt zur Seite abrollen – endlich machte sich das jahrelange Judo-Training seiner Kindheit bezahlt. Er hob den Kopf. Vor ihm: ein Mann mit schwammigem, rotem Gesicht und lackschwarzen, zurückgegelten Haaren, Jacke und Jeans einer bekannten Edel-Marke, deren Name unübersehbar auf der Kleidung prangte, wild fuchtelnde

Hände, was trotz der heftigen Attacke unsouverän wirkte.

„Ich werde euch helfen, meinen Wagen zu demolieren!", schrie der Mann und beugte sich bedrohlich zu Jonathan hinunter.

„Was zum Teufel ...", erwiderte Jonathan, doch weiter kam er nicht, denn der Angreifer wurde zurückgerissen. Bosse zerrte an seinem rechten Arm, Mia war dem Typen auf den Rücken gesprungen, klebte dort wie ein Kapuziner-Äffchen am ranghöchsten Gorilla und versuchte, ihre Finger in Jupps Augen zu bohren.

Laura und Vito schoben sich zwischen Jonathan und den wütenden Mann, halfen ihrem Freund auf die Beine. Der Mann versuchte derweil, Bosse und Mia abzuschütteln, was nicht gelang. Er stieß laute Verwünschungen aus. Das Gerangel erregte die Aufmerksamkeit der wenigen Passanten auf dem Timmendorfer Platz. Ein älteres Ehepaar blieb stehen, der Mann zückte sein Handy.

„Ich rufe die Polizei!", verkündete er.

„Nicht nötig, ich regle das schon!", unterbrach ihn ein anderer Mann, der über den Platz geeilt kam. Er war um die 50, hager, hohe Stirn, scharf geschnittenes Gesicht.

„Aufhören, sofort aufhören mit dem Scheiß!", befahl er. „Jupp, reiß dich zusammen! Lass die Kinder in Ruhe!"

Keuchend hielt Jupp Schmitz inne. Jacke und Hose waren verrutscht und offenbarten ein unschönes Maurerdekolleté. Bosse umklammerte immer noch seinen Arm. Mia rutschte langsam vom Rücken des korpulenten Nordrhein-Westfalen herunter, funkelte ihn aber weiterhin wütend an, bereit, jederzeit erneut auf ihn loszugehen.

„Wir beruhigen uns jetzt alle und gehen ein paar Schritte auseinander", kommandierte der Unbekannte mit ruhiger Stimme, die die Teenager einerseits und Jupp Schmitz andererseits tatsächlich dazu brachte, zurückzuweichen.

„Ich habe nichts gemacht!" Jonathans Stimme klang schrill. „Der Arsch hat mich einfach auf den Boden geworfen! Ich hätte mir sonst was brechen können!"

„Stimmt das, Jupp?", fragte der Mann, der sich eingemischt hatte. „Was ist denn los mit dir?"

„Ich kann dir sagen, was los ist, Steco!" Jupp richtete seinen Zeigefinger anklagend auf Bosse und seine Freunde. „Diese fiesen, kleinen Autonomen haben mein Auto zerkratzt! Den Mercedes! Die ganze Motorhaube! Einfach so! Und die Polizei tut nichts!"

„Schwachsinn!", rief Jonathan. „Was interessiert mich Ihr blödes Auto!"

„Das ist wirklich Schwachsinn", schaltete sich Bosse ein. Er kannte den Mann, der die Lage beruhigt hatte: Steen Cordes, von allen Steco genannt, hatte ebenfalls einen Kiosk oder vielmehr eine Art Trink-Büdchen an der Promenade, nicht weit von dem Kiosk entfernt, den Bosses Eltern gepachtet hatten. Bosse machte ab und zu Halt bei Steco, um mit ihm über Buddhismus zu diskutieren – der Ältere hatte sich intensiv mit den Lehren Buddhas auseinandergesetzt und war ein interessanter Gesprächspartner.

„Jetzt mal von vorne, Leute", erklärte Steco unbeirrt. „Jemand hat also dein Auto zerkratzt, Jupp? Und du glaubst, dass die jungen Leute hier das waren?"

„Wer denn sonst!" Wutentbrannt stieß Jupp seine Anklage hervor. Als er die Beleidigung „Arschloch" auf seiner Motorhaube erwähnte, zog unverhohlenes Grinsen über die Gesichter der Teenager, was Jupp noch mehr in Rage brachte. Steco hielt ihn zurück.

„Jupp, so geht das nicht. Du kannst nicht einfach jemanden beschuldigen – und dann angreifen! Die Kids hier sagen, dass sie es nicht waren. Und du hast keine Beweise, die das Gegenteil belegen. Sei froh, wenn sie dich nicht anzeigen."

„Die sollen mich anzeigen?! Du spinnst ja wohl!"

„Mein Freund kann Sie sehr wohl anzeigen!", ging Bosse Jupp an. „Das war Körperverletzung, hundertprozentig." Innerlich zitterte Bosse. Er war derartige Auseinandersetzungen nicht gewohnt, der Kampf hatte seinen Adrenalinpegel in ungeahnte Höhen schießen lassen.

„Und was ihr macht, ist Sachbeschädigung!", hielt Jupp dagegen.

„Jetzt ist es aber gut!" Mia baute sich vor Jupp auf und stemmte die Fäuste in die Seiten. „Wir haben keine Ahnung, wer sich an Ihrer Protz-Karre zu schaffen gemacht hat und es interessiert uns auch überhaupt nicht! Was bilden Sie sich eigentlich ein!"

„Ist klar, jetzt streitet ihr alles ab! Das ist typisch für euch Schmarotzer mit eurer verblendeten Antifa-Ideologie!"

Jupp mochte sich nicht beruhigen. Die Teenager hingegen schienen sich über seine letzten Anschuldigungen köstlich zu amüsieren. Sie sahen ihn an wie ein bereits aufgewärmtes Publikum, das auf den nächsten Knüller des Comedians auf der Bühne wartet. Auch Steco wirkte plötzlich, als müsste er sich das Lachen verkneifen.

„Lieber Jupp, jetzt schießt du übers Ziel hinaus", referierte er dennoch äußerlich gelassen. „Das hier sind keine Schmarotzer und mit Sicherheit auch nicht die Vertreter der Antifa in Timmendorf. Sondern meines Wissens nach alles Schüler des Ostsee-Gymnasiums, oder?"

Die Jugendlichen nickten.

„Antifa", brachte Vito verächtlich hervor. „Was für ein Scheiß! Die gibt's hier gar nicht."

„Leider", murmelte Laura, senkte aber den Blick.

„Um das Ganze zu beenden: Ich schlage vor, dass du, lieber Jupp, dich jetzt vom Acker machst." Stecos Tonfall duldete keinen Widerspruch.

„Dann haben alle Zeit, sich zu beruhigen. Und wenn du, Jupp, dich dann bei diesem jungen Mann entschuldigst, könnte es ja sein, dass der junge Mann auf eine Anzeige gegen dich verzichtet, und wir haben uns alle wieder lieb, nicht wahr?"

Bei diesen letzten Worten sah Steco Jonathan bittend an. Der verzog das Gesicht.

„Ich weiß nicht", meinte der 16-Jährige. „Das muss ich mir noch überlegen."

„Tu das. Aber bedenke Folgendes: Rache und Vergeltung führen nur zu neuem Schmerz und neuem Leid", deklamierte Steco, an Bosse und seine Freunde gewandt. Anschließend griff er nach Jupps Arm und schob den widerstrebenden Mann über den Timmendorfer Platz.

Die Teenager sahen sich einen Moment lang ratlos an.

„Krass", meinte Laura.

„Das gibt es nur in Timmendorf", kommentierte Bosse ironisch.

„Ja“, erwiderte Mia. „Und wenn ich auch nicht weiß, wer an diesem Auto herumgekratzt hat – in einem Punkt hat er oder sie recht: Dieser Typ ist echt ein Arschloch.“

15 Euro für einen eigenen Gesundheitsberater. Ein fairer Preis, befand Lianne. Staunend stand sie vorm Regalbereich „Ideenwelt“ der großen Drogerie nahe des Timmendorfer Platzes, in welchem genannter „Gesundheitsberater“ lagerte. Eine „Glas-Diagnose-Waage“, die nach einmaligem Wiegen offenbar mehr über eine Person wusste als deren Hausarzt. Body-Mass-Index, Körperfett, Körperwasser, Knochen, Muskelanteil – alles drin. Immerhin, auch das Gewicht würde angezeigt, verhieß die Packungsaufschrift, und zwar nicht zu knapp: bis zu 180 Kilo Tragkraft bot der „Gesundheitsberater“ auf.

„So weit bin ich noch nicht.“ Lianne griff entschlossen nach dem Angebot. Insgeheim rechnete sie an der Kasse beim Bezahlen mit einer Art Aufbruchstimmung, dem Eindruck einer entscheidenden Wende in ihrem Leben, vielleicht sogar mit einem Hauch Euphorie. Stattdessen fühlte sich der Einkauf an wie ein Gang zum Schafott, wobei am Ende zwar keine Enthauptung, aber eine Zahl stehen würde, die Lianne fürchtete.

Doch sie selbst hatte schließlich vor Britt herumgetönt, sie würde wieder damit anfangen, der Realität ins Gesicht zu sehen. Tja. Viel Spaß.

Schritt eins dabei: das Herumkramen in einem der Kartons, die sie mit nach Timmendorf geschleppt hatte und in denen sich auch das Hochzeitsalbum befand. Das hatte sie nicht in Bremen lassen wollen. Der angeblich schönste Tag in ihrem Leben – unerträglich die Vorstellung, wie Mareile in diesem Album blättern und die Bilder bewerten würde. Niemals! Also Mitnahme der Sammlung nach Timmendorf.

Knapp 15 Jahre alte Aufnahmen, volle 15 Jahre hatten sie ja nicht geschafft beziehungsweise würden sie nur noch auf dem Papier schaffen, im Mai wäre es so weit. Kristallhochzeit oder Gläserne Hochzeit hieß dieses Ehejubiläum, Lianne hatte es gegoogelt, der entsprechende Text schien für sie geschrieben worden zu sein:

„Denn obwohl eine Ehe nach 15 Jahren ein sicheres Fundament hat, bleibt sie dennoch zerbrechlich, wird sie nicht mit Sorgfalt behandelt. Auf den ersten Blick ist sie stabil, bricht allerdings schnell, wenn sie fallen gelassen wird."

Verdammtes Internet! Lianne hatte schon nach diesen Zeilen angefangen zu weinen, aber dennoch das Album geöffnet, dann waren die Tränen stundenlang weiter geflossen. Wegen allem: Weil die Zeit so schnell vergangen war. Weil sie so glücklich gewesen waren. Weil Tante Mimi damals noch lebte und auf den Fotos so lustig aussah. Weil Lianne vergessen hatte, wie hübsch und schlank und fröhlich sie selbst einst gewesen war. Weil sie Matthias immer noch liebte und es nicht akzeptieren konnte, dass er sie verlassen hatte. Wegen Mareile, auch das noch, dabei waren von der gar keine Fotos in dem Album, wie auch, sie ging damals ja höchstens in die achte Klasse.

Irgendwann war Lianne leer geheult und erleichtert. Ihr Denkapparat hatte sich langsam wieder in Bewegung gesetzt. Ohne neue Wege zu weisen, aber immerhin, um ihr zu sagen, was nicht (mehr) ging: In die Vergangenheit zurückkehren. Noch einmal so glücklich sein wie damals. Noch einmal mit Tante Mimi eine Flasche Sekt leeren. Alles unwiederbringlich vorbei.

Doch was war mit dem Rest? Wo war die Lianne von vor 15 Jahren? Auch unwiederbringlich verloren? Oder reanimierbar, rekonstruierbar, zumindest in Teilen? Und Matthias? Könnte sie ihn irgendwie zurückgewinnen? Hätte diese durchtriebene Mareile doch nur nicht diesen einen Trumpf gezogen, dem Lianne nichts entgegensetzen konnte, diese eine Sache, gegen die sie machtlos war.

Erst einmal die alte Lianne, hatte ihre innere Stimme befohlen. Aufstehen aus Ruinen. Ohne das brauchst du über weitere Pläne nicht nachzudenken.

Lianne war aufgestanden. Ein vorsichtiger Blick in den Spiegel: ihre Augen so verquollen, als hätte sie sich einen Boxkampf mit Mike Tyson geliefert. Nun, wozu gab es Sonnenbrillen? Es war eindeutig ihre Angelegenheit, ob sie diese auch im Winter trug oder nicht.

Sie musste an sich arbeiten. Es zumindest versuchen. Erste Schritte machen. Wie die zur Drogerie, um eine Waage zu kaufen.

Lianne verstaute den allesmessenden Gesundheitsberater in ihrer Umhängetasche, trat hinaus und sog die scharfe Winterluft ein. Vor ihr, an dem Kreisverkehr mit dieser merkwürdigen Pflasterung im Sternenmuster, hasteten zwei Männer heftig debattierend vorbei. Der eine, ein schmaler, asketisch wirkender Blonder, zog den anderen – dicklich, teure dunkle Klamotten, ölig nach hinten gegeltes Haar, rotes Gesicht – unnachgiebig in

Richtung Kurpark. Eine Auseinandersetzung unter Freunden?

Lianne war es egal. Die Waage wog schwer in ihrer Tasche, als sie die Strandallee hinuntermarschierte, mental sehr dicht beim „Dead Man Walking“ auf dem Weg zur Hinrichtung, und schließlich in die Wohldstraße einbog. Der Moment der Wahrheit – er stand unmittelbar bevor.

Der Einstieg hat funktioniert, ich habe mein Ziel getroffen und doch bleibt Unzufriedenheit. Aufwand und Risiko standen am Ende in einem schlechten Verhältnis zum Ergebnis. Vor allem der geringe Wirkungskreis. Der stört mich am meisten. Neben der Banalität der ersten Aktion.

Aber ich habe ja noch alle Möglichkeiten, mich zu verbessern.

Ich muss origineller werden. Einzigartig. Etwas noch nie Dagewesenes bieten. Das bin ich meiner Ehre schuldig. Außerdem wird mich sonst niemand beachten.

Und beachten sollen sie mich. Oder vielmehr meine Botschaft. Die soll unmissverständlich sein. Da muss ich noch ein wenig an der Formulierung feilen. Je prägnanter, desto besser.

Entscheidend ist es auch, den Radius zu erweitern. Ich darf mich künftig nicht auf Nadelstiche beschränken, sondern muss weit streuen. Schließlich will ich möglichst viele von ihnen erwischen. Am liebsten alle.

KAPITEL 5

Das Schwimmen an sich war nicht das Schlimmste. Gut, es war schlimm, keine Frage. Mindestens zehn Jahre lang hatte Lianne kein Hallenbad mehr von innen gesehen, dafür gab es Gründe. Der wichtigste: Sie schwamm nicht gern.

Daran erinnerte sie sich jetzt mit schmerzlicher Deutlichkeit: nie einen lässigen, eleganten Kraulstil gelernt, stattdessen als verkrampfte Brustschwimmerin mit hoch erhobenem Kopf durchs Wasser kämpfen wie Oma Tuck. Heute erst seit fünf Minuten, was gereicht hatte, sie zum Schnaufen zu bringen. Schneller schlagendes Herz, gepaart mit dem Wunsch, augenblicklich aus dem Becken zu klettern, rein ins Café, ein bis zwei Stücke Torte und die Aussicht genießen.

Dennoch war das Schwimmen nicht das Schlimmste. Sondern der Umstand, dass die Niendorfer Schwimmhalle ein Meerwasser-Hallenbad war. Lianne hatte anfangs einen winzigen Tauchversuch gestartet, mit unter Wasser geöffneten Augen, und bereute dieses seither bitterlich. Ihre Netzhäute brannten, Tränen liefen ihr aus den Augenwinkeln, was zum Glück niemand bemerken konnte, da ihr Gesicht ohnehin nass war.

Atemnot, halb verätzte Augen, Schmerzen im Nacken und in den Armen. Genug Argumente, dieses lächerliche Sportexperiment abzubrechen. Aber Lianne wollte es nicht abbrechen. Sie hatte sich geschworen, 500 Meter zu schwimmen, und sie würde 500 Meter schwimmen.

Davon abgesehen würde sie im aktuellen psychischen Zustand – schwerer, innerer Aufruhr – noch ganz andere Dinge tun, wenn es sein musste. Im Schneetreiben bis nach Lübeck wandern zum Beispiel. Blumenkohl essen. Sich nackt in Plastikfolie einwickeln. Fett absaugen lassen. Sogar joggen. Hauptsache, nie wieder diese Zahl auf der Waage sehen müssen, die sie gesehen hatte.

Die noch schrecklicher war als erwartet. Beziehungsweise schrecklich hoch. Lianne hatte eine Zeit lang wie gelähmt darauf gestarrt und sich danach eine Stunde hingelegt, um den Schock zu verarbeiten.

Aber gut. So war es. Und nun war sie hier. Besser Selbstmitleid wegen brennender Augen als Selbstmitleid wegen der Zugehörigkeit zur Elefantenklasse.

Bahn Nummer sieben. Immerhin schon 175 Meter, rechnete man pro Bahn 25 Meter. Wenngleich im Niendorfer Schwimmbad vor dem flacheren Nichtschwimmerbereich eine Absperrung gespannt war. Eine rote Leine mit gelben Plastikkugeln daran verhinderte ein störungsfreies Durchschwimmen der Gesamtlänge. Lianne planschte einfach darüber hinweg, weiterhin mit brennenden Augen und Schmerzen im Nacken und in den Armen und jetzt auch noch in den Schultern.

Außer ihr waren nur wenige Leute im Wasser: vier ältere Damen, ein älterer Herr und zwei junge Mütter – eine mit einem Baby, eine mit einem Kleinkind, das kreischend die kleine Rutsche in Form eines blau-gelben Igels hinunterrutschte. Ein weiterer betagter Besucher mit riesigem, behaartem Bauch saß in einem der grau lackierten Strandkörbe in einer Ecke der Halle. Der Blick durch die gewaltige Fensterfront des Schwimmbads fiel direkt auf die Ostsee, heute unter mildem Himmel samtblau, auf den Wellen glitzerte Sonnenlicht. Etwas weiter entfernt eine Seebrücke, die weit aufs Meer hinauslief, mit einer bunten Konstruktion darauf, ebenfalls eine Rutsche oder ein Spielgerät.

Ein grober Rempler gegen ihre Schulter riss Lianne aus ihren Betrachtungen. Überrascht drehte sie den Kopf zur Seite.

„Entschuldigung." Prustend drehte sich eine der älteren Damen im Wasser wieder nach vorn.

„Rückenkraul", informierte sie knapp und mit tiefer, rauchiger Stimme. „Hab Sie nicht gesehen."

„Kein Problem." Lianne wendete und nahm Bahn Nummer elf in Angriff. Schon 250 Meter. Bergfest. Nicht schlecht. Und nicht schlecht war auch die Badehaube der Rückenschwimmerin: leuchtendes Lila mit aufgesetzten, knallrosafarbenen Plastikblüten. Respekt, dachte Lianne, das muss man sich erst einmal trauen.

„Sie sollten sich das von vorhin an der Kasse übrigens nicht zu Herzen nehmen, Schätzchen", erklang die Reibeisenstimme neben ihr. Die bunte Badekappe mit ihrer nicht mehr taufrischen Trägerin hatte mühelos zu Lianne aufgeschlossen und glitt nun mit jenem eleganten Kraulstil neben ihr her, den Lianne auch so gern beherrscht hätte – wie ein munterer Senior-Pinguin neben einem vorzeitig gealterten Nilpferd.

„Das vorhin an der Kasse … ach so", keuchte Lianne. Bitte keine Unterhaltung während ihrer ersten Extremsportübung, dazu fehlte ihr die Puste. Außerdem wollte sie die Szene von vorhin vergessen.

„Ich kenne die Frau an der Kasse", erklärte die Königin der 70er-Jahre-Badehaube ungefragt. „Grit Nissen. Sitzt da seit dem Krieg. Die Gute ist halb blind." Krächzendes Lachen.

„Wie beruhigend", stieß Lianne hervor. Sie wendete erneut. Bahn Nummer 13 oder 14? Verdammt, sie konnte sich hier nicht unterhalten, wie sollte sie dabei ihre 20 Bahnen korrekt herunterzählen? Abgesehen davon: Die ungebetene Erläuterung beruhigte sie in Wahrheit überhaupt nicht, weil sie vermutlich nicht stimmte.

Die Frau an der Kasse hatte keineswegs halb blind gewirkt. Sie hatte Lianne vielmehr freundlich und aufmerksam gemustert und darauf hingewiesen, dass sie nicht vergessen möge, ab ihrem 60. Geburtstag den Seniorenrabatt einzufordern, der ihr zustehe. Seniorenrabatt! Lianne hatte einige Sekunden lang das Verlangen verspürt, die Frau mit einem kräftigen Schwinger ihrer Sporttasche niederzuschlagen.

„Das hat ja wohl noch ein bisschen Zeit", hatte eine Dame hinter ihr in der Schlange gebrummt – mit jener Reibeisenstimme, die Lianne gerade über die angebliche Sehschwäche jener Grit informiert hatte.

Lianne hatte dann an der Kasse doch niemanden niedergeschlagen, sondern sich schweigend ihre Tasche geschnappt und war in eine Umkleidekabine geeilt. Geradezu schockiert hatte sie sich in den neuen Badeanzug gezwängt, gekauft in einer der teuren Boutiquen an der Timmendorfer Kurpromenade. Eine demütigende Unternehmung, die Erinnerung an traumatische Momente vor den Spiegeln in den Umkleidekabinen von Sportgeschäften war noch präsent, und damals war Lianne deutlich schlanker gewesen als heute.

Deswegen hatte sie sich gestern in jener Boutique hastig ein riesiges, dunkelblaues Modell geschnappt und sich in Windeseile hineingewunden. Et voilà, hier war sie, im Niendorfer Meerwasser-Hallenbad, in einem engen Badeanzug, neben einer Frau, die mindestens 30 Jahre älter war als Lianne und 30-mal besser schwimmen konnte als sie.

Die rosafarbenen Plastikblüten (Warum trug eine so sportliche Schwimmerin keine dieser glatten Silikon-Press-Badekappen?) hatten Lianne längst überholt und zogen erneut an ihr vorbei.

„Machen Sie hier Urlaub?“, rief die Frau Lianne zu.

„Nein. Ich meine … ich weiß nicht“, gab Lianne atemlos zurück. Bahn Nr. 17, sie war sich relativ sicher.

„Sie wissen es nicht?“ Erneut dieses krächzende Lachen, bevor die Frau zehn Meter vor Lianne wendete.

„Wenn Sie Zeit haben: Ich trinke nach dem Schwimmen immer im *Himmel's Haus* einen Kaffee“, rief sie. „Würde mich freuen, wenn Sie sich dazusetzen.“

„Mal sehen“, erwiderte Lianne entkräftet. Noch drei Bahnen. Sie musste sich ihre letzten Reserven wirklich einteilen, konnte nicht überlegen, ob sie Lust hatte, mit einer Rentnerin, die anscheinend einst Mitglied im Olympiakader der deutschen Schwimmelite gewesen war, einen lauen Cappuccino zu schlürfen.

Die letzte Bahn nur noch in Trance. Mit zitternden Beinen erklomm Lianne schließlich die Leiter am Beckenrand, schleppte sich in die Dusche. Warmes Wasser, das zumindest einen Teil ihrer Verspannungen löste. Abtrocknen mit dem flauschigen, blaugrün gemusterten Badetuch, ebenfalls aus jener Boutique.

Knurrender Magen, nach dem Schwimmen kam der große Hunger, erinnerte sich Lianne. „Ein halbes Schwein auf Toast", hieß ihr früherer Schlachtruf, dann hatte sie sich meist eine mächtige Portion Nudeln reingefegt.

Die würde es heute nicht geben, sondern Salat. Salat. Satt machte der nicht, aber Lianne würde standhaft bleiben und …

Jemand bollerte an die Tür ihrer Umkleidekabine. Lianne zuckte zusammen wie eine gesuchte Straftäterin, wenn das SEK überraschend vorbeischaut.

„Schätzchen?", hörte sie die mittlerweile vertraute tiefe Stimme. „Sind Sie da drin?"

Lianne grinste. Hartnäckig war die kernige Schwimmerin ja.

„Kommt drauf an, wen Sie suchen."

„Die Frau, die nicht weiß, ob sie hier Urlaub macht", kam prompt die Antwort. Lianne grinste noch breiter.

„Das bin ich!"

„Ich geh jetzt ins Café und warte auf Sie", ertönte es im Befehlston hinter der Tür.

„Wo ist dieses Café denn?", fragte Lianne rasch.

„Du liebe Zeit", hörte sie Madame „Goldmedaille im Rückenkraul 1955" murmeln. „Am Timmendorfer Platz. Wenn Sie's nicht finden – fragen Sie nach dem *Café*

Möchtegern. Das kennt dort jeder. Ich hoffe, Sie trödeln nicht allzu sehr herum."

„Okay! Ich trödel nicht."

Wie könnte ich das auch wagen, fügte Lianne in Gedanken hinzu. Die Ansage war ja deutlich.

Es war nicht einfach, mit der Sporttasche (ebenfalls neu, an der Kurpromenade hatten sie wegen Liannes ehrgeiziger Vorsätze bereits gute Geschäfte gemacht) auf dem Gepäckträger und der Handy-Navigation in der Hand Fahrrad zu fahren. Ein klappriges, rostrotes Fahrrad etwa aus jener Zeit, in der Liannes neue Bekanntschaft ihre Medaillen im Rückenkraul gewonnen haben musste. In puncto Ausstattung ließ die Ferienwohnung einige Wünsche offen.

Vorsichtig radelte Lianne über den großen Platz vor der Niendorfer Seebrücke, dann die Promenade entlang. Links Appartementhäuser, ein paar 70er-Jahre-Bausünden und einige hübsche Einfamilienheime, rechts der Strand. Lianne erhaschte über die Dünen hinweg immer wieder einen Blick darauf, wenn sie nicht gerade auf ihr Handy oder nach vorn sah, von wo ihr vereinzelte Spaziergänger entgegenkamen.

Ein Spielplatz, dann eine Linkskurve, und Lianne fand sich am Niendorfer Hafen wieder. Dort lagen nur wenige Schiffe im Wasser, Ausflugsschiffe, vermutete Lianne, vielleicht wurden sie auch für Seebestattungen genutzt. Die schönen Segelyachten und teuren Motorboote waren gewiss im Winterlager.

Am Kai einheitlich gestaltete Fischbuden, eine hatte sogar geöffnet, ein Mann mit einer weißen Plastikschürze säbelte einem großen Fisch den Kopf ab, einem Dorsch vielleicht. Lianne hätte gern angehalten und Fisch gekauft, aber sie hatte keine Zeit, sie war verabredet, mit einer strengen Dame, und sie sollte ja nicht „allzu sehr herumtrödeln".

Die rot asphaltierte Strandstraße entlang strampelte sie Timmendorf entgegen. Ein Wäldchen in einer Kurve, das Ortsschild „Timmendorfer Strand", wieder Häuser, jetzt links und rechts, eine bunte Mischung: große, neu und steril wirkende Appartementhäuser, daneben wieder 70er-Jahre-Sünden, hier allerdings meist in Form von Hotels, dazwischen hübsche Villen, Jahrhundertwende, schätzte Lianne, einige offenbar noch als Pensionen betrieben, dazu ein schneeweißer Komplex aus drei nebeneinanderliegenden Villen hinter einer Front aus Garagen, die mit weißen Rolltoren verschlossen waren. Waren das diese asiatischen Bauten, von denen die nette Britt aus dem Kiosk erzählt hatte?

Nun begann die Strandallee mit ihren Boutiquen und Galerien, vorne ragte der wasserlose Brunnen des Timmendorfer Platzes empor.

Lianne fuhr über die ockerfarben gepflasterte Fläche, hielt nach dem *Café Himmel's Haus* Ausschau, wahlweise *Café Möchtegern*, egal, Hauptsache, sie entdeckte ihre Schwimmbad-Bekanntschaft mit der Vorliebe für bizarre Badehauben.

Was dann nicht besonders schwer war. Unübersehbar prangten die Schriftzüge *Café Himmel's Haus* und *Café Möchtegern* an einer beigefarbenen Markise, die von einem Vordach herabhing, unter dem sie allen Ernstes Tische und

Stühle aufgebaut hatten, und Heizpilze. Hier oben sitzen sie offenbar bei jeder Jahreszeit draußen, dachte Lianne.

Tatsächlich hockten zwei Raucherinnen an einem Tisch, rote Decken über die Knie gebreitet, und Lianne spürte zum ersten Mal keinen Frust, sondern große Dankbarkeit dafür, dass sic scit ihrcm grässlichen Absturz mit Rotwein und Kräuterlikör keine Zigarette mehr angefasst hatte. Die ersten Tage schienen nicht auszuhalten, Lianne hatte sogar vor Verzweiflung geweint und sich zweimal auf den Weg zum Tabakladen gemacht, war dann aber auf halber Strecke wieder umgekehrt. Heute jedoch fühlte es sich richtig gut an, nicht zu rauchen.

Ihre Schwimmkameradin schien keine Raucherin zu sein, jedenfalls saß sie nicht draußen, wie Lianne erleichtert registrierte, denn ihre nassen Haare steckten unter einer viel zu dünnen Mütze, einer Stadtmütze, zu schwach und verzagt für den Winter an der Ostsee.

Warmes Licht hinter den weißen Sprossenfenstern des Cafés. Entschlossen trat Lianne ein und sah sich um. Große, braune Steinfliesen, dunkles Holz, zahlreiche Tische, Ledersessel und Lederbänke, schön gerahmte Fotos aus vergangenen Zeiten an den cremefarbenen Wänden.

„Hier bin ich!“ Eine ältere Dame winkte von einem der Fenstertische an der Seite. Lianne trat auf sie zu, reichte ihre Hand über den Tisch.

„Wir haben uns noch gar nicht vorgestellt“, sagte sie. „Ich bin Lianne Paulsen.“

„Angenehm.“ Lianne meinte, einen ironischen Unterton aus der rauchigen Stimme herauszuhören. „Ich bin Thea Harms, aber sag einfach Thea, das macht hier jeder.“

Thea steckte in einem plüschigen, hellblauen Mohairpullover mit tiefem Ausschnitt, in dem eine schwere und sehr wertvoll aussehende Goldkette baumelte. Sie hatte lange, mit offenbar echten Steinen besetzte Ohrringe angelegt und trug eine überdimensionale, an den Rändern ebenfalls mit glitzernden Steinen besetzte Brille. Die Lippen für ihr Alter ungewöhnlich voll (aufgespritzt, hundertprozentig, dachte Lianne) und leuchtend rosa geschminkt, die Augen dunkelgrau umrandet, dazu großzügige Streifen Rouge auf den Wangen. Theas weißes, in Wellen um den Kopf gelegtes und schon etwas ausgedünntes Haar wies einen leichten Stich Lila auf. Ihre Gesamterscheinung weckte Gedanken an die späte Hildegard Knef, fehlte nur noch, dass sie „Für mich soll's rote Rosen regnen" anstimmte.

„Setz dich, Schätzchen, ich meine Lianne, ich sage einfach Du, das ist dir sicher auch lieber."

Thea wies auf den Stuhl gegenüber, Lianne folgte ihren Anweisungen.

„Lianne. Das ist ein ungewöhnlicher Name", stellte Thea fest und rührte in ihrem Tee.

„Ja. Es ist eine Abkürzung. So werde ich schon ewig genannt, seit meiner Kindheit."

„Und wofür ist es eine Abkürzung?" Thea starrte sie unerbittlich an. Lianne seufzte innerlich. Eine hartnäckige Dame, diese Thea.

„Eigentlich heißte ich Elisabeth Annegret", räumte sie widerstrebend ein. „Aber diese Namen mochte ich nie, niemand aus meiner Generation heißt so, das klingt …"

„Alt", unterbrach sie Thea. „So wie ich. In meiner Generation gibt es eine Menge Elisabeths und Annegrets."

„Entschuldigung", erwiderte Lianne verlegen. „Ich wollte nicht unhöflich sein. Es ist nur so, dass mir Lianne besser gefällt."

„Schon gut." Thea winkte mit einer herrischen Geste eine Kellnerin herbei.

„Was möchtest du?", fragte sie.

Liannes Magen verlangte nach einem riesigen Schnitzel mit einem Berg Pommes. Aber dem durfte sie nicht nachgeben. Sie beschwor die Zahl auf der Waage vor ihrem geistigen Auge herauf und ließ eine Vision von Knäckebrot, Magermilchjoghurt und hauchdünnen Hähnchenbrust-Streifen sowie gefühlten Tonnen von Äpfeln und Orangen, Tomaten und Gurken folgen.

„Ich hätte gern einen Milchkaffee und einen kleinen Salat", hörte sie sich sagen und kam sich standfest und tugendhaft vor.

Ein lautes Krachen ertönte, Thea und Lianne fuhren herum. Eine schmale, verhärmte Blondine jenseits der 50 war am Tresen samt Barhocker zu Boden gegangen. Mühsam rappelte sie sich auf, starrte aggressiv in die Runde.

„Was glotzt ihr denn so?", gab sie undeutlich von sich.

„Schon gut, Sigrid." Ein kräftiger Kellner legte ihr eine Hand in den Rücken, schob sie sanft, aber unnachgiebig hinaus.

„Sigrid Steenkamp", berichtete Thea emotionslos. „Von ihrem reichen Mann sitzen gelassen, seither gibt's den Prosecco schon am Vormittag."

Bevor Lianne etwas dazu äußern konnte, fuhr die ältere Dame schon fort: „Du bist auf Diät."

„Ja, ähm, ein bisschen … nur weil ich einen Salat bestellt habe?" Das nenne ich einen rasanten Themenwechsel, dachte Lianne.

„Auch. Du siehst nämlich, mit Verlaub, nicht so aus, als hättest du in den vergangenen Jahren überwiegend Salat gegessen. Dass du es jetzt tust, deutet auf eine kürzlich begonnene Diät. Dazu noch dein Einsatz im Schwimmbad …"

„Was ist mit meinem Einsatz im Schwimmbad?" Diese Thea war direkter, als Lianne es sich gewünscht hätte.

„Schlechter Schwimmstil." Thea nahm einen Schluck Tee aus ihrem Glas, an dem bereits ein beträchtlicher Teil ihres rosafarbenen Lippenstifts klebte.

„Du hast eine schlechte Haltung, wie eine Ente", referierte sie. „Wahrscheinlich tut dein Nacken ziemlich weh. Trotzdem hast du tapfer deine Bahnen heruntergekämpft. Ich nehme deshalb an, dass du mit Sport deine Abnahme beschleunigen willst."

Lianne verschlug es die Sprache.

Zum Glück brachte in diesem Moment die Kellnerin Liannes Milchkaffee. Lianne rührte darin herum. Genau genommen entsprach das, was Thea gesagt hatte, ja der Wahrheit. Lianne ärgerte sich nur deshalb, weil sie sich durchschaut fühlte. Aber war das wirklich so schlimm?

„Du hast recht", seufzte Lianne. „Mein Schwimmstil ist erbärmlich. Und früher war ich schlanker, und jetzt bin ich es nicht mehr, möchte es aber gern wieder sein."

„Dachte ich mir." Thea schmunzelte. „Aber das sind lösbare Probleme, Schätzchen. Ich meine, wenn du willst, kann ich dir helfen, deinen Schwimmstil zu verbessern. Ich war früher Landesmeisterin, musst du wissen."

„Dachte ich mir", gab Lianne zurück. Thea stutzte, dann lachte sie.

„Gemütlich ist es hier." Lianne blickte sich um. „Nur den Namen finde ich irritierend."

„Möchtegern?" Thea zuckte die Schultern. „Ach, das hat sich so ergeben. Früher hieß das Café nur *Himmel's Haus*, weil es Anfang der 1950er-Jahre von einem Kapellmeister namens Hermann Himmel eröffnet wurde. In den 70ern avancierte es dann zum Promi-Treff, deshalb entstand der Spitzname *Café Möchtegern*. Und den haben sie irgendwann offiziell an die Tür und auf die Speisekarten geschrieben."

„Gute Idee." Lianne nickte. „Sehr einprägsam."

„Tja. Das gibt es nur in Timmendorf." Thea lachte wieder. „Obwohl – das stimmt gar nicht mehr. Seit ein paar Jahren gibt es ein zweites *Café Möchtegern* in Scharbeutz. Das hat den Timmendorfern überhaupt nicht gefallen."

Wieder trank sie Tee.

„Jetzt mutmaße ich weiter", fuhr Thea fort. „Du bist hier in Timmendorf, im Februar. Urlaub ist es nicht, sagst du, aber einer Arbeit gehst du offenbar auch nicht nach. Du bist weggelaufen, würde ich sagen."

Zufrieden lehnte sie sich zurück, wartete Liannes Reaktion ab.

Lianne starrte ihre neue Bekannte verblüfft an.

„Warst du mal bei der Polizei?", fragte sie.

Thea lächelte fein.

„Ach was. Gute Menschenkenntnis, mehr nicht. Also: Was treibt dich hierher?“

Lianne schluckte. Einerseits fühlte sie sich bloßgestellt. Andererseits wollte sie sich gern jemandem anvertrauen – schon wieder, schließlich hatte sie Britt Peters gleich beim ersten Treffen am Kiosk von ihrem verkorksten Leben erzählt.

Die Kellnerin brachte den Salat für Lianne sowie eine mächtige, gebratene Scholle für Thea.

„Also gut“, sagte Lianne, während sich Thea über ihren Teller hermachte. „Ich bin tatsächlich weggelaufen. Sozusagen.“

Thea winkte mit ihrer Gabel, anscheinend ein Zeichen dafür, dass Lianne weitererzählen sollte.

„Es war alles so verfahren. Meine Situation. Ich habe nur noch gearbeitet, mein Mann auch.“ Lianne spießte eine Tomate auf. „Viel Stress eben. Jedenfalls hat mir mein Mann gesagt, dass er eine andere hat. Der Klassiker eben.“

Es war unangenehm, es auszusprechen, doch interessanterweise tat der Gedanke an Matthias und Mareile weniger weh als noch bei Liannes Ankunft in Timmendorf. Vielleicht nahm der Schmerz ab, je öfter sie davon erzählte? Dann sollte sie sich in der Fußgängerzone auf eine Kiste stellen und ihr Unglück jedem entgegenschreien, der die Kurpromenade entlang flanierte. „Speaker's Corner“ für verlassene Ehefrauen. Eine innovative Form der Gesprächstherapie. Lianne musste grinsen.

„Was ist so lustig daran, dass dein Mann eine andere hat?“, hakte Thea nach.

„Das ist natürlich nicht lustig.“ Lianne räusperte sich. „Ich bin nur gedanklich etwas abgeschweift.“

„Ist sie jünger, diese andere?“

Lianne nickte.

„Ja. Deutlich jünger. 29, um genau zu sein. Ich sage ja: ein Klassiker.“

„Hübsch? Schlank?“

„Logisch.“ Lianne atmete tief ein. Würde sie es jetzt aussprechen können?

„Sie heißt Mareile. Die Freundin von meinem Mann“, setzte Lianne an. „Und sie ist schwanger.“

„Oh.“ Thea zog die Augenbrauen hoch, legte Gabel und Messer korrekt nebeneinander auf den leer gegessenen Teller. „Dann ist es wohl etwas Ernstes.“

„Ja. Ja, das kann man so sagen.“ Lianne starrte die ältere Dame an. Etwas Ernstes. Schön auf den Punkt gebracht. Und plötzlich, vollkommen überraschend und nicht aufzuhalten, stieg ein großes, unbezwingbares Lachen in ihr auf, kletterte mühelos über den schweren, schwarzen Klumpen hinweg, der seit jenem grässlichen Tag tonnenschwer in Liannes Magen lag und schoss nach draußen.

Lianne warf den Kopf in den Nacken und lachte los, laut und ungebremst, ohne einen Gedanken an umsitzende Gäste zu verlieren.

Sie lachte und lachte, Tränen liefen ihr das Gesicht hinunter, aber sie hatte keine Kraft, sie wegzuwischen. Etwas Ernstes. Wunderbar. Ja, in der Tat, Lianne Paulsen war etwas Ernstes widerfahren oder vielmehr ihrem Mann, ihrem vermutlich künftigen Ex-Mann, etwas Ernstes, Junges, Hübsches, Schwangeres, dessen aussortierte Vorgängerin sich gerade albinokaninchenrote Augen im Meerwasser-Hallenbad geholt hatte und jetzt im *Café Möchtegern* Salat aß, mit einer grell geschminkten Oma, und sich kaputtlachte.

Lianne beruhigte sich nur langsam, schnappte nach Luft. Thea reichte ihr eine Serviette.

„Geht's wieder?"

„Ja. Danke, es geht." Lianne wischte sich mit der Serviette übers Gesicht. „Das hat gut getan. Danke. Und entschuldige das Aufsehen."

„Interessiert hier keinen." Thea machte eine wegwerfende Handbewegung. „Das *Café Möchtegern* hat schon ganz andere Auftritte gesehen."

Die beiden Frauen sahen aus dem Fenster. Draußen herrschte immer noch das sanfte, diffuse Licht der von dünnen Wolken verdeckten, schwachen Wintersonne.

„Hast du denn inzwischen mal mit deinem Mann gesprochen?", durchbrach Thea die Stille. „Weiß er überhaupt, wo du bist?"

„Gesprochen habe ich nicht mit ihm." Lianne schüttelte den Kopf. „Ich habe seine Nummer blockiert, gleich am ersten Tag, als ich hier angekommen bin."

„Vielleicht denkt er, dass dir etwas passiert ist."

„Glaube ich nicht", erklärte Lianne. „Ich habe einer Freundin Bescheid gesagt. Damit sie sich keine Sorgen macht. Bei der könnte Matthias nachgefragt haben. Hat er höchstwahrscheinlich auch, so, wie ich ihn kenne."

„Und jetzt? Was willst du jetzt machen?"

„Mit Matthias?" Lianne runzelte die Stirn. „Keine Ahnung. Nichts. Scheiden lassen? Ich weiß nicht."

„Das meine ich nicht. Was willst du generell machen – zum Beispiel hier, in Timmendorf?“, fragte Thea.

„Ebenfalls keine Ahnung.“ Lianne kratzte mit ihrem Löffel in der leeren Kaffeetasse herum. „Wenn ich länger bleiben will, muss ich mir einen Job suchen. Ich habe etwas Geld von unserem Konto abgeräumt, aber das wird nicht ewig reichen.“

„Als was hast du gearbeitet? Und wo kommst du überhaupt her?“ Thea schien alles wissen zu wollen.

„Aus Bremen“, erwiderte Lianne. „Ich habe dort die Marketingabteilung einer großen Messegesellschaft geleitet. Viel Arbeit, viel Geld.“

„Und dann gekündigt?“

„Nein.“ Lianne wurde rot. Wie peinlich. Was sollte Thea nun von ihr denken?

„Ich habe mich auch nicht bei meinem Chef gemeldet. Nicht so richtig. Nur eine kurze Krankmeldung geschickt. Mein Handy ist voll mit Nachrichten von ihm. Der ist wahrscheinlich stinksauer auf mich, und vermutlich bin ich bereits fristlos gekündigt“, fuhr sie fort. „Das war blöd von mir. Aber ich konnte einfach nicht. Ich kann es nicht erklären.“

„Mir musst du es ja auch nicht erklären“, erwiderte Thea. „Aber deinen Chef solltest du anrufen. Gehört sich so.“

Lianne nickte brav wie eine Grundschülerin, die verspricht, künftig nicht mehr auf dem Flur zu rennen. Hajo anrufen. Na toll. Der würde ausflippen vor Freude, haha.

„Willst du dir wieder einen Job im Marketing suchen?“, setzte Thea ihre Befragung fort.

Lianne horchte in sich hinein. Wollte sie?

„Nein, auf gar keinen Fall. Ich möchte nicht mehr im Marketing arbeiten."

„Sondern?" Du liebe Güte, Thea schien früher beim BND oder der Kripo beschäftigt gewesen zu sein, ihrer Verhörtaktik nach zu urteilen.

„Ich weiß es nicht. Irgendein Job würde mir wohl erst einmal reichen. Im Kiosk. Oder meinetwegen auch als Zimmermädchen oder Kellnerin, da müsste sich doch etwas finden lassen, oder nicht?"

„Sicher." Thea sah Lianne abwartend an. „Ich hätte etwas für dich."

„Du? Für mich?" Lianne war verwirrt. Thea musste längst in Rente sein. Welchen Job könnte sie ihr anbieten?

„Ja. Strandkörbe", gab Thea zurück.

„Strandkörbe?"

„Du kennst ja wohl Strandkörbe?", gab Thea zurück. „Ich habe welche. Recht viele, wenn ich das so sagen darf."

„Du hast eine Strandkorbvermietung?", dämmerte es Lianne.

„Vier", antwortete Thea trocken. „1000 Körbe insgesamt. 750 in Timmendorf, 250 in Niendorf. Harms-Strandkörbe. Ist zusammengerechnet die größte Vermietung hier oben. Läuft gut. Ich bin versorgt."

„Strandkörbe." Lianne überlegte. „Aber das ist doch ein Saisongeschäft. Ich meine, da brauchst du doch jetzt niemanden, oder?"

„Hast du eine Ahnung." Thea verzog das Gesicht. „Die Körbe sind derzeit alle im Lager. Die müssen fit gemacht werden. Um Ostern herum bringen wir die ersten raus.

Jede Menge Plackerei. Dann wird vermietet, da gibt es keine Pause – wenn das Wetter mitspielt. Dann geht es im Herbst zurück ins Lager, und dann geht das ganze Spiel wieder von vorne los."

„Also ich soll Strandkörbe vermieten?", fragte Lianne vorsichtig. „Ab Ostern?"

„Ja. Und ab sofort kannst du im Lager helfen."

„Ich bin aber handwerklich eher ungeschickt", merkte Lianne an.

„Egal. Putzen kannst du die Körbe ja wohl", sagte Thea ungerührt. „Reich wirst du nicht, aber ich zahle einen vernünftigen Stundenlohn. Dann bist du beschäftigt und kannst wieder einen klaren Kopf bekommen."

Lianne schwieg. Wollte sie das wirklich – Strandkörbe putzen? Warum eigentlich nicht? Sie hatte ohnehin nichts zu tun. Außerdem war es überaus freundlich von Thea, ihr einen Job anzubieten, nur, weil sie ein einziges Mal zusammen im Café saßen.

„Gut. Okay", hörte sie sich sagen. Lianne streckte die Hand aus. „Ich mach's. Danke."

Thea lächelte und schlug ein. Dann winkte sie auf ihre herrische Art die Kellnerin herbei.

„Wir hätten gern Sekt! Darauf müssen wir anstoßen."

Lianne nahm dann aber doch lieber einen O-Saft. Guter Vorsatz war guter Vorsatz. Da konnte ihre neue Chefin die aufgemalten Augenbrauen ihretwegen so hoch ziehen, bis sie ihr am Hinterkopf wieder hinunterrutschten.

KAPITEL 6

Die Veranstaltungen außerhalb der Saison sind die schönsten, ging es Britt Peters durch den Kopf. Zusammen mit ihrem Mann Meeno an den Tresen des Cocktail-Pavillons gelehnt, nippte sie an ihrem Glühwein, ließ die Atmosphäre der Timmendorfer *Winter-Lounge* auf sich wirken.

Am Strand neben der großen Seebrücke waren niedrige Tische und Sitzgelegenheiten aus weiß lackierten, zusammengeschraubten Euro-Paletten verteilt. Dazwischen bunte, futuristisch geformte Leuchten, die geheimnisvolles Licht in der Nachmittagsdämmerung verbreiteten, während im DJ-Zelt ein junger Mann mit Vollbart am Mischpult für „chillige Lounge-Musik" sorgte.

Die *Winter-Lounge*, eine Initiative der Timmendorfer Tourismusverantwortlichen, sollte in der dunklen Jahreszeit Gäste an die Küste locken. Tatsächlich waren einige Ausflügler erschienen, mindestens die Hälfte der Besucher bestand allerdings aus Einheimischen, die die „chillige Lounge" als Dorf-Treff nutzten.

„Möchtest du noch einen?" Meeno schwenkte auffordernd seine Punschtasse. Britt schüttelte den Kopf.

„Dann nur einen", rief Meeno der jungen Frau hinter dem Tresen zu. Britt griff nach seiner Hand, die ebenso wie ihre in wärmenden Lederhandschuhen steckte, und betrachtete ihren Mann von der Seite.

Meeno Peters sah immer noch gut aus, jedenfalls in Britts Augen. Nicht übermäßig groß, aber kräftig, mit breiten Schultern – und inzwischen einem kleinen Bauchansatz. Drahtige, kurze Locken, die allmählich von Rotbraun zu Grau wechselten, freundliches, klar geschnittenes Gesicht mit den ersten Falten. Für einen 40-Jährigen konnte er sich sehen lassen. Britt war dankbar für ihre Familie – für ihren zuverlässigen Mann und für ihre Söhne, die sie früh bekommen hatte. Bosse schon mit 22, nach heutigen Maßstäben also als blutjunge Mutter. Vier Jahre später, bei der Geburt von Rasmus, hatte sie sich schon etwas erwachsener gefühlt. Jetzt waren die beiden Jungs Teenager, Bosse würde im nächsten Jahr volljährig werden.

„Britt, Meeno, seid gegrüßt." Tatjana Ebert trat an das Paar heran und hob ihren Punschbecher. „Schön, dass ihr vorbeischaut."

„So lange es Glühwein gibt – immer." Meeno zwinkerte der großen, schlanken Frau mit den langen, rotblonden Haaren zu. „Wir wollen doch die Timmendorfer Wirtschaft am Laufen halten."

„Löblich, löblich", schmunzelte Tatjana Ebert, seit zwei Jahren Tourismuschefin der Gemeinde. Sie legte Wert darauf, mit allen, die in der Timmendorfer Tourismusbranche arbeiteten, regelmäßigen Kontakt zu halten.

„Ich fürchte nur, beim Glühwein musst du dich ranhalten", riet sie Meeno. „Es gibt nicht mehr viel – eigentlich sollten heute ja vor allem Cocktails ausgeschenkt werden."

„Cocktails, bei der Kälte." Britt schauderte. „Warum macht ihr nicht lieber einen Punsch-Treff?"

„Machen wir doch, Britt“, erwiderte Tatjana Ebert im belehrenden Tonfall eines Schutzpolizisten bei der allgemeinen Verkehrskontrolle. „Immer während des Weihnachtsmarktes. Aber die *Winter-Lounge* steht unter anderen Vorzeichen, das hat mit unserem Leitbild zu tun.“

„Die Premium-Destination, innovativ, stylisch, besonders – habe ich etwas vergessen?“, zitierte Meeno grinsend.

„Ja, eiskalte Getränke mitten im Winter!“, rief eine Männerstimme von hinten. Britt, Meeno und die Tourismuschefin drehten sich um. Ole Martens und Steen Cordes waren durch den Sand zum Cocktail-Zelt gestapft und gesellten sich zu dem Trio an den Tresen.

„Habt ihr auch Pils?“, fragte Ole die junge Bedienung. Die nickte ergeben, öffnete den Kühlschrank und holte eine braune Flasche heraus. Ole trug seine türkisfarbene Jacke, die für die heutigen Temperaturen viel zu dünn erschien – da wird seine selbst gestrickte Mütze auch nicht helfen, dachte Britt. Doch sie würde sich hüten, Ole auf seine Kleidung anzusprechen, das ging sie schließlich nichts an.

„Für Sie auch etwas?“ Steco schüttelte den Kopf. Anders als Ole steckte er in einer robust wirkenden Winterjacke und in derben Winterstiefeln.

„Ich muss weiter“, verabschiedete sich Tatjana Ebert. „Bis später vielleicht.“

Ole sah Tatjana Ebert bedauernd hinterher.

„Schade, dass Frau Ebert schon geht“, meinte er. „Ich hätte doch zu gern gewusst, was sie zum Thema ‚Vandalismus in Timmendorf‘ zu sagen hat.“

„Welchen Vandalismus meinst du?" Meeno nahm einen Schluck Punsch. „Sag nicht, dass du nicht über die Geschichte mit Jupps Mercedes hinweg bist."

„Was heißt hier ‚hinweg sein'?", protestierte Ole. „Als wenn es mir etwas ausmachen würde, dass sich jemand an dieser blöden Schleuder zu schaffen gemacht hat. Im Gegenteil, ich gönne es dem alten Angeber."

„Jetzt hack nicht ewig auf Jupp herum", mischte sich Britt ein. „Das wird allmählich langweilig."

„Ach ja?" Ole fixierte sie mit seinen verwaschen wirkenden Augen. „Das wundert mich aber, dass ausgerechnet du Jupp verteidigst. Nachdem er deinen Jungen angegangen hat."

„Er hat was?" Britt und Meeno traten gleichzeitig einen Schritt auf Ole zu.

„Ach, das wisst ihr gar nicht?", meinte dieser spöttisch, offenbar voller Vorfreude darauf, eine hässliche Geschichte zum Besten zu geben. Doch Steco nahm ihm den Wind aus den Segeln.

„Ole, lass gut sein. Du machst alle ganz kirre", sagte er ruhig. „So dramatisch war die Sache nicht."

Steco schilderte den Vorfall auf dem Timmendorfer Platz, betonte jedoch, dass Jupp sein impulsives Vorgehen mittlerweile bereue und sich entschuldigen wolle.

„Das will ich ihm auch geraten haben", fauchte Britt. „Der arme Jonathan! Was nimmt sich Jupp bloß heraus! Und Bosse hat uns nichts erzählt!"

„Die jungen Leute wollen das vielleicht selbst klären", gab Meeno zu bedenken, in der Überzeugung, dass man seinen Kindern möglichst viel Selbstverantwortung lassen sollte. Abgesehen davon hatte Jupp ja nicht Bosse am Schlafittchen gepackt.

„Jupp hat die Woche in Dortmund verbracht und ist ein wenig runtergekommen“, meinte Steco. „Inzwischen glaubt er selbst nicht mehr so recht daran, dass Bosse und seine Freunde sein Auto zerkratzt haben. Er brauchte wohl nur einen Blitzableiter.“

„Ach, und da schnappt er sich einfach ein paar Jugendliche?“ Britt war wütend. Sie sah sich um. Immer noch das Leuchten der schummrigen Lampen und „chillige Lounge-Musik“. Mit Britts entspannter Stimmung war es jedoch vorbei.

„Ich sag es ja: Der Typ ist ein Arsch“, versuchte Ole, wieder Schwung in die Debatte zu bringen. Doch die anderen sprangen zu seinem Bedauern nicht darauf an.

„Wenn man den Teufel nennt …“, murmelte Meeno bedeutungsvoll und wies Richtung Seebrückenplatz. Den überquerte eine dunkle, massige Gestalt, die zielgerichtet die Treppe zum Strand hinunterstieg und auf das Cocktail-Zelt zusteuerte.

„Ach nee“, merkte Britt an, als Jupp schnaufend und mit gerötetem Gesicht vor der Gruppe stand. „Der Mann mit dem Lackschaden und dem Hang zur Selbstjustiz. Na, wen willst du heute beschuldigen?“

Jupp stutzte und rückte seine schwere Wachsjacke zurecht. Dann lächelte er unsicher.

„Britt, Meeno, hallo. Es tut mir leid“, fing Jupp an. „Steco hat mir erzählt, dass einer von denen euer Junge ist. Das war ein Missverständnis. Mit mir sind die Pferde durchgegangen. Sorry.“

Er winkte der Bedienung zu. „Einen Gin-Tonic, mit doppelt Gin!“

Die junge Frau griff zur Gin-Flasche. Nach einem prüfenden Blick – die Flasche war leer – langte sie in das Spirituosen-Regal und holte eine neue Flasche Gin heraus. Während sie den Drink mixte, wechselte Jupp verlegen von einem Fuß auf den anderen.

„Entschuldigen musst du dich nicht bei uns, sondern bei Jonathan“, forderte Britt. „Jedenfalls nach dem, was Steco erzählt hat.“

Jupp blickte den schmalen, blonden Mann verärgert an, doch das schien Steco nicht zu stören.

„Ich habe den Vorfall so geschildert, wie er war“, erklärte Steco gleichmütig. „Die Lüge zerstört spirituelle Qualitäten, Vertrauen und sozialen Zusammenhalt.“

„Trag nicht gleich wieder so dick auf“, brummte Jupp. „Aber schön, ich werde mich bei diesem Jonathan entschuldigen, okay?“

„Das ist ja mal was Neues, dass du …“, fing Ole mit süffisantem Lächeln an, aber Steco brachte ihn mit einer strengen Geste zum Schweigen.

„Ole, nicht jetzt. Du musst nicht weiter Öl ins Feuer gießen. Ich würde sagen, dass wir abwarten, ob Jupp sein Versprechen hält, oder nicht?“

Britt und Meeno nickten versöhnlich.

Jupp nahm einen tiefen, ersten Schluck von seinem Gin-Tonic, als habe er nach entbehrungsreicher Wanderung durch die Wüste endlich eine lebensspendende Wasserquelle erreicht – und spuckte ihn nach wenigen Sekunden prustend und in hohem Bogen wieder aus.

„Was ist das denn?!", rief er. „Willst du mich vergiften?"

Die junge Bedienung erstarrte vor Schreck.

„Was ist los, Jupp?" Britt, Meeno, Steco und Ole traten besorgt an ihren Bekannten heran. Der hatte das Gesicht in tiefem Ekel verzogen.

„Total versalzen! Boah, ist das widerlich! Das schmeckt wie pures Salz!" Jupp hielt sein Glas in die Höhe. „Was, bitte schön, soll das hier sein?!"

Bis sie dann die Blechwanne hinten in den Dünen entdeckten, verging eine ganze Weile.

Zunächst schaffte es Steco, dass Jupp nicht sofort ungebremst auf die Bedienung im Cocktail-Zelt losging, der vor Angst und Ratlosigkeit die Tränen in den Augen stiegen. Britt beruhigte sie und fragte vorsichtig nach: „Und du hast heute wirklich kein Salz benutzt?"

„Nein, auf gar keinen Fall!" Die junge Frau schüttelte heftig den Kopf.

„War das der erste Gin-Tonic heute?", wollte Britt wissen.

„Nein, aber der erste aus der neuen Flasche. Die andere, die war schon angebrochen, und dann war sie eben nach dreimal Mixen auch schon leer."

Britt griff ins Regal und nahm die Gin-Flasche heraus, schraubte sie auf und schnupperte.

„Puh", meinte sie. „Also Gin ist das jedenfalls nicht."

„Gib mal her." Britt reichte die Flasche an Meeno weiter. Der schüttete eine winzige Menge daraus in seinen mittlerweile leeren Punschbecher und nahm mit Todesverachtung einen Schluck.

„Igitt.“ Meeno stellte den Becher ab. „Schmeckt wie Salzwasser – wie sehr, sehr salziges Salzwasser.“

„Merkwürdig.“ Tatjana Ebert war auf den Aufruhr am Cocktail-Zelt aufmerksam geworden und roch vorsichtig an dem Becher.

„Ich kann mir nicht erklären, wie …“, begann sie, wurde aber von einer wütenden Stimme unterbrochen.

„Das ist doch keine Pina Colada! Ich will sofort den Chef sprechen!“

Ein junger Mann, mit Vollbart und dem unvorteilhaften, übergroßen Basecap ein optischer Zwilling des DJs, zeigte anklagend auf sein Glas. „Das schmeckt wie Essig!“

„Noch einer“, kommentierte Ole trocken, als Einziger die Aufregung genießend. „Gut, dass ich Bier genommen habe.“

„Zeigen Sie bitte einmal her.“ Tatjana Ebert reagierte geistesgegenwärtig. „Ich bin hier die Chefin, wenn Sie so wollen. Die Tourismuschefin. Ich fürchte, hier hat uns jemand einen üblen Streich gespielt.“

Während Tatjana Ebert versuchte, den Besucher zu beruhigen, betrat Meeno das Cocktail-Zelt. Er hatte denselben Gedanken wie seine Frau, die zusammen mit der Bedienung bereits das Spirituosen-Regal leer räumte. Britt öffnete eine Flasche nach der anderen und roch daran. Meeno tat es ihr gleich. In kurzer Zeit hatten sie alle Flaschen überprüft, die Whisky, Rum, Gin, Brandy, Wodka, Tequila, Wermut oder Likör enthalten sollten.

„Das gibt es nicht“, meinte Britt fassungslos.

„Offenbar doch“, antwortete Meeno. „Das ist alles Schrott.“

Wobei „Salz“ und „Essig“ eine präzisere Beschreibung gewesen wären als „Schrott“. In allen Flaschen, in denen klare, hochprozentige Flüssigkeit hätte sein sollen, befand sich Salzwasser. Und alles Bernsteinfarbene wie Whisky oder Rum war durch eine Art Essiglösung ersetzt worden.

Vor dem Zelt mühten sich Tatjana Ebert und Steco, den *Winter-Lounge*-Besuchern klarzumachen, dass es heute keine Cocktails mehr geben würde. Was auf wenig Begeisterung stieß. Irgendwann allerdings hatte sich auch der letzte Gast murrend des Weges getrollt.

„Wie viele Cocktails hast du heute gemixt?“, setzte Britt ihre Befragung der Bedienung fort.

„Nicht viele. Die meisten Leute wollten ja Glühwein, den hat mein Chef vorhin vorbeigebracht.“

Die junge Frau wies mit dem Kopf auf einen großen Edelstahl-Behälter auf einem Holztisch. „In den Spender gehen 20 Liter rein, da können Sie eine Weile von ausschenken.“

„Also war der Glühwein-Bottich über Nacht nicht im Zelt?“

„Nein, geht ja gar nicht.“ Die Bedienung schüttelte den Kopf. „Und die angebrochenen Schnaps-Flaschen hat der Chef auch erst vorhin angeschleppt. Die sollte ich erst aufbrauchen, bevor ich die neuen öffne.“

„Das grenzt den Schaden zumindest ein“, kommentierte Tatjana Ebert. Jupp, Ole und Steco warteten vor dem Zelt. Jupp hatte sich in puncto Getränkewahl Ole angeschlossen und sich eine Flasche Bier geben lassen – nicht ohne sich zu vergewissern, dass diese noch fest verschlossen war, als sie ihm überreicht wurde.

„Tja." Meeno sah sich ratlos um. „So, wie es aussieht, hat jemand sämtliche Flaschen geleert und mit dieser Pansche wieder aufgefüllt."

„Aber wann?", fragte die Tourismuschefin.

„In der Nacht?"

„Sämtliche Aufbauten werden nachts bewacht, unsere Security geht regelmäßig vorbei", erwiderte Tatjana Ebert.

„Wie regelmäßig?" Meeno sah sie zweifelnd an.

„Na ja, bei den Temperaturen …" Die Tourismuschefin verzog das Gesicht. „Ein, zwei Stunden Pause können schon mal dazwischenliegen, schätze ich."

„Das dürfte gereicht haben", meinte Meeno. „Ungefähr 30 Flaschen aufschrauben, ausschütten, neu befüllen – das dauert eineinhalb Stunden, vielleicht etwas weniger."

„Aber wo hat er – oder sie – das gute Zeug hingeschüttet?", fragte Britt. „Neben das Zelt wohl kaum. Dann wären hier Pfützen, und man hätte es auch gerochen."

„Wir können uns ja am Strand umsehen", schlug Steco vor.

„Warte, ich komme mit. Hab ne Super-Taschenlampe in meinem neuen Handy", schloss Jupp sich an. Auch Ole mochte nicht zurückstehen, und so stapften die drei Männer los.

„Üble Sache", sagte Britt.

„Ja, allerdings." Tatjana Ebert seufzte. „Wobei wir vermutlich mit einem blauen Auge davongekommen sind. Zusammen mit Jupps angeblichem Gin-Tonic sind vier Salz- oder Essig-Cocktails ausgegeben worden. Ich habe den betroffenen Gästen Gutscheine versprochen. Mit etwas Glück spricht es sich nicht herum."

„Glaubst du?“ Meeno runzelte die Stirn. „Das macht doch wahrscheinlich jetzt schon auf Facebook die Runde.“

„Das krieg ich wieder eingefangen.“ Tatjana Ebert winkte ab. „Ich setze mich gleich an eine schlüssige Erklärung, die ist in einer halben Stunde online. Da kann ich endlich die Ratschläge aus dem Seminar für Krisen-PR anwenden.“

„Schön, dass du deinen Humor nicht verloren hast“, erklärte Britt. In diesem Moment hörten sie laute Rufe aus Richtung der Düne.

„Kommt mal her! Hier ist was!“

Britt, Meeno und die Tourismuschefin liefen los, erspähten die Silhouetten von Jupp, Steco und Ole vor dem dicht bewachsenen Grünstreifen unterhalb des *Hotels am Meer*, der das Ende des Sandstrandes markierte.

„Also ich trinke heute nur noch Bier, hundertprozentig“, trompetete Jupp heraus. Ebenso wie Ole fand er mittlerweile offenbar Gefallen an der Aufregung.

„Aber echt“, unkte Ole. „Das gibt es nur in Timmendorf.“

Er zeigte auf einen unförmigen Gegenstand, der hinter einigen Büschen verborgen im Sand stand: eine verbeulte Blechwanne, randvoll mit einer undefinierbaren Flüssigkeit, an deren Oberfläche seltsame Brocken schwammen.

„Igitt!“ Britt hielt sich die Nase zu. Es stank bestialisch.

„Ein bunter Spirituosen-Mix“, erklärte Steco gelassen. „Angereichert mit faulen Eiern – jedenfalls riecht es so.“

„Wer macht so etwas?“, rief die Tourismuschefin empört.

„Tja. Einer, der seine Botschaft verkünden will", antwortete Ole. Jupp beleuchtete ergänzend ein Pappschild, das an einem Stock befestigt und in den Sand gesteckt worden war.

„Lest mal."

Meeno, Britt und Tatjana Ebert beugten sich vor. Grüne, etwas ungelenke Buchstaben verkündeten: „Die fetten Tage sind vorbei."

Kapitel 7

Liannes Beine zitterten, als sie aus der Dusche trat. Der Spiegel des 80er-Jahre-Badezimmerschranks war beschlagen, ein Glück, auf den Anblick ihres rotfleckigen Gesichtes konnte sie verzichten. Sodbrennen und leichte Übelkeit: der große Kaffee, getrunken vor ihrer ersten Frühsport-Einheit, schwappte vorwurfsvoll in ihrem ansonsten leeren Magen hin und her.

Immerhin zwei Kilo weniger, Motivation genug für die erste Joggingrunde seit gefühlt hundert Jahren. Mit neuen Laufschuhen, neuer Laufhose und neuer Windjacke, günstig erworben in einem wühligen, gemütlichen Kaufhaus, das Lianne nahe einer Ansammlung von Discountern und Drogerien in Scharbeutz entdeckt hatte.

Die Laufstrecke traumhaft schön, die Wohldstraße hinunter, bis zur Promenade, dann nach links. Rechts die hübschen Kiefern, hinter denen Strand und Ostsee hervorlugten. Links die Gärten prächtiger Einfamilienhäuser, alle mit heruntergelassenen Rollladen, einsam und verlassen. Wie konnten Leute diese wunderschönen Häuser direkt am Wasser besitzen, ohne darin zu wohnen? Saßen die Eigentümer dieser Villen gerade in einer anderen Residenz im mediterranen Süden in der Sonne?

Keuchen nach 500 Metern, Knie-Zwicken nach 800 Metern, nach einem Kilometer Verwünschungen gegen das gesamte Sportvorhaben und Timmendorf und Lianne selbst. Doch sie hatte durchgehalten, bis zu jenem Hotel mit der seltsamen, terrakottafarbenen Fassade an der Ortsgrenze zu Scharbeutz, hinter dem die Rutschen des *Baltic-Spaßbads* aufragten, die eine grün, die andere rot. Dann zurück, insgesamt drei Kilometer, ein Anfang. Als Lianne wieder vor dem Appartementhaus in der Wohldstraße ankam, war ihr schwindelig, die Treppe hinauf zu ihrer Wohnung schien unüberwindbar, dann hatte sie sich im Wohnzimmer auf den Teppich geworfen.

Lianne schlüpfte in die billige Jeans, ebenfalls aus jenem Kaufhaus, und in einen Fleece-Pullover, von denen an den dortigen Kleiderständern um die 1000 Exemplare hingen. Heute war ihr erster Arbeitstag, sie hatte lange überlegt, in welchem Outfit sie in jener Halle auftauchen sollte, in der Theas Strandkörbe auf sie warteten. Leinenhose, teurer Wollpullover? Nein. Jeans und Fleece erschienen besser.

Hastig löffelte Lianne Müsli und zog nach kurzem Überlegen wieder ihre Turnschuhe an – ob diese noch nach Schweiß müffelten oder nicht, interessierte in der Halle vermutlich niemanden. Der schicke Mantel bildete einen seltsamen Kontrast zur praktischen Arbeitsbekleidung, als habe jemand eine edle Damast-Tischdecke über einen schäbigen Sperrmülltisch geworfen, aber das konnte Lianne jetzt auch nicht ändern, sie musste los. Wer wollte schon am ersten Tag zu spät kommen, sie jedenfalls nicht.

Im langen Spiegel im engen Flur: eine ziemlich abgerockt aussehende Frau, ungeschminkt, die Haare eine Zumutung. Noch nicht sichtbar schlanker, aber das Veilchenblau von Liannes Augen kehrte langsam zurück, das Stumpfe und Wässrige in ihnen war verschwunden. Außerdem funkelte so etwas wie Entschlossenheit in ihnen – Entschlossenheit angesichts ihres ersten Arbeitstages als Strandkorb-Putze, niemand in Liannes alter Firma würde das glauben.

Lianne strampelte auf dem klapprigen Ferienwohnungsfahrrad die Wohldstraße hinauf, spürte Schmerzen in den Oberschenkeln, bog in die Bergstraße ab und rollte über die gähnend leere B 76, auf der in der Saison wahrscheinlich der Teufel los war, auf die Hauptstraße. Vor ihr mehrere große Fabrikgebäude. „Die Straße gleich hinter *Rügenberg* rein und dann bis zum Ende durch", so hatte Thea den Anfahrtsweg beschrieben und erklärt, dass *Rügenberg* eine Wurstfabrik war, mitten in Timmendorf, Produktionsstätte einer beliebten Teewurst, und fettarmen Ostseeschinken stellten sie dort auch her, den konnte Lianne ja mal probieren.

Theas Halle was ein hohes Gebäude aus Waschbeton mit Wellblechdach, still und unauffällig am Ende der Straße gelegen. Lianne schloss ihr Fahrrad an einem rostigen Ständer ab, ging auf eine schmutzigbraune Holztür zu, auf die jemand nachlässig den Namen „Harms" gepinselt hatte, und drückte auf den Knopf einer fleckigen Messingklingel. Schritte, dann öffnete sich die Tür, und Lianne bereute augenblicklich sämtliche Mahlzeiten und Drinks und Zigaretten der vergangenen Jahrzehnte, den aufgeschobenen Friseurbesuch, das fehlende Make-up, die Turnschuhe, die billige Jeans und den doofen Fleece-Pullover. Alles in allem bereute sie Lianne Paulsen insgesamt beziehungsweise den Kontrast, den sie zu dem Mann bildete, der ihr jetzt gegenüberstand.

Etwa Mitte 30, etwa 1,85 Meter groß, trotz der Jahreszeit überraschend braun gebrannt und offenbar sehr sportlich – zumindest zeichnete sich unter seinem eng anliegenden Arbeitsshirt ein ausgezeichnet definierter Oberkörper ab. Dazu dichte, dunkle Haare, leuchtend blaue Augen, eine gerade Nase, ein kantiges Kinn – Lianne hätte sofort ihr Handy zücken müssen, um ein Foto zu machen und es ihrer Freundin Svenja zu schicken. Garniert mit einer munteren Zeile wie „Guck mal, was ich gefunden habe". Aber das tat Lianne nicht, sondern staunte nur und dachte, dass sie nicht nur unattraktiv, sondern noch dazu reichlich belämmert aussehen musste.

Der fleischgewordene Frauentraum präsentierte ein umwerfendes Grinsen, bei dessen Anblick Lianne einen trockenen Mund bekam. Er streckte seine Hand aus, die Lianne verwirrt und begeistert zugleich betrachtete.

„Moin", sagte Mr. Ostsee. „Ich bin Philipp. Philipp Harms. Und du bist Lisa? Thea hat dich angekündigt."

„Lianne. Lianne, nicht Lisa", brachte Lianne hervor, griff nach der schönen Hand, schwankte ein wenig und ließ sie wieder los.

„Lianne. Auch schön." Philipp grinste wieder dieses Grinsen, von dem Lianne unbedingt eine Aufnahme haben musste.

„Komm rein, ich zeig dir alles." Er drehte sich um und ging in die Halle. Lianne folgte ihm mit Blick auf seinen perfekten Hintern, der in einer engen Jeans steckte.

Philipp Harms, von Thea nur unzureichend mit „mein Großneffe, der zurzeit an den Körben werkelt" beschrieben. Vor Liannes geistigem Auge war bei diesen Worten ein unauffälliger, blasser Jüngling mit Zottelfrisur und schmutzigen Fingernägeln erschienen – eine Vorstellung, die der Formulierung „völlige Fehleinschätzung" eine neue Dimension verlieh.

Lianne atmete tief durch. Ruhig bleiben, Fakten-Check, Lage analysieren. Du bist Mitte 40, ein optisches Katastrophengebiet und mit einem männlichen Supermodel in einer großen, kalten Halle, um Strandkörbe zu putzen. Reiß dich zusammen. Er muss dich nicht auch noch für meschugge halten.

Die Halle war in der Tat groß, etwa 30 mal 30 Meter maß das Erdgeschoss. Auf dem kalten Betonfußboden: Hunderte Strandkörbe, Reihe um Reihe, aus weißem Korbgeflecht, mit weißblau gestreiften Markisen und ebenso weißblau gestreiften Polstern. Das Korbgeflecht wies teilweise Flecken auf, direkt auf den ersten Blick entdeckte Lianne mehrere Graffiti, einige Markisen waren eingerissen, die Polster wirkten mitunter schmutzig oder waren löchrig.

„Das sind die Patienten, die noch gar nicht behandelt wurden", erklärte Philipp, während er die Korbreihen abschritt wie ein gut gelaunter Marine-Offizier bei der Morgenmusterung die Aufstellung seiner Kadetten. Sie erreichten den hinteren Teil der Halle. Die Körbe dort sahen frischer auf.

„Diese hier sind bereits gereinigt und ausgebessert worden. Manchmal müssen die Markisen ausgetauscht oder die Sitze neu bezogen werden – meist sind Brandlöcher von Kippen drin." Er verzog das Gesicht.

Lianne nickte betroffen. Kippen. Schrecklich. Wie konnten Menschen nur rauchen, und wie konnten sie es noch dazu in Strandkörben tun? In Strandkörben, die der wunderschöne Philipp dann reparieren musste? Es war eine furchtbare Welt.

„Manchmal tausche ich Schrauben oder Griffe aus", berichtete Philipp. „Hinzu kommen hartnäckige Flecken, Schmierereien zum Beispiel – oder Möwenkacke."

Er lachte.

„Und hier geht es ein Stockwerk höher." Philipp zeigte auf eine Konstruktion an der Seite: ein gewaltiger Lastenaufzug, neben dem eine eiserne Wendeltreppe nach oben führte. Philipp begann, die Stufen emporzusteigen. Lianne folgte ihm, bemüht, nicht zu auffällig auf seinen Hintern zu starren. Das gibt es nur in Timmendorf, dachte sie.

Im oberen Stockwerk: weitere Körbe, es roch nach Farbe.

„Wir fahren die reparierten Körbe mit dem Aufzug rauf, dann wird hier gepinselt", erklärte Philipp. „Am Geflecht bessern wir die Stellen mit weißer Farbe aus, logisch – und für die Nummern hinten gibt es Dunkelblau."

Er zeigte auf die Rückseite eines Strandkorbes, offenbar Nummer 36 – die Zahlen verblasst, von der unteren Hälfte der Drei blätterte Farbe ab.

„Ich dachte, das wäre etwas für dich", meinte Philipp.

„Was? Äh … für mich?" Lianne war aus ihren Gedanken gerissen, die nichts mit Farbe oder Nummern zu tun hatten, wobei, genau genommen schon mit einer

Nummer, und zwar mit einer Nummer, die sie und Philipp …

„Wolltest du nicht hier arbeiten?“ Philipp sah sie fragend an.

„Doch, klar. Arbeiten.“ Lianne nickte eifrig. „Ich dachte nur, ich sollte putzen.“

„Kannst du auch, gerne – aber später“, gab Philipp zurück. „Erst einmal müssen aber diese Körbe hier komplett fit gemacht werden, damit wir sie weiter nach hinten schieben können und Platz für die nächsten haben. Dann kannst du denen im Erdgeschoss eine Art Endreinigung verpassen. Wird nicht so schlimm, keine Sorge. Den gröbsten Dreck spritzen wir sofort bei Saisonende mit dem Hochdruckreiniger runter, bevor die Körbe ins Winterlager kommen.“

„Keine Möwenkacke?“, hakte Lianne nach.

Philipp lachte. „Keine Möwenkacke, versprochen.“

Liannes Blick fiel auf einen Korb unter einem staubigen Fenster, der sich deutlich von seinen Kameraden unterschied.

„Was ist das denn?“

Der Korb war rot anstatt weiß und mit ebenfalls rotem Plüsch gepolstert. Dazu erhob sich über der roten Markise ein großes, rotes Herz aus Korbgeflecht.

„Das ist unser Liebesnest.“ Philipp lächelte ironisch, und Lianne hatte das Gefühl, ihr Gesicht würde in dem gleichen Rot anlaufen, in dem der Korb gehalten war.

„Ein Spezialangebot. Für einen romantischen Abend mit Sonnenuntergang, zum Beispiel. Die Gäste können den Korb plus Service buchen – Kerzen, eine Flasche

Sekt, ein paar Snacks, solche Dinge. Kostet natürlich alles extra."

„Natürlich", murmelte Lianne. Einige Sekunden lang sah sie sich in dem Korb sitzen, schlank und gepflegt, ihr perfekt getöntes Haar wehte im Wind, die Sonne versank rotgolden in der Ostsee, sie, Lianne, drehte sich um und blickte in Philipps blaue Augen, er schaute sehr verliebt und zog sie besitzergreifend dicht an sich heran, und dann ...

„Hier ist die weiße Farbe, hier die blaue, hier der Pinsel und Handschuhe. Du fängst am besten zum Üben mit der 36 an", unterbrach Theas Neffe Liannes Liebesnest-Vision. „Traust du dir das zu?"

Lianne nickte wieder eifrig.

„Klar." Sie versuchte sich an einem patenten Gesichtsausdruck.

„Dann mal los", sagte Philipp. „Ich mache unten weiter. Wenn etwas ist, kannst du mich jederzeit fragen."

Lianne lagen mehrere Fragen auf der Zunge, allerdings keine mit Bezug auf ihren aktuellen Arbeitsauftrag, also schluckte sie sie herunter. Es galt, das Erlebte erst einmal zu verarbeiten. Und eine richtig schöne Nummer 36 in Dunkelblau nachzumalen.

„Du solltest dich nicht so unter Druck setzen. Schon gar nicht wegen Philipp. Aber das machst du ja hoffentlich auch nicht."

Britt vergrub die Hände in den Seitentaschen ihres Anoraks, während sie neben Lianne die Promenade entlangging. Der Nieselregen hatte im Laufe des Tages nachgelassen, weshalb sich Lianne und Britt zu einem Spaziergang verabredet hatten.

Lianne hatte die schmale, blonde Kioskbetreiberin regelmäßig besucht und bei ihr Kaffee getrunken (auf Kakao verzichtete sie zugunsten ihrer Figur mittlerweile). Nach und nach kehrte das Leben nach Timmendorf zurück, und am Kiosk, der auch wieder von Mittwoch bis Freitag für einige Stunden öffnete, fand sich mehr Kundschaft ein. Doch Britt hatte zwischen den Bestellungen immer Zeit, mit Lianne zu plaudern.

Lianne wusste nun einiges über Britts Kindheit in Niendorf: über die kleine Pension von Britts Eltern und über die Brüder, von denen der eine als Koch auf einem Kreuzfahrtschiff und der andere als Rezeptionist in einem Schweizer Hotel arbeitete.

„Wir sind eine Dienstleister-Familie", hatte Britt mit einem gewissen Stolz angemerkt und gelacht. Britts Söhnen war Lianne noch nicht begegnet, doch Meeno, Britts Mann, war einmal abends am Kiosk aufgetaucht, als Britt gerade abschloss. Ein kräftiger, leicht untersetzter Norddeutscher mit warmen, braunen Augen, sympathisch und sichtlich um seine Frau bemüht.

„Ich setze mich gar nicht unter Druck", wehrte Lianne Britts letzte Anmerkung verlegen ab. Es war dunkel geworden. Die Freundinnen waren den Promenadenweg ein Stück in Richtung Niendorf spaziert und dann wieder umgekehrt. „Erster richtiger Feierabend-Spaziergang" hatte Britt das genannt – schließlich hatte Lianne heute ihren ersten Arbeitstag hinter sich gebracht.

„Doch, tust du“, gab Britt zurück. Sie erreichten das kleine, von Bänken umrahmte Rondell mit der metallenen Statue einer jungen Frau, die sich mit einem Handtuch abtrocknete.

„Was ist das?“, fragte Lianne, um Britt abzulenken.

„Die Badende“, antwortete Britt automatisch. „Eine Skulptur des Möllner Bildhauers Karlheinz Goedtke von 1960. Ist einst als Kunst am Bau für das alte Kurmittelhaus entstanden.“

„Du liebe Güte. Du bist ja eine Art wandelndes Wikipedia“, lobte Lianne.

„Gewiss“, gab Britt zurück. „Aber zurück zum Thema. Ich finde es ja gut, dass du gesünder lebst und abnehmen möchtest. Du siehst auch schon viel besser aus – und du hast recht: Du musst wirklich dringend zum Friseur.“ Sie kicherte.

„Aber mach dir die Mühe nicht wegen Philipp Harms“, fuhr Britt fort. „Es lohnt nicht. Erstens hast du da mit jeder Menge Konkurrenz zu kämpfen. Zweitens steht er auf Frauen, die mindestens 15 Jahre jünger sind als er. Und drittens ist er völlig langweilig.“

„Ich finde ihn sehr nett“, erwiderte Lianne etwas lahm. Euphorisch hatte sie von ihrem ersten Arbeitstag berichtet – wobei rasch klar wurde, dass nicht das Ausbessern der Strandkörbe mit weißer und blauer Farbe Lianne an ihrer neuen Arbeitsstelle begeisterte.

„Er ist auch nett“, meinte Britt. „Frag mal die etwa hundert Frauen, die er pro Saison flachlegt. Der tolle Surflehrer, der so unglaublich lächeln kann, wenn er dir in den Neoprenanzug hilft oder ein Tretboot zum Wasser schiebt oder mit seinem süßen Popo beim Stand-up-Paddling wackelt." Sie gackerte los, als säßen sie und Lianne nach dem vierten Prosecco bei einer Dessousparty zusammen.

„Britt, also wirklich." Lianne staunte. Ihre neue Freundin war bei Weitem nicht so harmlos, wie sie auf den ersten Blick wirkte. Dann musste Lianne lachen.

„Okay, okay, du hast recht", räumte sie ein. „Es ist nur … ach, es ist einfach ein schönes Gefühl, sich mal wieder für einen Mann zu interessieren. Zu schwärmen, auch wenn sich das blöd anhört. Ich fühle mich wie ein Teenager – irgendwie lebendiger."

„Das ist nicht blöd, ich verstehe das schon, glaube ich." Britt griff in ihre Tasche und zog zwei schmale Sitzkissen hervor, von denen sie eines Lianne reichte, während sie das andere auf eine Bank legte und sich daraufsetzte.

„Mir fehlt die Leichtigkeit von früher", fuhr Lianne fort. „Unverbindliches Flirten, unbeschwert sein. Mir ist zudem, nebenbei bemerkt, klar, dass Philipp nicht in Matthias' Liga spielt. Jedenfalls in meinen Augen. Aber welcher Mann tut das schon?"

„Hast du für Matthias denn nicht geschwärmt?", fragte Britt.

„Doch, natürlich." Lianne ließ sich auf ihrem Kissen nieder. „Es war unglaublich. Ich konnte mein Glück kaum fassen. Er hätte jede haben können, und er hat mich gewollt. Wir waren ein tolles Team, und wir haben so viel Spaß gehabt."

„Und was ist dann passiert?"

„Nichts." Lianne zuckte mit den Schultern. „Ich meine: nichts Bestimmtes. Es war … als hätten wir uns aus den Augen verloren. Die ganze Arbeit, wir haben ja beide gute Jobs. Beziehungsweise ich *hatte* einen guten Job. Und wenn wir uns gesehen haben – da war irgendwann dieses Nichts, ich kann es nicht anders beschreiben. Ich hatte zum Beispiel überhaupt keine Lust mehr, mich mit ihm zu unterhalten. Mir ist nichts eingefallen."

„Hast du denn inzwischen mit ihm gesprochen?", wollte Britt wissen. Sie hatte Lianne bereits mehrfach dazu gedrängt, sich bei Matthias zu melden und ihm zumindest zu sagen, dass es ihr gut ging.

„Ich habe ihm eine WhatsApp geschrieben", räumte Lianne widerstrebend ein. „Vorgestern. Er hat geantwortet. Zufrieden?"

„Und?" Britt beugte sich gespannt vor.

„Ich habe geschrieben, dass ich eine Auszeit nehme. In Timmendorf", erklärte Lianne. „Und dass ich nicht weiß, ob und wann ich zurückkomme."

„Und?" Britt wiederholte sich.

„Er war erleichtert, glaube ich. Jedenfalls hat er regelrechte Romane zurückgeschrieben, derart lange Nachrichten habe ich noch nie von ihm bekommen."

Sie hielt einen Moment inne. Britt schwieg.

„Ich denke, seine größte Sorge war, dass ich mich vor Verzweiflung selbst meuchle und er eine dicke Leiche an der Hacke hat", überlegte Lianne. „Jetzt kann er sich wieder in aller Ruhe seiner großen Liebe widmen."

„Will er das denn?"

„Ja, und wie", antwortete Lianne. „Er ist offenbar bei ihr eingezogen – bei seiner hübschen, jungen Mareile. Wahrscheinlich hat sie nur eine schäbige Zweizimmerwohnung.

Typisch Matthias, so rücksichtsvoll und korrekt – immerhin gehört ihm unsere Wohnung, er könnte sich dort mit seiner Mademoiselle ausbreiten, wie er wollte. Das werden sie vermutlich auch tun, wenn erst einmal ihr Kind der Liebe geboren ist."

Lianne hatte Britt berichtet, dass Mareile schwanger war. Britt hatte diese Information erschrocken, aber kommentarlos hingenommen.

„Wolltest du keine Kinder?", fragte sie jetzt.

„Ich … doch. Ich weiß nicht." Lianne schüttelte den Kopf. „Wir haben es immer verschoben. Es ist einfach nicht dazu gekommen, wir hatten keine Zeit – und dann war ich irgendwann zu alt."

„Meinst du, ihr wärt noch zusammen, wenn ihr Kinder bekommen hättet?" Britt blickte nachdenklich in das warme, gelbe Licht einer Laterne, die ein Stück der Promenade erhellte.

„Vielleicht. Keine Ahnung. Das ist eine müßige Frage." Lianne schabte mit einem Fuß auf dem sandigen Boden herum. „Aber wir hätten es bestimmt wieder hinbekommen, unsere Ehe, meine ich – wenn nicht Fräulein Wundervoll aufgetaucht wäre."

„Meinst du wirklich?"

„Ja. Wir hätten doch … ach, was weiß ich", murrte Lianne. „Eine Eheberatung aufsuchen können oder so. Das machen andere doch auch."

„Hm." Britt ging nicht weiter auf das Thema ein.

„Hat Matthias noch etwas geschrieben?", fragte sie.

„Ja. Dass Hajo ihn nervt, weil ich abgehauen bin, und dass ich mich unbedingt bei Hajo melden soll."

„Das sehe ich auch so", meinte Britt. Sie wusste, wer Hajo Haltermann war: Liannes Chef, Inhaber und Leiter der Messeagentur und einst ein großer Förderer von Liannes Karriere.

„Ich habe es ja gemacht, beruhige dich", erwiderte Lianne unwirsch. „Gleich nach der endlosen Schreiberei von Matthias habe ich Hajo angerufen."

„Echt? Was hat er gesagt?"

„Na, erst einmal nichts. Ich habe ja geredet. Ich habe ihm gesagt, dass ich nicht mehr kann und eine blöde Kuh in der Midlife-Krise bin und zu alt für den Job. Dass er jedes Recht hat, mich rauszuschmeißen. Und dass ich nicht zurückkomme."

„Alter Schwede." Britt machte große Augen. „Wie fand er das? Der muss doch stinksauer geworden sein."

„Nein", sagte Lianne leise. „Er war gar nicht sauer. Er war nett. Er hat gesagt, dass ich mir Zeit lassen soll. Ich soll mich melden, wenn ich mich erholt habe und weiß, was ich will. Dann hat er mir noch alles Gute gewünscht."

„Echt?" Britt staunte. „Was für ein Chef. Ist da bei ihm vielleicht noch etwas frei?"

„Keine Ahnung." Lianne lachte. „Aber ich würde an deiner Stelle im Kiosk bleiben. Das Messegeschäft ist wahnsinnig anstrengend. Guck mich an – es hat ein Wrack aus mir gemacht."

„Eine Runde Mitleid", säuselte Britt spöttisch. „Aber ich denke, ein heißes Getränk wäre jetzt besser. Komm, wir gehen ins *Waldemars*, Thea wartet sicher auf uns."

„Du hast recht." Lianne schlug sich vor den Kopf. Wenn sie mit Britt redete, verlor sie die Zeit aus den

Augen. Dabei war sie doch mit ihrer neuen Chefin verabredet, um von ihrem ersten Arbeitstag zu berichten.

Update 23669 +++ DIE News und Termine für Timmendorfer Strand und Umgebung +++

Schutz für Timmendorf? Dauergast gründet neue Facebook-Gruppe

Von Sophie Augsbach

Timmendorfer Strand. Eine neue Facebook-Gruppe will ein bekannter Timmendorfer Dauergast ins Leben rufen: Jupp Schmitz, Makler aus Dortmund mit Zweitwohnsitz in unserem schönen Urlaubsort, fürchtet nach eigener Aussage „Gefahren" für Timmendorf. „Wir schützen Timmendorf" nennt er das neue Forum deshalb.

Anlass für diese Initiative ist laut Schmitz der „Anschlag" auf die *Winter-Lounge*, bei dem ein Unbekannter die Spirituosen mit Salz und Essig verdorben hatte. Besonders beunruhigend sei dabei die am „Tatort" hinterlassene Parole „Die fetten Tage sind vorbei", so Schmitz gegenüber „Update 23669": „Das zeigt doch eindeutig, dass es jemand gezielt auf Timmendorf abgesehen hat."

Nach Ansicht von Schmitz ist auch eine Sachbeschädigung an seinem Auto, das zerkratzt wurde, dem Täter zuzurechnen. Das dürfte bislang allerdings eine Einzelmeinung sein: Die Polizei vermutet keinen Zusammenhang zwischen den beiden Taten. „Sowohl in Bezug auf den zerkratzten Wagen als auch auf die verdorbenen Getränke der *Winter-Lounge* ermitteln wir jedoch in alle Richtungen", sagt Melanie Berg, Sprecherin der Polizei-Direktion Lübeck.

Tourismuschefin Tatjana Ebert sieht keinen Grund zur

Besorgnis. Die versalzenen Spirituosen bezeichnet sie als „einen üblen Streich, der hoffentlich ein Einzelfall bleibt".

Jupp Schmitz beharrt dennoch auf seiner Theorie. Weitere Informationen zur neuen Facebook-Gruppe will er morgen Abend im *Waldemars* geben und lädt alle Interessierten herzlich ein, sich dort ab 20 Uhr einzufinden.

Kapitel 8

Zunächst hatte Jupp Schmitz versucht, sich auf die Fußstützen seines Barhockers zu stellen, um sich über die im *Waldemars* versammelten Gäste zu erheben und seine Ansprache zu halten. Der Wirt hatte diesem Vorhaben jedoch hastig Einhalt geboten – ob aus Besorgnis um Jupp, um den Barhocker oder um die anderen Gäste, wurde nicht klar. Jedenfalls besorgte er Jupp einen stabilen Tritthocker, den der Nordrhein-Westfale mit Zweitwohnsitz an der Ostsee erklomm und von dem aus er auf die ihm neugierig zugewandten Gesichter herabblickte.

„Liebe Freunde, liebe Timmendorfer!" Jupp strich sich über seine dunklen, nach hinten gegelten Haare. „Wir haben ein Problem."

„Hört, hört!", rief einer. „Du vielleicht."

Leises Gelächter, doch dann wurden die Kneipenbesucher wieder still. Wenn sich Jupp zu einer Rede aufschwang, konnte etwas Interessantes dahinterstecken.

„Ich glaube, es gibt hier jemanden, der unserem schönen Ort ernsthaft schaden will", kam Jupp zur Sache. Jetzt hatte er die volle Aufmerksamkeit der Anwesenden. Der Wirt stellte die Musik aus. In diesem Moment wurde die Eingangstür schwungvoll aufgerissen, ein Schwall Kälte fegte durch den Schankraum.

„Und wir haben natürlich sofort …", erklang eine fröhliche Frauenstimme. Dann betrat Britt die Kneipe, gefolgt von Lianne. Beide hielten angesichts der unerwarteten Stille erschrocken inne.

„Was ist denn hier los?", fragte Britt überrascht.

„Jupp will eine Rede halten", informierte ein älterer Mann am Tresen gelassen. „Aber keine Sorge, hat gerade erst angefangen. Ihr habt noch nichts verpasst."

„Ups." Britt sah sich suchend um, entdeckte Thea, die ihnen von einem Tisch am Kachelofen aus zuwinkte.

„Dann wollen wir uns mal schnell hinsetzen."

Britt zog Lianne durch den Raum. Die beiden Frauen schoben sich erleichtert auf die Bänke.

„Schön, dass ihr es einrichten konntet", zischte Thea ihnen zu. Ihr weißes Haar mit dem lilafarbenen Einschlag war zu einem majestätischen Gebilde aufgetürmt und festgesprüht worden. Sie trug einen giftgrünen Kaschmirpullover, hatte ein Glas Weißwein vor sich stehen und guckte wie eine beleidigte Gouvernante, die sich mit zwei besonders renitenten Schützlingen abgeben muss.

„Entschuldige bitte die Verspätung", flüsterte Britt und gab Thea rechts und links ein Küsschen auf die stark geschminkten Wangen.

„Jetzt lassen mich schon meine Mitarbeiterinnen allein in einer Kneipe hocken!"

„Ich bin nicht deine Mitarbeiterin." Britt flüsterte immer noch.

„Entschuldige", sagte Lianne. Mit Küsschen mochte sie ihre Chefin nicht begrüßen – es erschien ihr unangemessen, außerdem schreckte Lianne vor dem Kontakt mit größeren Mengen Gesichtspuder und Rouge zurück.

Lianne wandte den Kopf. Vor einem Tresen aus hellem Holz, der den Raum beherrschte, saßen einige Gäste vor ihren Getränken. Wände aus kleinteiligen, hellen Steinen, Sitzecken mit roten Polstern, mehrere Holzfässer, dekorativ in den Ecken verteilt, hölzerne, bunt bemalte Galionsfiguren an dunklen Balken und seltsam geformte Schiffslaternen: maritimer Gesamteindruck. Ganz ohne Timmendorfer Grundausstattung ging es aber auch hier nicht: Auf dem Kachelofen reihten sich Champagner-Flaschen aneinander.

„Wenn die Damen so weit wären, würde ich gern fortfahren", ertönte Jupps Stimme. Er blickte strafend zu Thea, Britt und Lianne hinüber. Thea winkte ihm huldvoll zu.

„Also noch einmal", setzte Jupp an. „Jemand will unserem Ort schaden. Warum ich das glaube? Nun, die meisten von euch wissen, was mit meinem Auto passiert ist. Es ist schwer beschädigt worden!"

„Das ist ja wohl ein Einzelschicksal!", kommentierte ein großer, korpulenter Mann mit Halbglatze unüberhörbar. „Deshalb musst du nicht so ein Theater machen!"

„Hanno Stöhlmaker", raunte Britt Lianne zu. „Stellvertretender Wehrführer in Timmendorf."

„Es war nicht der einzige Zwischenfall", hielt Jupp dem entgegen. „Bei der *Winter-Lounge* sind schließlich auch die Getränke vergiftet worden!"

„Jetzt übertreib mal nicht." Hanno Stöhlmaker hatte offenbar nicht vor, Jupp einfach gewähren zu lassen. „Vergiftet! Nach dem, was ich gehört habe, hat jemand Salzwasser in die Schnapsflaschen geschüttet. Gut, das kann man durchaus als schweres Verbrechen werten."

Die Umsitzenden lachten.

„Aber wenn wir ehrlich sind, war das nicht mehr als ein Dummejungenstreich", meinte Stöhlmaker.

„Ist das diese Cocktail-Geschichte, von der du mir erzählt hast?", fragte Lianne Britt. Diese nickte.

Lianne spitzte die Ohren. Sie fand es spannend, dass jemand quasi den gesamten Getränkevorrat einer Strandparty verdorben hatte. Am interessantesten erschien ihr jedoch dieses Schild, von dem Britt berichtet hatte. Was hatte darauf gestanden? „Die fetten Jahre sind vorbei"?

„Die fetten Tage sind vorbei", zitierte Jupp wie aufs Stichwort. „Diese Botschaft haben die Täter hinterlassen! Und das soll bloß ein Dummejungenstreich sein? Das sehe ich aber anders!"

Gemurmel schwoll an, aus dem Lianne sowohl Protest als auch Zustimmung herauszuhören meinte.

„Wie siehst du das denn, Jupp?", wollte eine dünne, verhärmt wirkende, blonde Frau wissen, die am Tisch rechts neben dem Tresen saß und Lianne bekannt vorkam.

„Sigrid Steenkamp", informierte Britt Lianne. „Leitet das Vermietungsbüro von Küsten-Appartements und schaut gern tief ins Glas." Britt schien die Kneipen-Besatzung bis auf den letzten Mann und die letzte Frau zu kennen.

Die Nachfrage beflügelte Jupp.

„Nun, Sigi." Er warf sich in die Brust. „Ich glaube, dass Timmendorf ins Visier von Angreifern geraten ist. Ich will nicht sagen von Terroristen, aber …" Erneutes Gelächter.

„Aber der Timmendorfer Lifestyle soll angegriffen werden, davon bin ich überzeugt", redete Jupp weiter. „Wir müssen aufpassen, dass unser Miteinander hier an der Küste nicht gefährdet wird."

„So ein Quatsch." Hanno Stöhlmaker erhob sich. „Du guckst zu viel Fernsehen, Jupp, zu viele von diesen neumodischen Serien! Geh mal lieber öfter an die frische Luft. Du fanstasierst ja!"

„Ach ja? Ich fantasiere?", fragte Jupp mit provozierendem Unterton zurück.

„Allerdings! Allein schon, dass du auf die jungen Leute losgegangen bist! Unverschämt!", hielt ihm Stöhlmaker vor. „Und peinlich, für einen Mann in deinem Alter."

„Sehr richtig", murmelte Britt. „Schade, dass Jonathan auf die Anzeige verzichten will, meiner Meinung nach hätte er …"

„Pssst!" Thea unterbrach sie. „Sei still, sonst verpassen wir das Beste."

„Na gut, das mit den jungen Leuten war nicht in Ordnung", räumte Jupp ein. „Aber ihr müsst doch zugeben, dass es so etwas wie die Sache bei der *Winter-Lounge* noch nie gegeben hat."

„Das ist richtig, Jupp", schaltete sich ein schlanker Mann in einem beigefarbenen Anzug ein. Lianne blickte erwartungsvoll zu Britt. Das war jetzt …

„Gustav Kiekbusch", kam es wie aus der Pistole geschossen. „Gemeindevertreter, Vorsitzender des Tourismusausschusses."

Lianne grinste.

„Ich denke, man sollte die Sache nicht dramatisieren", fuhr der Kommunalpolitiker in jenem wichtigen, salbungsvollen Ton fort, der Menschen zu eigen ist, die regelmäßig lange und ungestraft vor anderen referieren dürfen. „Doch erhöhte Aufmerksamkeit schadet sicher nicht. Und es ist unserem Jupp hoch anzurechnen, dass er sich solche Gedanken macht, obwohl er gar nicht ständig in Timmendorf lebt."

Die Umsitzenden nickten.

„Danke, Gustav." Jupp sandte Kiekbusch einen freundlichen Blick. „Aufmerksamkeit ist der entscheidende Punkt, ja. Deswegen habe ich mir auch etwas überlegt: Ich habe eine neue Facebook-Gruppe gegründet, in der jeder Mitglied werden kann, der etwas zum Schutz unseres Ortes beitragen möchte."

Jupp sah sich beifallheischend um, doch die Reaktionen fielen verhalten aus.

„Ich hab gar kein Facebook!", posaunte Hanno Stöhlmaker vergnügt. „Dafür bin ich zu alt!" Gelächter.

„Wie heißt denn diese Gruppe?", maulte Sigrid Steenkamp mit misstrauischer Miene.

„Sie heißt ‚Wir schützen Timmendorf'", verkündete Jupp stolz. Einige Kneipengäste klopften auf die Tische, andere schüttelten verständnislos den Kopf.

„Das gibt es nur in Timmendorf", warf eine Männerstimme ein.

„Und was soll dort stattfinden?", hakte Kiekbusch nach.

„Dort können wir uns über alles verständigen, was uns so auffällt", erklärte Jupp. „Also über verdächtige Vorgänge, meine ich natürlich."

„Auf Deutsch: Wir sollen andere Leute anschwärzen, oder was?“ Hanno Stöhlmaker wirkte überhaupt nicht mehr vergnügt. Er knallte sein Glas auf den Tresen. „Du hast sie doch nicht mehr alle.“

„Niemand wird gezwungen mitzumachen“, entgegnete Jupp säuerlich. „Ich lade lediglich dazu ein, Mitglied zu werden. Das ist die Entscheidung jedes Einzelnen.“

Der massige Mann sah sich von seinem Ausguck aus noch einmal um.

„Gibt es weitere Anmerkungen?“

„Ja, eine.“ Theas raue Stimme durchdrang mühelos den ganzen Raum. Britt und Lianne sahen überrascht auf. Die alte Dame hatte sich erhoben. Ihr giftgrüner Pullover leuchtete im Schein der Schiffslaternen.

„Kennst du Hoffmann von Fallersleben?“ Thea musterte Jupp über die Köpfe hinweg mit Verachtung im Blick.

„Hoffmann … nein, Thea, leider nicht.“ Jupp räusperte sich. „Warum?“

„Es gibt ein schönes Zitat von ihm. Eines meiner Lieblingszitate, um genau zu sein.“ Thea wartete, bis wirklich alle Augen auf sie gerichtet waren.

„Der größte Lump im ganzen Land“, sprach sie langsam und überdeutlich, „das ist und bleibt der Denunziant.“

Stille. Davon unberührt setzte sich Thea wieder und griff nach ihrem Glas.

„Kinder, ihr habt ja gar nichts zu trinken“, sagte sie zu Britt und Lianne. Dann winkte sie zum Tresen.

„Wirtschaft! Wird hier heute auch bedient?“

Damit setzte allgemeines Gemurmel ein. Jupp kletterte ein wenig betreten von seinem Tritthocker herunter.

Gustav Kiekbusch und Sigrid Steenkamp klopften ihm aufmunternd auf die Schulter.

„Was darf's denn sein?" Eine Kellnerin trat an den Tisch von Thea, Britt und Lianne.

„Ich hätte gern einen Punsch", erwiderte Britt.

„Pfefferminztee", erklärte Lianne und fing sich dafür ein Augenbrauen-Hochziehen von Thea ein.

„Da hast du ja für einen gelungenen Abschluss gesorgt", meinte Britt fröhlich zu Thea. „Glückwunsch."

„Jupp hat nichts Besseres verdient für seine blödsinnige Idee", gab Thea kühl zurück. „Verdächtigungen im Internet breittreten! Geht's noch?"

„Hier scheint jedenfalls einiges los zu sein", merkte Lianne leichthin an. „Woher kommt eigentlich der Name dieser Kneipe?", mühte sie sich, leichteren Small Talk in Gang zu setzen. „*Waldemars junges Herz*, meine ich. So etwas habe ich noch nie gehört."

„Ach, irgendeine alte Geschichte", meinte Thea achselzuckend. „Es hat angeblich etwas mit einem berühmten Hamburger Marktschreier zu tun, der Waldemar hieß. Genaueres weiß ich nicht. Das Lokal gibt es jedenfalls schon seit über 25 Jahren."

Die Getränke kamen, Thea hob ironisch ihr Weinglas, um mit Liannes Tee anzustoßen.

„Wohlsein, die Damen."

„Wohlsein", ertönte in diesem Moment eine sonore Stimme. Die drei Frauen blickten auf. Am Tisch: ein mittelgroßer Mann etwa Mitte 50 mit hoher Stirn und sorgsam zurückgelegtem, graublondem Resthaar. Er hatte ein scharf geschnittenes Gesicht und volle Lippen, die er jetzt zu einem herzlichen Lächeln verzog.

„Steco, grüß dich.“ Thea nickte gnädig. „Geht es dir gut?“

„Wie immer, liebe Thea, wie immer“, gab der Mann zurück. „Ich hoffe, dir auch. Hallo Britt.“

„Hi, Steco.“ Britt nippte an ihrem Punsch. „Genießt du deine letzten Tage in Freiheit?“

„Sicher, sicher.“ Der Mann lachte. „Ich sehe euch doch zur Eröffnung, oder etwa nicht?“

„Selbstverständlich.“ Thea nickte würdevoll. „Haben wir uns dieses zauberhafte Fest jemals entgehen lassen?“

„Zum Glück nicht.“ Der Mann lächelte wieder. „Dann will ich nicht weiter stören. Ich freue mich auf euch.“

Er drehte sich um und setzte sich wieder an den Tresen. Lianne blickte Thea und Britt fragend an.

„Steen Cordes“, berichtete Thea knapp. „Alle sagen Steco. Lebt schon ewig hier, hatte früher mal viel Geld. Jetzt hat er eine Trinkhalle an der Promenade, eine ziemliche Schrottbude, wenn du mich fragst.“

„Trinkhalle ist ungerecht, Thea.“ Britt kicherte. „Aber es stimmt. Steco hat auch einen Kiosk in Timmendorf, weiter in Richtung Scharbeutz gelegen. Es ist … nun, eher ein Büdchen, man müsste tatsächlich einiges daran machen. Aber es hat auch etwas, Stecos *Strand-Treff* ist Kult hier im Ort. Er öffnet immer kurz vorm eigentlichen Saisonstart, und dann ist dort jeden Abend etwas los, bis er Ende September wieder schließt.“

„Ihr geht zur Eröffnungsfeier?“, schloss Lianne messerscharf.

„Natürlich. Und du wirst mitkommen“, betonte Thea. „Es gibt keine bessere Gelegenheit, möglichst viele Timmendorfer kennenzulernen. Und da du ja jetzt eine ausgezeichnete Arbeitsstelle gefunden hast, gehe ich davon aus, dass du länger hierbleiben wirst.“

Lianne rührte in ihrem Tee, als gelte es, mehrere Esslöffel Zucker aufzulösen, dabei nahm sie gar keinen mehr.

„Wie war es denn?“, fragte Thea.

„Gut.“ Lianne errötete leicht. „Ich habe die Körbe mit Farbe ausgebessert, das war nicht schwer. Philipp war offenbar zufrieden.“

„Soso.“ Thea musterte Lianne mit spöttischem Lächeln. „Das dachte ich mir schon fast.“

„Was dachtest du dir?“

„Dass du dich angesichts meines hübschen Großneffen mächtig ins Zeug legen würdest“, gab Thea unverblümt zurück. „Das geht den meisten Frauen so, besonders denen in deinem Alter.“

„Was soll das heißen?“ Lianne sah Thea erschrocken an.

„War nicht böse gemeint.“ Thea tätschelte ihren Arm. „Philipp kommt eben gut an bei den Frauen, er ist ein schickes Kerlchen. Solange du dich nicht in irgendetwas verrennst, ist alles gut.“

„In was sollte ich mich verrennen?“ Lianne kam sich vor wie eine Vierzehnjährige, die mit ihren Freundinnen über den attraktiven Neuen in der Klasse schnatterte.

„Er ist nichts für dich. Philipp ist nett, aber ein Weiberheld, und außerdem bevorzugt er deutlich jüngere und schlankere Partnerinnen als dich.“

„Danke, so genau wollte ich das gar nicht wissen", antwortete Lianne betreten.

„Ich halte nichts davon, wenn sich die Leute etwas vormachen", erwiderte Thea ungerührt. „Besser, man sagt gleich, wie es ist, das kann einem viele Enttäuschungen ersparen."

„Du hast vermutlich recht." Seufzend schob Lianne ihr Teeglas zurück. „Abgesehen von meinem Alter: So, wie ich aussehe, würde sich ohnehin kein Mann für mich interessieren. Außerdem bin ich noch längst nicht über Matthias hinweg."

„Jetzt übertreib mal nicht", meinte Britt freundlich. „Du bist im Grunde doch sehr hübsch. Okay, die Haare … geh einfach zum Frisör, das kann ja nicht so schwer sein. Auf jeden Fall hast du schon abgenommen, oder?"

„Kann ich euch einmal kurz stören?", ging eine junge Frau dazwischen, setzte sich ungefragt neben Lianne und legte einen Notizblock auf den Tisch. Lianne sah sie irritiert an. Sie musste Mitte bis Ende 20 sein, hatte dünnes, blondes Haar und einen schnippischen Gesichtsausdruck und trug eine dieser flattrigen Blusen aus Chiffon, die Lianne an ihr altes Gespensterkostüm aus Kindheitstagen erinnerten.

„Was haltet ihr von Jupps Idee?" Die junge Frau zückte einen Kugelschreiber. „Wollt ihr Mitglieder in der Gruppe werden? Glaubt ihr, dass das etwas nützt? Und wie groß ist die Gefahr in Timmendorf eurer Einschätzung nach?"

„Vergiss es", sagte Britt knapp, aber nicht unfreundlich. „Dazu sag ich gar nichts."

„Aber warum denn nicht?" Die Blonde riss die Augen auf. „Das ist doch total spannend, endlich passiert etwas in diesem Kaff."

„Ich habe schon alles gesagt, was es dazu zu sagen gibt", ergänzte Thea. „Das kannst du gerne zitieren. Aber mehr auch nicht."

„Na gut." Die junge Frau sah enttäuscht aus. „Dann mach ich da hinten weiter."

Sie setzte sich an den nächsten Tisch.

„Sophie Augsbach", übernahm Britt wieder ihren Job als allwissende Personenauskunft von Timmendorf. „Reporterin für lokale News aus Timmendorf, im Internet. Gar nicht schlecht, die Seite, für umsonst. Guck ruhig mal rein, heißt ‚Update 23669'."

„23669 ist die Postleitzahl von Timmendorf", half Thea der ratlosen Lianne weiter.

„Genau." Britt nickte. „Und apropos Zahlen: Wir sind vom Thema abgekommen. Wie viel hast du abgenommen?"

„Zwei Kilo", berichtete Lianne. „Das ist …"

„Ein Anfang", sagte Britt bestimmt. „Abgesehen davon, dass ich dieses Gewese ums Gewicht übertrieben finde. Aber noch ein paar Kilo – und dann gehen wir zusammen shoppen, mit dem Frühlingsgolfen ist ja auch wieder am Sonntag geöffnet."

„Was meinst du damit?"

„Nachdem sich die Religiösen eingemischt haben, mussten die Läden im Winter sonntags schließen", brummte Thea. „Kein Mensch hat verstanden, was das sollte. Elende Einmischerei und Besserwisserei, wenn du mich fragst."

„Thea meint die neue Bäderregelung“, klärte Britt auf. „Bis vor wenigen Jahren durften die Geschäfte in den Urlaubsorten auch am Sonntag öffnen. Dann wollten die Kirchen wieder mehr Sonntagsruhe und haben mit einer Klage gedroht. Man hat dann einen Kompromiss gefunden – was bedeutet, dass seither im Winter dicht ist.“

„Aha.“ Lianne sah leicht verwirrt aus. „Und was hat das mit diesem Frühlingsgolfen zu tun?“

„Ab Mitte März dürfen die Geschäfte sonntags wieder öffnen. Hier in Timmendorf geht es aber ein Wochenende eher los – weil das Frühlingsgolfen als Anlass für einen zusätzlichen, verkaufsoffenen Sonntag genutzt wird.“

„Weil die Golfspieler wieder Golf spielen?“

„Nein.“ Britt kicherte. „Das Frühlingsgolfen ist eines dieser hippen Events. Überall im Zentrum und am Strand werden Golfbahnen und Abschlagstationen aufgebaut, und jeder, der mag, kann spielen.“

„Viel Hamburg in bunten Hosen“, merkte Thea trocken an. „Aber was soll's, die Saison muss wieder anlaufen.“

„Es ist ganz nett“, meinte Britt. „Du kannst es dir ja mal ansehen, Lianne. Wer weiß – vielleicht lässt du dich vom Golffieber anstecken.“

„Vielleicht.“ Lianne musste an diverse abgestandene Golfwitze denken, vor allem an den Spruch „Spielst du schon Golf oder hast du noch Sex?“

Sie hatte definitiv seit sehr langer Zeit keinen Sex mehr gehabt, und nach dem, was ihr Thea und Britt gerade schonungslos eröffnet hatten, würde sie zumindest mit Philipp auch künftig keinen haben. Nicht, dass sie das wirklich gewollt hätte. Aber zumindest die Option hätte sie in gewisser Weise beflügelt.

Möglicherweise sollte sie sich tatsächlich mit dem Thema Golf auseinandersetzen.

Sie sind unruhig geworden, einige von ihnen jedenfalls, das ist gut. Dennoch kann das natürlich nur ein Anfang sein.

Andererseits bin ich ja sozusagen neu in der Branche. Ich brauche Übung, bevor ich es richtig knallen lasse. Ich muss trainieren.

Ideen habe ich genug, und eine werde ich bald umsetzen. Sie ist noch nicht so ausgefeilt, wie ich es mir wünsche, aber ich will auch nicht ewig warten. Ab einem gewissen Punkt muss man einfach anfangen, und diesen Punkt habe ich längst erreicht.

Die nächste Aktion wird deutlich mehr von ihnen treffen als die letzte. Eine dramatische Steigerung gehört schließlich zu einem anständigen Spannungsbogen, da möchte ich mich nicht lumpen lassen.

Das mit der Parole hat dem Ganzen erst die rechte Würze verliehen. Die werde ich beibehalten, wenngleich ich mir im Nachhinein wünsche, ich hätte eine originellere Formulierung gewählt. Nun, sei's drum.

Interessant, dass ausgerechnet der reiche Angeber aus Nordrhein-Westfalen als Erster das Gespür für die tatsächliche Lage aufbringt. Das habe ich dem oberflächlichen Poser nicht zugetraut. Aber mit dieser Facebook-Seite für Hobby-Denunzianten liegt Jupp gar nicht falsch. Nicht, dass das ihm und den anderen nützen wird. Das ganz sicher nicht.

Kapitel 9

Strandkörbe sind keine Leichtgewichte, 80 Kilo wog laut Philipp ein durchschnittlicher Zweisitzer, aber es fühlte sich nicht so an, sondern eher wie 160 Kilo oder 240, auf jeden Fall zu schwer für Lianne, die dringend eine Pause brauchte.

Sie hatte sich heute Morgen beim Verladen der Körbe auf den Anhänger bemüht, war aber rasch an ihre Grenzen gekommen. Schmerzen in den Armen und im Rücken, Schwindel, noch dazu das unerwartet warme Wetter. Nach dem dritten Versuch, einen Korb auf den Anhänger zu schieben beziehungsweise dabei zu helfen, hatte sie einer der beiden wortkargen, osteuropäischen Helfer mit einer unmissverständlichen Geste in die Halle geschickt.

Dort hatte Lianne mit Philipp einige Körbe bis an die Rampe gerollt, die vom Hallentor zum Anhänger führte. Vier Körbe passten auf die Ladefläche, insgesamt 20 sollten heute an den Strand – Vorboten der Vermietungssaison, die am Osterwochenende richtig in Schwung kommen sollte.

„Heute stellen wir nur ein bisschen Tüdelüt fürs Frühlingsgolfen auf", hatte Philipp erklärt. Das „bisschen Tüdelüt" bedeutete: Die Körbe mussten an der Promenade unweit der großen Seebrücke vom Hänger herunter und 30 Meter weit an den Strand getragen werden. Um sich vor Philipp keine Blöße zu geben, hatte Lianne mit einem der Helfer die Schlepperei begonnen – schnaufend, mit hochrotem Kopf und pochenden Muskeln. Philipp und der zweite Helfer zerrten derweil die massiveren Dreisitzer mit einer Sackkarre über den Strand, als wollten sie einen toten Elefanten zu seinem Grab bugsieren, was noch anstrengender wirkte.

Immerhin: Bereits zwölf Körbe standen nun im Sand, strahlend weiß und frisch geputzt, und Philipp hatte eine Pause angeordnet. Während er sich auf den Weg zur Kurpromenade machte, um beim Bäcker Kaffee zu holen, und die osteuropäischen Latzhosenträger sich zum Rauchen an den Anhänger lehnten, trat Lianne ans Wasser. Ihre Füße in praktischen Segelturnschuhen versanken im weichen Sand, die Sonne wärmte ihr Gesicht. Die Ostsee: klar und türkisfarben leuchtend, Licht, das auf winzigen Wellen tanzte, darüber milchigblauer Himmel bis zum Horizont.

Lianne atmete tief ein. So hatte sie sich ihr Dasein in Timmendorf vorgestellt – von der Plackerei mit den Strandkörben abgesehen. Sonnenschein, blaues Meer, Strand, Ruhe und ein weiter Blick. Neben ihr die graue, auf rostigen Pfählen ruhende Betonkonstruktion der großen Seebrücke. Schmutzige Straßenlaternen säumten den marode wirkenden Wandelpfad übers Wasser, das weiße Holzgeländer neigte sich an einigen Stellen bedenklich nach außen. Vereinzelte Spaziergänger waren dennoch auf der Brücke zu sehen.

Die Saison lief an. Menschen bummelten an den Schaufenstern entlang, drängten sich um die Heizpilze des *Café Möchtegern* und des benachbarten *Café Mitte*, rollten auf

Fahrrädern über Wege und Straßen, während sich die Parkplätze mit Autos füllten.

Lianne löste ihr Haargummi und band sich einen neuen Zopf. Vor einer Woche hatte sie eine Frisörin aufgesucht, die Frau hatte gute Arbeit geleistet und aus Liannes trüb herabhängenden Zotteln eine gepflegte, gleichmäßig geschnittene, halblange Frisur mit Seitenscheitel gezaubert. Liannes grauen Ansatz und dann den Rest ihrer Haare hatte die Fachfrau in einem sanften Kastanienbraun gefärbt. Es machte ihre Züge weicher, fand Lianne. Britt hatte begeistert auf die Verbesserung reagiert und betont, die Freundin sehe nun fünf Jahre jünger aus als zuvor, „mindestens". Laut Thea konnte man sich mit Lianne nun tatsächlich „unter die Leute wagen" – offenbar ebenfalls ein Kompliment. Selbst Philipp hatte anerkennend genickt und „hübsche Farbe" gesagt.

Mehr Reaktionen gab es nicht, woher auch – weitere Bekanntschaften hatte Lianne in Timmendorf bislang schon deshalb nicht machen können, weil sie von früh bis spät in der Strandkorbhalle beschäftigt war. Mittlerweile hatte sie Übung darin, das Korbgeflecht mit weißer Farbe wie neu aussehen zu lassen und die blauen Nummern mit dem Pinsel exakt nachzuziehen. Philipp hatte ihr gezeigt, wie sie die Sitze neu beziehen und die Rostflecke von den metallenen Haltern der kleinen Ausklapptische entfernen konnte.

Ab und zu plauderte Lianne mit Philipp, erfuhr so allerlei über Timmendorf und die Erfordernisse der Saison. Keine Flirtversuche, auch nicht zu reinen Übungszwecken – Lianne wollte sich nicht blamieren.

Zwei Männer errichteten einige Meter weiter ein Podest, einer von ihnen fluchte halblaut. Ansonsten tiefer Frieden über der Weite des Strandes und des Meeres.

Vielleicht bewertete sie diese Männersache sowieso über, dachte Lianne und ließ ihren Blick übers Wasser schweifen. Das Leben hatte doch mehr zu bieten, jetzt zum Beispiel diese Postkartenansicht und die traumhafte Ruhe …

In diesem Moment traf ein harter Schlag ihren Hinterkopf.

Neben Liannes Füßen fiel ein schmuddeliger, gelber Tennisball in den Sand.

„Aua! Was zum Teufel …"

Erbost drehte sie sich um – und musste ein Stück weit nach unten gucken. Ein kniehoher Hund, vermutlich ein Terrier-Mischling, mit struppigem, graubraunem Fell, Knickohren und heraushängender Zunge, wedelte und starrte Lianne auffordernd an. Die Stelle, an der sie der Ball am Kopf getroffen hatte, schmerzte.

Lianne blickte die Wasserkante entlang. Eine große, hagere Gestalt eilte von der Seebrücke aus auf sie zu.

„Entschuldigung!", rief die Gestalt. „Ich habe Sie nicht gesehen."

Lianne stemmte die Fäuste in die Hüften. Vor ihr ein Mann, anscheinend der Halter des gut gelaunten Hundes und damit auch derjenige, der ihr den Ball an den Kopf geknallt hatte. Um die 1,90 Meter hoch, ein wenig ausgezehrt, Mitte bis Ende 40, Jeans, unauffälliger Anorak, millimeterkurzes Haar. Typ spaßfreier Leistungssportler, in der rechten Hand eine orangefarbene Ballschleuder.

An seiner Wurftechnik kann er noch arbeiten, dachte Lianne.

„Mich kann man ja wohl kaum übersehen", gab sie säuerlich zurück.

Der Mann musterte sie mit ausdrucksloser Miene. Braune Augen, klare, gerade Züge. Spaßfreier Leistungssportler von der Bundeswehr oder der Polizei, ergänzte Lianne ihre Überlegungen.

„Stimmt", sagte er. „Tut mir leid. Haben Sie Schmerzen?"

„Geht so", erwiderte Lianne. Charme schien nicht die Stärke des humorlosen Asketen zu sein. „Ich werde es überleben. Aber Sie sollten vielleicht das Bällewerfen üben."

„Danke für den Tipp. Und noch mal Entschuldigung."

Der Mann drehte sich um, setzte grußlos und mit langen Schritten seinen Marsch an der Wasserkante fort. Der Hund hockte immer noch vor Lianne im Sand und schien sie anzugrinsen.

„Eddie!" Ohne nach hinten zu schauen, rief der Hundebesitzer nach seinem Begleiter. Der Hund zuckte kurz, dann sprintete er los, wobei er Sandbrocken gegen Liannes Beine schleuderte.

„Zauberhaft", murmelte Lianne, während sie den beiden hinterhersah, „ganz zauberhaft."

„Hej, willst du Kaffee?" Philipp hielt in jeder Hand einen großen Pappbecher. Lianne stapfte den Strand hinauf.

„Danke." Sie nippte an dem dampfenden Getränk.

„Was hattest du denn mit Lorenzen zu beschnacken?", erkundigte sich Philipp neugierig.

„Lorenzen? Du meinst das lange Elend mit dem Hund?“ Lianne nahm noch einen Schluck Kaffee. „Nichts. Nur die Tatsache, dass er mir einen Ball an den Kopf gedonnert hat.“

„Das gibt es nur in Timmendorf.“ Philipp lachte. „Dann bist du ja jetzt endgültig wach.“

„In der Tat.“ Lianne befühlte die Stelle an ihrem Hinterkopf. Die Schmerzen waren mittlerweile verschwunden.

„Wer ist der Typ?“

„Kristof Lorenzen? Ach, eigentlich ein Netter“, antwortete Philipp. „Wohnt an der Strandallee, in einer umgebauten Pension, die Thea gehört. Handwerker, selbstständig. Arbeitet meist für die TSNT, baut bei Veranstaltungen auf und ab und so weiter.“

„TSNT? Klingt wie Sprengstoff.“

„Quatsch. Timmendorfer Strand Niendorf Tourismus GmbH heißt das“, erklärte Philipp. „Jedenfalls ist Lorenzen für diesen Verein meist im Einsatz. Guter Mann, zuverlässig, aber eben auch … komisch.“

„Habe ich gemerkt.“ Lianne schlürfte wenig damenhaft die letzten Reste Milchschaum aus ihrem Becher. „Höflichkeit scheint nicht seine Stärke zu sein.“

„Er ist ein Einzelgänger“, meinte Philipp leichthin. „Lebt allein, nur mit seinem Hund. Arbeitet und trainiert. Triathlon. Wenn du jemanden siehst, der bei Eiseskälte mit Neoprenanzug in der Ostsee schwimmt, wie ein Blöder durch die Gegend rennt oder auf einem megateuren Fahrrad die Straße entlangrast – kannst du davon ausgehen, dass er es ist.“

„So sieht der auch aus." Lianne zuckte die Achseln. Leistungssport: ein ewiges Rätsel. Ihr reichten die vier Kilometer Laufstrecke, die sie sich inzwischen dreimal wöchentlich abquälte.

„Und weiter geht's." Philipp strahlte Lianne an, für einige magische Sekunden versank sie in seinen wunderschönen, hellblauen Augen.

„Noch acht Körbe, auf, auf, sonst wird das heute nichts mehr", kommandierte Philipp und marschierte zur Promenade hoch, als gelte es, innerhalb kürzester Zeit hinter feindliche Linien zu gelangen.

Lianne seufzte. Sonne, Strand und Meer waren doch die Zutaten für romantische Momente schlechthin. Warum also musste ausgerechnet ihr Dasein in Timmendorf so verdammt realistisch sein?

Lianne schwang sich auf den Beifahrersitz von Philipps klapprigem Jeep. Die beiden Helfer – Lianne hatte sie im Geiste „Der Schweigende 1" und „Der Schweigende 2" getauft – quetschten sich auf die Rückbank. Philipp rangierte den Wagen samt Anhänger über die Promenade und an der *Herzklinik* vorbei Richtung Strandallee. Lianne sah aus dem Fenster: emsiges Werkeln im Strandpark, am Timmendorfer Platz und auf der Kurpromenade. Menschen hängten Auffangbehälter an Bäume, rollten Kunstrasen aus, steckten mit Fahnen einen Parcours auf dem ockerfarbenen Pflaster ab.

„Für mich sieht das aus wie Minigolf", meinte Lianne.

„Minigolf." Philipp schnaubte verächtlich durch die Nase. „Minigolf ist für Kinder. Unsere Gäste spielen richtig Golf."

„Aber doch wohl auf einem vernünftigen Golfplatz und nicht auf diesen Kinderbahnen, oder?"

„Logisch." Philipp bog auf die B 76 ein. „Ganz in der Nähe ist ein Platz, der zum Hotel an der Teehaus-Brücke gehört. Dann gibt es in der Nähe noch einen Platz in Warnsdorf und einen in Travemündc."

„Freie Auswahl, ja?"

„Wenn man so will." Philipp nickte. „Das sind alles tolle Anlagen. Das Frühlingsgolfen ist allerdings eher für diejenigen gedacht, die noch nicht Golf spielen. Die sollen angefüttert werden. Vermutlich vor allem die Kinder. Früh übt sich, was ein echter Timmendorf-Gast werden will, nicht wahr?" Er lachte.

„Du kannst ja morgen auch mal dein Glück versuchen", regte er an. „Von diesem Podest am Strand aus kannst du zum Beispiel so weit auf die Ostsee hinausschlagen, wie du es schaffst."

„Aber damit bollert man doch jede Menge Plastik ins Wasser", erwiderte Lianne stirnrunzelnd.

„Keine Sorge." Philipp lachte wieder. „Diese Bälle sind aus hart gepresstem Fischfutter. Du tust den Tierchen im Wasser also etwas Gutes."

„Nein danke." Lianne schüttelte den Kopf. „Das ist nicht meine Welt, fürchte ich. Meine Freundin Svenja nennt mich eine Ball-Legasthenikerin. Außerdem wäre es mir neu, dass ich morgen frei habe. Hat nicht vorhin jemand, der gerade hier in diesem Auto sitzt, etwas von Sonntagsarbeit gesagt?"

„Stimmt. Wir müssen fertig werden." Philipp setzte den Blinker. „Hätte übrigens nicht gedacht, dass du dich so reinhängst."

„Warum?“

„Na, Thea hat angedeutet, dass du aus einer anderen Liga kommst. Einer anderen als Strandkörbe putzen und anmalen“, meinte Philipp. „Ist doch ein Abstieg für dich, oder? Beruflich?“

„Ach, Abstieg.“ Lianne zuckte mit den Schultern. „Mein Abstieg hat sich in vielen Bereichen vollzogen, da ist die Arbeit mein geringstes Problem. Außerdem, Job ist Job. Ich erledige meinen Kram immer ordentlich.“

„Habe ich gemerkt.“ Philipp bremste vor der Halle, stellte den Motor ab. Die Schweiger stiegen aus.

„Dann mal weiter“, erklärte Philipp. „Nur Mut.“

Lianne stöhnte. Bislang war es ein anstrengender Tag gewesen – und das sollte er bleiben. Nachdem sie die restlichen Körbe an den Strand gebracht hatten, widmete sie sich bis zum frühen Abend weiteren Verschönerungsarbeiten. Irgendwann war sie so müde, dass sie beinahe ihren Kopf an einen Korb gelehnt hätte, um im Stehen einzuschlafen.

Mit letzter Kraft strampelte Lianne auf ihrem altersschwachen Fahrrad in die Wohldstraße, schleppte sich das Treppenhaus hinauf und in die Ferienwohnung. Aufs Bett fallen, an die Decke starren, Gedankenkarussell.

Was tat sie hier? Wohnte in einer uncharmanten Ferienwohnung und werkelte jeden Tag an Strandkörben herum. Sicher, der Stundenlohn, den Thea auszahlte (bar, Lianne stellte keine Fragen), war nicht schlecht – aber natürlich ein Witz im Vergleich zu dem Geld, das Lianne bei der Messegesellschaft verdient hatte.

Die Messegesellschaft. Sie musste unbedingt noch einmal mit Hajo sprechen. Ob sie schon gekündigt war? Dann wäre sie nicht mehr krankenversichert, oder? Musste sie sich arbeitslos melden? Oder in Timmendorf anmelden? Sie war weltfremd geworden. Wahrscheinlich wussten die meisten Leute genau, wie so etwas geregelt wurde.

Ihr Leben jenseits der Strandkörbe? Eine Ernährung aus Schwarzbrot, Knäcke, Obst, Magermilchprodukten und derart viel Gemüse und Rohkost, dass ihr vermutlich bald Hasenzähne wuchsen. Joggen und das Meerwasser-Hallenbad, wobei ihr Schwimmstil weiterhin viele Wünsche offenließ. Treffen mit Britt, zum Spazierengehen oder manchmal im *Waldemars*, wobei Lianne ihren eisernen Verzicht auf Alkohol und Zigaretten bislang durchhielt. Wenn sie nicht schlafen konnte, las sie skandinavische Krimis aus der gemütlichen, gut sortierten Timmendorfer Gemeindebücherei im Alten Rathaus.

Und sonst? „Nichts“, sagte Lianne laut.

Regelmäßige WhatsApp-Nachrichten von Matthias, der auf ein Treffen drängte. Warum eigentlich? Er hatte doch alles gesagt. Ob er die Wohnung für seine neue Kleinfamilie wollte? Tja. Warum nicht. Es war schließlich seine. Liannes Sachen könnte er ja einpacken, Möbel wollte sie nicht.

Lianne schloss die Augen, horchte in sich hinein. Der große Schmerz und die gewaltige Kränkung waren weg, ohne sich offiziell verabschiedet zu haben. Stattdessen, einem grauen Häuflein gleich, Enttäuschung, flankiert von blasser Ratlosigkeit.

„Ich weiß es doch auch nicht“, sprach Lianne vor sich hin. Sie fing an, mit sich selbst zu reden. Kein gutes

Zeichen. Was sagte Svenja? „Manchmal rede ich mit mir selbst, und wenn ich es merke, müssen wir beide lachen."

Lianne grinste. Sie musste sich bei ihrer Freundin melden. In wenigen Tagen kam Svenja aus England zurück, wo sie mit ihrem Freund Kent dessen Familie besucht sowie Kents Musik bei diversen Kneipen-Auftritten gelauscht hatte.

Lianne schloss wieder die Augen. Sie merkte, wie sie langsam in den Schlaf driftete, als läge sie auf einer Luftmatratze, die unweigerlich aufs Meer hinausdümpelte. Sie sollte sich jetzt erheben, die Arbeitsklamotten ausziehen, das Gesicht waschen, die Zähne putzen – aber sie fand die Kraft nicht.

Es folgten wild durcheinanderflackernde Traumsequenzen. Einmal stand Lianne auf der großen Seebrücke, mit einem Golfschläger in der Hand. Bevor sie abschlagen konnte, erhielt sie einen Stoß in den Rücken und fiel ins Wasser. Auf der Brücke stand dieser Lorenzen und sah ihr nachdenklich beim Überlebenskampf zu. Philipp strampelte mit einem Tretboot vorbei und winkte fröhlich. Dann war Lianne am Strand und bemalte einen Strandkorb. Jupp Schmitz stand vor ihr und hatte ihre Schultern gepackt und schrie sie an: „Wir schützen Timmendorf!"

Lianne fuhr mehrmals in dieser Nacht aus dem Schlaf. Doch sobald sie die Augen wieder schloss, folgten die nächsten wirren Bilder.

Kapitel 10

Es war schon hell, als sie am nächsten Morgen aufwachte. Stöhnend wälzte sich Lianne auf die Seite. Ein Blick auf den Wecker: halb acht! Zehn Stunden Schlaf, ein Rekord innerhalb der vergangenen 20 Jahre. Sie müsste wahnsinnig erholt und fit sein. War sie aber nicht. Wegen wüster Träume und eines Blutdrucks auf dem Niveau einer Zimmerpflanze. Lianne trug immer noch ihre Arbeitsklamotten und fühlte sich ranzig.

Sie schlurfte in die Küche, wo sie ihre kleine Espressokanne befüllte. Im Bad schälte sie sich aus Fleecepullover und Jeans. Ab unter die Dusche.

Einen Moment zögert Lianne, dann schob sie den Regler auf „kalt“. Sie drehte das Wasser auf. Eiskalt schoss es über Schultern und Rücken. Lianne keuchte. Harter Tobak, wie eine heftige Backpfeife, aber sie musste in Schwung kommen.

Nach dem Abtrocknen schlüpfte sie in Joggingklamotten und goss sich kochend heißen Espresso ein. Während sie ihn trank, schnürte sie nebenbei ihre Laufschuhe. Sonntagmorgen, kurz vor acht, Lianne Paulsen begibt sich zum Frühsport, dachte sie. Schade, dass das jetzt niemand sehen kann.

Das Wetter ähnlich mild wie gestern, der Himmel erneut milchigblau. Lianne lief los, Richtung Wasser. Auf der Strandpromenade bog sie, einem spontanen Impuls folgend, nach rechts ab, am *Hotel am Meer* vorbei, wo aus der Düne die zweiteilige Udo Lindenberg-Skulptur emporragte, und weiter auf den von Kiefern umsäumten Seebrückenvorplatz mit der großen Eiche an der Seite, die von einer runden Sitzbank aus Granit umschlossen wurde. Dort stoppte Lianne abrupt. Was war denn hier los?

Im Strandpark liefen Männer in Arbeitskleidung aufgeregt hin und her. Mehrere Streifenwagen waren auf der Promenade und nahe des Seepferdchen-Brunnens geparkt. Uniformierte Beamte, die sich den Stationen des Frühlingsgolfens widmeten, und auch auf der kleinen Plattform am Strand, von der die Fischfutter-Bälle abgeschlagen werden sollten, zwei Gestalten in Dunkelblau.

Lianne entdeckte Philipp, der vor der Trinkkurhalle mit einem hochgewachsenen Mann diskutierte. Philipp um diese Zeit an einem Sonntag bereits auf den Beinen? Sie wollten doch heute erst mittags mit der Arbeit beginnen, und Philipp war gestern Abend gewiss auf Beutezug gewesen.

„Philipp!“, rief Lianne. Er drehte sich um. Sein sonst stets fröhliches Gesicht wirkte ernst.

„Was geht hier vor?“ Sie erkannte Philipps Gesprächspartner: dieser unfreundliche Kristof Lorenzen mit der erbärmlichen Wurftechnik. Er nickte ihr wortlos zu, was möglicherweise ein herzliches „Guten Morgen“ ersetzen sollte.

„Lianne, hi“, erwiderte Philipp. Er sah müde aus.

„Vandalismus“, erklärte er knapp. „Irgendwelche Idioten haben an den Golf-Stationen herumrandaliert. Die

Ebert ist auf hundertachtzig. Was für eine Riesen-Sauerei."

Tatjana Ebert, so viel wusste Lianne inzwischen, hatte als Timmendorfer Tourismuschefin eine der wichtigsten Positionen im Ort inne – aber auch die entsprechende Verantwortung unter anderem für das Gelingen der Veranstaltungen und die Zufriedenheit der verehrten Gäste. Ein möglicher Ausfall des Frühlingsgolfens, stellte Lianne sich vor, musste für die Tourismusverantwortlichen und die Geschäftsleute im Ort eine mittlere Katastrophe bedeuten.

„Was genau ist passiert?" Lianne war neugierig geworden. In einer Großstadt wie Bremen war sinnlose Randale, zumeist von Betrunkenen begangen, nichts Besonderes. Aber hier in Timmendorf hatte sie nicht damit gerechnet.

„Na ja, fast alle Stationen sind beschädigt", meinte Philipp. „Die Behälter an den Bäumen haben diese Penner einfach heruntergerissen, die Fahnen für den Parcours auf der Kurpromenade haben sie kaputt getrampelt und den Kunstrasen sogar angezündet – wahrscheinlich haben sie vorher Benzin draufgekippt, sonst hätte der doch gar nicht richtig gebrannt."

„Aber welcher Randalierer hat denn direkt Benzin zur Hand?", fragte Lianne erstaunt.

„Oder Schweinemist", meldete sich Kristof Lorenzen zum ersten Mal zu Wort. Seine Miene war ebenso unbewegt wie gestern, als er Lianne gegenüber seine emotionslose Entschuldigung wegen des missglückten Ballwurfs vorgetragen hatte.

„Schweinemist?" Lianne und Philipp starrten ihn an.

„Jep." Lorenzen wies ungerührt mit dem Kopf Richtung Strand. Wahrscheinlich hat er nur diesen einen Gesichtsausdruck, ging es Lianne durch den Kopf. Weitere sind ihm nicht zugeteilt worden.

„Damit ist das Podest bekleckert worden", erläuterte Lorenzen. „Der Gestank ist eindrucksvoll."

„Das klingt nicht nach einer spontanen Tat", sagte Lianne.

„Nein. War es vermutlich auch nicht." Lorenzen zeigte auf die Torwand, eine weitere Station für die Golfspieler im Strandpark. Sie war mit neongrüner Farbe besprüht worden.

„Die fetten Tage sind vorbei", las Lianne die Botschaft der wackligen Buchstaben vor, die aussahen, als stammten sie von einem nur mäßig begabten Teilnehmer an einem Anfängerkursus für Graffitischmierer. „Ach du liebe Zeit. Das erinnert mich an diesen Film. ‚Die fetten Jahre sind vorbei' heißt der doch. Aber was soll diese Variante bedeuten?"

„Sozialneid, schätze ich." Philipp zuckte mit den Schultern. „Irgendjemandem passt es nicht, dass es sich die Leute von ihrem hart erarbeiteten Geld in Timmendorf gut gehen lassen. Und da hat er sich gedacht, dass er uns in die Suppe spuckt."

„Uns? Ist auch etwas mit den Strandkörben passiert?"

„Zum Glück nicht." Philipp schüttelte den Kopf. „Der Wehrführer hat mich heute Morgen alarmiert, als er die Bescherung gesehen hat und nachdem der Brand des Kunstrasens gelöscht war. Ich bin sofort losgefahren – aber die Körbe haben nichts abbekommen."

„Es ging wohl nur um diese Golfgeschichte“, meinte Lorenzen nachdenklich. „Ansonsten sind keine Schäden festzustellen – weder an der Trinkkurhalle noch am Brunnen noch sonstwo.“

„Kristof!“, rief ein Mann in einer blauen Latzhose, der eine Leiter geschultert hatte. „Komm rüber, wir brauchen dich hier!“

„Ich muss weitermachen“, sagte Lorenzen zu Philipp. „Wir haben nicht mehr viel Zeit.“

Er ging über die Grünfläche des Strandparks davon.

„Was habt ihr vor?“, wollte Lianne von Philipp wissen. „Soll diese Golfnummer trotzdem stattfinden?“

„Wir versuchen es. Wenn wir uns alle ranhalten, könnte es klappen. Der Start ist erst für 12 Uhr angesetzt. Bis dahin können wir die Stationen vielleicht wieder einigermaßen auf Vordermann bringen.“

„Aber habt ihr dafür genug Leute?“, wunderte Lianne sich.

„Die Freiwillige Feuerwehr springt ein“, berichtete Philipp. „Es kommen Männer – und natürlich auch Frauen – von allen vier Ortswehren.“

„Vier Wehren?“

„Ja“, erklärte Philipp sichtlich stolz. „Aus Timmendorfer Strand, Niendorf, Groß Timmendorf und Hemmelsdorf. Die Gemeinde ist in dieser Hinsicht gut aufgestellt, und wenn es sein muss, halten wir alle zusammen.“

„Soll ich auch helfen?“, bot Lianne an.

Philipp sah an ihr herab und grinste. Lianne spürte, wie sie errötete. Ihre Laufschuhe waren vom Einsatz vor fünf Tagen, als es heftig geregnet hatte, deutlich gezeichnet, die

Laufhose war ebenfalls unübersehbar mit Schlamm befleckt. Unter der knittrigen Windjacke ragten die ausgefransten Ränder eines XXL-T-Shirts von undefinierbarer Farbe hervor.

Na und, dachte Lianne trotzig. Eine Joggingrunde am Morgen ist keine Schönheitskonkurrenz, und Philipp sieht mich sonst auch den ganzen Tag in Arbeitsklamotten. Abgesehen davon könnte sie ihm auch in einem knallengen Glitzerkleid, geschminkt bis zum Anschlag und auf irrwitzig hohen Pumps entgegenwackeln – er würde trotzdem etwas wie „An der 28 müssen die Laufleisten für die Fußstützen geschmiert werden" sagen.

„Lass mal", meinte Philipp. „Du bist doch gerade zum Frühsport gestartet, wenn ich es richtig sehe. Von einem solch vorbildlichen Vorhaben sollte man niemanden abhalten."

„Danke schön." Lianne lächelte säuerlich. „Ich weiß deinen Edelmut zu schätzen. Dann bis später."

„Bis später." Philipp folgte Lorenzen in den Strandpark.

Lianne trabte erneut los wie ein braves Pony auf dem Rummelplatz. Vom Gewimmel im Strandpark abgesehen, war wenig los an diesem Sonntagmorgen. Vorbei an den *Ozeanwelten* und der *Herzklinik*, weiter unter den duftenden Kiefern entlang. Linker Hand die spiegelglatte Ostsee, rechts diverse schicke Ferien- und Wohnhäuser. Fast alle verlassen, die Rollläden heruntergelassen, die Gärten kahl und leer.

Britts Kiosk ruhte ebenfalls einsam und still im Sonnenlicht, wie die *Asia*-Galerie mit dem großen Buddha und die Seeschlösschen-Brücke mit dem weiß leuchtenden Teehaus, dahinter wieder prächtige Villen an der Promenade Richtung Niendorfer Hafen.

Die Szene im Strandpark ging Lianne nicht aus dem Kopf. Angezündeter Kunstrasen, Schweinemist auf dem Golfpodest – wer machte so etwas? Ein überschaubarer Sachschaden, das ja – aber das Ganze hatte etwas Ekelhaftes, Missgünstiges und Boshaftes an sich, fand Lianne. Und dazu dieser Spruch: „Die fetten Tage sind vorbei."

Schweinemist. Hatte Britt nicht jemanden erwähnt, der Schweine hielt?

Der Promenadenweg endete an einem weiteren Kiosk. Dahinter ragten hohe Bäume auf, an einer rot-weißen Schranke begann eine Straße: „An der Acht" las Lianne auf einem Schild. Hinter einer Halle, die sie gerade eben noch erkennen konnte, musste der Niendorfer Hafen liegen.

Zeit, umzukehren, dachte Lianne und nahm den Rückweg in Angriff. Von dieser Laufrichtung aus bot sich ein fantastischer Blick über die Idylle der Lübecker Bucht. Einige Möwen, verträumt auf der Ostsee umherdümpelnd, funkelndes Sonnenlicht, und wenn Lianne nicht gewusst hätte, dass die Wassertemperatur aktuell bei etwa drei Grad lag, hätte sie versucht, zumindest die Füße hineinzuhalten.

Das scharfe Quietschen von Fahrradbremsen riss sie aus ihren Gedanken.

„Passen Sie doch auf!" Eine ärgerliche Männerstimme. Erschrocken sah Lianne nach vorn. Fast wäre sie mit einem Fahrradfahrer zusammengestoßen – was dieser durch eine Vollbremsung verhindert hatte.

„Haben Sie Tomaten auf den Augen?“ Der Mann war groß und dünn, hatte längeres, wirres Haar und kam Lianne bekannt vor. Diese schmuddelige Jacke in hässlichem Türkis hatte sie schon gesehen.

„Entschuldigung“, sagte sie schnell. „Ich war so in Gedanken. Danke, dass Sie so aufmerksam waren.“

Diese Worte schienen den Radler zu besänftigen.

„Schon gut. Kann ja mal passieren.“ Er musterte Lianne genauer. „Kennen wir uns nicht?“

„Ja.“ Jetzt fiel es Lianne wieder ein. „Wir haben uns am Kiosk getroffen, bei Britt Peters. Ist schon eine Weile her. Ich war damals wohl ein wenig … unfreundlich.“

„Ach ja.“ Der Mann verzog spöttisch das Gesicht. „Die feine Dame, die ihren Vornamen nicht nennen wollte. Heute sehen Sie aber anders aus. Haben Sie abgenommen?“

Wider Willen freute sich Lianne über diese letzte Bemerkung. Weib, was bist du schwach, dachte sie. Da konnten Frauen noch so sehr für ihre Intelligenz oder ihre Fähigkeiten gelobt werden – nichts brachte ihre Herzen so sehr zum Hüpfen wie die Anerkennung eines Gewichtsverlustes.

„Ein bisschen“, sagte sie. „Sorry dafür, dass ich so grob war. Ich heiße Lianne mit Vornamen. Und Paulsen mit Nachnamen, aber das wissen Sie ja schon.“

Der Mann streckte die Hand aus. Lianne schüttelte sie.

„Ole Martens. Wo laufen Sie hin?“

„Zurück, ich meine, in die Wohldstraße. Ich habe dort eine Ferienwohnung gemietet.“ Aber die Hausnummer sage ich dir nicht, fügte Lianne im Geiste hinzu.

„Dann kommen Sie am Strandpark vorbei“, entgegnete Martens. „Seien Sie gewappnet! Da ist heute Morgen der Teufel los.“

„Habe ich gesehen. Sie meinen den Vandalismus. Üble Sache.“

„Ach, wieso?“ Ole Martens grinste. „Geschieht dieser Schickimicki-Bagage ganz recht. Dieses ewige Getue ums Golfen. Tonnenweise geben sie Geld dafür aus, während andere Leute nicht wissen, was sie am nächsten Tag essen sollen.“

„Ich denke, die meisten Menschen in unseren Breitengraden wissen das durchaus“, gab Lianne kühl zurück. „Und denjenigen, die es nicht wissen, ist mit dieser Zerstörungsarie auch nicht geholfen.“

Ole Martens blickte sie ratlos an, als sei ihm der Wind aus den Segeln genommen worden.

„Na, wie auch immer.“ Er schwang sich wieder in den Sattel, mit dem Gesichtsausdruck eines geübten Verschwörungstheoretikers, der wusste, dass er als Einziger die wahren Zusammenhänge kannte. „Mir tut's jedenfalls nicht leid, und ich habe volles Verständnis für denjenigen, der dieser Bonzen-Szene einen reinwürgt. Das gibt es nur in Timmendorf, jawoll! Schönen Tag noch.“

Er ließ seine Fahrradklingel schrillen und trat in die Pedale. Lianne blickte ihm hinterher, dann lief sie erneut los.

Ole Martens schien nicht gerade wohlhabend zu sein. Außerdem hegte er zweifellos eine tiefe Abneigung gegen die gehobene Urlauber-Klasse. Und er hielt Schweine, fiel Lianne ein, das hatte Britt erzählt. Ob Ole Martens die Golf-Stationen beschädigt hatte? Aber war das nicht zu offensichtlich? Insbesondere der Schweinemist wies zu deutlich in seine Richtung – so dumm konnte doch niemand sein, oder?

Letztlich geht es mich nichts an, dachte Lianne. Darum kümmert sich die Polizei oder irgendein Ordnungsdienst.

Es ist ja auch niemand ernsthaft zu Schaden gekommen. Kein Grund, ihre Gedanken daran zu verschwenden. Es gab wichtigere Dinge, über die sie nachdenken musste. Das Gespräch mit Hajo beispielsweise, den sie anrufen musste, am besten morgen. Vielleicht wusste er gar nicht mehr, wer sie war. Haha.

Sie war ja einfach nicht mehr hingegangen, von einem Tag auf den anderen. Ohne Krankschreibung. Ohne zu kündigen. Ohne irgendetwas. Dafür konnte er sie mit Sicherheit rausschmeißen. Hatte er bestimmt schon. Gehalt war zumindest nicht mehr auf ihrem Konto eingegangen. Ob die Firma sogar Anspruch auf Schadenersatz hatte?

Keine dieser Überlegungen löste eine nennenswerte emotionale Regung aus. Lianne hatte zwar Hajo gegenüber ein schlechtes Gewissen. Aber mehr auch nicht.

Blieben Matthias' hartnäckige Nachfragen wegen eines Treffens. Lianne erschien es unvorstellbar, mit ihrem künftigen Ex-Ehemann noch einmal an einem Tisch zu sitzen.

Matthias wollte garantiert über ihre Zukunft reden, auf Deutsch: über ihre Scheidung. Sie sollte den Weg frei machen für sein neues Leben. Vielleicht lief ihm die Zeit davon? Aber eine Hochzeit mit „Miss Blond & Süß" vor der Niederkunft war so oder so nicht mehr zu schaffen.

Vor ihr das Reetdach des Landhauses. Einbiegen in die Wohldstraße, auf den letzten Metern etwas mehr Tempo. Vor dem Appartementhaus blieb Liannes stehen. Etwas war anders als sonst: zum ersten Mal sechs Kilometer ohne Keuchen, ohne merkbare Anstrengung, ohne zitternde Beine danach.

Lianne lächelte breit. Sechseinhalb Kilometer, beim nächsten Mal, dachte sie. Übermorgen.

Update 23669 +++ DIE News und Termine für Timmendorfer Strand und Umgebung +++

Vandalismus beim Frühlingsgolfen
Timmendorf in Sorge

Von Sophie Augsbach

Timmendorfer Strand. Der Schock sitzt immer noch tief bei zahlreichen Timmendorfern – vor allem bei den Organisatoren und Mitwirkenden des Frühlingsgolfens. Zwar halte sich der durch den Vandalismus verursachte Schaden in finanziellen Grenzen, erklärt Tourismuschefin Tatjana Ebert gegenüber „Update 23669“. „Aber die Tat an sich macht uns alle sehr betroffen“, so Ebert.

Bislang unbekannte Täter hatten in der Nacht vor dem Frühlingsgolfen diverse Stationen der beliebten Golf-Auftaktveranstaltung beschädigt: Sie rissen Ball-Behälter herunter, zerstörten den Parcours auf der Kurpromenade, setzten Kunstrasen in Brand und verteilten Schweinemist auf einem Podest am Strand.

Dank des engagierten Einsatzes zahlreicher Helfer konnten die Schäden jedoch rasch beseitigt werden, das Frühlingsgolfen fand bekanntermaßen statt. „Dafür dankt die Tourismus GmbH allen Beteiligten noch einmal ausdrücklich und herzlich“, betont Ebert.

Wie beim „Anschlag“ auf die *Winter-Lounge*, bei der Spirituosen verdorben wurden, hinterließen der oder die Täter auch dieses Mal die Parole „Die fetten Tage sind vorbei“. „Das finde ich durchaus besorgniserregend“, räumt Tatjana Ebert ein. „Wir müssen diese Entwicklung genau im

Auge behalten", meint auch die Timmendorfer Bürgermeisterin Ragna de Fries auf Nachfrage von „Update 23669". „Im Zweifelsfall müssen die Sicherheitsvorkehrungen bei Veranstaltungen verschärft werden."

Auch die Polizei vermutet einen Zusammenhang zwischen den Taten. „Die Parole lässt diese Deutung natürlich zu", erklärt Melanie Berg, Sprecherin der Polizei-Direktion Lübeck. Sie warnt jedoch vor konkreten Verdächtigungen, solange keine Beweise vorlägen. „So etwas ist nur geeignet, die Stimmung unter den Menschen vor Ort zu verschlechtern und für die Ermittlungen nicht hilfreich", sagt Berg.

Das allerdings scheint die Mitglieder der Plattform „Wir schützen Timmendorf" nicht zu beeindrucken. Seit dem „Anschlag" auf das Frühlingsgolfen schlagen dort die Wellen hoch. In diversen Beiträgen werden „jugendliche Autonome" beschuldigt, die Taten begangen zu haben. Andere schrecken nicht davor zurück, Schweinehalter aus der Umgebung unter Verdacht zu stellen – wegen des Schweinemists, mit dem ein Podest verunreinigt wurde.

Zu diesen Anschuldigungen möchten sich weder die Polizei noch Vertreter der Gemeinde Timmendorfer Strand äußern. Eines scheint aber sicher: Den nächsten Veranstaltungen im Ort sehen zahlreiche Organisatoren mit Sorge entgegen.

Kapitel 11

Hässlich, aber eine Goldgrube: Stecos Bude war eine Besonderheit, das musste Britt anerkennen. Neidlos anerkennen, übrigens – denn wenngleich bei der Saisoneröffnung des *Strand-Treffs* ungefähr dreimal so viel los war wie an einem guten Tag an Britts Kiosk, hätte sie dennoch nicht tauschen mögen. Es war zu viel – die wogende Menschenmenge, der Lärm, das Chaos hinter dem Tresen und die verzweifelte Hast des Servicepersonals. So arbeitete Britt nicht gern.

Musste sie auch nicht, weshalb sie diesen Abend umso mehr genoss. Zusammen mit Meeno hatte sie sich früh auf den Weg gemacht, trotzdem hatten sie nicht zu den ersten Gästen gezählt. Etwa 50 Menschen standen bereits rund um den sechseckigen, weißen Pavillon an der Promenade, unweit des *Hotels am Meer*. Der *Strand-Treff*: ein in die Jahre gekommenes, schmuckloses Gebäude, abblätternde Farbe, nach drei Seiten offen, und aus diesen Öffnungen heraus wurden fleißig Getränke gereicht.

Der kleine Platz davor hatte sich rasch weiter gefüllt, Gäste dicht an dicht, als um 19 Uhr die Jagdhörner erklangen. Steco ließ als traditionellen Scherz zum offiziellen Saisonstart stets das Signal „Aufbruch zur Jagd“ vom Band laufen, zur Freude der Feiernden, die diesen Auftakt mit Jubel und Applaus begrüßten.

Er weiß schon, wie er aus der Masse heraussticht, dachte Britt, ein Tablett durch die Menge balancierend, entschlossen, die hart erkämpften Getränke darauf zur Not mit rücksichtslosem Ellenbogeneinsatz zu schützen. Unmittelbar auf die Jagdhörner folgten heitere Schlagermelodien, ebenfalls eine Spezialität des *Strand-Treffs* als Gegengewicht zu den schicken Bars und Klubs mit elektronischer Chillout-Musik. Jahrzehntealte Dauerbrenner von Roberto Blanco bis Roland Kaiser brachten die Meute in Wallung.

„Hier sind wir!" Meeno winkte ihr hektisch von einem Stehtisch aus zu an dem er mit Thea, Sigrid Steenkamp und Gustav Kiekbusch stand.

Britt wühlte sich durch, stellte erleichtert das Tablett ab.

„Britt, grüß dich." Kiekbusch, wie immer im Anzug, hob sein Bierglas und prostete ihr zu. Sigrid tat das Gleiche mit ihrem Sektkelch.

„Gruß zurück." Britt reichte Meeno und Thea je ein Glas. Ein weiteres blieb übrig. Britt hatte es vorsorglich für Lianne mitgebracht.

„Ist es das, was ich denke?", fragte Thea mit Blick auf die dunkle Flüssigkeit, auf der zwei grüne Blätter schwammen wie Entengrütze auf der Oberfläche eines Grabens voller Klärschlamm.

„Ja, ist es", erklärte Britt fröhlich. „Mir war heute so nostalgisch zumute."

„Na dann, auf einen bunten Abend", bemerkte Meeno trocken, während Thea die Augenbrauen hochzog. Sie stießen mit Britt an und nahmen einen tiefen Schluck.

„Wo ist denn Lianne?", fragte Britt. „Sie sollte längst hier sein."

In diesem Moment entdeckte sie die Freundin, die sich suchend durch die Leute drängelte. Sie sieht mittlerweile ganz anders aus, ging es Britt durch den Kopf. Eine neue Frisur, die Haut nicht mehr fahl und grau, sondern frisch und klar, dazu die bemerkenswerten veilchenblauen Augen. Noch nicht gertenschlank, aber durchaus schmaler und proportionierter als bei ihrer Ankunft. Heute sahen einige Männer Lianne interessiert oder wenigstens nachdenklich hinterher.

„Hab ich euch endlich gefunden", seufzte Lianne, als sie den Stehtisch erreichte. „Dass hier so viel los ist, hätte ich nicht gedacht."

„Dann kennen Sie Timmendorf wohl noch nicht so gut." Gustav Kiekbusch reichte ihr die Hand.

„Gustav Kiekbusch mein Name. Und mit wem habe ich das Vergnügen?"

„Paulsen, Lianne Paulsen." Sie schüttelte zunächst Kiekbusch und dann der ihr schon vom Sehen bekannten, verhärmten Frau neben ihm – „Sigrid Steenkamp, Küsten-Appartements" – die Hand.

„Was machen Sie hier?", fragte Kiekbusch neugierig. „Ich meine, ich habe Sie schon öfter gesehen."

„Lianne ist eine Mitarbeiterin von mir", schaltete Thea sich unwirsch ein. „Und sie wird nicht so gerne ausgefragt."

„Schon gut, Thea." Gustav Kiekbusch hob beschwichtigend die Hände. „Das war nur ein Versuch, Small Talk zu machen."

„Trink erst einmal etwas." Britt gab Lianne das letzte Glas vom Tablett.

Lianne schnupperte vorsichtig an der dunklen Flüssigkeit.

„Was ist das?“, fragte sie misstrauisch. „Da ist doch Alkohol drin, oder nicht?“

Die Umstehenden lachten.

„Das war ja jetzt süß“, merkte Thea an.

„Natürlich ist das Alkohol“, klärte Britt auf. „Das ist die berühmte Timmendorfer Pfütze. Die muss jeder einmal trinken, der nach Timmendorf zieht.“

„Nein danke.“ Lianne stellte das Glas ab. „Keinen Alkohol für mich, das weißt du doch.“

„Ach komm, du bist schon so lange standhaft.“ Britt lächelte verschmitzt. „Einen kleinen Cocktail darfst du dir gönnen.“

Lianne zögerte. Es stimmte, sie war lange Zeit abstinent geblieben. Und das hier war augenscheinlich ein Traditionsgetränk, das sie besser nicht ablehnte, oder? Wenngleich diese Timmendorfer Pfütze nicht verlockend wirkte.

„Also gut.“ Sie hob das Glas. „Wenn ich auf diese Weise irgendwann eine echte Timmendorferin werde …“

„Gute Entscheidung!“, rief Meeno. „Dann Prost!“

Lianne stieß mit allen an und trank.

„Puh.“ Sie verzog das Gesicht. Der Cocktail schmeckte seltsam – bitter, prickelnd, mit einem leichten Hauch Pesto. Und er war nicht ohne, das merkte Lianne allein an der Art, wie er ihre Kehle hinunterbrannte und im Magen weiterloderte.

„Was ist das?“

„Champagner und italienischer Kräuterlikör, dazu ein wenig Basilikum“, erläuterte Britt gut gelaunt. „Nicht schlecht, was?“

„Geht so", gab Lianne vorsichtig zurück. „Wer denkt sich denn so etwas aus?"

„Die Entstehungsgeschichte dieser regionalen Spezialität liegt im Dunkeln", deklamierte Meeno feierlich. „Man sagt, dass einige weise Druiden diesen Trank in grauer Vorzeit um Mitternacht in ihrem Kessel zusammengebraut haben. Seither ist er aus unserem schönen Ort nicht wegzudenken und wird sogar in den heiligen Hallen unserer geliebten Golfer dort droben hinter den grünen Hügeln ausgeschenkt …"

Alle lachten. Lianne nahm noch einen Schluck. So übel war die Timmendorfer Pfütze gar nicht, wenn man den ersten Schreck überwunden hatte. Ihre Augen wanderten umher: eine große Litfaßsäule, dahinter hölzerne Lamellenzaun-Elemente als Sichtschutz vor dem Hotelparkplatz. Dunkelgrüne Kiefern rundherum, ein Stichweg, der zum Strand führte.

„Apropos Golf", sagte Sigrid Steenkamp. „Gibt es schon etwas Neues zum Anschlag auf das Frühlingsgolfen?"

„Anschlag! Du liebe Güte", knurrte Thea. „Eine Nummer kleiner geht es wohl nicht?"

„Du weißt, was ich meine", erwiderte Sigrid ungeduldig. „Ich finde es ja auch übertrieben, aber da sieht man es mal wieder. Wenn es um die oberen Zehntausend geht, ist kein Aufwand zu groß."

Thea starrte sie kampflustig an – wie immer kräftig geschminkt, heute in einen antik wirkenden Mantel aus Schlangenlederimitat gehüllt. Zumindest hoffte Lianne, dass es sich nur um Imitat handelte.

„Du redest bestimmt von dem Mist, der in dieser Facebook-Gruppe abgesondert wurde, nicht wahr?“, nahm Thea die überrumpelt wirkende Sigrid in die Mangel.

„Na ja, einige gute Hinweise sind doch durchaus dabei“, wehrte sich die Appartement-Verwalterin.

Dem konnte Lianne nicht zustimmen. Unter dem Titel „Wir schützen Timmendorf“ warfen die angeblichen Beschützer des Ortes mit haltlosen Verdächtigungen nur so um sich. Immerhin nannten sie keine vollständigen Namen. Doch auch so konnte man sich zusammenreimen, wer gemeint war, vermutete Lianne, wenn man sich in Timmendorf auskannte. Selbst sie hatte eine Ahnung, wer der „Schweinezüchter“ und die „autonomen Jugendlichen“ sein sollten. Einige User spekulierten: Wer stand gerade vor der Pleite? Wer war ein heimlicher Anhänger einer linksextremistischen Partei? Fast alle forderten „Recht und Ordnung“, mehr Polizei (am besten eine Sonderkommission und ein SEK, hatte Lianne spöttisch gedacht), mehr Security oder eine Bürgerwehr.

„Gute Hinweise, pah.“ Thea leerte den – beachtlichen – Rest ihrer Timmendorfer Pfütze mit einem Zug und warf Meeno einen auffordernden Seitenblick zu. Dieser eilte in Richtung Tresen.

„Lächerliches Zeug steht dort“, fuhr Thea fort. „Denunziantentum im Internet, wie ich es gesagt habe. Und es wird überhaupt nichts nützen.“

„Du bist also in dieser Gruppe?“, hakte Gustav Kiekbusch freundlich nach.

„Ja, wieso? Ich will doch auf dem Laufenden bleiben“, gab Thea schnippisch zurück.

„Alle Achtung, Thea", sagte Kiekbusch mit der gönnerhaften Miene eines jungdynamischen Aufsteigers, der ausnahmsweise seine greise Oma im Pflegeheim besucht und sich ihre Geschichten anhört. „Ich meine, eine Frau in deinem Alter, und dann noch bei Facebook …"

Lianne spitzte die Ohren. Ungemach drohte dem – auch nicht mehr taufrischen – Anzugträger: Thea war ohnehin schon auf Krawall gebürstet. Lianne wartete gespannt auf die unmittelbar bevorstehende Tirade.

Doch diese blieb aus. Weil drei Meter weiter ein Stehtisch zu Boden krachte, Leute schrien, Gläser zerbrachen. Zwei Männer wälzten sich, ineinander verkeilt, auf der Erde, während die Menge zurückwich. Dann quietschten Bremsen. Eine große, dunkle Gestalt sprang von einem Fahrrad und mit wenigen Schritten zu den Kämpfenden, packte einen von ihnen, warf ihn herum, drehte ihm den Arm auf den Rücken und drückte ihn auf den Schotter des Promenadenweges. Eine Frau kreischte, dann ging die Musik aus.

Noch nie hatte sich Lianne gewünscht, ein Mann zu sein, und in Situationen wie der gerade erlebten verspürte sie erneut tiefe Dankbarkeit dafür, dass ihr dieses Schicksal erspart geblieben war. Grundgütiger, was waren Männer peinlich! Jedenfalls einige von ihnen. Zum Beispiel Ole Martens und Jupp Schmitz.

Es hatte gedauert, die Lage zu klären. Zunächst sah es so aus, als würden sich weitere Kampfhähne in die Auseinandersetzung einmischen. „Massenschlägerei an der Promenade" – Lianne sah die Schlagzeile vor sich. Das aber hatte Steco abwenden können.

Nachdem der Chef des *Strand-Treffs* geistesgegenwärtig die Musik aus- und mehrere große Scheinwerfer angestellt hatte, eilte er blitzschnell zum Zentrum des Geschehens, das nun taghell beleuchtet war.

„Ruhe!", hatte Steco gerufen. „Ruhe! Jeder bleibt an seinem Platz!" Er hatte wie die Pausenaufsicht auf dem Schulhof geklungen. Die Menge schien in der Bewegung zu verharren. Lianne hörte Britt neben sich kichern und musste trotz des Schrecks grinsen.

„Was ist hier los?" Steco blickte auf einen der beiden herab, die den Tisch umgerissen hatten. „Ole, ich glaub es ja nicht!"

Verlegen rappelte sich Ole Martens auf. Die türkisfarbene Jacke voller Flecken, die dünnen Haare wirr im Gesicht.

„Er hat angefangen!" Anklagend zeigte er auf seinen Kontrahenten. Dieser war gerade aus dem unbarmherzigen Griff des Fahrradfahrers entlassen worden. Der Radler half ihm sogar auf, klopfte die Kleidung des verhinderten Ringers ab.

„Jupp! Na, das hätte ich mir denken können." Steco stemmte die Fäuste in die Hüften wie eine erboste Kindergartenleiterin, die zwei Lümmeln eine Standpauke hält.

Das gibt es nur in Timmendorf, dachte Lianne.

„Was soll der Scheiß?", wetterte Steco. „Prügelt euch bei meiner Eröffnung! Wir wollen hier alle Spaß haben – und dann so etwas!"

„Ist nicht meine Schuld!", konterte Jupp empört. Lianne erkannte den Fahrradfahrer, der Ole und Jupp so effektiv getrennt hatte: Kristof Lorenzen, mit unbewegter Miene die Debatte verfolgend.

„Ich sag euch was zum Thema Schuld!“ Steco atmete tief ein. Trotz seiner Empörung wirkte der schmale, unauffällige Mann ruhig und beherrscht.

„Schuld interessiert mich grundsätzlich nicht“, erklärte er bestimmt. „Und in diesem Fall sowieso nicht, weil ihr garantiert den gleichen Anteil daran tragt! Immer geratet ihr aneinander! Damit muss Schluss sein.“

„Er hat behauptet, dass ich den Schweinemist auf diesem Golf-Dings verteilt habe!“, rief Ole zornig.

„Er hat gesagt, dass es den Ärger nur gibt, weil ich in Timmendorf wohne. ‚Bonzen-Invasion‘ hat er das genannt!“, schimpfte Jupp.

Steco verdrehte die Augen. Einige Umstehende lachten.

„Kindergarten“, befand der Chef des *Strand-Treffs*. „Aber das hier ist eine Erwachsenenparty. Deshalb verschwindet ihr jetzt. Ich erteile euch Hausverbot, sozusagen – und es ist mir egal, ob ich das hier draußen überhaupt darf oder nicht. Und wegen des Sachschadens melde ich mich die Tage. Tschüs!“

Von Steco ging trotz seiner geringen Körpergröße eine beachtliche Autorität aus. Ole und Jupp trollten sich, wenn auch murrend – in verschiedene Richtungen.

Lianne beobachtete, wie Steco zu Kristof Lorenzen ging, einige Worte mit ihm wechselte und ihm anerkennend auf die Schulter schlug. Danach schwang sich der hagere Mann wieder auf sein Fahrrad und verschwand in der Dunkelheit, während Steco seinen Pavillon betrat. Kurz darauf gingen die Scheinwerfer aus und die Musik wieder an. Sofort setzten Diskussionen über das Geschehen ein.

„Heute wird uns ja richtig was geboten", kommentierte Meeno die Ereignisse, als er vom Ausschank zurückkehrte – mit vier neuen Timmendorfer Pfützen, wie Lianne besorgt feststellte. „Öfter mal was Neues."

„Na, so neu nun auch wieder nicht", meinte Thea. „Ole und Jupp kriegen sich regelmäßig in die Wolle", informierte sie Lianne. „Auch eine Art Tradition."

„Sie prügeln sich aber selten", gab Britt zu bedenken.

„Eine Prügelei? Was könnt ihr mir dazu sagen?" Wie an den Tisch gebeamt, stand Sophie Augsbach vor ihnen: Notizblock und Kugelschreiber gezückt, sensationslüsternes Flackern in den Augen.

„Prügelei? Pah." Thea schnaubte verächtlich durch die Nase und bedachte die Internet-Reporterin mit einem geringschätzigen Augenbrauen-Hochziehen. „Ein bisschen Geschubse. Es war doch vollkommen klar, dass so etwas passieren musste. Das kommt alles von dieser gegenseitigen Anschwärzerei in dieser Facebook-Gruppe und von diesen reißerischen Artikeln." Sie schickte Sophie einen strafenden Blick. „Aber das gefällt dir vermutlich, oder?"

„Also wirklich, das ist doch jetzt nicht …", setzte Sophie an – aber eine sportliche Gestalt mit dunklen Haaren lenkte Lianne ab. Philipp bahnte sich seinen Weg durch die Menge – nicht allein, sondern mit einem schmalen Wesen an seiner Hand: wehende, hellbraune Mähne, runde, unschuldige Augen, die überrascht nach links und rechts blinkerten, als sei besagtes Wesen soeben aus einem verwunschenen Feenreich in einen bösen Actionfilm entführt worden, dessen Handlung es nicht verstand.

Philipp hatte Lianne entdeckt und nickte ihr freundlich zu, bevor er mit seiner langbeinigen Begleiterin wieder im Getümmel verschwand. Wie alt mochte das Mädchen sein? 20? Lianne schluckte. Und was für eine Kleidergröße trug sie? 34? Oder war ihr das schon zu weit?

Lianne blickte an sich herab. Davon sollte sie sich jetzt nicht runterziehen lassen.

„Hier, nimm noch eine Pfütze." Britt drückte ihr ein Glas in die Hand. „Ist was? Du siehst auf einmal so schlecht gelaunt aus."

„Wie bitte? Nein, alles gut." Lianne nahm einen Schluck. An das Zeug konnte man sich gewöhnen.

„Ich habe nur nachgedacht", brachte sie ein neues Thema in die Runde. „Ist dein Mantel eigentlich aus Kunstleder, Thea?"

„Willst du mich beleidigen?" Thea fuhr auf. „Du glaubst, ich würde unechtes Zeug tragen? Also, ich muss schon sagen …"

Eine muntere Debatte brandete auf, über Kunstleder und echtes, über Pelze und weiter über Schmuck und Statussymbole bis hin zur Frage, ob Udo Jürgens überhaupt als Schlagersänger bezeichnet werden konnte. Meeno, Britt und Gustav Kiekbusch versuchten außerdem gleichzeitig und einander übertönend, Lianne die Geschichte des Timmendorfer Eissport- und Tenniscentrums zu erzählen. Sie verstand immerhin, dass es dazu Bürgerentscheide gegeben hatte und dass die Timmendorfer ihr ETC behalten wollten. Dass die Sanierung einen zweistelligen Millionenbetrag kosten würde und dass deshalb einige Timmendorfer fanden, dass besser eine neue Halle gebaut werden sollte.

Irgendwann schaltete Lianne geistig ab. Ausgelassene Stimmung, später gemeinsames Singen, und die Timmendorfer Pfütze schmeckte wirklich ausgezeichnet.

„Dim – dadadimdimdim – dim – dadadimdimdim."

Ein störendes Geräusch. Überaus störend. Wer auch immer dafür verantwortlich war – er sollte es schleunigst abstellen.

Langsame Drehung von einer Seite auf die andere. Immer noch zu schnell für Liannes Kopf. Ein stechender Schmerz von der rechten Schläfe einmal in der Diagonalen bis hinten in den Nacken, unten links.

Mit geschlossenen Augen tastete sie auf ihrem Nachttisch herum. Wo war die Wasserflasche? Pappiger Geschmack im Mund, allzu vertraut.

„Dim – dadadimdimdim – dim – dadadimdimdim."

Schon wieder. Schrecklich. War das ihr Wecker? Nein. Der piepte nur. Wie spät?

Vorsichtig öffnete Lianne die Augen. Zu hell, natürlich. Sie lag in ihrem Bett, immerhin. Ohne Schuhe. Ein Pluspunkt.

Da stand tatsächlich eine Flasche Wasser. Lianne richtete sich stöhnend auf, griff danach und schüttete den Inhalt gierig in ihren trockenen Hals. Schwindel, Zurücksinken ins Bett.

Verdammter Alkohol. Verdammte Timmendorfer Pfützen. Wie konnte sie nur? So lange brav – und dann das! Es geschah ihr recht, dass sie jetzt einen hohen Preis bezahlen musste. Geraucht hatte sie auch, fiel Lianne ein.

Wie idiotisch. Ein paar Stunden Spaß – und dann zwei, drei Tage Leiden. Denn darauf lief ihr Zustand hinaus, die Zeichen waren eindeutig.

„Selbst schuld, blöde Kuh“, murmelte Lianne.

„Dim – dadadimdimdim – dim – dadadimdimdim.“

Ihr Handy! Ach du Schande. Musste sie etwa schon bei der Arbeit sein? Ein Blick auf den Wecker. Nein, ein Glück. Heute ging es erst gegen Mittag los, Philipp hatte allen Mitarbeitern einen halben freien Tag spendiert. Wahrscheinlich, damit er selbst mit seiner dürren Gespielin möglichst lange im Bett bleiben konnte. Egal, Lianne kam diese Regelung nur entgegen.

Wer also rief da andauernd an? Mühsames Aufrichten, sie schleppte sich in die Küche. Dort, auf dem Tisch, lag ihr Smartphone und begann schon wieder zu klingeln. Im Display „Hajo“.

„Verflucht!“ Lianne schlug sich eine Hand vor den Kopf und bereute das augenblicklich. Sie war für heute Vormittag für ein Telefonat mit ihrem – ehemaligen? – Chef verabredet! Und jetzt taumelte sie mit einem 1-A-Kater durch ihre Wohnung!

„Okay, okay. Ruhig bleiben. Lage checken. Plan machen.“ Sie überlegte. Dann eine rasch getippte Nachricht: „Melde mich sofort! Sorry! Lianne.“

Unterdrücken der aufkeimenden Übelkeit. Espresso aufsetzen. Während das Wasser in der Kanne zu sprudeln anfing schnell unter die eiskalte Dusche. Einige Sekunden lang fürchtete Lianne, der Temperaturschock könnte ihre Schädeldecke sprengen. Aber das tat er nicht, und sie fühlte sich – nun, nicht besser, aber wacher.

Sie wickelte sich in ein Handtuch, schenkte sich kochend heißen, tiefschwarzen Espresso ein. Anschließend griff sie erneut zum Handy und tippte entschlossen auf Rückruf.

„Lianne, endlich! Ich versuche seit einer halben Stunde, dich zu erreichen." Die sonore Stimme des Seniorchefs der Hanseatischen Messegesellschaft.

„Tut mir leid, Hajo. Ich war eben noch joggen und habe wohl die Zeit vergessen."

„Du joggst?" Sie hörte Hajo lachen und sah ihn vor sich: Bestimmt trug er einen schwarzen oder anthrazitfarbenen Kaschmirpullover und eine teure, dunkle Jeans. Seine silbergrauen Haare lagen garantiert wie immer perfekt und leicht gewellt am Kopf. Vermutlich strich er sich während des Gesprächs über seinen silbergrauen Schnauzbart und lächelte dieses Richard Gere-Lächeln.

„Ja, habe damit angefangen", erwiderte Lianne. „Und wie geht es dir?"

„Wie immer, Lianne. Aber ich denke, wir sollten darüber reden, wie es dir geht. Denn das ist ja derzeit das Thema, das uns beschäftigt, nicht wahr?"

„Stimmt."

„Wirst du in absehbarer Zeit in die Firma zurückkehren?", kam Hajo direkt auf den Punkt.

Lianne schämte sich. Sie hatte einfach alles hingeschmissen, von einem Tag auf den anderen – und Hajo fragte, ob sie zurückkehren wollte! Und sie konnte ihm keine dankbare Antwort geben.

„Nein", sagte sie leise. „Nein, ich glaube nicht."

„Dachte ich mir." Klang Hajo eher gleichmütig als verärgert?

„Deshalb habe ich eine Entscheidung getroffen, Lianne", fuhr ihr Chef fort. „Ohne dich, denn du warst ja leider nicht greifbar, okay?"

„Okay." Lianne schluckte. „Was für eine Entscheidung?"

„Das will ich dir sagen." Und Hajo sagte es ihr.

Kapitel 12

Die Karawane zieht weiter, dachte Lianne. Aber statt auf Kamelen sitzen sie in SUVs oder in Mittelklasse-Familien-Limousinen, die alle gleich aussehen. Nahezu lückenlos rollte die Autoschlange am *Landgasthaus* vorbei, Wagen um Wagen, die Strandallee entlang, das rote Pflaster unter all den Reifen kaum zu sehen.

An die Winterruhe in Timmendorf gewöhnt, hatte Lianne vergessen, dass sie in einen überaus beliebten Urlaubsort geflohen war. Was jetzt, kurz vorm Osterwochenende, nicht mehr zu ignorieren war: Verkehrsstau an allen Ecken und Kreuzungen, auf den Parkplätzen kaum freie Fleckchen, auf der Promenade und in den Geschäften Menschentrauben noch und noch.

Nicht die beste Idee von Matthias, die große Aussprache ausgerechnet für heute anzusetzen. Nachdem er hartnäckig darauf bestand, Lianne zu besuchen, hatte sie nach der ungefähr hundertsten Handynachricht nachgegeben. Aus Neugier und weil ihr seine Beharrlichkeit schmeichelte. Völliger Unsinn, denn Matthias drängte garantiert nur deshalb auf ein Treffen, um die für die Scheidung nötigen Pflöcke einzuschlagen. Und das sollte heute stattfinden, genauer: gleich.

Lianne war nervös, sehnte sich zum ersten Mal seit vielen Wochen in stocknüchternem Zustand pausenlos nach einer Zigarette. Um sich vom Rauchen abzuhalten, rief sie sich ihren grässlichen Kater nach der Saisoneröffnung von Stecos *Strand-Treff* ins Gedächtnis. Den heutigen Tag hatte sie außerdem mit einer Laufrunde außer der Reihe begonnen, um Adrenalin abzubauen.

Sie hatte lange überlegt, was sie anziehen sollte, dann aber jegliche Bemühungen um eine ansprechende Optik frustriert eingestellt. Nie würde sie die zauberhafte Mareile übertreffen. Also praktische Turnschuhe, Jeans, dunkelblauer Anorak.

Lianne wartete vor dem *Landgasthaus* und blickte auf die Autokolonne. Vor 15 Minuten hatte Matthias geschrieben, er würde sich verspäten. Kein Wunder. Wer fuhr schon ohne Not am Mittwoch vor Ostern von Bremen aus in Richtung Ostsee? Die Staus um Hamburg hatte Matthias geschafft, aber die A 1 bis Lübeck hatte es ebenfalls in sich, eine Baustelle nach der anderen, und hinter der Abfahrt Ratekau wurde es nicht besser. Ein endloser Autokorso durch Hemmelsdorf und weiter in Richtung Timmendorf, wo gestresste Neuankömmlinge bei der Suche nach ihrem Quartier alles vergaßen, was sie jemals über Verkehrsregeln gelernt hatten.

Das gibt es nur in Timmendorf, dachte Lianne angesichts der Blechparade. Aber das war Quatsch, die aktuelle Lage war gewiss in allen Küstenorten ähnlich.

Sie vergrub ihre Hände in den Taschen ihres Anoraks und ging auf den Strand hinaus. Die Ostsee so grau wie der Himmel. Was wollte Matthias? Sehen, ob es ihr gut ging, hatte er geschrieben, aber das war nur eine

Floskel. Wäre er um Liannes Wohlergehen besorgt, hätte er Distanz zu dieser kleinen, blonden Café-Maus gewahrt.

Britt hatte ihr geraten, erst einmal abzuwarten. „Vielleicht will er sich ja wieder mit dir versöhnen", hatte sie gesagt, „einen Neuanfang versuchen."

Doch Lianne hatte der Freundin angesehen, dass diese selbst nicht daran glaubte.

„Wenn er sich scheiden lassen will, mach keine Zugeständnisse", hatte Thea sachlich erklärt. „Unterschreib nichts ohne Anwalt. Und lass dich nicht über den Tisch ziehen. Er will frei sein – gut. Dann soll er dafür bezahlen."

Thea hatte leicht reden, nach drei lukrativen Scheidungen im Laufe ihres langen Lebens, diese abgebrühte Trennungsveteranin. Aber Lianne stand vor ihrer ersten Scheidung, wusste nicht, welchen Preis sie verlangen sollte beziehungsweise wollte gar keinen nennen. Sie und Matthias hatten beide gut verdient, gemeinsame Kinder Fehlanzeige – was gab es da zu verhandeln?

Svenja hatte für eine friedliche Einigung plädiert, während des zweistündigen Telefongesprächs vorgestern Abend. Die Freundin aus Bremen hatte keine Überraschung gezeigt angesichts der Trennung von Lianne und Matthias. Stattdessen der Satz: „Ich habe mich schon gewundert, dass ihr es noch miteinander ausgehalten habt." Etwas weniger direkt wäre es auch gegangen, hatte Lianne gedacht.

„Lianne?" Die vertraute Stimme, plötzlich aus dem Nichts dicht an ihrem Ohr, Lianne fuhr zusammen, drehte sich um. Vor ihr Matthias, verlegen lächelnd, nach weiteren Worten ringend, was Lianne für einen Drei-Sekunden-Scan nutzte.

Er sah aus wie immer, vielleicht ein bisschen jünger und dynamischer. Groß und muskulös, das war auch unter der Wachsjacke zu erkennen, sportlich, blond mit grauen Schläfen, ein paar Falten rund um die grünbraunen Augen. Klar geschnittene Gesichtszüge, attraktiv, zweifellos, in Liannes Augen und in denen dieser Mareile und garantiert in denen Tausender anderer Frauen auch. Ein schöner Ex-Mann, dachte Lianne, wirklich wahr.

„Ich hab's endlich geschafft", sagte Matthias. „Der Verkehr war unglaublich. Was für eine dämliche Idee, ausgerechnet am Mittwoch vor Ostern von Bremen aus an die Ostsee zu fahren."

Lianne grinste. Genau das hatte sie vor wenigen Minuten auch gedacht. Dann wurde ihr Gesicht wieder ernst. Das hier sollte kein fröhliches Plauderstündchen werden.

„Du wolltest ja unbedingt", gab sie zurück. „Meinetwegen hättest du das nicht auf dich nehmen müssen."

„Warum treffen wir uns hier?", fragte Matthias.

„Weil wir von hier aus sehr gut am Strand entlang spazieren können", sagte Lianne bestimmt. Und weil ich mit dir weder in dieser schäbigen Ferienwohnung noch im *Waldemars* noch im *Café Möchtegern* oder in irgendeinem anderen Timmendorfer Lokal sitzen will, fügte sie im Stillen hinzu. Weil das alles zu meinem neuen Leben gehört und ich nicht will, dass du darin auftauchst mit deinem glücklichen Mareile-und-ich-Gesicht.

„Na gut." Matthias zuckte mit den Schultern. „Links oder rechts entlang?"

„Links." Lianne marschierte los wie eine Klassenlehrerin beim Ausflug am verhassten Wandertag. Matthias ging neben ihr über den weichen Sand, der bei jedem Schritt nachgab.

„Müssen wir keine Kurtaxe bezahlen?", erkundigte er sich in höflichem Small Talk-Ton.

„Nein", gab Lianne barsch zurück. „Und das heißt nicht Kurtaxe, sondern Kurabgabe. Die zahlt jeder Übernachtungsgast, dann bekommt er die Ostsee-Card, und mit der darf er an den Strand." Thea hatte sie in die Thematik gründlich eingearbeitet, schließlich war Lianne in der Ausbildung zur Strandkorbvermieterin.

„Aha."

„Was du meinst, ist die Strandnutzungsgebühr. Die zahlen die Tagesgäste", redete Lianne sich warm. „Das ist der Strandeintritt. Drei Euro pro Nase, von Mai bis September, für alle ab 18. Noch Fragen?"

„Dazu nicht." Matthias schwieg einen Moment lang und musterte Lianne von der Seite.

„Du siehst anders aus", meinte er. „Neuer Kleidungsstil?"

„Ja. Ich mag es mittlerweile praktischer."

„Steht dir", bemerkte er. „Überhaupt wirkst du frischer. Erholt. Und schlanker. Hast du abgenommen?"

Liannes Lieblingsfrage. Sie sollte sie auf ein Leinentuch sticken und über dem Sofa aufhängen.

„Ein wenig", gab sie scheinbar desinteressiert zurück. „Ich mache jetzt Sport und habe meine Ernährung umgestellt. Aber du bist wohl kaum gekommen, um meinen Gesundheitszustand zu überprüfen."

„Doch, auch. Ich habe mir Sorgen um dich gemacht. Du bist ja einfach verschwunden, hättest sonst was anstellen können."

„Dachtest du, dass ich mich vor einen Zug werfe?" Das sollte eigentlich nur eine Retourkutsche sein, doch Lianne merkte, dass sie die Antwort tatsächlich interessierte.

„Na ja. Ich weiß nicht. Nein", erwiderte Matthias. „Ich wusste gar nicht mehr, was ich denken sollte. Ich hätte nicht erwartet, dass du so heftig reagieren würdest, deshalb fühlte ich mich ziemlich ratlos."

„Heftig reagieren?!" Lianne starrte ihn wütend an. „Du hast nicht erwartet, dass ich so heftig darauf reagieren würde, dass sich mein Mann nach fast 15 Jahren Ehe von mir trennt, wegen einer jüngeren Frau, die er vorsichtshalber auch schon geschwängert hat? Wenn man darauf nicht heftig reagiert, worauf denn sonst?!"

„Schon gut, sorry." Matthias hob entschuldigend die Hände. „Ich habe mich falsch ausgedrückt. Ich habe nicht erwartet, dass es dir so viel ausmachen würde. Das kam überraschend."

„Warum, bitte sehr, sollte mir das nicht viel ausmachen?!" Lianne war immer noch wütend.

„Lianne, ich bitte dich! Du willst doch nicht behaupten, dass du mitten aus einer Bilderbuchehe gerissen worden bist. Zwischen uns war doch alles … na, ich will nicht sagen tot, aber doch komplett eingeschlafen, komatös, sozusagen."

„Komatös?! Du fandest unsere Ehe komatös?!"

„Ja. Fand ich. Und du auch, wenn du ehrlich bist", fuhr Matthias unerbittlich fort. „Denk doch mal zurück. Wir haben beide gearbeitet bis zum Umfallen. Abends hatten wir uns nichts mehr zu sagen. Du hast vorm Fernseher gesessen und getrunken, und ich bin zum Sport gegangen. Und wenn uns am Wochenende langweilig war, sind wir durch die Gegend gelaufen und haben unser Geld für irgendwelchen Krempel ausgegeben, den wir nicht brauchten. Mehr war da nicht."

„Das ist ... So hast du uns gesehen?" Lianne war fassungslos. Sie sollte bei dieser Begegnung in der überlegenen Position sein, schon allein aus moralischen Gründen. Matthias' Rolle: der demütige Bittsteller, der um Vergebung seiner Sünden bat. Stattdessen stellte er ihre gemeinsame Vergangenheit in dieses grelle, hässliche Licht und schien anzunehmen, dass Lianne seiner schonungslosen Analyse zustimmen würde.

„Zum Schluss ja", sagte er auf ihre letzte Frage hin. „Versteh mich nicht falsch. Es waren tolle Jahre, ich möchte keines davon missen. Aber wir waren irgendwann am Ende. Wir haben nicht gut genug auf uns aufgepasst."

„Vor allem ich habe nicht aufgepasst", gab Lianne giftig zurück. „Ich hätte darauf achten sollen, in welche Cafés mein Mann einkehrt."

Matthias schüttelte den Kopf. „Du machst es dir zu leicht, Lianne. Ja, es stimmt, ich habe mich in Mareile verliebt. Ich liebe sie – auch wenn du das nicht hören willst. Ich bin glücklich mit ihr."

Lianne wandte den Kopf Richtung Wasser. Das wollte sie in der Tat nicht hören.

„Aber auch ohne Mareile wäre es mit uns nicht weitergegangen. Das war doch nichts mehr, das mit uns. Wir waren beide unglücklich."

„Ich war nicht …", setzte Lianne an – und schloss ihren Mund wieder. War sie nicht unglücklich gewesen? Doch. Aber sie hatte es nicht gemerkt. Es hätte alles weitergehen können, tagsüber die Arbeit, abends die Rückkehr in die große, teure Wohnung mit den großen, teuren Möbeln, ab aufs Sofa vor den großen, teuren Fernseher, mit einer großen, teuren Flasche Wein, irgendwann der Entzug in einer großen, teuren Klinik …

„Lianne?" Matthias sah sie abwartend an.

„Ach, verdammt." Das hatte Lianne sich anders vorgestellt. Sie war so wütend gewesen auf Matthias, das Schwein. Mit Vorwürfen und vernichtenden Worten hatte sie ihn überhäufen wollen. Jetzt aber merkte sie, dass ein Großteil ihrer Wut und ihrer Kränkung verflogen war. Wo waren diese tiefen Gefühle abgeblieben? Herausgeschwitzt beim Joggen? Geflohen vor den Unmengen an Rohkost, die sie in sich hineinfutterte? Unbeschwert davongetanzt wie Staubflocken in den Sonnenstrahlen, die durch die Fenster der Strandkorbhalle fielen, während sie dort schrubbte und schliff und pinselte?

„Meinst du, es wäre anders gekommen, wenn wir Kinder hätten?"

Diese Frage ging Lianne seit Monaten im Kopf herum. Lief darauf alles hinaus?

„Vielleicht", meinte Matthias. „Wahrscheinlich, ja. Aber es ist müßig, darüber nachzudenken. Wir haben uns schließlich anders entschieden."

„*Ich* habe mich anders entschieden", hielt Lianne dagegen. Vermutlich sollte sie derlei Eingeständnisse vermeiden, wollte sie sich an Theas Ratschlag halten, sich nicht über den Tisch ziehen zu lassen. Unnachgiebig sollte sie sein, keinen Zentimeter Boden freiwillig preisgeben. Doch Lianne spürte, dass sie dazu weder willens noch in der Lage war.

Sie wollte nicht gewinnen: ein Gefühl, das eine ungeheure Erleichterung mit sich brachte. Das war mit diesem Felsbrocken gemeint, der von der Seele fällt. Sollte Matthias sie doch über den Tisch ziehen. Wollte er aber wahrscheinlich gar nicht. Und wenn – egal. Lianne wollte keinen Sieg und keine lukrative Scheidung. Sie wollte die Wahrheit.

„*Ich* wollte keine Kinder", hörte sie sich sagen. „Du schon. Es lag an mir, dass wir keine haben."

„Ja. Stimmt. Und ich habe es akzeptiert. Für mich ist das eine gemeinsame Entscheidung. Es war ja nicht so, dass ich vehement darum gekämpft habe, dass wir uns fortpflanzen."

Lianne kicherte unwillkürlich. Matthias und seine gestelzte Ausdrucksweise.

„Aber jetzt pflanzt du dich doch noch fort." Sie sah ihn bewusst nicht an.

„Ja. Jetzt doch noch."

Schweigend gingen sie nebeneinander her. Vor ihnen tauchte die Silhouette des *Baltic-Spaßbades* auf: eine gläserne Kuppel, ein Kupferdach, ein großes Rohr mit stilisiertem Dreizack daran, ein Turm mit Treppenaufgang für die beiden Rutschen, die sich rot und grün von oben nach unten schlängelten. Aufsteigender Dampf aus dem beheizten Außenbecken, davor die Düne, dicht mit Strandhafer bewachsen, und auf dem Sand dunkle Flecken von Seegras.

„Das war nicht geplant", sagte Matthias.

„Von dir vielleicht nicht", platzte Lianne heraus. „Was Mareile angeht, wäre ich mir nicht so sicher."

Matthias ließ sich davon nicht provozieren. „Bin ich auch nicht. Aber es ist mir egal. Ich werde doch noch Vater. Spät, ich werde einer von diesen alten Daddys sein, bei denen die Leute rätseln, ob der grauhaarige Typ wirklich der Papa oder nicht doch schon der Opa von dem kleinen Racker ist. Das ist einfach so gelaufen."

Lianne schluckte. Dieser Tonfall war ein eindeutiges Zeichen dafür, dass an Matthias' Entscheidung nicht mehr zu rütteln war. Sie machte kehrt und marschierte in Richtung Timmendorf zurück. Matthias blieb an ihrer Seite.

„Was willst du dann hier?" Sie nahm ihren Mut zusammen. „Willst du mit mir über die Scheidung reden?"

„Mangelnde Direktheit konnte man dir noch nie vorwerfen", stellte Matthias fest. „Ja, darüber müssen wir auch reden. Aber erst einmal wollte ich sehen, wie es dir geht – und wissen, wie du weitermachen willst."

„Wie edel von dir. Aber ich weiß es nicht. Ich will auf jeden Fall hierbleiben. Vorerst. Etwas anderes kann ich mir nicht vorstellen."

„Timmendorf scheint dir gut zu bekommen", erklärte Matthias zu Liannes Überraschung. „Du wirkst erholt. Gesünder. Relaxed. Aber was willst du hier machen? Arbeiten? Und was ist mit der Messegesellschaft?"

„Ich habe neulich mit Hajo telefoniert. Viel zu spät, ich weiß, dafür habe ich mich ausgiebig entschuldigt", berichtete Lianne. „Er hat mir ein Angebot gemacht."

„Ein Angebot? Er bietet dir sogar noch etwas an?"

Lianne nickte. „Ja, Hajo ist unglaublich. Ich habe ihn immer für einen tollen Chef und für einen tollen Menschen gehalten. Aber jetzt übertrifft er sich selbst."

„Nun sag schon."

„Er hat alles geregelt", sagte Lianne leise. „Offiziell bleibe ich angestellt, für 500 bis 600 Euro. Das Geld zahlt er mir nicht aus, aber so bin ich weiterhin sozial- und krankenversichert. Diese Beiträge übernimmt also die Firma. Ein Jahr lang. Und dann muss ich mich entscheiden, ob ich zurückkehre oder nicht."

„Das ist der Hammer." Matthias staunte.

„Ja." Lianne kamen vor Rührung wieder die Tränen. „Wusstest du, dass Hajo vor über 20 Jahren einen schweren Burnout und ganz schlimme Herzprobleme hatte?"

„Hajo? Nein." Matthias schüttelte den Kopf. „Damals kann er noch keine 40 gewesen sein. Und heute ist er das blühende Leben!"

„Darum hat er offenbar lange gekämpft. Jedenfalls hat er deshalb Verständnis für dumme Kühe wie mich, die von einem Tag auf den anderen alles hinschmeißen. Und deshalb dieses Angebot."

„Glück gehabt." Matthias sah nachdenklich aus. „Aber wovon willst du leben? Du musst dir doch Arbeit suchen, oder nicht?"

„Ich arbeite bereits", entgegnete Lianne würdevoll. „Und als was – das geht dich nichts an. Ich komme zurecht. Allerdings muss ich mein Quartier wechseln."

Mit Saisonbeginn wurde die Ferienwohnung unverhältnismäßig teuer für eine Dauermieterin. Britt hatte Lianne vor den hohen Mieten an der Küste gewarnt.

„Brauchst du Geld? Soll ich dir helfen?", fragte Matthias.

„Nein." Nobel, doch Lianne wollte sich nicht von ihm unterstützen lassen. „Ich finde einen Weg. Mach dir keine Gedanken. Und wenn alle Stricke reißen, kann ich mich ja melden."

„Okay." Matthias griff in seine Jackentasche und zog eine Visitenkarte heraus.

„Wegen der anderen Sache … wegen der Trennung und der Formalitäten", sagte er verlegen. „Ich dachte, es wäre am besten, wenn wir einen gemeinsamen Anwalt nehmen."

Er reichte Lianne vorsichtig die Karte, als handele es sich um extrem zerbrechliche Glasbläserkunst.

„Das ist eine Bremer Anwältin für Familienrecht. Sie heißt Janne van der Brink und hat einen guten Ruf. Soll fair sein."

„Fair zu dir oder fair zu mir?" Lianne fühlte sich wie betäubt. Mit ihrem Noch-Mann am Strand entlangzuspazieren und locker über die Zukunft zu plaudern, die keine gemeinsame mehr sein sollte: eine Sache. Eine andere: die

Visitenkarte der Scheidungsanwältin überreicht zu bekommen.

„Zu uns beiden", entgegnete Matthias. „Jedenfalls gehe ich davon aus. Sonst hätte ich sie nicht empfohlen. Wenn du einverstanden bist, übernehme ich sämtliche Kosten."

Einen Moment lang sah er Lianne gedankenverloren an, und ihr war, als wollte er noch etwas sagen.

„Ich fahre wieder los. Tut mir leid", erklärte Matthias. „Das überfordert mich. Ich melde mich."

Er drückte Lianne kurz an sich, drehte sich um und eilte mit langen, schnellen Schritten den Strand entlang und davon. Lianne sah ihm hinterher.

„Herr Paulsen ist also überfordert", murmelte sie. „Und was soll ich sagen?"

Sie setzte sich langsam in Bewegung. Matthias' Gestalt entfernte sich rasch. Jede Wette, dass er in weniger als fünf Minuten in seinem Auto sitzen würde. Sie selbst hatte es hingegen nicht eilig.

Matthias würde Vater werden und mit Mareile zusammenleben und sich von Lianne scheiden lassen. Tja. Geradlinig und konsequent. Außerdem fand er anscheinend, dass es um ihre Ehe nicht schade war. Oder?

Lianne spürte verblüffend wenig. Hätte sie nicht tränenüberströmt zusammenbrechen müssen, verzweifelt, verlassen, betrogen und belogen? Doch ihr war nach nichts Besonderem. Selbst das Verlangen nach einer Zigarette: verschwunden.

Hatte Matthias recht? War sie so traurig und zornig gewesen und geflohen wegen etwas, das sie sich nur noch eingebildet hatte? Aber machte sie es Matthias damit nicht zu einfach? Er war nett gewesen, fürsorglich. War das nur ein Trick, ebenso wie der Vorschlag, eine gemeinsame Anwältin zu nehmen?

Kapitel 13

Ein weißes, kastenförmiges Hochhaus kam in Sicht, das *Hotel am Meer*, Zeichen dafür, dass Lianne bereits am *Landgasthaus* und der Wohldstraße vorbeigelaufen war. Sie beschloss, durch den Strandpark zu gehen, als sie an der Udo Lindenberg-Skulptur am Dünenrand eine vertraute Gestalt erblickte: Thea.

Liannes Chefin stand vor den Umrissen des berühmten Sängers und der Silhouette seines nicht minder berühmten Hutes, aus rostigem Stahl geschnitten. Von Britt wusste Lianne, dass der Timmendorfer Stammgast „Udo“ unter anderem sein Lied „Horizont“ in Timmendorf geschrieben haben sollte und dass ihm zu Ehren 2012 die Skulptur aufgestellt und feierlich enthüllt worden war.

„Lianne, grüß dich.“ Thea trug ein eigenwilliges, fliederfarbenes Kostüm, das gut zum Lila-Stich ihrer Haare passte, und darüber einen dunklen Mantel aus garantiert echtem Pelz – Nerz? Waschbär? Selbst geschossener Maulwurf? Lianne wollte es gar nicht wissen. Ihre Vermutung: Thea hatte an der Hotelbar Champagner genossen, „der Gesundheit wegen“, ein Hobby von ihr.

„Geht es dir gut?“ Thea sah sie prüfend an. „Warum bist du nicht bei den Strandkörben?“

„Philipp hat meine Schicht übernommen. Ich habe überraschend Besuch bekommen. Matthias war hier, wir haben uns unterhalten."

„Soso. Willst du darüber reden?"

„Nein, jetzt nicht." Lianne schüttelte den Kopf. „Ein anderes Mal, sei nicht böse."

„Kein Problem." Thea zog an ihrer Zigarettenspitze, ganz die kapriziöse Diva aus einem 20er-Jahre-Film, die lässig vom Barhocker aus Hof hielt. „Ich dachte nur, dass du vielleicht Sorgen hast. Du sieht niedergeschlagen aus."

„Ach, meine größte Sorge ist momentan die Wohnungssuche", gab Lianne zurück. „Ich muss aus der Ferienwohnung raus, so schnell wie möglich. Die Vermieterin hat schon den Preis erhöht, und in einem Monat ist die Wohnung ohnehin an Urlauber vergeben. Aber in meiner aktuellen Preisklasse kann man auf dem Timmendorfer Wohnungsmarkt nichts werden."

„Wenn's weiter nichts ist. Ich hätte etwas für dich", meinte Thea beiläufig. „Eine hübsche, kleine Wohnung. Ich kann sie günstig an dich vermieten, solange du für mich arbeitest."

„Echt? Machst du Witze?!" Lianne riss die Augen auf.

„Ich scherze äußerst selten, das solltest du wissen", erwiderte Thea ungerührt. „Es ist natürlich kein Luxus-Penthouse. Aber gut in Schuss. Zwei Zimmer, Küche, Bad und eine kleine Terrasse. Und sogar 1-A-Lage, in der Strandallee. Da trennt dich nur die Promenade vom Wasser."

„Und das vermietest du einfach so an mich? So eine Wohnung muss doch viel wert sein", mutmaßte Lianne.

„Wahrscheinlich.“ Thea nahm noch einen Zug von ihrer Zigarette. „Begleitest du mich ins Büro? Dann kann ich dir die Schlüssel geben, und du kannst dir die Wohnung ansehen.“

„Ja, sicher, gerne!“ Lianne hakte Thea unter, und die beiden marschierten los, Richtung Seebrückenplatz. Theas Büro lag in der Poststraße, hinter dem Timmendorfer Platz, bis dorthin war es nicht weit.

Lianne konnte kaum glauben, was Thea gesagt hatte. Sollte sich ihr Wohnungsproblem derart leicht lösen lassen?

„Die Wohnung liegt in einer ehemaligen Pension“, erklärte Thea, während sie in einen der Wege einbogen, die an der Trinkkurhalle vorbei durch den Strandpark führten. „Ich habe sie von meinem zweiten Mann geerbt. Die Pension, meine ich. Sie lief nicht schlecht, aber es war mir zu anstrengend. All die Übernachtungsgäste mit ihren Sonderwünschen und Beschwerden – kein Vergleich zum Strandkorb-Geschäft.“

„Hm“, meinte Lianne zustimmend.

„Jedenfalls habe ich sie umbauen lassen, zu Wohnungen, von denen ich die meisten an meine Mitarbeiter vermiete“, fuhr Thea fort. „Ich könnte das Haus auch verkaufen, in der Lage gibt es Millionen dafür. Aber ich will nicht. Wozu auch? Ich habe genug Geld. Und wenn ich meine Leute nicht unterbringen kann, dann bekomme ich gar keine Mitarbeiter.“

„Und dort ist jetzt etwas frei geworden?“, fragte Lianne. Vor ihnen kam der Brunnen des Timmendorfer Platzes in Sicht, in dem jetzt Wasser plätscherte. Über den Platz flanierten jede Menge Leute: junge Pärchen, Familien, Silver-Ager. Autos umkurvten unablässig die Poller, um weiter in Richtung Bergstraße oder Strandallee zu gelangen.

„Ja, schon vor einiger Zeit“, erklärte Thea. „Der Leiter der Niendorfer Strandkorb-Vermietung hat Ende der letzten Saison in den Sack gehauen. Ab nächste Woche muss Philipp seinen Part übernehmen, was eigentlich zu viel ist.“

„Wohnt Philipp etwa auch in dem Haus?“

Thea schnaubte. „Nein, mach dir keine Hoffnungen.“

„Ich mache mir keine …“, setzte Lianne an, aber Thea schnitt ihr mit einer bestimmenden Geste das Wort ab.

„Doch, machst du“, sagte sie streng. „Aber du solltest damit aufhören. Mein lieber Neffe ist nichts für dich. Zurück zum Thema. In dem Haus wohnen derzeit diese beiden Herren, ich vergesse immer die Namen, die euch in der Halle helfen. In eine Wohnung zieht nächste Woche die neue Serviceleiterin vom *Café Möchtegern*, das habe ich dem Chef versprochen, und in einer Wohnung wohnt jemand aus dem Ort.“

Sie traten auf den Timmendorfer Platz.

„Thea, das ist wirklich nett von dir“, sagte Lianne. „Du weißt gar nicht, wie sehr du mir …“

Lautes Dröhnen eines PS-starken Motors. Ein sehr flacher, sehr gelber Sportwagen bremste abrupt vor den beiden Frauen ab. Lianne musste keinen Blick auf das Emblem mit dem schwarzen Pferd werfen, um das Auto als Ferrari zu identifizieren.

Die Fahrertür flog auf, heraus quälte sich ein korpulenter Mann Anfang 50. Lachsfarbenes, zu enges Poloshirt, verlebtes, brathähnchenbraun gebranntes Gesicht, nach hinten gegelte, blonde Haare. Er erinnerte Lianne auf der Stelle an diesen Jupp Schmitz, der sich neulich bei Stecos Saisoneröffnung mit Ole Martens auf der Erde gewälzt hatte.

„Thea!" Der Ferrari-Fahrer breitete die Arme aus. Strahlendes Lächeln, sehr viele schneeweiße Zähne. „Lass dich drücken!"

Er umarmte Thea, die diese Begrüßung gnädig hinnahm.

„Du siehst fantastisch aus, wie immer!"

„Danke, Martin", erwiderte Thea huldvoll. „Du hingegen scheinst erneut einige Pfunde zugelegt zu haben, wenn ich mich nicht täusche."

Herzhaftes Lachen, ein bisschen wie vom Band gespielt zwecks Untermalung einer dümmlichen, US-amerikanischen Sitcom. Inzwischen hinter dem Ferrari blockiert: mehrere Autos, deren Fahrer zornig aus den Windschutzscheiben blickten. Einer hupte. „Das gibt es nur in Timmendorf!", rief ein anderer aus dem Fenster, und es klang nicht wie ein Lob.

„Unsere Thea!", jubelte Martin Schmitz derweil begeistert. „Immer geradeheraus! So mag ich dich. Und wer ist deine nette Begleiterin?"

„Meine Mitarbeiterin Lianne Paulsen, doch ich würde sie nicht als übertrieben nett bezeichnen", antwortete Thea, aber die letzte Anmerkung überhörte der Mann im lachsfarbenen Polohemd genauso wie das Hupen der wütenden Autofahrer hinter ihm.

„Freut mich!" Er ergriff Liannes Hand und schüttelte sie heftig.

„Ich bin der Martin, Martin Schmitz, ich komm hier schon ewig her, für die nächsten sechs Monate ist Timmendorf wieder mein, nicht wahr, hahaha, wahrscheinlich kennste meinen Bruder, den Jupp, schon."

„Angenehm", entgegnete Lianne kühl. Was sollte sie sagen? Aber Martin Schmitz hatte sich schon wieder zur Fahrerseite seines Ferraris begeben, winkte fröhlich.

„Nachher im *Kaiser*? Oder morgen? Mädels, ich freu mich!" Aufheulender Motor, klassischer Kavalierstart, Martin Schmitz schoss davon.

„Was war denn das?!" Lianne starrte Thea verblüfft an.

„Hast du doch gehört. Martin Schmitz. Reicher Makler aus dem Ruhrgebiet und der Bruder von unserem lieben Jupp. Verbringt ebenfalls das halbe Jahr hier oben an der Küste."

„Grundgütiger. Gibt es viele solcher Typen hier?", fragte Lianne, während sie am Parkplatz der Tourismus GmbH vorbeiliefen.

„Ein paar. Natürlich nicht so viele, wie die Leute glauben, das hast du sicher gemerkt", sagte Thea. „Aber lass mal, die Brüder Schmitz sind gar nicht so verkehrt. Mit ins Boot holen werde ich sie allerdings nicht."

„In welches Boot?", fragte Lianne.

„Na, wenn das weitergeht mit diesen merkwürdigen Anschlägen, müssen wir aktiv werden."

Lianne blieb stehen. „Du willst aktiv werden?"

„Wir. Nicht ich allein", betonte Thea. „Ich warte noch ab, will nicht gleich alle Pferde scheu machen wie die Leute in dieser hysterischen Facebook-Gruppe."

„Was wartest du ab?“ Lianne beschlich ein mulmiges Gefühl.

„Ob noch etwas passiert“, erklärte Thea geduldig, als spräche sie mit einem Kindergartenkind. „Vielleicht waren es bis jetzt nur Zufälle. Aber ein weiterer Vorfall noch – und dann legen wir los!“

„Aha.“ Lianne weigerte sich zu fragen, wer mit „wir“ gemeint war. Was bei Thea nichts nützte.

„Und ‚wir‘ sind, das hast du dir sicher gedacht, auf jeden Fall wir beide, Philipp, Britt und Meeno“, erläuterte sie. „Sowie vielleicht einige weitere engagierte Timmendorfer.“

„Aha. Und was machen wir? Eine Bürgerwehr gründen?“ Zwecklos, auf Theas Frage zu warten, ob sie, Lianne überhaupt mitmachen wollte, bei was auch immer.

„Unsinn. Natürlich nicht. Primitives Zeug.“ Thea schüttelte den Kopf. „Nein, wir werden herausfinden, wer hinter dem Ganzen steckt. Mit Köpfchen. Wir ermitteln, sozusagen.“

„Tatsächlich. Als ‚Soko Strandkorb‘, oder wie?“

„Wer weiß. Warum nicht.“ Thea ließ sich nicht aus dem Konzept bringen. „Das werden wir sehen. Sollte aber wirklich irgendein Timmendorf-Hasser hinter diesen Anschlägen stecken und weitermachen, dann wird er Thea Harms kennenlernen, und zwar nicht zu knapp.“

Sie hatten Theas Büro erreicht, Liannes Chefin schloss die Tür auf.

„Komm rein, dann gebe ich dir den Schlüssel“, sagte sie. „Könnte mir vorstellen, dass dir die Wohnung einigermaßen gefällt.“

„Einigermaßen" war nicht der richtige Ausdruck für die Wohnung, dachte Lianne am nächsten Morgen, als sie ihre Koffer in ihrem neuen Wohnzimmer abstellte. Sondern: „Fantastisch", „überwältigend" oder „traumhaft".

Sie hatte die Besichtigung gestern nicht erwarten können, war direkt von Theas Büro aus in die Strandallee geeilt. Die ehemalige *Pension Agathe* lag tatsächlich direkt an der Promenade, unweit des Teehauses, und sie war wunderschön: eine prächtige Villa aus der Zeit der Jahrhundertwende, hohe Fenster, weiße Fassade, rot gemauerte Fenstereinfassungen, rot gedecktes Dach, Türmchen und Erker. An einem Pfosten der Ziegelsteinmauer, die den Vorgarten abgrenzte, prangte das Timmendorfer Wappen von 1990: goldenes Segelschiff und goldenes Seepferdchen auf blauem Grund, Sinnbilder für die Ostsee und den Strand, den Segelsport und den Kurbetrieb.

Eine halbkreisförmige Treppe führte zu einer schweren Holztür, dahinter lag ein dunkles Treppenhaus. Aufgeregt war Lianne auf die rechte Tür im Erdgeschoss zugegangen und hatte sie aufgeschlossen.

Dann hatte sie sich im Wohnzimmer ungläubig um sich selbst gedreht. Holzfußboden, weiß getünchte Wände, ein paar dunkle Balken, an der Seite eine hübsche, kleine Küchenzeile und ein großes Panoramafenster, hinter dem sich eine schmucke Terrasse auf einen Garten hinaus erstreckte. Von dort aus zu sehen und zu hören: die Ostsee. Das sanfte Rauschen der Wellen erklang auch im nebenan gelegenen Schlafzimmer, das ebenfalls einen Holzfußboden und weiß getünchte Wände bot sowie ein schmales Holzbett.

Wobei Lianne die Wohnung auch ohne Bett, ohne die Sitzecke im Wohnzimmer und ohne den Esstisch an der Küchenzeile sofort genommen hätte. Sie hatte sich verliebt – in den Boden und die Balken, in den Geruch nach Kräutern und Seeluft, der zwischen den Wänden hing, und in das kleine, in Weiß und Türkis gehaltene Badezimmer. Hier will ich bleiben, war es ihr durch den Kopf gegangen, hier und nirgendwo sonst.

Sofortiger Anruf bei Thea, danach kaum Schlaf in der letzten Nacht in der Ferienwohnung. Packen früh am nächsten Morgen, hastig, als sei eine augenblickliche Räumung angesichts eines unerbittlich nahenden Gerichtsvollziehers vonnöten. Meeno half Lianne, ihre Habseligkeiten in die Strandallee, in die einstige *Pension Agathe* zu bringen.

Jetzt war sie hier. In ihrer eigenen Wohnung. Liannes Herz klopfte. Wann hatte sie sich zum letzten Mal so sehr über etwas gefreut?

Draußen riss der wolkenverhangene Himmel auf. Lianne öffnete die Terrassentür, trat hinaus, atmete tief durch. Perfekt, dachte sie. Es ist perfekt.

Fröhliches Hundegebell. Aus einer der Hecken am Ende des Grundstücks schoss ein kniehoher, graubrauner Hund mit Knickohren und Ball im Maul, sprang auf Lianne zu und kam ihr bekannt vor.

„Eddie, hier!" Eine Männerstimme dicht neben Lianne. Sie fuhr herum.

Hinter der weißen Mauer, die die Terrasse in zwei Hälften teilte und auf der sich Grünpflanzen als Sichtschutz aneinanderreihten, ragte eine große, hagere Gestalt empor. Ernstes Gesicht, millimeterkurzes Haar.

„Lorenzen!“, rutschte es Lianne heraus.

„Herr Lorenzen, bitte“, entgegnete der Mann mit unbewegter Miene. „Oder einfach Kristof, das ist mir egal.“

„Was machen Sie … was machst du hier?“, fragte Lianne entgeistert.

„Wohnen“, sagte Kristof. „Ich wohne hier. Und du?“

„Ich jetzt auch“, stotterte Lianne. „Ich meine, ich habe die Wohnung von Thea gemietet, also gerade eben erst, und ich ziehe ein.“

„Ah.“ Kristof musterte sie gelassen. „Dann mal auf gute Nachbarschaft.“ Er drehte sich um und ging hinein. Eddie stand immer noch im Garten und wedelte. Lianne nahm den angesabberten Ball auf und warf ihn bis ans Ende des Rasens. Eddie spurtete hinterher.

Lorenzen. Ach du Schande, dachte Lianne. Jetzt teilen wir uns wohl den Garten. Aber wenigstens der Hund scheint nett zu sein.

Ab jetzt wird es schwerer werden, sehr viel schwerer. Ich habe viele von ihnen getroffen, aber das hat auch viele von ihnen alarmiert.

Wie ich es erwartet habe.

Eine doppelte Herausforderung also. Sie sind gewarnt und aufmerksamer als sonst – und das nächste Ziel wird größer sein.

Vor der letzten Aktion war ich nervös. Das Ziel war wesentlich besser bewacht als das davor – dachte ich. Doch dann war es so lächerlich einfach, dass ich fast ein wenig enttäuscht war.

Das jedoch darf mich nicht leichtfertig werden lassen. Ab sofort werden sie tatsächlich besser aufpassen, ich kann nicht auf weitere Nachlässigkeiten bauen.

Weshalb ich mir selbstverständlich einen ausgezeichneten Plan zurechtgelegt habe.

Seltsam: Ich rechne mit größeren Schwierigkeiten, einem gesteigerten Risiko und der erhöhten Gefahr, zu scheitern. Und dennoch fängt es erst jetzt an, wirklich Spaß zu machen.

Kapitel 14

Wenn sie dafür wochenlang in Theas Halle geschuftet hatte, im Staub und im Dreck, in muffigen Arbeitsklamotten, mit Farbe an den Händen und im Haar, ohne gepflegte Mittagspause und geräumiges, blitzsauberes Damen-WC – dann hatte sich alles mehr als gelohnt. Lianne war seit zwei Tagen Strandkorbvermieterin und fragte sich seit 1,95 Tagen, warum zum Teufel sie nicht eher auf diese Idee gekommen war.

„Du fängst klein an, zur Einarbeitung", hatte Philipp gesagt. „Du bekommst die Vermietung an der Seeschlösschen-Brücke. Nur 60 Körbe."

Kräftiger Sonnenschein seit einer Woche, Menschen in gewaltigen Scharen an der Küste. Eine frische Brise ließ einen schützenden Strandkorb umso verlockender wirken. Liannes Meldung lautete deshalb auch ohne Badewetter: zu 80 Prozent gebucht.

„Zwei Kaffee, mit Milch bitte." Vor dem weißen Holzhäuschen mit dem blau gestrichenen Türrahmen und den ebenfalls in Blau gehaltenen Blumenkästen (Geranien, tatsächlich), Liannes Arbeitsplatz, stand der ältere Herr aus Lübeck, der sich gestern als „Stammkunde" vorgestellt hatte. Klaus von Salzen und seine Frau Inge mieteten seit Jahren einen Saisonkorb, „immer denselben, die Nummer 36", verbrachten so viel Zeit wie möglich darin, „die Nase im Wind und in der Sonne", nicht die schlechteste Art, den Ruhestand zu leben.

Lianne wertete es als gutes Omen, dass das sympathische Ehepaar ausgerechnet die Nummer 36 bevorzugte – genau den Strandkorb, den Lianne an ihrem ersten Arbeitstag in Theas Halle aufgefrischt hatte. Sie erinnerte sich noch gut daran, wie sorgfältig sie die Zahl auf der Korbrückseite mit dunkelblauer Farbe nachgemalt hatte.

Lianne schenkte zwei Kaffee für die von Salzens ein, in Blechtassen mit maritimem Ankermotiv anstatt in Einwegbecher. Diese Neuerung hatte Philipp durchgesetzt, so viel Umweltbewusstsein hatte Lianne ihm gar nicht zugetraut.

Einen modernen Kaffeeautomaten hatte Philipp allerdings nicht durchbekommen. Thea verwies auf die funktionstüchtige, klassische Kaffeemaschine, deren sanftes Murmeln und Brodeln Lianne an ihre Kindheit und die Küche ihrer Eltern erinnerte.

Kaffee kochen war eine ihrer ersten Aufgaben am Morgen, nach dem Aufschließen des Strandkorbvermieterhäuschens (ein schönes Wort, brachte 50 Punkte beim Scrabble). Neben vielen anderen: Körbe kontrollieren, sie in Reih und Glied rücken, Müll einsammeln, den Sand vom Holzplankenweg fegen, der zwischen den Körben zum Meer hinunterführte. Luft- und Wassertemperatur auf der Kreidetafel am Holzhäuschen notieren, die Kasse zurechtstellen. Tageskörbe wurden am häufigsten vermietet, seltener die günstigeren Nachmittagskörbe (ab 15 Uhr) und neben den Saison- auch Wochenkörbe. Strandgebühr musste Lianne kassieren und das Ticket ausgeben.

An einem großen Brett in ihrem Häuschen hingen die nummerierten Schlüssel, sie musste notieren, welche Körbe vergeben waren und auf einem Plan zeigen, wo diese standen.

„Einige Leute wollen prinzipiell in die erste Reihe ans Wasser, egal wie voll es ist, da musst du dann geschickt argumentieren", hatte Philipp angemerkt, ohne zu erklären, was mit „geschickt argumentieren" gemeint sein könnte. Besetzte Strandkörbe waren schließlich besetzte Strandkörbe, oder nicht?

Lianne betrat den Holzplankenweg. In der Sonne glitzernde Ostseewellen, das weiße Dach des Teehauses im Licht des Tages blendend hell. Ein paar Möwen am Himmel, irgendwo lachte ein Kind, ansonsten friedliche Stille. Herrlich. Ihr Reich. Lianne fühlte sich wie eine Mischung aus Königin, Hausmeisterin und Tagesmutter.

„Der Anfang ist entspannt, aber spätestens, wenn die Sommerferien beginnen, geht die Rennerei los – hoffentlich", hatte Philipp einen Ausblick auf das gegeben, was Lianne erwartete. „Wenn du 100 oder 150 Körbe hast, wird dir garantiert nicht langweilig – solange das Wetter mitspielt."

Das glaubte Lianne sofort. Als Strandkorbvermieterin sollte sie auch Getränke und Strandspielzeug ausgeben sowie ältere Zeitschriften und zerlesene Taschenbücher verleihen. Lianne stellte Strandaschenbecher zur Verfügung, hielt einen Erste-Hilfe-Koffer und Ersatz-Sonnencreme bereit. Sie schritt regelmäßig ihre Strandkorbreihen ab, sah nach dem Rechten: „Keine laute Musik, bei Streit zur Not schlichten und aufpassen, dass keiner eine Strandmuschel aufbaut – das ist zwischen den Strandkörben nicht erlaubt", hatte Philipp weitere Aufgaben umrissen. Das Hundeverbot vom 1. April bis 30. September müsse selbstverständlich eingehalten werden, und gelegentlich müsse sie auch psychologische Fähigkeiten aufwenden und als Kummerkasten zur Verfügung stehen.

Philipp arbeitete zudem an einer Internetseite für die Harms-Strandkörbe. Vielleicht noch in dieser Saison sollten die Gäste ihre Körbe online vorbestellen können. Zudem plante er besondere Angebote: Strandkörbe für exklusive Feiern, Geburtstage „oder auch Heiratsanträge". Lianne lag es auf der Zunge, nach einem Korb für eine stilvolle Scheidung zu fragen, aber so sehr wollte sie sich dann doch nicht entblößen.

Ein toller neuer Arbeitsplatz mit einem weiteren Vorteil: Der Kiosk von Britt und Meeno stand nur wenige Meter entfernt an der Promenade, kein Problem also, nach Feierabend bequem auf einen kleinen Plausch vorbeizuschauen. Was Lianne gleich tun würde – die letzten Gäste für heute gaben soeben ihren Schlüssel ab. Lianne hatte bereits ihre letzte Runde zwischen den Körben gedreht und nachgesehen, ob etwas in der „Umkleidekabine" – ein dunkelgrauer Sichtschutz mit dem Logo der Tourismus GmbH, einem weißen Seepferdchen mit Kreis – liegengeblieben war. Gerade goss sie die Geranien in den Blumenkästen, als ihr Handy klingelte: Britt.

„Lianne! Bist du noch am Strand?" Die Freundin klang gehetzt.

„Ja, sicher, was ist denn los?"

„Du musst so schnell wie möglich zum Kiosk kommen! Das ist ein Notfall!"

So viel zum Thema „Feierabendplausch". Lianne Paulsen, von der Strandkorbvermieterin zur Cocktail-Königin: was für ein Karriereschritt.

Das laue Wetter hatte zunächst einige frühe Sekttrinker an den Kiosk gelockt, zu denen sich schnell weitere kontaktfreudige Zeitgenossen gesellten. Binnen 30 Minuten entwickelte sich eine muntere Spontanparty vor dem schmucken, weißen Kiosk-Häuschen, sodass Britt sich nicht mehr in der Lage sah, den Ansturm allein zu bewältigen. Deshalb der Notruf an Lianne.

„Noch zwei Mojitos und einen Cuba Libre!"

Für ihre zierliche Figur hatte Britt eine erstaunlich kräftige Stimme, stellte Lianne zum wiederholten Mal fest. Seit sie den beengten Innenraum des Kiosk betreten hatte, schenkte sie ohne Unterlass Getränke aus.

„Es gibt nur drei Sorten Cocktails", lautete Britts knappe Ansage: „Mojito, Caipi und Cuba Libre. Die Zutaten stehen hinten auf dem Tisch, die Rezepte hängen da an der Wand."

Auf dem Tisch ein beachtliches Arsenal aus Rohrzucker, Limetten, Minzblättern, Sodawasser und Cola sowie brasilianischer Cachaca und weißer und kubanischer Rum. Keinerlei Ingredienzien für die „Timmendorfer Pfütze", zu Liannes Erleichterung – allein beim Gedanken an dieses Getränk bekam sie Kopfschmerzen.

„Zwei Mojitos, einen Cuba Libre, bitte sehr." Lianne stellte das kleine Tablett auf den Tresen, von dem aus

Britt eine Flasche Prosecco und zwei Gläser nach draußen reichte. Rund um die Stehtische drängten sich fröhliche Menschen. Irgendjemand hatte einen Bluetooth-Lautsprecher mitgebracht und erfreute die Anwesenden mit südamerikanischer Musik. Die Stimmung war ausgelassen, aber gediegen. Mit einsetzender Dämmerung wurde das Teehaus in blaues Licht getaucht.

„Danke, Britt, schreibst es auf, okay?" Eine vertraute, sonore Stimme. Philipp hatte auch den Weg zu diesem heiteren Beisammensein gefunden. Welche junge Eroberung wohl heute mit Timmendorfs attraktivstem Werktätigen Prosecco genießen durfte?

„Grüß dich, Lianne", sagte Philipp. „Nett, dass du hilfst. Du hast das hier doch als Nebenverdienst angemeldet, oder?"

Lianne starrte ihn erschrocken an. Philipp lachte. „War natürlich nur ein Spaß. Frohes Schaffen noch." Er verschwand mit dem Prosecco und den Gläsern nach links, zu den ausgeklappten Holzverkleidungen der Kiosk-Fenster, die als Abstellflächen dienten.

Lianne beugte sich vor, um einen Blick auf Philipps Begleiterin zu werfen – und sah direkt in die blassgrünen Augen ihrer Chefin.

„Ich bin's nur. Heute gibt's mal olle Tante anstatt junges Gemüse." Thea lachte krächzend und zog an ihrer Zigarettenspitze.

„Hallo, Thea. Schön. Und Wohlsein. Ist nur ein Freundschaftsdienst hier", fügte Lianne hinzu, aber Thea winkte ab, wobei sie mit ihrer Zigarette Philipps Gesicht nur um Millimeter verfehlte.

„Schon klar, kein Problem", gluckste Thea, woraufhin Lianne an ihren mit Rum und Limettensaft verklebten Arbeitsplatz zurückkehrte.

„Noch eine Stunde, dann haben wir es geschafft", raunte Britt ihr zu. In den folgenden 60 Minuten ließ die Cocktail-Nachfrage kurz nach, schnellte aber auf ein Rekordhoch, nachdem Britt „Letzte Runde!" gebrüllt hatte. Lianne holte alles aus sich heraus, bis Britt – die in weiser Voraussicht zuvor komplett abkassiert hatte – eine schwere Messingglocke läutete und resolut die Glasscheiben des Kioskes zuschob.

„So." Sie lehnte sich seufzend an den Tresen und schloss die Augen. Lianne musterte die zarte, blonde Freundin, die viel arbeitete, zu Hause drei männliche Wesen zu bändigen hatte, mit ihrem Geld haushalten musste und trotzdem immer gut gelaunt war und genau zu wissen schien, was zu tun war.

„Das gibt es nur in Timmendorf." Britt kicherte. „Jetzt könnte ich auch einen Cocktail vertragen."

„Kommt sofort, Chefin. Was darf's denn sein?"

„Ein Mojito, bitte, extra stark", erwiderte Britt. „Machst du dir auch einen?"

Lianne blickte zögernd auf Gläser, Limetten, Schneidebrett und Rumflaschen. „Ach nein", erwiderte sie. „Mit Cocktails bin ich erst einmal durch, denke ich."

„Wie du meinst." Britt sah Lianne zu, als sie den Mojito ansetzte.

„Komm, wir gehen kurz mal raus." Britt griff nach dem Glas. „Jetzt haben wir uns unseren Feierabend verdient."

„Aber müssen wir nicht noch aufräumen?“ Lianne sah sich um. In diesem Kiosk war heute wirklich gearbeitet worden, das war nicht zu übersehen.

„Später. Oder morgen früh, mach dir keine Gedanken.“ Britt hielt auffordernd die Tür auf. Die beiden Frauen traten nach draußen. Die dortige Stehparty war noch in vollem Gange, die meisten der Versammelten hatten sich bei der letzten Runde mit Vorrat eingedeckt. Was wohl mit den Gläsern geschehen würde? Sollten sie diese nicht einsammeln? Aber vielleicht war Timmendorf zu schick, als dass hier irgendjemand Gläser klaute?

„Schöööön Aaamd.“ Sigrid Steenkamp saß auf einer der hinteren Holzbänke an der Seite, in der einen Hand eine Flasche Rotwein, die nicht aus Britts Sortiment stammte. Die schmale Frau trug ein sackartiges, bordeauxfarbenes Kleid, passend zum Getränk, dachte Lianne.

„Ja, guck du nur“, maulte Sigrid sie angriffslustig an. „Denksss wohl, dassich mir euren Schampus nich leisten kann. Schickimicki-Pack.“ Sie erhob sich unsicher und wankte davon wie ein missmutiger, betrunkener Zwerg auf dem Weg zurück in seinen Stollen unter Tage.

„Wir müssen leider auch los.“ Hinter Lianne stand Philipp, den Arm um eine derangiert aussehende Thea gelegt. „Meine liebe Tante fühlt sich nicht so gut.“

„Ich fühle mich spitze“, gab Thea undeutlich zurück. „Meinetwegen können wir gerne noch ein winziges Gläschen …“

„Nein“, sagte Philipp streng. „Kein winziges Gläschen. Morgen ist auch noch ein Tag.“ Er schob Thea energisch nach vorn. Widerstrebend ließ sie sich zu dem kleinen Stichweg ziehen, der zur Strandallee führte.

„Bis morgen, ihr Süßen!“, rief Philipp über die Schulter.

Lianne sah ihnen bedauernd hinterher. Vielleicht sollte sie sich auch die Kante geben wie Thea, um von Philipp fürsorglich nach Hause geleitet zu werden. Natürlich würde sie trotz aller Trunkenheit fantastisch aussehen und ihm nicht die Tür vor der Nase zuschlagen, sondern ihn mit verführerischem Lächeln auf einen Kaffee hereinbitten, um dann …

„Ein gezielter Anschlag war das, wenn ihr mich fragt, ein ganz gezielter Anschlag!“ Dröhnende Stimme, am hinteren Tisch, dicht am Promenadenweg, zwei Männer: Jupp Schmitz und dieser Steco. Musste Letzterer nicht in seinem *Strand-Treff* arbeiten? Zumindest war Lianne sofort klar, wovon Jupp sprach – es musste um den Vandalismus beim Frühlingsgolfen gehen. Jupp schien kein anderes Thema mehr zu kennen. Hoffentlich fing er an Britts Kiosk nicht auch eine Schlägerei an.

„Unglaublich, diese Geschichte“, lallte Jupp. „Da hat jemand was gegen Timmendorf. Aber der wird mich kennenlernen.“

„Das ist doch Unsinn, Jupp“, hielt Steco dagegen. „Du steigerst dich da rein. Und was dann passiert, haben wir neulich erlebt – für den peinlichen Auftritt mit Ole solltet ihr euch beide schämen.“

„Mit Jupp gehen eben manchmal die Pferde durch.“ Ein dritter Mann trat an den Tisch. Lianne erkannte den Ferrari-Fahrer, den sie mit Thea am Timmendorfer Platz getroffen hatte. Martin Schmitz trug heute eine teuer wirkende, dunkelblaue Segler-Jacke, die ihm deutlich besser stand als das enge Poloshirt neulich.

„Aber du solltest wirklich nicht übertreiben, Bruderherz", fuhr Martin Schmitz fort. „Nach allem, was ich gehört habe, haben sich lediglich ein paar Randalierer ausgetobt. Das war bestimmt nur ein dummer Streich."

„Ein dummer Streich?", schimpfte Jupp. „Pure Zerstörungswut, wenn ich nur an den Sachschaden denke." Sein knallrotes Gesicht ließ einen kurz bevorstehenden Infarkt befürchten. Zum Glück ist die *Herzklinik* nicht weit entfernt, dachte Lianne.

„Ach, Jupp, du darfst das alles nicht so wichtig nehmen", erklärte Steco gelassen. „Außerdem hat das Frühlingsgolfen ja trotzdem stattgefunden."

Jupp holte tief Luft, doch sein Bruder legte beruhigend eine Hand auf seinen Arm. „Lass gut sein, Jupp."

„Hast recht, Martin", brummte Jupp. „Was soll's. Wollen uns nicht den schönen Abend verderben lassen, was?"

Er lachte meckernd, schlug Steco so kräftig auf die Schulter, dass dieser schmerzlich das Gesicht verzog.

„Steco, alter Buddha-Fan. Dich kann so schnell nichts aus der Ruhe bringen, was? Ein bisschen Meditation, und die Sache läuft, hahaha." Jupps Zorn hatte sich offenbar in nichts aufgelöst.

Martin Schmitz erblickte Britt und Lianne und kam auf sie zu.

„Martin, bist du auch wieder im Lande." Britt ließ sich mit Küsschen rechts und links begrüßen. „Darf ich dir meine Freundin Lianne vorstellen, sie ist …"

„Wir kennen uns schon“, strahlte Martin. Bevor Lianne Maßnahmen zur Gegenwehr ergreifen konnte, hatte er sie an beiden Armen gepackt und ebenfalls mit Küsschen bedacht. „Hab euch die ganze Zeit hinterm Tresen wirbeln sehen. Aber ich dachte, dass du für Thea arbeitest?“

Interessiert musterte er Lianne. Ja, guck du nur, dachte sie missgelaunt, so sieht die arbeitende Bevölkerung aus. Sie trug noch ihr Arbeitsoutfit vom Strand: Segelturnschuhe, Jeans, leichter, ausgeleierter Pulli – das Ganze von der Rum- und Limetten-Schlacht gezeichnet.

„Lianne hat mir heute geholfen, ohne sie wäre ich verloren gewesen“, erklärte Britt.

„Ja, ihr habt alles gegeben“, gab Martin anerkennend zurück.

„Ach, so schlimm war es auch nicht.“ Britt nahm einen Schluck von ihrem Mojito. „Außerdem habe ich nichts gegen ein gutes Geschäft, der Winter war lang genug.“

„In der Tat“, nickte Martin und warf Lianne einen weiteren interessierten Blick zu. „Für diejenigen, die in Timmendorf ihr Geld verdienen müssen, waren es harte Monate. Das können sich die Leute hier ja gar nicht vorstellen.“

Er wies mit einer Armbewegung auf die umstehende Partymeute, die sich mittlerweile zerstreute und anderen Zielen zustrebte, um der drohenden Austrocknung zuvorzukommen.

„Und du wohnst also in Timmendorf?“, fragte Martin. „Allein? Verheiratet? Kinder? Und so, wie du aussiehst, machst du sicher viel Sport?“

„Bin ich die Auskunft?", fragte Lianne gereizt zurück. Martin Schmitz wirkte zwar sympathischer als sein Bruder, aber das ging eindeutig zu weit.

„Oh, entschuldige, ich wollte dir nicht zu nahe treten."

„Martin, du lernst es nie." Britt trank ihren Mojito aus und stellte das Glas auf einen Stehtisch.

„Jetzt müssen wir los", sagte sie. „Wir haben noch etwas vor."

„Tatsächlich?" Lianne sah die Freundin ratlos an.

„Ja, lass dich überraschen."

„Dann will ich euch nicht länger aufhalten." Martin tippte sich lässig mit dem Zeigefinger an die Schläfe, wie es Cowboys mit gigantischen Hüten in altmodischen Western-Filmen taten, drehte sich um und ging die Promenade hinunter, der leicht schwankenden Silhouette seines Bruders folgend, mit dem breitbeinigen Schritt jener Männer, die vor Kraft kaum gehen können.

Britt schloss die Tür zum Kiosk auf, ging hinein und tauchte kurz darauf mit zwei Tabletts wieder auf.

„Die Gläser sollten wir noch einsammeln. So viel Vertrauen habe ich auch nicht in die Timmendorfer."

„Ich habe mich schon gewundert." Binnen weniger Minuten hatten sie die Tische abgeräumt. Britt zog eine voluminöse Tasche hinter einem Regal hervor.

„Und jetzt machen wir es uns nett", erklärte sie vergnügt.

„Das heißt?" Lianne hatte immer noch keine Ahnung, woraus die Überraschung bestehen könnte.

„Wir gönnen uns eine Nacht am Strand", verriet Britt – und freute sich über Liannes verblüfftes Gesicht.

Kapitel 15

20 Jahre war ihre letzte Übernachtung am Strand her, nicht zu fassen. Lianne rechnete im Geiste mehrfach nach, aber es stimmte: Im zarten Alter von 25 Jahren hatte sie mit einer Freundin im Zuge eines wüsten Mallorca-Urlaubes eine Nacht am Strand verbracht, viel Wein getrunken, damals, war irgendwann zu faul und zu betrunken gewesen, um ins Ferienappartement zurückzugehen. Einschlafen auf den Handtüchern, schmerzende Knochen am nächsten Morgen.

Wie, bitte, sollte eine solche Unternehmung mit 45 enden? Lianne würde morgen früh garantiert nicht aufstehen können, sah sich im Geiste wie einen tonnenschweren Berg Seegras eine Kuhle in den Sand liegen. Vielleicht sollte sie vorsichtshalber schon einmal einen Rettungswagen bestellen oder beim Timmendorfer Bauhof anfragen, ob sie eine Hebevorrichtung hatten, mit der sie schwere, unbewegliche Lasten bewegen konnten.

„Keine Angst, du musst nicht im Sand liegen", erklärte Britt unvermittelt. Konnte sie Gedanken lesen?

„Ich habe Philipp gefragt, ob wir den Schlafstrandkorb nutzen können." Britt schritt entschlossen aus. „Er ist vor einigen Tagen aufgestellt worden – aber das müsste die Frau Strandkorbvermieterin Paulsen ja eigentlich besser wissen als ich."

„Haha, sehr witzig." Lianne grinste erleichtert. „Natürlich weiß ich, dass der SSK gebracht worden ist, er steht ein Stück weiter Richtung Scharbeutz. Ich bin aber nicht dazu gekommen, ihn mir anzusehen, weil ich einer gewissen Frau Peters in ihrer kleinen Trinkhalle helfen musste und …"

„Werd nicht unverschämt." Britt boxte Lianne gegen den Arm.

„Jedenfalls soll ich noch eine Einweisung zu diesem Wunderding bekommen", sagte Lianne.

„Die kriegst du heute", erwiderte Britt bestimmt. „Ich habe alles eingepackt. Zahnbürsten, Schlafanzüge, Wasser, Wein und Kekse. Mehr brauchen wir nicht."

„Okay. Wir übernachten jetzt also im Schlafstrandkorb?"

„Jep." Britt marschierte weiter. „Es ist so ein lauer Abend, das müssen wir ausnutzen. Ab und an muss man einfach mal raus."

Die beiden Frauen gingen nebeneinander die Promenade entlang, vorbei an der *Herzklinik* und den *Ozeanwelten*. Auf Höhe der Trinkkurhalle ragten weiße Kuppeln hinter der Düne hervor: das Dach des großen Zuschauerzeltes, aufgebaut in den vergangenen Tagen und zusammen mit einem an der Wasserkante angelegten, abgegrenzten Sandspielfeld der Mittelpunkt des Ostsee-Polo-Turniers, das morgen beginnen sollte.

Lianne hatte mit dem Begriff Ostsee-Polo nichts anfangen können, wurde aber von Thea aufgeklärt:

„Ist wie Rasen-Polo, aber eben auf Sand. Ein Team besteht aus zwei Spielern mit Pferden, sie reiten hinter dem

Ball her und versuchen, ihn ins gegnerische Tor zu schlagen. Das ist es im Wesentlichen."

Lianne gefielen die Polopferde, die in einem abgetrennten Bereich neben der Trinkkurhalle standen: eher kleine, meist braune, muskulöse Tiere englisch-argentinischer Abstammung mit aufmerksamem Blick, umsorgt von schick gekleideten Pferdepflegern und von zahlreichen Touristen fotografiert.

Von der Seebrücke aus sollte man laut Thea einen guten Blick auf die Spiele haben. Lianne war fest entschlossen, an diesem Wochenende mindestens eine Stunde lang zuzusehen – nur wie, angesichts des schönen Wetters und des bevorstehenden Besucherandrangs? Andererseits hatte Thea sie ins Zuschauerzelt eingeladen, Lianne könne jederzeit vorbeischauen, hatte ihre Chefin betont, also würde sich eine Möglichkeit finden.

Jetzt lag der Strandpark still in der Dunkelheit, die Pferde waren verschwunden, verbrachten die Nacht wahrscheinlich in sorgsam bewachten Stallungen.

„Ja, auf die Pferde passen sie gut auf", bestätigte Britt ihre Überlegungen. „Das sind sehr wertvolle Tiere. Aber die meisten Spieler sind, nach Otto Normalverbraucher-Maßstäben gemessen, ja auch richtig reiche Leute. Wie diese Söhne von den Argentiniern, die reisen mit acht Pferden an, plus Pferdepfleger, plus Ausrüstung, plus Suite im Hotel, versteht sich – und das ist für die wie für uns ein normaler Tagesausflug mit Picknick."

Doch auch ohne zu beschützende Pferde vor Ort wanderten im Strandpark Wachmänner umher, in der sogenannten Polo-Gasse: Zelte für die Gastronomie und für die Anbieter von Polohemden, -stiefeln, -jacken und sonstigem hochpreisigem Zubehör säumten die Wege zwischen den Bäumen und die Promenade. Nebst Spielestationen für Kinder und diversen Neuwagen namhafter Hersteller, die selbst im Dunkeln noch glänzten, als wollten sie all jene verspotten, die ihre Hintern in betagte Klein- und Mittelklassewagen zwängen mussten. Wer sich für Polo interessierte, hatte auch das nötige Kleingeld für ein Fahrzeug der Oberklasse, lautete offenbar die Marketingstrategie.

„Boah, jetzt reicht es auch mit der Schlepperei“, stöhnte Britt und stieg die Treppe neben der Seebrücke zum Strand hinunter. Auf dem Sand angekommen, knipste sie eine Taschenlampe an und schwenkte den Lichtstrahl über die Ebene.

„Da ist er ja.“ Sie stapfte auf ein zwischen den normalen Strandkörben aufragendes Gebilde zu, das von Weitem an ein Ufo erinnerte, tatsächlich aber ein langer Liegekorb mit einer gewölbten, grauen Persenning war. Britt stellte ihre Tasche in den Sand, machte sich mit einem Schlüssel an einem Vorhängeschloss zu schaffen und stemmte das Gestänge der Persenning nach hinten.

„Bitte sehr.“ Fröhlich richtete sie die Taschenlampe auf den Schlafstrandkorb. Lianne staunte: Vor ihr erstreckte sich ein langes Doppelbett mit leuchtend weißer Bettwäsche und einem Regal am Kopfende.

„Das gibt es nur in Timmendorf“, bemerkte Britt lässig.

„Echt?“ Lianne runzelte die Stirn.

„Nein“, gab Britt zu. „Viele Orte an der Küste bieten das jetzt an. Ist der Renner, nach allem, was ich gehört habe, und ständig ausgebucht. Na ja, ist ja auch auf dem Touristentag 2016 ausgezeichnet worden."

„Eine tolle Idee, wirklich."

„Ja, finde ich auch." Britt nickte. „Die Körbe werden in Dithmarschen gebaut, in einer Werkstatt für Menschen mit Handicaps. So ein Schlafstrandkorb ist nicht gerade billig, kostet um die 6000 Euro. Dieses Geld muss er erst einmal wieder einspielen."

„Mit uns aber heute nicht, oder?", fragte Lianne.

„Nö." Britt lachte. „Wir übernachten kostenlos. Machen wir es uns also gemütlich."

Sie reichte Lianne einen Pullover und eine Jogginghose.

„Von Meeno. Ich hoffe, es stört dich nicht. Die Sachen sind natürlich frisch gewaschen, und meine Klamotten erschienen mir dann doch zu klein …"

„Schon gut, kein Problem, vielen Dank." Lianne zog ihre Jeans aus und schlüpfte in die Jogginghose. Sie fühlte sich mittlerweile deutlich wohler in ihrer Haut, fast zehn Kilo weniger machten eine Menge aus. Aber auf den Versuch, sich in Britts Klamotten zu quetschen, konnte sie trotzdem verzichten.

Britt steckte die Taschenlampe in den Spalt zwischen Matratze und Korbwand.

„Jetzt gibt es einen Schluck Wein." Sie zog eine Flasche und einen Korkenzieher aus ihrer Tasche, dann zwei Gläser, die sie auffordernd aneinanderstieß.

Lianne zögerte. Sollte sie ablehnen? Abgesehen vom verhängnisvollen Eröffnungsabend des *Strand-Treffs* hatte sie seit langer Zeit keinen Alkohol getrunken, ein gutes Gefühl. Doch es war wohl nichts dabei, sich mit der Freundin eine Flasche Wein zu teilen.

„Komm schon", meinte Britt. „Sei nicht zu streng mit dir."

„Also gut." Lianne ergriff die Gläser, Britt schenkte ein und sie stießen miteinander an.

Der erste Schluck: erdig und ein wenig bitter, Britt hatte offenbar einen sehr trockenen Wein ausgewählt. Lianne horchte in sich hinein. Erhob da irgendein Teufelchen sein Haupt, raunte ihr zu, nun möglichst schnell möglichst viel Primitivo in sich hineinzuschütten? Nein. Erleichtert ließ sich Lianne auf die Matratze sinken, und Britt warf sich neben sie.

Einige Minuten lang genossen sie schweigend den Anblick der Sterne am dunklen Himmel.

„Gemütlich hier. Nicht ganz so gemütlich wie in meiner Wohnung – aber fast." Lianne lächelte.

„Dein neues Zuhause ist süß. Und dann noch dieser nette Nachbar …" Britt kicherte.

„Witzig", murmelte Lianne. Tatsächlich fand sie bislang nichts Negatives daran, mit Kristof Lorenzen Tür an Tür zu wohnen. Allerdings auch nichts Positives – er schien beinahe unsichtbar zu sein, Lianne hatte ihn seit ihrem Einzug nicht mehr gesehen und nur gelegentlich Eddies Bellen gehört.

„Ich bin richtig neidisch", fuhr Britt verträumt fort. „Vor allem auf die Ruhe – wenn ich es mir nur vorstelle: ganz allein, niemand stört einen, niemand schreit herum oder will etwas. Was aufgeräumt ist, bleibt aufgeräumt, man kann lesen und Musik hören oder einfach nur herumliegen, wann man will …"

„Hej.“ Lianne stieß ihre Freundin in die Seite. „Das hört sich fast so an, als hätte hier eine gewisse Person genug von ihrer Familie.“

„Nein, so habe ich es nicht gemeint.“ Britt schenkte Wein nach. „Ich liebe meine Männer. Ich würde mich nur gern ab und zu von ihnen erholen. Andererseits könnte ich es mir gar nicht vorstellen, so ganz allein zu sein, ohne Mann und Kinder … ups. Entschuldigung. Das war jetzt unsensibel von mir.“

„Aber es ist die Wahrheit“, gab Lianne trocken zurück. „Ich habe keinen Mann mehr und nie Kinder gehabt. Das kann ich bedauern – das mit den Kindern, meine ich. Aber was würde mir das nützen? Wenigstens bekommt Matthias noch die Chance auf Nachwuchs – das ist eben der Vorteil, wenn man zu dem Geschlecht gehört, das nicht von dieser verdammten biologischen Uhr abhängig ist.“

„Denkst du, er freut sich auf das Kind?“ Lianne hatte Britt von Matthias' Besuch kurz vor Ostern erzählt, doch Britt konnte sich immer noch kein richtiges Bild von Liannes künftigem Ex-Mann machen.

„Doch, das tut er.“ Lianne trank einen Schluck Wein. „Warum sollte er auch nicht? Und ich werde mich schon noch an den Gedanken gewöhnen. Es tut gar nicht mehr so weh.“

„Vielleicht könnt ihr ja gute Freunde werden“, schlug Britt vor.

„Das macht fünf Euro fürs Phrasenschwein, Frau Peters.“ Lianne grinste. „Abgedroschener geht es nicht mehr.“

Britt kicherte. Der Wein zeigte seine Wirkung.

„Stimmt", sagte sie. „Das war reichlich abgeschmackt. Prost!"

Wieder schwiegen sie eine Weile und blickten zu den Sternen empor. Allmählich senkte sich die Kälte der Nacht herab wie ein schweres Handtuch, das im Kühlschrank gelegen hatte. Britt breitete fürsorglich die Decken über Lianne und sich aus.

„Ich finde es aber trotzdem fair von Matthias, dass er dir helfen und die Anwältin allein bezahlen will", meinte sie. „So würde sich nicht jeder Mann verhalten, wenn es um die Scheidung geht, ich habe da schon Geschichten gehört … Und das Angebot mit der Wohnung ist echt großzügig, wenn du mich fragst."

„Na ja." Lianne hob die Hand. „Er ist schließlich derjenige, der sich scheiden lassen will. Dann kann er auch die Kosten dafür übernehmen. Die Wohnung – okay, das ist fair. Offiziell gehört sie ihm allein, ich habe dort mietfrei gewohnt und zum Ausgleich die Einkäufe bezahlt sowie diverse Urlaube und alles Mögliche sonst. Aber das ist nichts, was ich nachweisen könnte. Von daher verhält er sich jetzt mehr als korrekt, das muss ich zugeben." Sie schluckte.

Matthias hatte sich vor einigen Tagen gemeldet und verlegen berichtet, dass er und Mareile sich wegen der Wohnung gestritten hatten. Mareile weigerte sich, in das ehemalige gemeinsame Zuhause von Lianne und Matthias zu ziehen. Matthias hatte daraufhin überlegt, ob er die Wohnung vermieten sollte und was Lianne davon halten würde.

„Verkauf sie doch", hatte Lianne sich sagen hören. „Mit Mietern hättest du eh nur Ärger."

„Verkaufen?! Bist du sicher?“

„Ja.“ Lianne spürte, dass dieses schlichte Wort genau der Wahrheit entsprach. Sie konnte sich nicht vorstellen, jemals wieder in dieser Wohnung zu leben. Und Mareile wollte auch nicht. Was sollten sie also damit?

„Nun gut, die Immobilienpreise sind explodiert, das könnte ein gutes Geschäft werden“, hatte Matthias überlegt, und Lianne hatte gelacht. Da war er, der Geschäftsmann und Betriebswirt Matthias Paulsen, einer von zwei Inhabern der Firma Paulsen-Projekte, die erfolgreich auf dem Markt der neuen, modernen Gastronomie agierte. Vom Konzept bis zum fertigen Gebäude samt Einrichtung realisierten Matthias und sein Partner rentable Projekte vom Anfang bis zum Ende. Kenntnisse der aktuellen Lage auf dem Immobilienmarkt gehörten selbstredend dazu.

„Ich bin sicher, dass du einen vernünftigen Preis bekommen wirst“, hatte Lianne erklärt.

„Wir“, hatte Matthias trocken geantwortet. „Wir werden einen guten Preis bekommen.“

„Was soll das heißen?“

„Wir werden uns das Geld natürlich teilen“, hatte Matthias sie informiert. „Was hast du denn gedacht?“

„Aber …“, hatte Lianne gestottert. „Das ist … das ist deine Wohnung. Du hast sie abbezahlt.“

„Und du hast alle anderen Kosten übernommen. Es wäre unsauber, nicht zu teilen. Das kommt nicht infrage.“

„Ich will das Geld nicht!“, hatte Lianne spontan gerufen – und dann innegehalten. Stimmte das? Konnte sie sich diese Haltung angesichts ihrer momentanen Situation überhaupt leisten? Der Umzug, der Kauf einiger Möbel sowie vieler kleiner Haushaltsutensilien – die letzten Reste ihrer Reserve waren aufgebraucht. Mit dem, was Lianne bei der Strandkorbvermietung verdiente, konnte sie sich gerade so über die Runden retten. Aber wie lange noch?

„Das diskutiere ich nicht." Matthias hatte das Gespräch beendet.

Seither ging seine Ankündigung Lianne durch den Kopf. Ihr künftiger Ex-Mann: so korrekt, dass man nicht einmal in Ruhe stinkwütend auf ihn sein konnte.

Lianne stellte ihr Glas weg und zog die Decke hoch. Müdigkeit. Erst die Arbeit am Strand, dann der Einsatz im Kiosk, dazu der Rotwein.

Britt hörte ein leises Schnarchen. Sie stellte ebenfalls ihr Glas beiseite und klappte die Persenning zu, wobei sie sich mühte, wenig Krach zu machen.

So viel Rücksicht nahmen diejenigen, die vier Stunden später einen gewaltigen Aufruhr rund um die Seebrücke veranstalteten, nicht. Kein Gedanke an eine mögliche Ruhestörung, als sie mit Löschfahrzeugen, Blaulicht und Sirenengeheul durch die Nacht rasten, Richtung Strand, Richtung Ostsee-Polo, Richtung Polo-Gasse.

Ein Gast des *Hotels am Meer*, der nicht hatte schlafen können, war gegen vier Uhr morgens auf seinen Balkon getreten. Sofort war ihm der helle Schein im großen Kuppelzelt neben der Seebrücke ins Auge gefallen, Sekunden später sah er die ersten Flammen, die an der weißen Zeltwand emporflackerten.

Der Mann hatte augenblicklich zum Telefon gegriffen und die Feuerwehr alarmiert. Sämtliche freiwilligen Wehren der Gemeinde – Timmendorf, Niendorf, Groß Timmendorf und Hemmelsdorf – rückten aus, insgesamt 80 Feuerwehrmänner und -frauen eilten zum Seebrückenplatz, rangierten mit ihren Fahrzeugen zwischen den ausgestellten Nobelkarossen umher, rollten Schläuche aus. Befehle hallten durch die Nacht, geisterhafter Schein der Blaulichter, die sich in der Glasfront der Trinkkurhalle spiegelten. Zwei Streifenwagen auf dem Platz, ein Polizist sprach mit wichtigem Gesicht in sein Funkgerät. Flatterband, das ein junger Feuerwehrmann als Absperrung rund um den Platz und die Promenade vor der Trinkkurhalle zog. Dahinter Schaulustige, mindestens jeder zweite von ihnen zückte sein Handy, um das Schauspiel zu filmen. Auf den Balkonen des *Hotels am Meer* weitere Menschen, die das Geschehen von ihren Logenplätzen aus verfolgten. Ein Vertreter der Lokalpresse, der mit zwei Beamten debattierte – offensichtlich wollte er näher an den Ort des Geschehens und wurde daran gehindert. Neben ihm Sophie Augsbach, unablässig fotografierend. Die Reporterin von „Update 23669" sah so glücklich aus, als seien Weihnachten, Ostern und ein Lottogewinn auf diesen Tag gefallen.

Etwa ein Drittel des Zuschauerzeltes in Flammen, dazu einige Bäume und Büsche auf der Düne. Die Holzbohlen der Zuschauerterrasse, über die schwere Sicherheitsstiefel polterten, unheilvoll qualmend. Die hölzerne Balustrade, gedacht für elegante Besucher mit Champagnergläsern in den Händen, ebenfalls brennend.

„Britt! Britt! Aufwachen!“

Lianne rüttelte ihre Freundin an der Schulter. Das Sirenengeheul hatte Lianne geweckt. Als sie sich aufrichtete, sah sie das Blaulicht nahe der Seebrücke – sowie flackernden Schein, selbst auf diese Entfernung als Feuer zu erkennen.

„Was ist denn?“, murmelte Britt.

„Es brennt! An der Seebrücke! Jetzt komm schon!“

Entschlossen machte sich Lianne am Verschluss der Persenning zu schaffen. Endlich! Mit einem Ruck klappte sie das Verdeck auf, sprang aus dem Schlafstrandkorb, im großen Sweatshirt und in der Jogginghose von Meeno, aber was spielte das in diesem Moment schon für eine Rolle?

„Es brennt?!“ Britt war hochgeschossen, sah sich verwirrt um, erblickte nun auch den Feuerschein.

„Oh nein!“ Mit einem Satz war sie auf den Beinen, gemeinsam rannten die Freundinnen los, so schnell es der weiche Sand zuließ.

Unter der Seebrücke hindurch – dann ein abrupter Stopp. Fassungslos blickten Lianne und Britt auf die Szenerie. Ein Teil des großen Kuppelzeltes in Flammen. Frauen und Männer in dunklen Uniformen und mit Helmen auf den Köpfen vor dem Zelt und der qualmenden Balustrade, einige von ihnen mit schweren Schläuchen, aus denen Wasser schoss.

„Da, guck mal!“ Britt zeigte auf die Betonwand, die Seebrückenvorplatz und Strand voneinander trennte.

„Was meinst du?“ Lianne konnte sich nicht daran erinnern, jemals einen so großen Brand live gesehen zu haben.

„Die Schrift! Siehst du das denn nicht?!"

Lianne kniff die Augen zusammen. Tatsächlich, jetzt erkannte sie es auch: Die Wand war mit neongrünen Buchstaben besprüht, im Schein der Flammen gut zu lesen: „Die fetten Tage sind vorbei."

„Ich glaube", sagte Britt langsam, „Timmendorf hat ein Problem."

Update 23669 +++ DIE News und Termine für Timmendorfer Strand und Umgebung +++

Terror in Timmendorf
Feuer verhindert Ostsee-Polo am Strand

Von Sophie Augsbach

Timmendorfer Strand. Einer der beliebtesten Urlaubsorte Deutschlands kommt nicht zur Ruhe: Nach dem Feuer beim Ostsee-Polo verstärkt sich der Verdacht, dass Timmendorfer Strand ins Visier von „Attentätern" geraten ist – vereinzelt wird sogar schon von „Terror" gesprochen.

Beim bislang letzten Anschlag haben Unbekannte das Zuschauerzelt des Ostsee-Polo-Turniers direkt neben der großen Seebrücke in Brand gesteckt. Das Feuer konnte zwar durch den umsichtigen Einsatz der vier Freiwilligen Feuerwehren der Gemeinde schnell gelöscht werden. Wegen der Schäden am Zelt und des intensiven Brandgeruchs musste das Turnier jedoch vom Strand weg verlegt werden. Es fand im Binnenland statt, auf dem Gelände von Gut Dahrendorf. „Wir danken den Besitzern von Dahrendorf für diese Ausweichmöglichkeit", sagt Timmendorfs Tourismuschefin Tatjana Ebert. Dennoch habe das Turnier durch die Verlegung natürlich gelitten. „Gerade die Tatsache, dass die Spiele am Strand ausgetragen werden, macht ja den Charme dieser Veranstaltung aus."

Die Polizei hat inzwischen bekannt gegeben, dass die Ursache des Feuers Brandstiftung ist – wie es bereits die Mehrzahl der Timmendorfer vermutet hat. Über konkrete Ergebnisse der bisherigen Ermittlungen schweigen sich die Behörden allerdings aus. „Es ist noch zu früh für Veröffentlichungen", erklärt Polizeisprecherin Melanie Berg.

„Damit will die Polizei doch nur verschleiern, dass sie keine Spur von den Tätern hat", ist Jupp Schmitz überzeugt. Der Dortmunder mit Zweitwohnsitz in Timmendorf hat die Facebook-Gruppe „Wir schützen Timmendorf" ins Leben gerufen. „Die Parole, die erneut am Tatort gefunden wurde, beweist doch endgültig, dass gezielt Attentate auf Veranstaltungen in Timmendorf begangen werden", betont Schmitz.

Wie bei den Anschlägen auf die *Winter-Lounge* und das Frühlingsgolfen hatten die Täter auch beim Ostsee-Polo den Schriftzug „Die fetten Tage sind vorbei" hinterlassen.

Schmitz kündigt weitere „Maßnahmen" zum Schutz des Ortes an. Welche das sein sollen, wollen er und seine Mitstreiter bei der Einwohnerversammlung in der Trinkkurhalle morgen Abend bekannt geben.

Diese Versammlung hat Bürgermeisterin Ragna de Fries einberufen. Sie fordert alle Timmendorfer auf, daran teilzunehmen. „Ich spüre große Angst und Wut im Ort", sagt Ragna de Fries. Zu der Versammlung seien auch Vertreter von Polizei und Feuerwehr, von der Tourismus GmbH und vom Ordnungsamt der Gemeinde eingeladen. „Wir wollen den Status quo gemeinsam feststellen und überlegen, wie es weitergehen kann", verspricht die Bürgermeisterin. Die Versammlung beginnt um 19 Uhr.

Kapitel 16

Das Timmendorfer Strohdachhaus sei unschwer an seinem Strohdach zu erkennen, hatte Thea am Telefon charmant mitgeteilt. Lianne war die wenigen Hundert Meter von ihrer Wohnung bis zu dem hübschen, reetgedeckten Gebäude nahe des Timmendorfer Platzes zu Fuß gegangen und stieg die Stufen der breiten, links und rechts mit zwei dicken Kugeln eingefassten Granittreppe hinauf, die zum Eingang führte. Ein Haus aus rotem Backstein, weiße Sprossenfenster, selbst in der halbkreisförmigen Gaube, die oben aus dem dunklen Reet ragte, alles wirkte frisch saniert.

Lianne stieß die Tür auf und betrat den zweckmäßig eingerichteten Versammlungsraum, rechts ab vom kleinen Flur. Stimmengewirr, an einem langen Tisch saßen bereits sechs Personen: Philipp, Britt und Meeno, dazu ein kräftiger Mann mit Halbglatze, in dem Lianne den stellvertretenden Wehrführer Hanno Stöhlmaker wiedererkannte. Sowie eine korpulente Frau, etwa Mitte 70, mit gewaltigem Busen, rötlichem Pagenkopf und durchdringendem Blick. Am Kopfende thronte Thea, einen Notizblock in den Händen haltend.

„Lianne, wie schön", sagte Thea knapp. „Dann sind wir ja vollzählig und können anfangen. Das ist übrigens meine gute Freundin Margot Dietz." Sie zeigte auf die Rothaarige, deren Glitzerpulli funkelte. Die soeben Vorgestellte nickte gnädig.

Lianne ließ sich auf einen der Stühle fallen, deren Polster ein irritierendes, lila-roséfarbenes Dreiecksmuster aufwiesen. Die Wände in hellem Bordeaux gestrichen und mit Plakaten versehen, die auf Veranstaltungen in Timmendorf hinwiesen. Auf den Fensterbänken vereinzelt Grünpflanzen. Besonders heimelig war der Raum nicht, aber praktisch, eine Mischung zwischen Gruppentherapie-Zimmer einer Reha-Klinik und Gemeindesaal aus den 1980er-Jahren.

Das Strohdachhaus sei das älteste Gebäude Timmendorfs, hatte Thea erklärt, erbaut 1924 und einst Sitz von Bäder- sowie später Kurverwaltung. Zeitweise habe es auch eine Arztpraxis beherbergt, bis es Anfang der 1990er-Jahre zum Treffpunkt für Senioren, Schachspieler, den Kulturkreis und andere Vereinigungen umgewandelt worden sei. Sie, Thea Harms, könne die Räume jedenfalls jederzeit nutzen, wenn sie nicht anderweitig benötigt wurden: „Ich bin schließlich auch eine Timmendorfer Seniorin und treffe dort jemanden, also ist das dann ein Seniorentreff."

Lianne hatte nicht weiter nachgefragt – schon allein, weil die Raumfrage sie weit weniger interessierte als der Zweck dieser Versammlung. Sie hatte Theas Ankündigung, eine „Soko Strandkorb" zu gründen, nicht vergessen. Sollte sie womöglich von ihrer Chefin als eine Art Hobby-Ermittlerin rekrutiert werden? Ein lächerliches Unterfangen. Aber wie könnte Lianne diese „Bitte" (wobei Thea kaum im Sinne des Wortes „bitten" würde) ablehnen, ohne ihre Chefin empfindlich zu kränken? Vorbereitet hatte sich Lianne auf dieses Treffen nicht – nur im Internet rasch zur Formulierung „Die fetten Jahre/Tage sind vorbei" recherchiert.

„Ihr wisst alle, warum ich euch eingeladen habe", begann Thea. Alle Gesichter wandten sich ihr zu. „Die Lage ist ernst, und deshalb müssen wir jetzt handeln."

„Sehr richtig!", rief Margot Dietz und klopfte auf den Tisch. „Aber ich verstehe nicht, warum wir nicht bis morgen warten. Bei der Einwohnerversammlung in der Trinkkurhalle können wir …"

„Ruhe, Margot", unterbrach sie Thea streng. „Dazu kommen wir später."

Margot Dietz verstummte kurz. „Ich meine es nicht böse, Thea", sagte sie dann. „Ich bin nur etwas ungeduldig und möchte so schnell wie möglich aktiv werden."

„Das wollen wir alle, liebe Margot, aber überstürztes Handeln bringt gar nichts. Wir müssen ruhig bleiben und unseren Grips einsetzen."

Warum hat sie diese Margot dann eingeladen?, fragte sich Lianne im Stillen. Besonnenheit schien nicht deren Stärke zu sein.

„Philipp hat die Ereignisse zusammengefasst", fuhr Thea fort, „und wird diese Zusammenfassung vortragen. Philipp – bitte nicht länger als drei Minuten."

„Ich versuche es", erwiderte Philipp und ließ sein hinreißendes Sonnyboy-Grinsen aufblitzen. Liannes Gedanken schweiften ab. Würde es bei allem Liebeskummer einer kürzlich verlassenen Mittvierzigerin nicht doch guttun, eine unverbindliche Affäre mit einem bestimmten, attraktiven Strandkorbvermieter einzugehen? Und warum war es so schwierig, diesen bestimmten, attraktiven Strandkorbvermieter von dieser Idee zu überzeugen?

Britt stieß sie mit dem Ellbogen in die Seite. „Ich hoffe, du hörst aufmerksam zu“, flüsterte sie.

„Na klar.“ Lianne riss sich zusammen.

„Also, wir fangen mit Jupps Mercedes an – obwohl ich meine Zweifel habe, ob da wirklich ein Zusammenhang mit den anderen Taten besteht“, begann Philipp.

„Natürlich besteht da ein Zusammenhang!“, rief Margot. Thea brachte sie mit einer herrischen Geste zum Schweigen. Hanno Stöhlmaker verdrehte die Augen, und Meeno sah aus, als müsste er sich das Lachen verkneifen.

„Jupps Mercedes wurde beschädigt. Jemand hat das Wort ‚Arschloch‘ in die Motorhaube geritzt, und es ist nie herausgekommen, wer das getan hat, richtig?“, vergewisserte sich Philipp.

„Als Nächstes kam die Geschichte mit den gepanschten Getränken bei der *Winter-Lounge*. Dort ist auch zum ersten Mal dieser Spruch ‚Die fetten Tage sind vorbei‘ aufgetaucht. Ich denke, beziehungsweise Thea und ich haben uns überlegt, dass diese Aktion für den oder die Täter noch recht einfach gewesen sein muss. Es war kalt, deshalb hat die Security nur sporadisch beim Zelt vorbeigeschaut, und außerdem hat niemand mit so etwas gerechnet.“

„Also auf mich wirkt das nach wie vor wie ein Dummejungenstreich“, brummte Hanno Stöhlmaker und fing sich dafür von Thea einen strafenden Blick ein.

„Dann das Frühlingsgolfen“, setzte Philipp an. „Das muss schon deutlich schwerer gewesen sein. Es war mehr

Security vor Ort, es war aufwendiger, der oder die Täter brauchten Equipment – Benzin für den Kunstrasen, Schweinemist und so weiter. Ich weiß nicht, ob das einer allein schaffen würde."

„Also so schwer stelle ich mir das nicht vor", mischte sich Meeno ein. „Behälter herunterreißen, Fahnen zertrampeln – das dauert nicht ewig. Dann noch schnell den Schweinemist auf dem Podest verteilt und den Rasen angezündet … 20 Minuten dürften locker reichen, schätze ich."

„Meeno, Meeno." Thea drohte ihm scherzhaft mit dem Finger, als habe sie ein ungezogenes Kind beim Naschen in der Speisekammer ertappt. „So würdest du es also machen, ja? Aber Spaß beiseite."

„Du vergisst außerdem, dass wieder dieser Spruch gesprüht wurde, auf die Torwand", erinnerte Britt ihren Mann.

„Dazu möchte ich etwas sagen." Lianne hob die Hand und kam sich gleichzeitig albern vor. Sie war hier doch nicht in der Grundschule.

„Ich habe das nachgesehen", fing sie an. „Dieser Slogan lehnt sich ja offenbar an den Film ‚Die fetten Jahre sind vorbei' an. In dem geht es um junge Leute, die in Luxusvillen einbrechen und Botschaften hinterlassen. Eben Sprüche wie ‚Die fetten Jahre sind vorbei' oder ‚Sie haben zu viel Geld'."

„Das passt doch", befand Margot Dietz. „Also, ich meine, gehen diese Anschläge nicht in die gleiche Richtung?"

„Zu Anfang schon." Lianne nickte. „Aber im Film kippt das Ganze dann. Die Protagonisten entführen mehr oder weniger aus Versehen einen reichen Mann, der gar nicht so unsympathisch ist, und geraten noch dazu aus Eifersucht aneinander."

„Wie endet der Film denn?", erkundigte sich Britt.

„Die jungen Leute bleiben letztlich bei ihrer Überzeugung und setzen sich ins Ausland ab. So richtig passt die Handlung also nicht zu dem, was in Timmendorf geschehen ist."

„Für uns vielleicht nicht. Für die Täter aber vielleicht schon", gab Meeno zu bedenken. „Und womöglich ist ihnen einfach nichts Besseres eingefallen."

„Was nicht passt, ist diese Auslandsgeschichte", bemerkte Margot Dietz wütend. Die Dame hat Haare auf den Zähnen, fiel Lianne eine Redewendung ihrer Oma ein. „Unsere Attentäter haben sich jedenfalls nicht abgesetzt, sondern sind noch hier, soweit ich das beurteilen kann."

„Attentäter", schnaubte Hanno Stöhlmaker. „Eine Nummer kleiner geht es wohl nicht, was?"

„Ruhe", befahl Thea. „Philipp, weiter im Text."

„Gut", meinte ihr Neffe. „Also wenn ich Meenos Argumente berücksichtige, könnte der Vandalismus beim Frühlingsgolfen auch auf das Konto eines Einzeltäters gehen. Bleibt die bislang schlimmste Sache, das Feuer beim Ostsee-Polo, das uns allen ja noch im Gedächtnis sein dürfte."

Die Versammelten schwiegen einige Sekunden lang. Dieser Brand hatte den Ort schwer getroffen. Zwar hatten die Freiwilligen Feuerwehren die Lage professionell in den Griff bekommen, es gab keine Verletzten. Aber der Schaden am Zuschauerzelt war erheblich, ebenso der an der

Zuschauerterrasse. Die gesamte Szenerie, einhergehend mit einem verheerenden Medienecho, hatte so sehr auf die Stimmung geschlagen, dass das Polo-Turnier kurzfristig verlegt worden war. Zwar hatten die Teams auf einem nahe gelegenen Gut gegeneinander antreten können, allerdings eben nicht vor der Kulisse aus Strand und Meer.

Mittlerweile ermittelte die auch für Timmendorf zuständige Kriminalpolizeistelle Bad Schwartau. Flankiert von Spekulationen in den lokalen Medien – egal ob Tageszeitung, Wochenblatt, Radiosender, Regionalfernsehen oder das Internetportal „Update 23669".

Auf Letzterem hatte Sophie Augsbach den Anstoß für die übrigen Berichterstatter gegeben, über die angebliche Serie in Timmendorf zu mutmaßen. Die negative Werbung hatte Tourismusverantwortliche und Kommunalpolitiker derart beunruhigt, dass sie eine Einwohnerversammlung zum Thema organisiert hatten, für morgen Abend in der Trinkkurhalle. Insgeheim stellte sich Lianne dazu die gleiche Frage wie Margot Dietz: Warum rief Thea nicht dort zur Gründung ihrer „Soko" auf?

„Versteht mich nicht falsch", meldete sich Margot zu Wort, „das soll keine Kritik an wem auch immer sein. Aber ich verstehe nicht, wie der oder die Täter es schaffen konnten, das Zelt in Brand zu setzen. Nach allem, was zuvor passiert war, gab es doch verschärfte Sicherheitsvorkehrungen, oder nicht?"

„Richtig." Thea nickte. „Deshalb ich mich umgehört. Bei … bei Bekannten von mir, die sich offiziell aber nicht äußern dürfen." Sie vermied es, zu Hanno Stöhlmaker hinüberzusehen. Sehr unauffällig, wirklich, dachte Lianne.

„Demnach gab es nur eine Möglichkeit, das Feuer zu legen“, erklärte Thea. „Jemand hat sich während des Aufbaus im Zelt versteckt und bis vier Uhr morgens gewartet. Dann hat er gezündelt – und sich in der allgemeinen Aufregung unter die Leute gemischt.“

„Kann man sich denn in dem Zelt verstecken?“, fragte Britt.

„Ja“, sagte Thea, während Hanno Stöhlmaker unwillkürlich nickte. „Es gibt zwei Abseiten für Getränke, Geschirr und allerlei Zeugs. Dort hat am Abend niemand mehr nachgesehen – es hat wohl keiner daran gedacht, dass sich dort jemand sozusagen auf die Lauer legen könnte.“

„Das spricht dann aber eher für einen Einzeltäter“, meinte Meeno nachdenklich.

„Wieso?“, warf Margot ein. „Es kann ja auch nur einer aus einer ganzen Bande gewesen sein. Die anderen haben währenddessen … was weiß ich. Gewartet und sich dann gefreut.“

„Das stimmt“, schlug sich Philipp auf ihre Seite. „Über die Zahl derjenigen, die Timmendorf offenbar ins Visier genommen haben, sagt das erst einmal gar nichts.“

„Wir wissen es eben nicht“, seufzte Britt.

„Was wissen wir überhaupt?“ Fragend sah Margot in die Runde.

„Oh, so einiges.“ Triumphierend klappte Thea ihr Notizbuch auf. Sie kann schlecht verhehlen, dass ihr die ganze Sache Spaß macht, ging es Lianne durch den Kopf.

„Ich habe hier alles zusammengestellt, was meiner Meinung nach in ein Täterprofil gehört“, referierte Thea. „Wobei die Polizei bisher leider keinen Experten mit der Erstellung eines solchen Profils beauftragt hat, was ich sehr bedaure."

Britt, Meeno und Hanno Stöhlmaker machten skeptische Gesichter. Margot beugte sich gespannt nach vorn, Philipp bewahrte eine unergründliche Miene.

„Also, um es kurz zu machen", begann Thea, „die Täter haben es auf Veranstaltungen in Timmendorf abgesehen – bis auf die Sache mit Jupps Auto, ich weiß. Die Veranstaltungen sind eher etwas schicker, wobei wiederum nicht alle betroffen sind: Beim Oster-Spaß, bei der Fackel-Party und beim Strandpark-Konzert beispielsweise ist nichts passiert. Die Täter treffen also eine Auswahl."

„Oder es geht um die Gelegenheit", warf Meeno ein. „Vielleicht gibt es ja auch ganz praktische Gründe."

„Vielleicht." Thea nickte. „Weiter: Die eingesetzten Mittel sind schlicht. Um Schweinemist zu verstreuen oder ein Feuer zu legen, muss man nicht Raketenwissenschaften studiert haben. Aber: Die Täter kennen sich gut in Timmendorf aus. Ich glaube nicht, dass Fremde so leicht im Vorfeld ausspionieren könnten, wo während der *Winter-Lounge* die Spirituosen stehen oder wo man sich beim Polo im Zuschauerzelt verstecken kann."

„Hm. Also so schwer wäre das auch nicht", überlegte Hanno Stöhlmaker.

„Außerdem", machte Thea unbeirrt weiter, „ist es jemand, der eine Wut auf viele Leute im Ort hat. Darauf deutet dieser Slogan hin. Also muss es jemand von hier sein – oder jemand, der eine Zeit hier verbracht hat."

„Lehnst du dich damit nicht ein bisschen zu weit aus dem Fenster?", wagte Britt einen Vorstoß.

„Ich finde nicht. Meine Überlegungen haben Hand und Fuß.“

„Und warum trägst du das alles nicht morgen in der Trinkkurhalle vor?“, fragte Margot.

„Ach, es steht ohnehin schon viel zu viel Mist im Internet“, gab Thea zurück. „Deswegen habe ich diesen kleinen Kreis organisiert. Jeder hier genießt aus unterschiedlichen Gründen mein volles Vertrauen.“

Ups, dachte Lianne. Welche Ehre.

„Unter uns können wir offen reden“, erklärte Thea. „Auch über Verdächtige – ja, Hanno, guck nicht so, wir müssen die Dinge direkt ansprechen, wenn wir vorankommen wollen. Aber, und das ist wichtig: Alles, was wir untereinander bereden, bleibt unter uns, verstanden? Nichts wird weitergetratscht oder womöglich ins Internet geschrieben. Ist das klar?“

Lianne nickte automatisch, die anderen taten es ihr gleich, wie gehorsame Gefreite nach einer rustikalen Ansage ihres Unteroffiziers. Was für ein Unsinn, überlegte Lianne Sekunden später. Wir wissen doch gar nicht, wobei wir überhaupt mitmachen sollen.

„Also wenn ich dich richtig verstehe“, meinte Margot Dietz, „willst du mit uns so eine Art Detektivgruppe gründen, um herauszufinden, wer für den Vandalismus und das Feuer zuständig ist?“

„Detektivgruppe, Margot, ich bitte dich.“ Thea sah entrüstet aus. „Das klingt wie ein Spiel von Grundschülern.“

„Hast du nicht etwas von der ‚Soko Strandkorb‘ gesagt?“, entfuhr es Lianne.

„Das war deine Formulierung“, gab Thea trocken zurück. „Nein, was ich will, ist Folgendes: Wir stellen unter uns Überlegungen an, wer hinter all dem stecken könnte. Dann halten wir Augen und Ohren offen.“

„Also willst du Leute aus dem Ort verdächtigen?“ Hanno Stöhlmaker runzelte die Stirn. „Und was ist mit diesem Spruch von diesem Hoffmann von Dingenskirchen über Denunzianten und so weiter, den du im *Waldemars* von dir gegeben hast?“

„Na ja, aber wir müssen doch jetzt handeln. Oder wollt ihr die Hände in den Schoß legen?“ Thea schob das Kinn vor.

Am liebsten ja, hätte Lianne gern geantwortet. Was konnten sie schon erreichen, wenn selbst die Polizei offenbar nicht vorankam? Doch sie hielt sich zurück.

„Ole Martens, wenn ihr mich fragt, ganz klar“, platzte Margot heraus. „Was denn? Wir sollen doch offen aussprechen, was wir denken, und das ist eben das, was ich denke.“

„Nur, weil sich dein Freund Jupp ständig mit ihm anlegt“, hielt Meeno dagegen. „Ole … nein, das kann ich mir nicht vorstellen. Irgendwie ist er doch einer von uns.“

„Einer, der viel hatte und es verloren hat“, meinte Philipp. „Überlegt mal, wie Ole früher gelebt hat – großes Haus, großes Auto, ein Boot, schöne Frau. Er war im Vorstand einer Bank, irgendwo in Niedersachsen, soweit ich weiß.“

„Und dann?“ Lianne war wider Willen neugierig geworden.

„Er hat sich übernommen – finanziell und bei der Arbeit", berichtete Philipp. „Burnout, Arbeitsunfähigkeit. Seine Frau ist durchgebrannt, er musste alles verkaufen. Er ist dann in seine Zweitwohnung nach Timmendorf gezogen – bis er die auch verkaufen musste. Dann hat er von seinem letzten Geld diesen Resthof in Groß Timmendorf gekauft. Eine ziemliche Bruchbude, anders kann man das nicht sagen."

„Und deshalb fängt er auf einmal an, Veranstaltungen in Timmendorf zu sabotieren?", zweifelte Britt. „Das ist an den Haaren herbeigezogen. Ich glaube nicht, dass er der Täter ist."

„Warum eigentlich *der* Täter?" Thea sah in die Runde. „Habt ihr schon mal daran gedacht, dass es auch eine Frau sein könnte?"

„Eine Frau?" Margot Dietz schüttelte den Kopf. „Schwer vorstellbar. Welche Frau könnte das tun?"

„Nun, Sigrid Steenkamp hat auch eine Menge verloren", argumentierte Thea. „Sie hat auch auf großem Fuß gelebt – bis ihr Mann sie verlassen hat. Seither schlägt sie sich mit dieser Appartement-Vermietung durch."

„Aber so schlecht verdient sie dort vermutlich gar nicht", sagte Britt. „Ich denke, sie ist wieder einigermaßen auf die Beine gekommen. Genau wie Steco."

„Steco?" Allmählich kam Lianne nicht mehr mit. Im Gegensatz zu den anderen hatte sie vom Timmendorfer Klatsch und Tratsch keine Ahnung.

„Steco war mal eine richtige Nummer als Bauunternehmer", erläuterte Margot. „Jede Menge Mitarbeiter. Dann hat er sich an einer Bank beteiligt, dann kam die Finanzkrise, und schwupps, alles weg. Seither hält er sich mit diesem Kiosk über Wasser."

„Wir haben auch einen Kiosk", brauste Britt auf. „Und wenn das in deinen Augen auch ärmlich sein mag, liebe Margot – so schlecht lebt man davon gar nicht. Stecos *Strand-Treff* läuft in der Saison jedenfalls super, soweit ich das beurteilen kann."

„Schon gut, ich habe es nicht böse gemeint", beschwichtigte Margot. „Was ist mit Kristof Lorenzen?", fragte sie dann.

Unverschämtheit, dachte Lianne. Aber Hemmungen, mit Namen um sich zu werfen, hatte die Gute zumindest nicht.

„Na toll", ärgerte sich Hanno. „Willst du jetzt alle aufzählen, mit denen Jupp sich in der Wolle hatte? Erst Ole, jetzt Lorenzen … Nur, weil er Jupp bei der Rangelei mit Ole neulich so schön gebändigt hat."

„Leute, beruhigt euch." Philipp klopfte auf den Tisch. „Kristof Lorenzen möchte ich ganz klar ausschließen. Er ist nicht gerade ein Gute-Laune-Bär, aber ein korrekter Typ. Er interessiert sich überhaupt nicht für Geld oder Statussymbole. Außerdem war er früher Polizist."

„Tatsächlich?" Lianne hätte gern mehr erfahren, aber Thea unterbrach die Debatte.

„Das ist alles nicht mehr zielführend", erklärte sie rigoros.

Ach was, dachte Lianne. Das hätte ich dir gleich sagen können. Hier wird in kleinem Kreis diskutiert, was andere Denunzianten in großem Stil ins Internet blasen. Das gibt es nur in Timmendorf. Gut, dass Kommissarin Harms Schweigepflicht verordnet hat.

„Ich sehe, wir müssen an unserer Diskussionskultur arbeiten", erklärte Thea. „Aber was soll's. Ich schlage vor, dass wir die Sitzung jetzt beenden und sich jeder noch einmal Gedanken macht. Morgen Abend schauen wir uns dann genau an, was bei dieser Einwohnerversammlung passiert. Und kein Wort über das heutige Treffen."

Sie erhob sich. Damit war anscheinend Feierabend. Stühle scharrten, als die anderen ebenfalls aufstanden. Nacheinander traten sie aus dem Strohdachhaus in den dunklen Abend. Der Timmendorfer Platz war in den warmen Schein zahlreicher Lichter getaucht. Eine besondere Beleuchtung war dem Alten Rathaus vergönnt, das auf diese Weise wie ein kleines Schloss wirkte. Fehlte nur noch eine schmucke Kutsche, die vorfuhr, gezogen von zwei mit Glitzerpuscheln geschmückten Schimmeln.

„Dann bis morgen." Philipp verschloss die Tür und hakte seine Tante unter.

„Bis morgen", rief Thea. „Danke, dass ihr gekommen seid."

„Keine Ursache. Kommt noch jemand mit in den *Kaiser*?", fragte Margot Dietz.

„Nein danke", erwiderte Britt kühl. Hanno Stöhlmaker schüttelte den Kopf.

„Ich gehe auch lieber nach Hause", erklärte Lianne.

„Schade." Margot sah sie bedauernd an. „Jupp und sein Bruder sind auch da. Martin würde sich bestimmt freuen, dich zu sehen – so, wie ich ihn neulich verstanden habe."

„Aha?", fragte Lianne misstrauisch.

„Ja, er hat regelrecht von dir geschwärmt." Margot zwinkerte ihr zu. „Na, vielleicht doch auf ein kleines Bier?"

„Nein, wirklich nicht", wehrte Lianne ab. Sie hob die Hand und wandte sich zum Gehen.

Auf dem Nachhauseweg ließ sie das seltsame Treffen Revue passieren. Herausgekommen war im Grunde wenig. Aber zumindest kannte sie jetzt eine Gemeinsamkeit vieler Timmendorfer – sie schienen häufig eine bewegte Vergangenheit zu haben.

Kapitel 17

Wichtige Positionen schienen in Timmendorf von Frauen besetzt zu sein. Keine schlechte Sache, überlegte Lianne und ließ ihren Blick über die Redner- beziehungsweise Rednerinnenreihe an dem langen Tisch gleiten, der an der Längsseite der Rotunde in der Trinkkurhalle stand: Tourismuschefin Tatjana Ebert, links und rechts von ihr zwei weitere, äußerlich unauffällige Frauen – eine mit grauem Kurzhaarschnitt, eine mit brünettem Zopf. Rechts außen der einzige Mann: klein und schmächtig, vielleicht eine Art Protokollant?

Links außen erhob sich jetzt zudem eine beeindruckende Erscheinung: eine breitschultrige, muskulöse Frau in dunklem Hosenanzug, deren voluminöse, blonde Lockenmähne im Schein der Halogenstrahler leuchtete und die offenbar sogar die Tourismuschefin noch um einige Zentimeter überragte.

„Ruhe!“, donnerte die Frau, die sich Lianne hervorragend als Wikingerbraut im rustikalen Ambiente von Haithabu vorstellen konnte. „Ich leite diese Versammlung, und ich entscheide, wer hier an der Reihe ist!“

„Ist ja schon ordentlich Musik drin“, flüsterte Britt vergnügt. Sie hatte für Lianne einen der harten, türkisfarben lackierten Stapelstühle in der Trinkkurhalle frei gehalten, eine sinnvolle Maßnahme, waren doch sämtliche freien

Plätze schon eine halbe Stunde vor Beginn der Versammlung vergeben. Menschen dicht an dicht in den Stuhlreihen, andere stehend an den verglasten Wänden des filigranen Rundbaus, der zwischen Strandpark und Promenade lag.

Lianne hatte sich bereits mehrfach vorgenommen, eine Veranstaltung in dem denkmalgeschützten Gebäude zu besuchen – dort fanden Lesungen, kleine Konzerte und Ausstellungen statt. Bislang hatte sie es aber nicht geschafft, und in der aufgeheizten Atmosphäre des heutigen Abends war die Schönheit der Trinkkurhalle kaum zu genießen. Dabei gehörte der Bau zu den wenigen Kulturdenkmalen in Timmendorf, hatte Lianne im Internet gelesen. Anscheinend reklamierten mehrere Architekten das 1952 errichtete Ensemble für sich: den Haupt-Pavillon mit seinen Glasflächen, den leicht gebogenen Seitentrakt und den kleinen Musik-Pavillon.

„Welche Art von Musik meinst du?“, flüsterte Lianne zurück. „Ein Kampflied oder lieber einen Trauermarsch?“

„Nee, irgendetwas von AC/DC“, gab Britt zurück. „‚Thunderstruck‘ oder ‚TNT‘. Oder beides.“

Sie kicherten, fingen sich daraufhin einen strengen Blick von Meeno ein, der links neben Britt saß. Lianne räusperte sich, sah konzentriert nach vorn. Nach dem Ordnungsruf der Wikingerbraut klang das laute Stimmengewirr merklich ab.

„Danke.“ Die blonde Hünin trat ans Rednerpult. „Guten Abend. Ich freue mich, dass Sie alle so zahlreich erschienen sind.“ Sie konnte sich mühelos ohne Mikrofon Gehör verschaffen.

„Wer ist denn das?“, raunte Lianne Britt zu.

„Also wirklich. Du kennst unsere Bürgermeisterin nicht?! Das ist Ragna de Fries höchstpersönlich.“

„Whow“, meinte Lianne ehrfürchtig. „Was für ein Name – und was für eine Frau.“

„Das kannst du laut sagen“, murmelte Britt.

„Aber nicht jetzt!“, zischte Meeno. Britt und Lianne richteten ihre Augen wieder nach vorne.

„Also, liebe Timmendorfer“, begann Ragna de Fries. „Die Gemeinde hat sich entschlossen, diese Einwohnerversammlung einzuberufen, weil es in letzter Zeit einige Vorfälle gegeben hat, die für Unruhe im Ort sorgen.“

„Unruhe ist gut!“, rief eine Frau. „Wir haben Angst!“

„Ja, einige von Ihnen haben offenbar auch Angst“, erwiderte Ragna de Fries. „Wobei dafür meiner Meinung nach kein Grund besteht. Wir sind jedenfalls um sachliche Aufklärung bemüht, und deswegen sitzen hier mehrere Experten auf dem Podium, die eine Einschätzung der Lage abgeben werden.“

Abwartendes Schweigen. Lianne sah sich um. Die meisten Leute konnte sie nicht einordnen. Doch, da: Zwei Reihen vor ihr saß Sigrid Steenkamp, neben ihr die Brüder Jupp und Martin Schmitz, beide in eng sitzenden Kaschmirpullovern, rosé und fliederfarben, wie niedlich. Ganz vorne erspähte Lianne Hanno Stöhlmaker und Gustav Kiekbusch, den Vorsitzenden des Tourismusausschusses. Hinten an dem geschwungenen, weißen Tresen: einige überwiegend schwarz gekleidete Jugendliche, die nervös auf und ab wippten wie junge Pferde, die es nicht erwarten konnten, hinaus in die Freiheit zu galoppieren, aus ihrer Mitte ragte der blonde Schopf von Bosse Peters heraus. Etwas weiter weg lehnte in einer hinteren Ecke Liannes wortkarger Nachbar Kristof Lorenzen an einer Säule. Thea und Philipp mussten natürlich auch hier sein, doch Lianne konnte sie nicht entdecken.

„Ich begrüße also die Leiterin des Ordnungsamtes, Petra Gundlach.“ Die Bürgermeisterin nickte der Frau mit den kurzen, grauen Haaren zu. „Tatjana Ebert als unsere Tourismuschefin muss ich wohl nicht vorstellen. Außerdem zu uns gekommen ist Melanie Berg, Pressesprecherin der Polizeidirektion Lübeck.“ Die Frau mit dem brünetten Zopf erhob sich halb von ihrem Sitz. „Und unseren Wehrführer Kurt Beyersdorf kennen sicherlich auch alle hier.“ Das schmale Männlein neigte knapp den Kopf. Lianne staunte. Der Chef der Timmendorfer Feuerwehr brachte höchstens nur halb so viel Gewicht auf die Waage wie sein Stellvertreter Hanno Stöhlmaker.

„Ich denke, wir fangen mit den Erkenntnissen der Polizei an“, erklärte Ragna de Fries, „denn das ist vermutlich das, was die Timmendorfer zuallererst interessiert.“

Melanie Berg trat ans Rednerpult – klein, stämmig und energisch, außerdem maximal dreißig Jahre alt, wie Lianne erschrocken bemerkte. „Du fühlst dich alt, wenn die meisten Autoritätspersonen auf einmal jünger sind als du“. Eine Weisheit ihrer Freundin Svenja.

„Guten Abend.“ Die Polizeisprecherin musste ebenfalls nicht zum Mikrofon greifen. „Ich will mich kurz fassen. In Timmendorf hat es, wie Sie wissen, in recht rascher Abfolge mehrere Fälle von Vandalismus und Brandstiftung gegeben.“ Sie zählte rückblickend die Ereignisse bei der *Winter-Lounge*, beim Frühlingsgolfen und beim Ostsee-Polo auf. Lianne legte den Kopf in den Nacken und musterte die Decke der Trinkkurhalle, über die vier graue Segel gespannt waren – um die Akustik zu verbessern, schätzte sie.

„Die Polizei ermittelt in verschiedene Richtungen, und zwar sehr intensiv, das kann ich Ihnen versichern", fuhr Melanie Berg derweil fort. „Leider haben sich bislang aber keine konkreten Verdachtsmomente ergeben. Auch nicht in Hinblick auf eine mutmaßliche Anschlagserie, über die in den Medien spekuliert worden ist."

Ungläubiges Raunen. „Was denn sonst?", rief ein Mann. „Was ist mit der Parole?", meldete sich ein anderer.

„Diese Parole." Melanie Berg nickte. „Richtig ist, dass dreimal eine Art Slogan in Tatortnähe hinterlassen wurde. Das ist natürlich eine Spur, der wir nachgehen. Wir halten es aber für verfrüht, darin ein eindeutiges Indiz für die eben genannte Anschlagserie zu sehen – und ich bitte alle Anwesenden, insbesondere die Vertreter der Medien, dieses Gerücht nicht weiter anzuheizen."

„Das ist kein Gerücht, das ist eine Tatsache!" Diese Stimme gehörte eindeutig Jupp Schmitz.

„Nein, das ist keine Tatsache." Melanie Berg schüttelte entschieden den Kopf und erntete dafür leise Buh-Rufe. „Dennoch will die Polizei die Vorfälle selbstverständlich auf keinen Fall verharmlosen. Ich kann Ihnen zusichern, dass wir in den nächsten Wochen in der Region verstärkt Streife fahren werden – vor allem im Vorfeld der Veranstaltungen, die für die nächste Zeit geplant sind. Wir rufen die Timmendorfer außerdem zu verstärkter Aufmerksamkeit auf

– und bitten nach wie vor sämtliche potenziellen Zeugen, ihre Beobachtungen der Kriminalpolizei in Bad Schwartau oder jeder anderen Polizeidienststelle zu melden."

Sie kehrte an ihren Platz zurück. Ragna de Fries übernahm erneut.

„Das war ja schon mal nix", flüsterte Britt. Lianne zuckte mit den Schultern. Was hatten die Leute erwartet? Dass die Polizei einen frisch gefassten Attentäter präsentierte – am besten direkt vor Ort in der Trinkkurhalle, die Hände auf dem Rücken gefesselt und mit reuiger Miene? Wahrscheinlich hatte die unendliche Flut deutscher Fernsehkrimis völlig falsche Vorstellungen erzeugt.

So ähnlich sah es offenbar auch die Bürgermeisterin. „Die Polizei tut, was sie kann, dessen können wir uns sicher sein", meinte sie knapp. „Jetzt möchte ich unserem Wehrführer das Wort erteilen – aber lassen Sie uns zuvor unseren Freiwilligen Feuerwehren für ihren Einsatz danken, mit dem die Kameradinnen und Kameraden weit Schlimmeres verhindert haben!"

Dafür gab es herzlichen Applaus, während sich Kurt Beyersdorf ans Rednerpult bemühte. Im Gegensatz zu seinen Vorrednerinnen musste er das Mikrofon zu sich heranziehen.

„Ich kann nicht viel mehr sagen als die Polizei", fing er an, zögerlich wie ein Wissenschaftler, der behutsam brisante Informationen zum baldigen Ende der Menschheit herausrückt. „Wir haben getan, was wir konnten. Eine Sache möchte ich aber anmerken. Aus unserer Sicht ist das Feuer beim Ostsee-Polo eindeutig von innen gelegt worden – also direkt im Zuschauerzelt, nicht von außen."

Wieder Unruhe in der Rotunde. Erschrockene Blicke.

„Was soll das heißen?", hakte eine ältere Dame mit schneeweißen Löckchen nach.

„Das heißt, dass sich unserer Einschätzung nach jemand im Zelt versteckt und gewartet hat, bis ... ja, bis seiner Meinung nach der richtige Zeitpunkt gekommen war, um das Feuer zu entzünden, sozusagen", erläuterte der Wehrführer umständlich. „Als Brandbeschleuniger kam dabei handelsübliches Benzin zum Einsatz."

„Das bedeutet doch, dass sich der Täter vor Ort auskannte", kommentierte Jupp Schmitz. „Also ist es jemand von hier!"

Jetzt wurde es laut, Menschen redeten durcheinander. Tja, dachte Lianne. Das mit dem Versteck im Zuschauerzelt wusste unsere kleine Superdetektiv-Oberschlau-Gruppe schon, Hanno Stöhlmaker sei Dank. Sie sah, wie die Polizeisprecherin ärgerlich die Stirn runzelte. Anscheinend hatte diese Information nicht verbreitet werden sollen, schon gar nicht in Anwesenheit der Medien. Zu spät! Ein älterer Mann mit Kamera um den Hals und Sophie Augsbach von „Update 23669" saßen an einem Extratischchen schräg hinter dem Podium und machten sich eifrig Notizen. Sophie schien dabei spöttisch zu lächeln – oder war es Triumph, der sich auf ihrem Gesicht abzeichnete?

„Ruhe!" Wieder setzte sich die Bürgermeisterin mit ihrem dröhnenden Organ durch. „Derlei Spekulationen sind genau das, was wir jetzt nicht brauchen! Jeder, der diese Gerüchte befördert, schadet dem Ort – das sollte Ihnen klar sein!"

Abebbender Lärm, die Luft mittlerweile zum Schneiden dick, die Glasfronten der Trinkkurhalle beschlagen.

„Danke." Ragna de Fries wandte sich dem Podium zu. „Was die bisherige Außenwirkung dieser Vorfälle angeht, haben unsere Tourismusverantwortlichen in den vergangenen Wochen viel Arbeit gehabt. Tatjana, dein Part."

Die Tourismuschefin erhob sich. In der Tat war nicht einmal sie so groß wie die Bürgermeisterin.

„Liebe Timmendorfer." Tatjana Ebert bevorzugte ebenso wie der Wehrführer das Mikrofon. „Es war nicht leicht, die Berichterstattung über die Vorfälle ... sagen wir, einzudämmen." Die beiden Reporter an ihrem Extratischchen machten unbeteiligte Gesichter. Lianne spitzte die Ohren. Gab es jetzt eine kleine Medienschelte? Aber was stellten sich die Timmendorfer vor? Dass die Journalisten derart spannende Geschichten unter den Teppich kehrten?

„Aber ich kann Sie vorerst beruhigen. Wir haben bisher keinerlei Buchungsrückgänge zu verzeichnen, und die Besucherzahlen bei den einzelnen Veranstaltungen sind nicht gesunken. Mit Ausnahme des Ostsee-Polos, natürlich – die Verlegung der Spiele war ausgesprochen ärgerlich, und viele Gäste waren enttäuscht, dass sie das Turnier nicht am Strand sehen konnten. Und die Aussteller in der Polo-Gasse haben natürlich nicht die Umsätze gemacht, mit denen sie gerechnet hatten. Wir sind ihnen entgegengekommen und haben die Standgebühren erstattet. Das ist ein Verlust, aber einer, den wir verkraften können."

„Aber wie teuer wird es beim nächsten Mal?" Ein dicker Mann mit Schiebermütze stellte diese Frage.

„Tja." Tatjana Ebert zuckte mit den Schultern. „Wir hoffen selbstverständlich, dass es kein nächstes Mal gibt. Aber die Saison ist, wie Sie alle wissen, noch lang. Unter anderem stehen der Küsten-Jazz, das Strandpark-Fest, das Strand-Dinner, Ostsee-Hockey und Ostsee-Volleyball sowie die Auto-Show an – um nur die Höhepunkte zu nennen."

„Das können wir uns doch nicht alles von irgendwelchen Chaoten kaputt machen lassen", empörte sich der dicke Mann.

„Das wollen wir auch nicht." Tatjana Ebert sah zum Podium hinüber. Die Bürgermeisterin und die Leiterin vom Ordnungsamt nickten ihr aufmunternd zu.

„Wir werden unseren privaten Sicherheitsdienst bei sämtlichen Veranstaltungen verstärken", kündigte die Tourismuschefin an. „Das heißt, dass wir ab sofort die doppelte Anzahl an Security einsetzen als zuvor. In Abstimmung mit dem Tourismusausschuss ist dafür kurzfristig das Budget erhöht worden." Gustav Kiekbusch lächelte wissend.

„Gleichzeitig kommt von meinen Mitarbeitern und mir die Bitte an alle, Augen und Ohren offen zu halten", appellierte Tatjana Ebert.

Auf dieses Stichwort schien Jupp Schmitz gewartet zu haben. Er sprang auf, zückte eine große Papierrolle. Rosé steht ihm nicht, dachte Lianne.

„Die Bürger von Timmendorf haben auch etwas vorbereitet", rief Jupp aufgeregt. Sein Bruder blickte verlegen zu Boden.

„Moment!", donnerte die Bürgermeisterin. „Ich denke nicht, dass Tatjana schon fertig war, oder?"

„Doch, eigentlich schon." Tatjana Ebert trat vom Pult zurück. Ragna de Fries verdrehte die Augen und seufzte vernehmlich.

„Also gut, Herr Schmitz. Was haben Sie vorbereitet?"

„Jetzt schlägt Jupps große Stunde, wetten?", lästerte Britt. Doch Lianne beugte sich gespannt vor. Sie hatte die ganze Zeit damit gerechnet, dass die Leute von der Facebook-Gruppe „Wir schützen Timmendorf" aus der Deckung kommen würden. Innerhalb dieser Gruppe war es in den vergangenen Wochen hoch hergegangen, die Einträge waren zahlreicher und extremer geworden.

Jupp entrollte das Plakat, das er in der Hand gehalten hatte. Darauf: eine offene, warnend erhobene, schwarze Hand mit dem kleinen, gelben Seepferdchen in der Mitte, das Lianne auf dem Timmendorfer Wappen gesehen hatte. „Stopp!" stand in schwarzen Lettern unübersehbar über der Gesamtkomposition.

„Jetzt setzen wir uns selbst zur Wehr!", rief Jupp stolz. „Wir werden unser Timmendorf schützen."

„Mit Plakaten? Na, ich weiß nicht", murmelte Britt. Jupps Ankündigung wurde zunächst schweigend zur Kenntnis genommen. Die Bürgermeisterin machte ein Gesicht, als hätte sie in eine Zitrone gebissen. Im Blick der Polizeisprecherin meinte Lianne etwas Drohendes zu erkennen.

„Wir Bürger von ‚Wir schützen Timmendorf' werden den Schutz des Ortes jetzt selbst organisieren", fuhr Jupp unverdrossen fort. „Einige Freiwillige haben sich schon gefunden. Wir werden ab sofort regelmäßig patrouillieren und dem Attentäter bald das Handwerk legen."

Martin Schmitz gab seinem Bruder unauffällig ein Zeichen.

„Natürlich in Zusammenarbeit mit der Polizei", fügte Jupp hastig hinzu. „Wir werden uns im Rahmen der Gesetze bewegen. Es geht uns nur darum, dass endlich gehandelt wird."

Mittelprächtiger Applaus. Allerdings nicht von der Polizeisprecherin, die ihre Augenbrauen auf eine Weise hochgezogen hatte, die stark an Thea erinnert.

„Was hast du uns denn Schönes mitgebracht?", fragte jemand. Gelächter, aber davon ließ sich Jupp nicht beirren.

„Das ist unser Emblem", verkündete er selbstbewusst. „Das Zeichen der Timmendorf-Schützer. Es ist als Aufkleber und als Aufnäher zu haben. Wer es trägt, zeigt, dass er den Ort schützen will. Wir verteilen es kostenlos an alle Mitglieder unserer Gruppe."

Eine stämmige Frau mit dunkler Föhnwelle stand auf. „Wie kann man denn bei euch mitmachen?", wollte sie wissen. Die Bürgermeisterin beugte sich zur Polizeisprecherin hinüber und raunte ihr etwas zu. Melanie Berg antwortete mit ernstem Gesicht.

„Ganz einfach", erklärte Jupp eifrig, einem Klassenstreber gleich, der berichtet, dass er die ganze Woche über allein die Tafel gewischt habe. „Ihr könnt euch nach dieser Versammlung vorne am Eingang in eine Liste eintragen. Wir stellen dann die Gruppen zusammen, die gemeinsam auf Streife … äh … ich meine, die gemeinsam durch die Straßen gehen werden. Oder ihr meldet euch über die Facebook-Gruppe an, das geht auch."

„Bekomme ich auch so ein schönes Abzeichen?", meldete sich einer der Jugendlichen aus Bosses Clique. Wieder Gelächter. Jupp überging die Bemerkung. Ragna de Fries trat erneut ans Rednerpult.

„Ich möchte Sie alle dringend vor einer Bürgerwehr warnen", kam sie ohne Umwege auf den Punkt. „Vor der Gründung – und vor der Teilnahme an einer solchen. Ich bin fest davon überzeugt, dass wir uns auf die Polizei verlassen können. Mit einer unüberlegten Eigeninitiative gefährden Sie unter Umständen den Frieden im Ort und sich selbst – abgesehen davon, dass Sie Gefahr laufen, gegen Gesetze zu verstoßen. Ich muss wohl nicht an das Gewaltmonopol des Staates erinnern, oder?"

„Das ist alles legal", empörte sich Jupp. „Wir sind keine Radikalen, und wir sind nicht bewaffnet! Wir tragen lediglich passive Schutzkleidung und Taschenlampen!"

„Passive Schutzkleidung", schnaubte Meeno. „Das hat er sich doch alles im Internet angelesen!"

„Ich finde das richtig." Wieder die stämmige Frau mit der Föhnwelle. „Wir müssen Zivilcourage beweisen."

„Aber doch nicht so", hielt Ragna de Fries dem entgegen. „Bitte besinnen Sie sich auf Ihre norddeutsche Gelassenheit. Denken Sie nach, bevor Sie handeln! Ich danke Ihnen für Ihr Kommen und Ihre Aufmerksamkeit."

Offenbar die Schlussworte. Nach wenigen Sekunden setzte Applaus ein, dann scharrten Hunderte Stühle. Augenblicklich flammten in der gesamten Trinkkurhalle Diskussionen auf, während sich die Menge zum Ausgang schob. Lianne drückte sich mit Britt und Meeno nach draußen, wo sich bereits Schlangen von Leuten bildeten, die sich in die Liste der Timmendorf-Schützer eintragen wollten.

„Jetzt werden sie nervös, diese elenden Wichtigtuer", sagte ein Mann hinter Lianne. „Geschieht ihnen recht", erwiderte eine Frau. Lianne drehte sich um und sah die zufriedenen Gesichter von Ole Martens und Sigrid Steenkamp, deren Besorgnis um die Geschicke Timmendorfs sich offenkundig in eng gesteckten Grenzen hielt.

„Hoffentlich hat Jupp genug von seinen niedlichen Abzeichen bestellt", spottete Britt. „Wobei ich die Idee eigentlich gut finde. Daran kann man künftig wenigstens sehen, wer bei diesen Spinnern mitmacht."

„Spinner ist etwas hart ausgedrückt, oder?", meinte Meeno. „Letztlich machen sich die Menschen nur Sorgen um unseren schönen Ort."

„Ich bin gespannt, was Thea dazu sagt." Britt reckte den Hals. „Könnt ihr sie irgendwo sehen?"

„Nein." Lianne schüttelte den Kopf.

„Na, wir wollten uns ohnehin im *Waldemars* treffen. Bosse zieht bestimmt noch mit seiner Clique umher, und Rasmus schläft bei einem Freund. Kommst du noch mit?"

„Ach nein, lieber nicht." Lianne verspürte keinerlei Lust auf einen Kneipenabend mit weiteren Mutmaßungen über den Bösewicht, der Timmendorf in den Abgrund stoßen wollte. „Ich habe mir einen spannenden Krimi ausgeliehen, ich glaube, ich lese noch ein bisschen darin. Außerdem will ich morgen früh vor der Arbeit noch ins Schwimmbad. Inzwischen schaffe ich tausend Meter, da will ich nicht nachlassen."

„Oh, wie brav." Britt lächelte. „Na dann, bis morgen."

„Bis morgen." Lianne bog auf den schmalen Pfad ein, der durch den dunklen Strandpark zur Kurpromenade führte, vorbei an den Boutiquen und der Parfümerie, Richtung Timmendorfer Platz. Als sie gerade die Cafés passieren wollte, hörte sie das dumpfe Grollen sehr, sehr kräftiger Motoren. Ein flacher, gelber Sportwagen bremste neben ihr, die Beifahrertür flog auf.

„Lust auf eine kleine Ausfahrt?" Lianne blickte nach unten in den Ferrari. Martin Schmitz strahlte sie erwartungsfroh an.

Im Nachhinein hätte Lianne nicht mehr sagen können, warum sie in dieses Auto zu diesem Mann eingestiegen war. Aber es fragte sie auch keiner, und sie selbst kam in der folgenden Dreiviertelstunde ebenfalls nicht dazu, sich zu fragen. Später glaubte sie, dass es einfach der Gedanke war, dass sie noch nie in einem Ferrari gesessen hatte und dass das Leben kurz war und dass Frauen ihres Alters nicht mehr allzu oft zu Ausfahrten in teuren Sportwagen eingeladen wurden.

Wobei der Ausdruck „Ausfahrt" das Erlebte nicht traf. „Höllenritt" war besser, genauer „Höllenritt mit dem Hintern quasi auf der Straße". Kaum war Lianne in die Tiefe des Ferraris gefallen und hatte sich angeschnallt, tippte Martin Schmitz kurz aufs Gas, der Wagen schoss nach vorn. Timmendorf und vermutlich auch Scharbeutz – eindeutig auszumachen war das bei der Geschwindigkeit im Dunkeln nicht – rauschten vorbei, dann war da die Autobahn 1, es folgte nach viel zu kurzer Zeit das Abfahrtschild

„Heiligenhafen". Martin Schmitz zog sein Monstergefährt nach rechts, runter von der A 1, rasantes Schleifefahren, bei dem Lianne gegen die Beifahrertür gepresst wurde, dann erneutes Rasen, in die Gegenrichtung.

In den Ledersitz gedrückt, vernahm Lianne mit halbem Ohr Erläuterungen zu einer „H-Schaltung" und zur fehlenden Musikanlage, die ja nur unnötig den „einzigartigen Sound" übertönen würde, sowie viele Details mehr zum „Mythos aus Maranello", während sie die Hände in ihre Handtasche krallte und hinter ihr die Motoren röhrten, kreischten und jaulten. Ihr Magen hob sich wie beim Start im Flugzeug, und sie hoffte, dass alle weiteren lebenswichtigen Organe an ihrem Platz blieben.

Immerhin, die Zeit verging wie im Fluge, dieses Mal im konkreten Wortsinn, und Lianne registrierte am Ende das schöne Gefühl überwältigender Dankbarkeit, als sich nach 45 Minuten die Silhouette der ehemaligen „Pension Agathe" in der Strandallee mit ihren Türmchen und Erkern vor dem dunkelblauen Nachthimmel abzeichnete.

Martin Schmitz bremste scharf, kletterte mühsam aus seiner Rennmaschine und hielt Lianne galant die Beifahrertür auf. Sie griff nach seinem Arm, zog sich in die Höhe und konzentrierte sich so intensiv auf ihre zitternden Knie, dass sie vergaß, ihn zu fragen, woher er überhaupt ihre Adresse kannte.

„Das war doch jetzt nett", fasste Martin Schmitz seine „kleine Ausfahrt" zufrieden zusammen.

„Ja, wirklich", antwortete Lianne mit trockenem Mund. Sie räusperte sich. „Also, vielen Dank für dieses … Erlebnis. Es war … denkwürdig."

„Keine Ursache.“ Unversehens griff er nach Liannes Oberarmen (sie musste sich künftig gegen diese Überrumpelungstaktik wappnen) und verpasste ihr einen Kuss auf den Mund.

„Schön, dass du mitgekommen bist.“ Martin Schmitz ging zur Fahrertür und zwängte sich in seinen gelben „Mythos“. „Wir sehen uns ja bald“, rief er, dann erfolgte wieder dieser kleine Tipp aufs Gas, und weg.

Lianne atmete mehrmals tief durch. Was für ein Abend. Erst die Einwohnerversammlung samt Gründung einer Bürgerwehr, dann ein kurzes Formel-1-Rennen.

„Das gibt es nur in Timmendorf“, murmelte sie grinsend.

Ein leises Bellen erklang, sie fuhr herum. Oben auf der halbkreisförmigen Treppe der Villa stand ihr Nachbar, Kristof „Ich-verziehe-nie-eine-Miene“ Lorenzen, den freundlich wedelnden Eddie zu seinen Füßen.

„Oh“, sagte Lianne überrascht. „Guten Abend.“

„N'abend.“ Täuschte sich Lianne, oder lag ein Ausdruck in Lorenzens Blick, den sie noch nicht kannte?

„Das war eine aufregende Versammlung vorhin, was?“, wagte sie den kläglichen Versuch einer Konversation.

„Hm.“ Lorenzen schritt die Treppe hinunter und an Lianne vorbei. Eddie sprang hinterher.

„Der Hund muss noch raus“, gab Lorenzen eine faszinierende Information preis.

Lianne sah dem hochgewachsenen, drahtigen Mann hinterher, der so zügig die Strandallee Richtung Südost entlangmarschierte, als laste das eben geführte Gespräch auf seinen Schultern wie faulige, vom Baum gefallene Blätter, die es abzuschütteln galt.

Es geht doch nichts über einen fröhlichen Klönschnack mit dem Nachbarn, dachte sie. Da haben wir uns ja mal so richtig festgequatscht, Herr Lorenzen, was? Aber Glückwunsch, Frau Paulsen! Sie haben echt Schlag bei den Männern.

Es hat sogar noch mehr Spaß gemacht, als ich erwartet habe. Dabei habe ich von vornherein mit großem Vergnügen gerechnet. Aber dann die Spannung im Versteck, das lange Warten, bis ich endlich loslegen konnte – herrlich. Ginge es nach mir, würde ich jede Nacht so verbringen.

Das geht natürlich nicht, ich muss meine Vorsicht weiter steigern, denn sie steigern ja umgekehrt ihre Wachsamkeit. Nicht, dass mich diese lächerliche Bürgerwehr beeindrucken würde. Doch es wäre dumm, den Gegner zu unterschätzen.

Für die nächste Aktion stehen mehrere Ziele zur Auswahl, aber tief in meinem Inneren habe ich mich schon entschieden, welches ich wählen werde. Wenn die Umstände stimmen, denn ich habe nicht vor, mich erwischen zu lassen, ich bin schließlich noch lange nicht am Ziel.

Und ich darf mich jetzt nicht ablenken lassen. Davon, dass meine Feinde, die, die mir alles wegnehmen wollen, bereits näher gerückt sind als gedacht. Ich habe sie noch weit weg gewähnt, doch sie haben offenbar eine Art Verbindungsperson geschickt, ich habe sie und die Zusammenhänge jetzt erkannt, dem Internet sei Dank, dort lassen sich so unendlich wichtige Informationen finden.

Es ist also schon jemand hier. Nun gut. Ich werde dennoch meinen Weg gehen. Und vielleicht eröffnet mir das sogar die Chance, am Ende jemanden mitzunehmen.

Kapitel 18

„Das wird ein guter Sommer, Liebes.“ Zufrieden lehnte sich Klaus von Salzen in die Kunststoffpolster des Strandkorbes zurück und blickte auf die unbewegte Ostsee, Spiegelfläche für das Teehaus, dessen elegante Silhouette sich glasklar im Wasser abzeichnete. „Sieh doch nur, was für ein traumhafter Anblick. Das gibt es nur in Timmendorf.“

„Wieder alles richtig gemacht.“ Inge von Salzen legte ihrem Mann eine Hand aufs Bein. „Gut, dass wir uns für den Strandkorb entschieden haben.“

Der erneuten Anmietung eines Saisonkorbes waren einige Debatten im Hause von Salzen vorangegangen. Inge hatte auf den vergangenen, verregneten Sommer verwiesen und gemeint, es reiche sicher, sich hin und wieder einen Tageskorb zu nehmen. Doch Klaus, ein Mann der Gewohnheiten, hatte sich in Bezug aufs Wetter gnadenlos optimistisch gezeigt und Inge überredet, doch wieder die Nummer 36 exklusiv zu buchen.

Zum Glück, dachte Inge jetzt. Der Standplatz an der Wasserlinie war perfekt. Frühling und Frühsommer an der Küste zeigten sich bislang von ihrer schönsten Seite. Inge und Klaus von Salzen machten den Strand an der Seeschlösschen-Brücke zu ihrem zweiten Wohnzimmer.

Außerdem haben wir in diesem Jahr eine wirklich nette Vermieterin, ging es Inge durch den Kopf. Lianne war ein Gewinn: pünktlich, zuverlässig, höflich und zuvorkommend. Seit sie für Thea Harms arbeitete, herrschten im Strandkorbvermieterhäuschen militärische Ordnung und Sauberkeit. Nie gingen Kaffeepulver, Milch oder andere lebenswichtige Vorräte aus, die Mülleimer wurden regelmäßig geleert, der Holzplankenweg war stets frei von Sand, sogar die Second-Hand-Zeitschriften machten einen frischeren Eindruck.

„Und hübsch ist sie auch“, hatte Inge zu ihrem Mann nach ihrem jüngsten Loblied auf „ihre“ Lianne gesagt. „Schade, dass sie keinen Partner hat.“

„Vielleicht hat sie ja einen und versteckt ihn bloß vor deinen neugierigen Blicken“, hatte Klaus von Salzen seine Frau geneckt.

„Unsinn.“ Inge ließ sich nicht beirren. „Nein, Lianne ist alleinstehend, das merkt man doch.“

„Nun, es wird sich schon jemand finden. Die meisten Männer sollen ja doch Augen im Kopf haben.“

Hoffentlich, hatte Inge gedacht. Wäre doch schade um eine so sympathische Frau.

„Wenn ich die Herrschaften kurz stören dürfte?“ Wie aus dem Nichts stand die sympathische Frau vor dem Strandkorb Nummer 36.

„Du störst nie“, erklärte Klaus.

„Das freut mich.“ Lianne lächelte. „Ist es nicht wieder ein traumhafter Tag?“

Sie wies mit dem Kopf zum Horizont, der schon leicht diffuse Verfärbungen aufwies, obwohl die Sonne noch nicht untergegangen war.

„Wie aus dem Bilderbuch“, stimmte Inge zu.

„Ich würde dennoch gern schon zumachen“, sagte Lianne, „und euch deshalb bitten, ob ihr heute selbst abschließen und den Schlüssel ausnahmsweise mitnehmen könnt. Ich muss noch rüber zur großen Seebrücke und beim Aufbau helfen.“

„Kein Problem, das machen wir“, antwortete Klaus. „Was wird denn aufgebaut?“

„Das Strand-Dinner. Thea stellt die Körbe zur Verfügung – das heißt, Philipp und ich werden sie zusammenrücken und kontrollieren, ob alles schick genug aussieht.“ Lianne verzog das Gesicht. „Wie ich Thea einschätze, hat sie auch noch eine Extra-Deko aufgetrieben, die wir montieren müssen.“

„Ein Strand-Dinner? Was ist das?“, fragte Klaus. Inge sah ihn strafend an, als sei er ein Schüler, der zum wiederholten Mal seine Vokabeln nicht gelernt hatte.

„Also wirklich, Lieber. Hast du denn die Plakate nicht gesehen? Und den Artikel in der Zeitung?“

„Schon, aber ich habe es nicht registriert.“ Klaus lächelte verschmitzt. „Ich war wohl, wie so oft, durch die Schönheit meiner Frau derart abgelenkt, dass ich …“

„Hör schon auf!“ Inge lachte, und Lianne stimmte ein.

„Wie der Name schon sagt, ist es ein Dinner am Strand“, erklärte Lianne. „Ich habe selbst noch nie daran teilgenommen, aber es ist so, dass verschiedene Köche aus der Region im Gastrozelt kochen. Gegessen wird an langen Tischen und eben in den Strandkörben, mit Blick aufs Meer, versteht sich. Außerdem gibt es Getränke und Desserts – und auch Live-Musik. Das Ganze dauert von morgen bis Sonntag.“

„Das kling toll, nur …" Klaus von Salzen machte ein sorgenvolles Gesicht. „Haben die Veranstalter denn keine Angst? Ich meine, wenn man das Wort ‚Zelt' hört, denkt man doch automatisch an dieses schreckliche Feuer, oder nicht?"

„Tja." Lianne sah nachdenklich aufs Wasser. „Es ist ja ruhig geblieben in letzter Zeit. Zumindest sind einige Events wie der Küsten-Jazz, die Frühlings-Lounge und das Strandpark-Fest ohne Probleme über die Bühne gegangen."

„Aber sind die nicht auch sehr sorgfältig überwacht worden?", fragte Inge. Wie viele Stammgäste fühlten sich auch die von Salzens von den „Anschlägen" tief getroffen. Sie liebten ihre zweite Heimat Timmendorf und nahmen die Angriffe auf den schönen Urlaubsort persönlich.

„Ja, und wie", nickte Lianne, in Gedanken beim verdoppelten Security-Aufgebot und bei der „Verstärkung" durch die selbsternannten Timmendorf-„Schützer". Während die professionellen Sicherheitsleute unauffällig ihre Arbeit getan hatten, spielten sich einige der „Schützer" gern in den Medien auf, zeigten bei jeder sich bietenden Gelegenheit ihr Emblem: die schwarze Hand mit dem gelben Seepferdchen, bei der Lianne an die Warnhinweise auf WC-Reinigern denken musste („Achtung – giftig! Umweltgefährdend!").

„Und das Strand-Dinner wird natürlich auch bewacht", fuhr Lianne fort. „Ich denke, die Lage hat sich beruhigt. Vielleicht passiert ja überhaupt nichts mehr."

Ihre Freunde Britt und Meeno sahen das ähnlich. Thea jedoch blieb „auf der Hut", hatte allerdings nur noch ein weiteres Mal ihre „Soko“ einberufen, wobei lediglich Margot Dietz aufgefallen war, weil sie erneut diverse Klatschgeschichten ausgebreitet hatte. Thea selbst hatte die Zusammenkunft im Anschluss als „Zeitverschwendung“ bezeichnet.

Lianne hatte ohnehin anderes zu tun. Nach den langen Tagen am Strand fielen ihre Augen zu, sobald sie in dem Holzbett im Schlafzimmer ihrer kuscheligen kleinen Wohnung lag. Für Detektivarbeit fehlte ihr schlicht die Kraft – abgesehen davon, dass es seit dem Ostsee-Polo keinen Vandalismus und keine Brandstiftung mehr gegeben hatte.

„Das wäre schön“, sagte Klaus von Salzen. „Derartige Gemeinheiten hat Timmendorf nicht verdient.“

„Nein“, stimmte Lianne zu. „Also, ich muss los. Sehen wir uns morgen?“

„Unbedingt“, nickte Klaus von Salzen.

Lianne wandte sich zum Gehen.

„Frohes Schaffen!“, rief Inge ihr hinterher. „Und lass dich selbst doch auch mal zu einem romantischen Strand-Dinner einladen!“

Wie lustig, dachte Lianne. Als wenn sie dafür bei mir Schlange stehen würden.

Immerhin, ein gut aussehender Mann wartete an der großen Seebrücke auf sie, recht ungeduldig sogar. Allerdings nicht, weil er mit Lianne im Kerzenschein dinieren wollte. Stattdessen drückte Philipp ihr einen Eimer mit Schaumwasser, mehrere Lappen und Trockentücher in die Hand.

„Da bist du ja endlich. Die Körbe haben wir schon zurechtgerückt." Philipp zeigte auf 30 der weißen Strandkörbe, im Halbkreis um ein großes weißes Zelt gruppiert, in dem ab morgen namhafte Gastronomen aus der Region wirken sollten. Vor jeden Korb ein halbhohes Holzfass, das als Tisch diente.

„Aber sie müssen noch gereinigt werden", fuhr Philipp fort.

„Nicht möglich." Lianne schnappte sich den Eimer, ging zum ersten Korb und legte los. Zum Glück gab es nicht viel mehr als Sand zu entfernen, und von Extra-Deko war keine Rede. Dazu tauchte die untergehende Sonne die Szenerie in mildes, orangefarbenes Licht. Leises Möwengeschrei im abendlichen Strandfrieden. Hinter Lianne kontrollierte Philipp die fertig geputzten Körbe und befestigte die Holzgitter vor den Sitznischen mit massiv wirkenden Vorhängeschlössern. Von der Seebrücke aus sahen ab und zu Spaziergänger neugierig hinunter. Lange würden sie auf dieser Konstruktion nicht mehr flanieren können. Lianne hatte gelesen, dass die aus dem Jahr 1976 stammende, mehr als 270 Meter lange Brücke marode war und einem Neubau weichen sollte, der mehrere Millionen Euro kosten würde.

„So, das war's." Lianne richtete sich auf. „Das Strand-Dinner kann kommen. Guten Appetit – und Feierabend!"

„Für dich vielleicht." Philipp hängte das letzte Schloss ein. „Ich habe heute Nachtschicht."

Er griff in seinen Rucksack, zog einen dunklen Anorak hervor.

„Voilà! Philipp Harms, Ihr Freund und Schützer!" Er präsentierte die Rückseite der Jacke, auf der eine schwarze Hand mit gelbem Seepferdchen prangte.

„Grundgütiger", entfuhr es Lianne. „Auch du, mein lieber Philipp?"

„Mir bleibt nichts anderes übrig." Seufzend schlüpfte er in den Anorak, als lege er sich eine tonnenschwere Last auf die Schultern.

„Hätte nicht gedacht, dass du da mitmachst."

„Wir stellen die Körbe fürs Dinner, da konnte ich mich schlecht vor einer Nachtwache drücken, das würde einen schlechten Eindruck machen", sagte Philipp. „Wir sind hier eben eine Gemeinschaft."

„Bist du ein richtig offizielles Mitglied der Timmendorf-Schützer?"

„Nein, Gott bewahre." Philipp hob die Hände. „Ist nur eine Ausnahme. Ich hab's nicht so mit Mitgliedschaften."

Und mit festen Bindungen auch nicht, fügte Lianne im Geiste hinzu.

„Mit wem gehst du denn für Ruhe und Ordnung auf Streife?", erkundigte sie sich.

„Mit Jupp Schmitz."

„Oh, eine Nacht mit Jupp." Lianne grinste. „Hauptgewinn. Wer kann dazu schon Nein sagen?"

„Es geht doch nichts über witzige Mitarbeiterinnen", konterte Philipp. „Jetzt fühle ich mich schon viel besser. Bis morgen – ich hole mir noch schnell einen Kaffee."

Er verschwand zwischen den Strandkörben. Inzwischen war es dunkel geworden, Lianne hörte eine leise Stimme rufen: die Stimme ihrer neuen, gemütlichen, grauen Couch im Wohnzimmer, die ihr befahl, nach Hause zu kommen.

Dieses Möbelstück schien Lianne auch fest im Schlaf halten zu wollen, als Stunden später ihr Handy klingelte, das auf dem Beistelltisch lag. Geh nicht ran, raunte die leise Stimme, das gehört zum Traum.

Doch für einen Traum war das Klingeln zu aufdringlich, vor allem, weil es nicht aufhörte. Lianne rappelte sich hoch. Ein Blick aufs Display – zwei Informationen: 4.30 Uhr am Morgen, und es war Thea, die anrief.

„Ja?", murmelte Lianne.

„Jetzt ist es wieder passiert!", schepperte ihr Thea aufgeregt entgegen. „Du musst raus zur Seebrücke, sofort! Ich bin schon auf dem Weg ins Krankenhaus!"

„Ins Krankenhaus?" Lianne richtete sich ruckartig auf. „Warum?! Was hast du?!"

„Nichts!", rief Thea. „Ich habe nichts! Philipp hat's erwischt!"

Im Nachhinein wusste Lianne nicht, was sie dazu bewogen hatte, ausgerechnet Kristof Lorenzen aus dem Bett zu holen. Vielleicht die tiefe Dunkelheit, die sie umfing, als sie auf die Strandallee hinaustrat, gepaart mit dem Schrecken, den Thea ihr eingejagt hatte. Jedenfalls stand Lianne nur einige Sekunden lang auf der halbkreisförmigen Treppe der Villa, bis sie entschlossen auf den Klingelknopf „K. Lorenzen" drückte. Kurz darauf öffnete der hagere Mann die Tür.

Liannes Informationen waren vermutlich ebenso lückenhaft wie die Theas, aber Lorenzen stellte keine Fragen. Stattdessen verschwand er in seiner Wohnung und tauchte eine Minute später fertig angezogen wieder auf – ohne Hund. Schweigend eilten Lianne und ihr Nachbar die Strandallee hinunter, über den Timmendorfer Platz, durch den Strandpark.

Zwischen den Bäumen war ein schwaches Blaulicht zu erkennen. Am Strandzugang neben der Seebrücke standen ein Streifen- und ein Rettungswagen. Davor mehrere Leute, die aufgeregt diskutierten, darunter unverkennbar die massige Gestalt von Jupp Schmitz im „Schützer"-Dress, die sonst so sorgsam gegelte Haarpracht zerwühlt, sodass sie aussah wie ein glitschiges Vogelnest. Neben ihm sein Bruder Martin sowie Wehrführer Kurt Beyersdorf und sein Stellvertreter Hanno Stöhlmaker, beide in Uniform, sowie Sophie Augsbach mit glänzenden Augen, Kamera um den Hals gehängt, Notizblock in der Hand.

„Was ist passiert?", rief Lianne. „Was ist mit Philipp?"

„Er ist niedergeschlagen worden!", posaunte Jupp, während einer der Polizeibeamten fragte: „Und wer sind Sie jetzt?"

„Lianne, Lianne Paulsen", stieß Lianne hastig hervor. „Ich bin eine Mitarbeiterin von Philipp … ich meine, von Thea Harms. Ich habe vorhin mit Philipp die Körbe gereinigt! Niedergeschlagen? Wie geht es ihm?"

„Beruhigen Sie sich, Frau Paulsen." Der Polizist machte sich eine Notiz. „Wann haben Sie Herrn Harms zuletzt gesehen?"

„Gegen sieben, halb acht." Was sollte das? Im Fernsehen stellten sie solche Fragen nur dann, wenn jemand bereits tot war. „Was ist mit ihm?!"

„Entschuldigen Sie, aber Herr Harms ist ein guter Freund von uns", mischte sich Kristof Lorenzen ein. In seiner Stimme lag eine überraschende Autorität. „Frau Paulsen beantwortet alle Fragen, aber wir wüssten doch zunächst gerne, wie es ihm derzeit geht."

„Herr Harms ist in der Tat niedergeschlagen worden", informierte sie der Polizist nun gnädig. „Er hat einen Schlag auf den Hinterkopf bekommen. Sein Begleiter", er wies auf den schnaubenden Jupp, „war glücklicherweise in der Nähe und hat sofort den Notruf gewählt. Herr Harms ist in die Lübecker Uniklinik gebracht worden."

„Ist er schwer verletzt?" Das durfte nicht wahr sein!

„Dazu kann ich nichts sagen", meinte der Beamte.

„Philipp war ansprechbar, als sie ihn auf die Bahre gelegt haben", mischte sich Jupp ein.

„Das heißt in diesem Fall Trage", korrigierte einer der Sanitäter. Sein Sinn für Details fand jedoch keine Beachtung.

„Ich habe den Täter noch gesehen! Er hatte einen Kanister dabei und ist hinter der Brücke die Treppe hoch! Ich wusste, dass der Attentäter keine Ruhe geben wird", ließ Jupp seiner aufgestauten Anspannung freien Lauf. „Hätte ich Philipp doch bloß nicht allein die Körbe kontrollieren lassen! Aber ich war gar nicht weit entfernt, dort, hinter dem großen Zelt, das sind nur 20, 30 Meter ..." Er brach ab.

„Es ist nicht deine Schuld, Jupp", erklärte Martin Schmitz – für Liannes Geschmack eine Spur zu theatralisch, aber darauf kam es jetzt wahrscheinlich nicht an. Dann hob Martin den Kopf und zwinkerte Lianne verschwörerisch zu.

„Ich schaue mal, ob ich Thea erreiche." Kristof Lorenzen entfernte sich einige Schritte.

„Also Philipp ist niedergeschlagen worden, als er die Strandkörbe kontrolliert hat? Und dann ist ein Mann weggelaufen?", vergewisserte sich Lianne.

„Ja, das war eindeutig ein versuchter Anschlag aufs Strand-Dinner", zeigte sich Martin Schmitz überzeugt. Die beiden Polizisten und die Vertreter der Wehr sagten nichts – ihre Gesichter schienen jedoch Zustimmung auszudrücken.

„Ist denn etwas passiert – ich meine, an den Körben oder dem Zelt?", fragte Lianne.

„Nein." Martin Schmitz schüttelte den Kopf. „Der Täter ist ja von Philipp gestört worden. Oh Mann, was für eine Geschichte!"

Kristof Lorenzen tauchte wieder auf. „Ich habe mit Thea gesprochen", fasste er zusammen. „Philipp geht es relativ gut, sagt sie. Sie gehen davon aus, dass er nur eine leichte Gehirnerschütterung hat. Er wird aber noch weiter untersucht."

Die längste Ansprache, die Lianne bisher von ihrem Nachbarn gehört hatte.

„Ein Glück!", rief eine schmale Gestalt. Jetzt erkannte Lianne Sigrid Steenkamp, die Appartement-Vermieterin. Was macht sie hier?, fragte sich Lianne. Für einen morgendlichen Spaziergang ist es ja wohl noch zu früh.

Krächzend meldete sich das Funkgerät eines der Beamten. Der Mann sprach in das altertümlich wirkende Gerät, während er sich ebenso schnell entfernte wie zuvor Kristof Lorenzen – eine Szene wie aus einem DDR-„Polizeiruf". Dann klingelte ein Handy. Jupp Schmitz wühlte in seinem Anorak und zog ein Smartphone von der Größe einer Tafel Schokolade hervor.

„Ja?", bellte er hinein. Probleme bei der realitätsnahen Rollenfindung, dachte Lianne und hätte trotz des Ernstes der Situation fast gegrinst. Jetzt hielt sich Jupp offenbar auch für einen von der Polizei. Die würden sich bedanken.

Jupp lauschte aufmerksam und machte gelegentlich „hm". Die ihn umringende Gruppe lauschte atemlos.

„Danke." Jupp ließ sein Handy sinken. Er schwieg einige effektvolle Sekunden lang.

„Leute", verkündete er dann langsam, den Moment auskostend. „Sie haben ihn!"

Auch wenn Lianne es ihm nicht zugetraut hätte – Jupp hatte anscheinend tatsächlich einen Informanten bei der Polizei – oder einen, der einen bei der Polizei kannte. Jedenfalls reagierte der Polizist, der sich zuvor mit dem Funkgerät entfernt hatte, nicht so, als seien die versammelten Timmendorfer einer Falschinformation aufgesessen.

„Woher wissen Sie das?!", entfuhr es ihm stattdessen auf die aufgeregte Frage, ob der Täter geschnappt worden sei. „Dazu sage ich gar nichts", schob er zwar noch hastig hinterher, aber das musste er dann auch nicht mehr.

„Endlich", erklärte Jupp zufrieden. „Das ist auch ein Verdienst von uns, den Timmendorf-Schützern!"

Während ihm einige der Umstehenden eifrig beipflichteten und mit wilden Spekulationen über die Identität des Gefassten begannen, wirkten die Angehörigen von Polizei und Feuerwehr weniger euphorisch.

„Bewiesen ist noch nichts", brummte Hanno Stöhlmaker. Sein Wehrführer nickte nur. Die Polizisten sagten gar nichts, als sie in ihren Streifenwagen stiegen – wahrscheinlich war die eine Bemerkung schon zu viel gewesen, vermutete Lianne. Auskünfte durfte bestimmt nur die strenge Sprecherin Melanie Berg geben.

Nachdem die Polizei abgerückt war, zerstreute sich das Grüppchen. Lianne sah auf die runde Uhr am Seebrückenplatz. Gleich 6 Uhr morgens und schon hell – jetzt brauchte sie sich auch nicht mehr hinzulegen.

„Ich gehe zurück", sagte sie zu Kristof Lorenzen, der sich anschloss. Schweigend liefen sie durch den Strandpark. Weiter hinten rollte ein klappriges Rad über die Kurpromenade, darauf eine dünne Gestalt. Lianne hätte schwören können, dass es sich um Ole Martens handelte, aber der würde kaum um diese Zeit durch Timmendorf radeln.

Liannes Handy klingelte. Wieder Thea.

„Thea, wie sieht es aus?"

„Ganz gut." Thea klang erschöpft. „Sie sind durch mit ihren Untersuchungen. Philipp hat Glück gehabt, es ist wirklich nur eine leichte Gehirnerschütterung. Er soll bis morgen hier bleiben, außerdem wollen die von der Polizei seine Aussage haben. Ich setze mich jetzt in ein Taxi und fahre nach Hause."

„Puh, da bin ich aber froh." Erst jetzt merkte Lianne, wie sehr sie die Sorge um Philipp mitgenommen hatte. „Kommst du zurecht, oder soll ich dir bei irgendetwas helfen?"

„Ich habe schon ganz andere Sachen überstanden", entgegnete Thea würdevoll. „Aber danke, dass du fragst.

Steco wird Philipp heute tagsüber an den Strandkörben vertreten, ich habe gerade mit ihm gesprochen. Am Nachmittag löse ich ihn ab, damit er seine Bude aufmachen kann."

„Super. Ich kann auch versuchen, rüberzukommen ...", begann Lianne, aber Thea unterbrach sie.

„Danke, aber du hast mit deinen Körben genug zu tun."

Lianne gab ihr im Stillen recht. Mittlerweile kümmerte sie sich um 100 Körbe, für heute war Spitzenwetter angesagt.

„Dann hören wir nachher voneinander?"

„Gewiss." Thea beendete das Gespräch.

Lianne verstaute das Handy in ihrer Jackentasche. Inzwischen waren sie an der ehemaligen „Pension Agathe" angelangt.

„Philipp geht es einigermaßen gut", informierte sie Lorenzen. „Er hat tatsächlich nur eine leichte Gehirnerschütterung."

Lorenzen nickte, stieg zusammen mit Lianne die Treppe hinauf, mit diesem federnden Sportlergang, der von intensiven Trainingseinheiten und ausdauernden Muskeln zeugte. Klares, gerades Profil. Wäre er nicht immer so mürrisch und abweisend, könnte er durchaus attraktiv sein, dachte Lianne. Und dann: Reißen Sie sich zusammen, Frau Paulsen! So groß kann die Männer-Not nicht sein, dass Sie jetzt sogar den Nachbarn Muffelkopf in Betracht ziehen, oder?

Aber auf einen Kaffee könnte sie ihn einladen. Das konnte er kaum als zweideutiges Angebot auffassen – wobei Lorenzen ohnehin sämtliche Zweideutigkeiten dieser

Erde emotionslos an sich abprallen lassen würde, egal, es war sehr nett von ihm gewesen, Lianne zu begleiten.

Gerade wollte sie zu ihrer Frage ansetzen, als sie aus dem Haus leises Bellen hörten. Eddie! Den hatte Lianne völlig vergessen.

Lorenzen schloss die Haustür auf und drehte sich im Flur zu Lianne um.

„Ja, dann", meinte er. „Der Hund …"

„… muss noch raus, ich weiß", ergänzte Lianne. „Vielen Dank für die Unterstützung. Ich meine, dass du einfach mitgekommen bist, ohne viel zu fragen …"

„Da nicht für." Lorenzen steuerte auf seine Wohnung zu. Eddies Bellen wurde lauter.

„Bis später", wagte Lianne einen Abschiedsgruß. Lorenzen hob die Hand. Achselzuckend wandte sie sich ihrer eigenen Wohnung zu, schloss auf und betrat erleichtert ihr Wohnzimmer mit der Couch, von der sie vor wenigen Stunden aufgeschreckt war. Was für eine Nacht beziehungsweise was für ein Morgen! Lianne brauchte einen starken Espresso.

Wie sich herausstellte, musste der aber noch warten. Denn in dem Augenblick, als sie die achteckige Aluminiumkanne befüllen wollte, klingelte Liannes Handy erneut. Dieses Mal war es Britt.

„Britt, hallo, hast du gehört, was passiert ist?" Lianne hob an, vom Überfall auf Philipp zu berichten, doch Britt fiel ihr ins Wort.

„Lianne, kannst du vorbeikommen? Sofort?!" Lianne erschrak. So verzweifelt hatte sich die Stimme der fröhlichen, patenten Britt noch nie angehört.

„Natürlich! Was ist los?“

„Sie haben Bosse festgenommen! Die Polizei! Sie glauben, dass er etwas mit den Anschlägen zu tun hat!“

„Bosse?!“ Lianne glaubte, sich verhört zu haben. „Das kann doch nicht sein! Wie kommen die darauf?!“

„Irgendwelche Leute von der Security haben ihn vorhin im Alten Kurpark geschnappt.“ Britt schluchzte. „Keine Ahnung, was er dort um diese Zeit zu suchen hatte. Aber sie sagen, dass er einen Benzinkanister dabeihatte!“

Kapitel 19

Lianne hatte Britt bereits zweimal zu Hause besucht, also keine Mühe, sich an den Weg zu erinnern. Sie rannte zum Timmendorfer Platz, dann die lange Bergstraße entlang, rechts lag der Alte Kurpark (wo sie Bosse erwischt hatten), über die B 76, die Hauptstraße hinunter, bis sie rechts in die Klodtstraße abbiegen konnte. Lianne verfluchte sich selbst für ihre Nachlässigkeit. Warum hatte sie sich nicht längst um ein neues Fahrrad gekümmert, nachdem sie aus der Ferienwohnung ausgezogen war? Oder ihr eigenes Auto, das seit Monaten auf einem Parkplatz in einem gutbürgerlichen Bremer Wohngebiet vor sich hin staubte, nach Timmendorf geholt?

Sie brauchte 20 Minuten. Noch bevor Lianne an dem weißen Einfamilienhaus mit dem kleinen Vorgarten klingeln konnte, riss Britt die Tür auf.

„Gott sei Dank, da bist du ja." Die Freundin wirkte noch schmaler als sonst. Ihr herzförmiges Gesicht war blass, ihre blonden Haare standen unordentlich vom Kopf. Lianne nahm Britt wortlos in den Arm.

„Komm rein, bevor die Nachbarn gucken. Die dort drüben sind wahnsinnig neugierig." Britt zog Lianne in die bunte, geräumige Küche mit dem runden, zerkratzten Holztisch in der Mitte. Rasmus, der jüngere Sohn von Britt und Meeno, saß vor einem dampfenden Becher, blickte Lianne mit großen Augen an. Anders als sein Bruder Bosse, der abgesehen von seiner Körpergröße seiner Mutter ähnelte, kam der 13-Jährige nach seinem Vater. Rasmus hatte Meenos stämmige Figur und ebenfalls dichte, rotbraune Locken.

„Guten Morgen“, sagte Lianne.

„Moin“, kam die einsilbige Antwort.

„Also, was ist los?“ Lianne setzte sich auf einen Holzstuhl.

„Bosse ist festgenommen worden, gestern Nacht, im Alten Kurpark. Ich kann es nicht glauben.“ Britt fuhr sich durch die Haare. „Meeno ist zur Polizeistation gefahren, sie halten Bosse hier in Timmendorf fest. Wir wissen noch nicht, ob wir einen Anwalt brauchen – den können wir uns ja eigentlich gar nicht leisten.“ Sie schluckte.

„Das wäre das geringste Problem“, beruhigte sie Lianne. „Da würde ich euch aushelfen, wenn es sein muss.“ Indem ich Matthias anpumpe oder wirklich sein Angebot annehme, den Verkaufserlös der Wohnung zu teilen, dachte Lianne. Würde sie das für den Sohn der Freundin tun? Ja.

„Aber wie kommen sie darauf, dass Bosse irgendetwas mit diesen … na, sagen wir ruhig, Anschlägen zu tun hat?“

„Ich kann es dir nicht erklären!“ Britt holte tief Luft. „Bislang wissen wir nur, dass ihn zwei Sicherheitsleute im Kurpark gestoppt haben, ganz hinten, beim ETC.“

Lianne nickte. Diese Abkürzung für das Eissport- und Tenniscentrum kannte sie mittlerweile.

„Er ist gerannt, heißt es, war ganz in Schwarz gekleidet und hatte angeblich einen Benzinkanister in der Hand.“ Britt schüttelte ungläubig den Kopf. „Keine Ahnung, was das mit dem Kanister sollte – wenn es stimmt. Die schwarzen Klamotten – die hat er ja immer an. Warum er um diese Uhrzeit allerdings dort draußen herumgelaufen ist, kann ich dir nicht erklären. Aber eines weiß ich: Bosse würde niemals diese bescheuerten Anschläge auf die Veranstaltungen verüben! Niemals! Und nie, nie, nie würde er einen Menschen niederschlagen! Das kann nicht sein!"

„Das glaube ich auch nicht", bekräftigte Lianne. Obwohl, Bosse und seine Clique sahen nicht eben wie strebsame Bankazubis mit dem Junge-Union-Mitgliedsausweis in der Sakkotasche aus. Nicht, dass derlei Äußerlichkeiten etwas bewiesen. Doch Lianne konnte sich gut vorstellen, dass den „jungen Wilden" von Timmendorf der Film „Die fetten Jahre sind vorbei" gefallen würde – falls ein mehr als 15 Jahre altes Drama sie überhaupt vor den Bildschirm locken konnte. War es denkbar, dass die Jugendlichen sich zu ähnlichen Guerilla-Aktionen hatten verleiten lassen? Klug wäre es nicht, aber wer war mit 16, 17 oder 18 schon klug? Andererseits: Auch Lianne erschien es undenkbar, dass Bosse Philipp – einen Mann, den er schon ewig kennen musste – brutal zu Boden schlug.

„Bosse war's nicht, Mama, bestimmt nicht." Rasmus blickte unglücklich in seinen Becher. Britt legte ihm tröstend eine Hand auf die Schulter.

„Lange festhalten können sie ihn jedenfalls nicht", kam Lianne auf die praktischen Aspekte zu sprechen. „Er ist ja erst 17. Also egal, ob sie Beweise haben oder nicht – ich schätze, dass Meeno ihn bald mit nach Hause nehmen kann."

„Hoffen wir es." Britt seufzte. „Aber der Verdacht steht jetzt auf jeden Fall im Raum. Wie soll das denn werden – Bosse muss doch zur Schule gehen, er macht in einem Jahr Abitur!"

„Warum sollte er nicht zur Schule gehen?" Lianne versuchte, der Freundin Mut zuzusprechen. „Er ist schließlich nicht der Täter, darin sind wir uns doch einig. Es gibt sicher eine Erklärung für das alles." Vor allem für den Benzinkanister, hoffe ich, fügte sie im Geiste hinzu.

In diesem Augenblick läutete es an der Tür. Britt sprang auf und lief hinaus. Lianne folgte ihr. Draußen standen vier junge Leute, zwei Mädchen und zwei Jungen. Lianne meinte, sie mit Bosse bei der Versammlung in der Trinkkurhalle gesehen zu haben.

„Moin, Frau Peters." Eines der Mädchen – klein, dünn, rothaarig – trat vor.

„Mia, guten Morgen. Bosse ist noch nicht wieder zurück."

„Das dachten wir uns", sagte das Mädchen bestimmt. Sie machte einen ähnlich energischen Eindruck wie die Polizeisprecherin, wenngleich diese Mia optisch das exakte Gegenteil darstellte mit ihrer schmuddligschwarzen Lederjacke, der Jeans mit den obligatorischen Löchern darin und den nicht minder obligatorischen, klobigen schwarzen Stiefeln an den Füßen.

„Wir haben gehört, was passiert ist", fuhr Mia fort. „Wir wollten Ihnen nur sagen, dass Sie sich keine Sorgen machen müssen. Bosse war es nicht, hundertprozentig, egal, was die Bullen behaupten. Wir werden auf jeden Fall für ihn aussagen. Die dürfen ihn gar nicht lange festhalten."

„Danke, das ist nett von euch.“ Britt überlegte. „Aber eine Frage habe ich. Könnt ihr euch vorstellen, was er dort im Kurpark zu suchen hatte? Mitten in der Nacht? Und was ist mit diesem Benzinkanister?“

Die Jugendlichen schwiegen betreten. Mias Wangen färbten sich zartrot.

„Naja …“, begann sie zögerlich. „Also wir haben dort in der Nähe … na, wir treffen uns dort manchmal. Nachts.“

„Wo?“ Britt sah alarmiert aus.

„Im Kurpark. Im Kurmittelhaus“, präzisierte das andere Mädchen. Sie war groß und stämmig und schien sich erst vor kurzem den Schädel rasiert zu haben.

„Im Kurmittelhaus?!“

„Ja, da ist ja keiner, außer am Donnerstagvormittag, wenn die Leute von der Tafel kommen“, erklärte das große Mädchen. Jetzt begriff Lianne, wovon die Rede war. Das Kurmittelhaus im Alten Kurpark stand seit weit über zehn Jahren leer und war ein regelmäßiger Zankapfel in der Gemeindevertretung, hatte Thea ihr erklärt. Der rot geklinkerte, achteckige Flachbau mit den langgestreckten, türkisfarben eingefassten Glasfronten kostete die Gemeinde mehrere Zehntausend Euro Unterhalt im Jahr. Ideen für eine weitere Nutzung hatte es reichlich gegeben – das KMH sollte wechselweise ein Planetarium, eine Kunsthalle oder ein Theater beherbergen. Derzeit diente es allerdings nur einmal wöchentlich den Mitarbeitern der „Tafel“ zur Lebensmittelausgabe an Bedürftige.

„Was macht ihr nachts im Kurmittelhaus?“ Britt wirkte plötzlich sehr streng.

„Nichts Besonderes." Einer der Jungen – klein, korpulent, südländischer Typ – zuckte mit den Schultern. „Abhängen, reden, Musik hören. Ist eine gute Akustik im alten Schwimmbecken, echt."

„Wie kommt ihr da rein?" Britt stemmte die Hände in die Seiten wie ein sehr klciner, sehr böser Verhörleiter.

„Wir … äh." Mia räusperte sich. „Wir haben einen Schlüssel. Aber wir verraten nicht, woher! Und wir geben ihn auch nicht ab!"

Lianne musste sich abwenden, damit die Jugendlichen und vor allem Britt ihr Grinsen nicht sahen. Was sie gerade hörte, versetzte sie augenblicklich um etwa 30 Jahre zurück.

„Das werden wir noch sehen. Unglaublich! Und dort wart ihr letzte Nacht auch?"

„Ja." Mia nickte. „Wir sind auch alle gleichzeitig wieder raus. Bosse wollte noch zum Strand, weil es so warm war. Wir anderen sind schon nach Hause."

„,Schon ist gut." Britt schüttelte den Kopf. „Darüber werden wir noch reden. Aber was ist mit diesem Kanister?"

„Das wissen wir nicht." Mia wirkte ratlos. „Wirklich nicht. Bosse hatte gestern Nacht keinen dabei, als wir zusammen waren. Er hat nie einen Benzinkanister dabei! Warum sollte er auch? Vielleicht hat der Täter ihn verloren oder weggeworfen, und Bosse hat ihn gefunden und wollte ihn abgeben?"

„Das könnte sein." Britt sah die Jugendlichen der Reihe nach an. „Hoffen wir es. Ich danke euch jedenfalls, dass ihr so ehrlich wart. Und ich freue mich natürlich sehr, dass ihr Bosse helfen wollt."

„Ist doch selbstverständlich", erklärte der andere Junge, ein schmächtiger, unauffälliger Typ. „Wegen der Schule machen Sie sich keine Sorgen, wir lassen Bosse nicht allein, und wenn ihm einer blöd kommt, dann …"

„Dann klären wir das", fiel ihm das große Mädchen ins Wort.

Im Flur tauchte Rasmus auf: Anorak angezogen, Rucksack geschultert, verängstigter Eindruck. Britt schaltete schnell.

„Das mit dem Nicht-allein-Lassen in der Schule gilt doch sicher auch für Rasmus, oder?", fragte sie mit unüberhörbarem Nachdruck in der Stimme. Die vier Jugendlichen lächelten freundlich.

„Na komm, Kleiner, wir nehmen dich mit", sagte Mia zu dem 13-Jährigen, der sie um eineinhalb Köpfe überragte. „Niemand wird sich trauen, etwas Schlechtes über Bosse oder Rasmus zu sagen, wenn ich dabei bin. Tschüs, Frau Peters."

Rasmus folgte den Jugendlichen zu ihren am Zaun angelehnten Fahrrädern. Lianne sah, dass er seinen Helm aufsetzte. Braver Junge.

Britt schloss die Tür.

„Nächtliche Sessions im Kurmittelhaus. Also wirklich." Sie blickte Lianne irritiert an. „Das gibt nachher erst einmal ein Gespräch mit Bosse, darauf kann er sich verlassen. Stell dir vor, die wären erwischt worden!"

„So schlimm ist das auch wieder nicht", meinte Lianne. „Sie sind nicht im klassischen Sinne eingebrochen, so wie ich das verstanden habe. Und sie haben ja nicht herumrandaliert oder so. Weder in der ollen Hütte noch bei den Veranstaltungen – hast du doch selbst gehört."

„Ja. Ich glaube ihnen. Es ist toll, dass sie zusammenhalten. Schön, dass Bosse solche Freunde hat."

„Das finde ich auch." Lianne ging hinter Britt in die Küche. Fragt sich bloß, ob das etwas nützt, dachte sie. Denn entlastet war Bosse durch die Aussage seiner Clique keineswegs.

Liannes Handy piepte. Die Nachricht:

„Guten Morgen, schöne Frau ☺ Ich hoffe, du hast dich vom Schrecken der vergangenen Nacht erholt. Soll ich dich heute abholen oder treffen wir uns um 19.30 Uhr vor Ort?"

„Ach du Schande, das hatte ich völlig vergessen." Lianne schüttelte den Kopf.

„Was denn?", fragte Britt.

„Ich habe mich für heute Abend verabredet", räumte Lianne ein. „Beziehungsweise ich bin eingeladen worden. Von Martin Schmitz, zu einer Art VIP-Event in den *Ozeanwelten*."

„Martin Schmitz?" Britt starrte ihre Freundin verblüfft an. „Na, das hätte ich jetzt aber nicht gedacht."

„Es ist nicht so, wie du denkst." Was für ein klassischer Satz! „Ich meine, ich interessiere mich nicht für ihn. Aber er ist vorgestern am Strand aufgetaucht und hat sich nicht abwimmeln lassen – er hat so eine überzeugende Art …"

„So überzeugend, dass du dich in seinem Ferrari in Lebensgefahr begibst", stellte Britt trocken fest. „Und jetzt mauschelst du in dunklen Gängen zwischen romantisch beleuchteten Aquarien mit ihm herum, und nur die Fische werden wissen, was tatsächlich geschah …"

„Du bist wirklich sehr, sehr witzig. Es ist nur eine Verabredung. Ich muss ja irgendwie wieder lernen, wie das geht. Außerdem wollte ich die ganze Zeit schon in die *Ozeanwelten*, aber ich komme einfach nicht dazu."

„Verstehe. Da ist eine Einladung von Martin Schmitz natürlich die perfekte Gelegenheit." Britt grinste.

„Wenigstens habe ich dich kurz abgelenkt", hielt Lianne ihr vor. „Entschuldige, das war blöd gesagt. Fändest du es schlimm, wenn ich heute Abend ausgehe, obwohl ihr so viel Ärger habt?"

„Quatsch!" Britt zeigte ihr einen Vogel. „Was sollte es uns nützen, wenn du allein zu Hause sitzt? Wie du schon sagtest: Bosse wird vermutlich bald hier sein – vielleicht schafft er es sogar noch in die Schule. Danach müssen wir einiges klären und sehen, wie es weitergeht. Wenn ich deine Hilfe brauche, werde ich mich melden – aber das wird wohl kaum heute Abend sein."

„Wenn doch, schick eine Nachricht."

„Mach ich. Und das gilt umgekehrt auch für dich", erklärte Britt. „Pass gut auf dich auf."

„Warum?"

„Nach allem, was man hört, soll Martin Schmitz mitunter wirklich sehr überzeugend sein. Heißt: Er hat angeblich schon einige Frauen von Dingen überzeugt, von denen sie hinterher überhaupt nicht mehr überzeugt waren."

Auch Britt Peters kann sich irren, dachte Lianne Stunden später, als sie durch den geheimnisvoll illuminierten Ozeantunnel in den *Ozeanwelten* schlenderte. Sanfte Chillout-Musik, die durch die Gänge der gewaltigen

Aquarienlandschaft perlte, über Liannes Kopf unzählige bunte, tropische Fische, beeindruckende Riffhaie sowie „Speedy“, die mächtige Meeresschildkröte. Lianne hielt ein Glas Orangensaft in der Hand, während Martin Schmitz sich für Champagner entschieden hatte. Er wich nicht von Liannes Seite, machte aber keine weiteren Anstalten, sich ihr zu nähern.

Seltsam, dachte Lianne. Einerseits war sie erleichtert, andererseits auf eine – natürlich höchst alberne – Weise in ihrer Eitelkeit gekränkt. War sie nicht attraktiv genug? Ihre Abnahmebemühungen zeigten mittlerweile deutliche Erfolge. Die neue, schwarze Stoffhose im Bootcut-Schnitt kaschierte zudem gnädig die noch vorhandenen Fettpolster. Vorhin in ihrer Wohnung war Lianne mit ihrem Spiegelbild so zufrieden gewesen wie seit Langem nicht. Das schien allerdings eine Einzelmeinung zu sein.

„Und, was hältst du von unseren Ozeanwelten?“, fragte Martin, während sie einen langen Gang hinunterschritten. Links und rechts prächtige Barsche, zarte Seepferdchen, bizarre Feuerfische, unheimliche Muränen, niedliche Clownfische und zahllose weitere Meeresbewohner, alle vollkommen desinteressiert an dem, was jenseits der Glasscheiben vor sich ging.

„Wirklich schön.“ Lianne nickte. „Man taucht in eine andere Welt ab, die mit unserer nichts zu tun hat. Man vergisst, glaube ich, oft, wie vielfältig das Leben jenseits unserer menschlichen Existenz ist.“

„Du bist ja eine richtige Philosophin.“ Martin lächelte wie eine zufriedene Katze beim Anblick einer Maus in der Falle. „Ich mag intelligente Frauen.“

Sie betraten einen hellen Raum mit einem langgestreckten, ovalen Becken, das zur Hälfte in den Boden eingelassen war. Daneben reihten sich Stehtische mit weiteren gefüllten Gläsern darauf aneinander – selbstverständlich ein Extra-Service an diesem Abend, hatte Martin erklärt, für ein Publikum, das bereit war, einen entsprechend höheren Eintrittspreis zu zahlen.

„Das ist mein Lieblingsbecken hier", meinte Martin. Gemeinsam traten sie an die Glaswand und blickten ins Wasser.

„Oh!" Lianne war verblüfft. Nur wenige Zentimeter von ihrer Nasenspitze entfernt erhob sich ein wunderschöner Rochen ein Stück weit aus dem Wasser. Einige Sekunden lang glaubte sie, er sähe ihr direkt in die Augen.

„Rochen und Katzenhaie", erklärte Martin vergnügt. „Sind sie nicht traumhaft? Das gibt es nur in Timmendorf."

Lianne verkniff sich die Anmerkung, dass es Rochen sowohl in unzähligen Aquarien als auch in allen Weltmeeren gab. Die Nähe zu diesen eleganten und zugleich fremdartigen Lebewesen übte jedenfalls einen besonderen Zauber aus, da musste sie Martin recht geben.

Der Rochen erhob sich erneut, als wollte er ihr etwas sagen. Was natürlich nicht sein konnte.

Oder doch? War der Rochen vielleicht überaus klug und vorausschauend? Hatte er Lianne davor warnen wollen, nach dem Besuch der *Ozeanwelten* noch mit zum Parkplatz der Tourismus GmbH zu kommen? Tiere spürten ja die Gefahr, dachte Lianne, während Martin Schmitz an ihrem linken Arm zerrte und sie überlegte, ob sie ihm mit der rechten Faust einen Schlag auf die Nase verpassen sollte – und ob sie das überhaupt konnte.

Ein unangenehmes Ende dieses Abends hatte sich angedeutet, aber Lianne hatte die Zeichen verdrängt. Dabei war Martin Schmitz nach dem vierten Glas Champagner spürbar näher gerückt, woraufhin sie jede Gedankenspielerei über ihre möglicherweise mangelnde Attraktivität verfluchte. Lieber gekränkte Eitelkeit als die Abwehr eines lästigen und vor allem angetrunkenen Begleiters.

Abgesehen davon, dass Martin Schmitz immer wieder versucht hatte, seinen Arm um Liannes Schultern zu legen, hatte er sich fortwährend bemüht, ihr ebenfalls Champagner aufzudrängen. Als sich Lianne standhaft weigerte, Alkohol zu trinken, hatte er das Wort „Spießerin“ fallen lassen.

Lianne hatte genug. Sie würde sich nie wieder mit Martin Schmitz treffen, beschloss sie, während sie am Gehege der Fischotter deren scharfen Geruch einatmeten, den sich Lianne auch für sich selbst wünschte, als wirksames Abwehrmittel gegen aufdringliche Männer.

Vor dem Nie-Wieder-Treffen wollte Lianne allerdings das fliederfarbene Seidentuch zurückholen, das sie nach der Höllenfahrt in Martins Auto vergessen hatte, ein Geschenk von Svenja, Lianne hing sehr daran. Also war sie trotz Martins enervierenden Verhaltens mit ihm zu dem Parkplatz gegangen – und musste sich jetzt für oder gegen eine tätliche Auseinandersetzung entscheiden.

„Komm doch, wir fahren nach Lübeck!“ Martin zog erneut an Liannes Arm. Sie konnte nicht fassen, wie er sich benahm.

„Hör auf!", rief sie. „Du machst dich lächerlich!"

Der Parkplatz lag hinter dem Alten Rathaus, dessen vanillefarbene Fassade sanft beleuchtet wurde. Das kreisförmige Areal war bis auf den letzten Platz gefüllt, gut 20 Autos – darunter unübersehbar Martins gelber Ferrari – standen an der Buchenhecke, die das Rondell umsäumte. Mehrere Schilder wiesen darauf hin, dass der Parkplatz um 22 Uhr geschlossen wurde, also in etwa einer Dreiviertelstunde. Aber noch war kein Mensch zu sehen, der in seinen Wagen steigen und wegfahren wollte.

„Lächerlich? Das werden wir ja sehen!" Martin presste Lianne an seinen Sportwagen. Sein Atem roch nach zu viel Schampus.

Verdammt. Jetzt durfte sie nicht länger zögern. Aber was, wenn sie nicht traf? Was, wenn er zurückschlug? Wäre der berühmte Tritt in die Weichteile die bessere Alternative?

Gerade hob Lianne leicht das Knie, als sie das Bellen eines Hundes hörte. Gott sei Dank!

„Hilfe!", rief sie laut. „Hier bin ich! Hilfe!"

Eine hochgewachsene, hagere Gestalt erschien an der Parkplatzzufahrt zur Poststraße. Ein kniehoher, struppiger Hund schoss auf Lianne und Martin zu und begann, ausdauernd zu kläffen. Dann durfte Martin Schmitz die gleiche Erfahrung mit Kristof Lorenzens Schnelligkeit machen wie sein Bruder Jupp bei der Saisoneröffnung des *Strand-Treffs*. Lorenzen war mit wenigen Schritten beim Auto, drehte Martin den rechten Arm auf den Rücken und drückte ihn zu Boden.

Eddie bellte weiter, während Lianne einige Schritte zurückwich.

„Eddie, aus!", befahl Lorenzen knapp. Der Hund verstummte.

„Lass mich los!", ächzte Martin Schmitz. „Das ist Körperverletzung!"

„Nothilfe, würde ich sagen", gab Lorenzen kühl zurück. „Ich lasse los, wenn du dich beruhigt hast."

„Ich bin ruhig!", behauptete Martin jammernd. Lianne war davon keineswegs überzeugt, doch Lorenzen lockerte seinen Griff um den Arm des anderen Mannes und ließ Martin dann aufstehen.

„Kristof!", stieß Martin erbost hervor, während er seine Jacke abklopfte. „Was mischst du dich hier ein?!"

„Hallo, geht's noch?", stieß Lianne empört hervor. Was glaubte Martin – dass es seine Privatangelegenheit war, wenn er versuchte, eine Frau in sein Auto zu zwingen?!

„Das war wohl kaum deine Privatangelegenheit", bemerkte Lorenzen trocken, als hätte er Liannes Gedanken gelesen. „Du hast diese Frau belästigt, und sie hat um Hilfe gerufen."

„Belästigt, pah!" Martin Schmitz schnaubte. Lianne stellte entgeistert fest, dass ihm die Szene gar nicht peinlich zu sein schien.

„Ich wollte sie nur zu einer schönen Fahrt nach Lübeck überreden! Das hat man davon, wenn man sich großzügig zeigt!"

„Du hast ja ein Rad ab!" Lianne tippte sich an die Stirn. „Ich wollte bloß meinen Schal wiederhaben! Da hat er mich festgehalten!"

„Welchen Schal?" Lorenzen konnte sich eindeutig auf das Wesentliche konzentrieren.

„Der liegt in seinem Auto." Lianne räusperte sich. Martin mochte sich nicht schämen – sie tat das durchaus. Was dachte ihr Nachbar jetzt von ihr?

„Mach mal den Wagen auf." Lorenzen wartete, bis Martin widerstrebend die Fernbedienung für den Ferrari aus der Jacke gekramt und auf das entsprechende Knöpfchen gedrückt hatte. Dann öffnete Lorenzen die Beifahrertür des Autos, beugte sich hinein und tauchte mit Liannes Tuch wieder auf.

„Das hier?"

„Ja. Danke." Lianne verstaute das Tuch hastig in ihrer Handtasche, während Martin ihr böse zusah.

„Willst du Anzeige erstatten?", erkundigte sich Lorenzen.

„Anzeige … ähm. Ja. Ich weiß nicht." Lianne war unsicher. „Muss ich das sofort entscheiden?"

„Nein."

„Anzeige? Wieso Anzeige? Was soll das bedeuten?" Martin riss die Augen auf, ganz in der Rolle des zu Unrecht Beschuldigten gefangen.

„Wie wäre es mit versuchter Nötigung?" Lorenzens Tonfall blieb sachlich. Er hätte genauso gut „Morgen soll das Wetter eher wechselhaft werden" sagen können.

„Also das ist doch …" Martin Schmitz trat einen Schritt vor, hielt dann aber inne. Der kurze Aufenthalt auf dem Pflaster des Parkplatzes schien ihn doch beeindruckt zu haben.

„Ich würde jetzt erst einmal gern nach Hause gehen", unterbrach Lianne. „Ich muss das zunächst verarbeiten, schätze ich."

„Wie du willst." Lorenzen zuckte mit den Schultern und wandte sich Richtung Altes Rathaus. „Dann können wir los."

„Ja … okay." Lianne sah Martin Schmitz ratlos an. Was sagte man in einer solchen Situation? „Auf Wiedersehen" wohl kaum. „Danke für den schönen Abend" kam ebenfalls nicht in Betracht. Dass sie in den Fernsehkrimis derlei wirklich wichtige Aspekte des Lebens aber auch nie berücksichtigten!

Schließlich entschied sie sich für bedeutungsvolles Schweigen, drehte sich ebenfalls um und ging davon, Lorenzen an ihrer Seite. Eddie lief fröhlich wedelnd voraus. Lianne warf keinen Blick zurück. Auf Höhe des Strohdachhauses hörte sie das unverkennbare Dröhnen des Ferrari-Motors, das dieses Mal nach Ärger, Enttäuschung und gekränkter Eitelkeit zugleich klang.

„Fahren sollte er eigentlich nicht mehr", meinte sie vorsichtig. „Danke, dass du mir geholfen hast. Schon wieder, sozusagen."

„Keine Ursache. Ich …" Ihr Nachbar schien noch etwas sagen zu wollen, doch es kam nichts mehr.

Nach wenigen Minuten hatten sie die ehemalige „Pension Agathe" erreicht, stiegen die Treppe empor. Lorenzen schloss auf und betrat vor Lianne den Flur. Unschlüssig blieb sie vor ihrer Wohnungstür stehen.

„Ja, also … danke noch mal", sagte sie. Und dann, einem plötzlichen Impuls folgend: „Kann ich dich noch auf ein Getränk auf der Terrasse einladen? Ich habe zwar nicht viel da, aber im Kühlschrank …"

Sie brach ab. Der Gesichtsausdruck ihres Nachbarn war nicht zu deuten.

„Aber ich will mich auch nicht aufdrängen“, fügte sie hastig hinzu. „Wenn du keine Lust hast …“

Dann geschah das Wunder, Lorenzen zeigte so etwas wie ein Lächeln. Na gut, ein halbes.

„Okay“, erwiderte er. „Aber nur, wenn du etwas Alkoholfreies im Haus hast.“

Update 23669 +++ DIE News und Termine für Timmendorfer Strand und Umgebung +++

Nach der Festnahme: Timmendorfer atmen auf

Von Sophie Augsbach

Timmendorfer Strand. Kehrt jetzt wieder Ruhe ein in unser schönes Timmendorf? Nach der Festnahme eines 17-Jährigen im Zusammenhang mit der Serie von Anschlägen im Ort hoffen die Menschen auf ein Ende der Angst. „Ich bete, dass der Spuk jetzt vorbei ist", sagt eine Anwohnerin der Kurpromenade, die anonym bleiben möchte.

Der aus dem Ort stammende Jugendliche war nach dem – gescheiterten – Anschlag auf das Strand-Dinner aufgegriffen worden, als er durch den Alten Kurpark floh. Er hatte offenbar einen Benzinkanister bei sich. Zuvor war am Veranstaltungsort der beliebte Strandkorbvermieter Philipp H. (38) niedergeschlagen worden, als er für die „Timmendorf-Schützer" einen Kontrollgang unternahm. Philipp H. kam glücklicherweise mit einer nur leichten Gehirnerschütterung davon. Gegenüber „Update 23669" wollte sich H. nicht zu den Geschehnissen äußern.

Auch die Polizei hüllt sich weitgehend in Schweigen. Trotz mehrfacher Nachfrage durch „Update 23669" erklärte deren Sprecherin Melanie Berg lediglich, dass der Festgenommene „überprüft" und nach wenigen Stunden wieder auf freien Fuß gesetzt worden sei.

Erleichtert zeigt sich derweil Jupp Schmitz, Gründer der Internetplattform „Wir schützen Timmendorf" und der von vielen als „Bürgerwehr" bezeichneten „Timmendorf-Schützer".

„Wir gehen davon aus, dass die Polizei den Richtigen geschnappt hat“, so Schmitz. Insbesondere den Benzinkanister, den der 17-Jährige bei sich trug, wertet Schmitz als „eindeutigen Beweis“. Jetzt gelte es, weitere Untersuchungen durch die Polizei abzuwarten. „Ich glaube nicht, dass der Junge ein Einzeltäter ist“, sagt Schmitz und verweist auf eine „autonome Bande“, die sich seiner Ansicht nach im Ort formiert hatte.

Als „reine Spekulationen“ bezeichnet hingegen die Timmendorfer Bürgermeisterin Ragna de Fries diese Äußerungen. „Ich warne erneut davor, vorzeitig und willkürlich Menschen unter Verdacht zu stellen“, betont de Fries. Sie vertraue auf die Arbeit der Polizei, „und ich werde deren Ermittlungen garantiert nicht durch unbedachtes Geschwätz vorgreifen“, so die Bürgermeisterin. Nichtsdestotrotz hoffe sie natürlich ebenso wie alle Timmendorfer auf ein Ende der Anschläge.

Kapitel 20

Ächzend schob Lianne den vierten Strandkorb über den Sand, sodass er mit drei weiteren hinter ihrem Vermieterhäuschen eine Sitzgruppe bildete. Zwei Holzfässchen in die Mitte – fertig war der Konferenzraum der „Soko Strandkorb“ für heute Abend.

Hoffentlich dauert es nicht so lange, dachte Lianne. Ich habe genug andere Dinge zu erledigen.

„Ah, du bist schon fertig. Sehr schön“, ertönte Theas raue Stimme. Lianne drehte sich um. Ihre Chefin hatte eine gewagte Kombination aus hellgrüner Leinenhose und einem grellgrünen, flattrigen Oberteil gewählt und zog mit gewohnt theatralischer Geste an der ebenso gewohnten Zigarettenspitze. Hildegard Knef, die es an der frischen Luft einmal richtig krachen lassen will.

„War nicht viel los heute“, erklärte Lianne knapp. Entgegen der optimistischen Vorhersage hatte sich der Himmel ausschließlich bewölkt gezeigt, zusammen mit kräftigem Wind war es spürbar kühler gewesen als in der vergangenen Woche. Lianne hatte nur die Hälfte aller Körbe vermietet, die letzten Gäste hatten sich am späten Nachmittag in Richtung ihrer wärmeren Hotelzimmer und Ferienwohnungen aufgemacht.

„Umso besser.“ Thea ließ sich im ersten Strandkorb nieder, kramte umständlich in ihrer gigantischen Handtasche und holte einen Notizblock hervor. Dann ein kritischer Blick auf die Uhr.

„Na, fünf Minuten haben die anderen noch. Ich will mal nicht so sein."

Lianne ging in ihr Häuschen, um Wasser und Gläser zu holen. Welchen Sinn sollte das Treffen der „Soko" haben? Zum einen hatten sie bislang rein gar nichts bewirkt. „Augen und Ohren offen halten": Hörte sich in der Theorie sehr wichtig an. Praktisch hatte Lianne dadurch aber nichts erfahren, was auf den tatsächlichen Urheber der Anschläge hingewiesen hätte.

Zum anderen schien das Thema für die meisten Timmendorfer mit der kurzzeitigen Festnahme von Bosse Peters abgehakt zu sein. Niemand sagte es Britt oder Meeno direkt ins Gesicht, doch offenbar waren die meisten Einwohner des Urlaubsortes davon überzeugt, dass der 17-Jährige und seine Freunde hinter dem Vandalismus und den Brandstiftungen steckten.

Lianne allerdings nicht. Britt und Meeno hatten ihren Sohn einem mindestens so strengen Verhör unterzogen wie die Polizei, und Bosse hatte verzweifelt beteuert, mit den Anschlägen nichts zu tun zu haben. Er sei nach dem nächtlichen Treffen im Kurmittelhaus noch zum Strand spaziert, von dort aber geflohen, nachdem Jupp den verletzten Philipp entdeckt und ein Mordsgeschrei angestimmt hatte, lautete seine Version.

„Ich bin abgehauen, weil ich geahnt habe, dass es Ärger für mich gibt", hatte er mit Tränen in den Augen erklärt.

Den Benzinkanister habe er im Kurpark entdeckt und instinktiv mitgenommen, er wisse nicht genau, warum.

„Vielleicht wollte er nur ein Beweisstück sichern", hielt Britt ihrem Sohn zugute. Sie glaubte Bosse, ungeachtet ihres längeren, scharfen Monologes zum Thema „Warum das Kurmittelhaus kein nächtlicher Treff für Jugendliche ist".

Zum Glück ist sich die Polizei auch nicht sicher, dachte Lianne zum wiederholten Mal, während sie Flaschen und Gläser hinaustrug. Tatsächlich hatten die Ermittler mit Ausnahme des Benzinkanisters nichts, was sie Bosse vorwerfen konnten, und ihn deshalb nach wenigen Stunden wieder auf freien Fuß gesetzt. Was jedoch die öffentliche Meinung nicht beeinflusst hatte. Die vergangenen Tage mussten für Bosse und vermutlich auch für seine Freunde ein wahrer Spießrutenlauf durch Timmendorf gewesen sein.

Gefreut hatte sich Lianne über Theas kompromisslose Haltung. Sie hatte den Verdacht gegen Bosse mit absolut undamenhaften Ausdrücken für absurd erklärt, wobei „hanebüchener Schwachsinn" noch die harmloseste Formulierung war. Allerdings hatte Thea aus den Vorkommnissen leider den Schluss gezogen, dass ihre „Soko" nun erst recht gefragt war.

„Jetzt sind wir Timmendorfs letzte Hoffnung", befand sie. „Die dumme Mehrheit glaubt, dass sich das Problem erledigt hat. Der Täter hat also freie Bahn. Aber da muss er an Thea Harms vorbei."

Die großspurigen Ankündigungen gingen Lianne auf die Nerven. An Thea vorbeizukommen, konnte einem entschlossenen Gewaltverbrecher nicht besonders schwerfallen, da nützten ihr robustes Gemüt und ihre spitze Zunge auch nichts. Zudem war die Mehrheit der

Timmendorfer Liannes Ansicht nach nicht dumm, sondern lediglich erleichtert. Die Leute wünschten sich eben, dass der Spuk vorbei war. Würde Lianne genauso sehr an Bosses Unschuld glauben, wenn sie ihn nicht kennen würde und wenn er nicht der Sohn ihrer Freundin wäre?

Dennoch war dieses erneute „Soko"-Treffen ein Zeichen der Solidarität mit der Familie Peters – schon allein deshalb hätte sich Lianne niemals davor gedrückt.

Sie verteilte die Gläser auf den Holzfässchen. Eine fette Silbermöwe stolzierte vorbei, mit der Haltung eines testosteronstrotzenden Gangsta-Rappers, warf ihr einen sowohl arroganten als auch begierigen Blick zu. Lianne verscheuchte den Vogel. Wenn man nicht aufpasste, machten sich die allgegenwärtigen Möwen über alles Essbare her und rupften die Verpackungen aus den Müllbehältern. Vielleicht hätte ein Fütterungsverbot, wie es andere Orte verhängt hatten, auf Dauer Abhilfe geschaffen. Doch davon wollten die Urlauber nichts wissen, warfen den Vögeln mit beiden Händen Brot und Essensreste zu – um sich dann zu wundern, wenn die solchermaßen angefütterten Möwen ihnen wenig später im Sturzflug den Matjes vom Brötchen rissen.

„Ich habe Prosecco mitgebracht!" Margot Dietz stand auf dem Holzbohlenweg und schwenkte eine Flasche. Sie steckte in einer ähnlichen Kombination wie Thea, das Ganze jedoch in leuchtendem Pink, das sich unangenehm mit den rötlichen Haaren der vollbusigen Matrone biss.

„Margot, hier wird nicht gefeiert", entgegnete Thea streng. „Schon allein aus Rücksicht auf Britt und Meeno, ich bitte dich!"

Missmutig stellte Margot die Flasche neben dem Vermieterhäuschen ab und ließ sich in den Strandkorb neben Thea fallen, dessen Polster merklich nachgaben. Ist ja zum Glück stabil gebaut, dachte Lianne und schalt sich gleich darauf für ihre Häme. Dass sie inzwischen stolze 15 Kilo abgenommen hatte, war kein Grund, auf korpulentere Mitbürgerinnen herabzusehen.

„Wer nimmt auf uns Rücksicht?" Britt tauchte am Strandzugang auf. „Das ist nicht nötig."

Besonders fröhlich wirkte sie nicht, sondern blass und noch schmaler als sonst.

„Meeno kann nicht kommen, er hat mich gerade im Kiosk abgelöst", erklärte sie.

Zeitgleich erschienen auch Hanno Stöhlmaker und Philipp. Letzterer hatte den Überfall und die Gehirnerschütterung gut verkraftet: sonnengebräuntes Gesicht, unwiderstehliches Grinsen, vergnügt leuchtende, blaue Augen. Lianne vermutete einen unmittelbaren Zusammenhang mit dem neuen, wie üblich elfengleichen Wesen, mit dem sie ihn vorgestern Abend auf der Seebrücke gesehen hatte und das als einzigen wahrnehmbaren Unterschied zu seiner Vorgängerin eine hellblonde Wallemähne aufzuweisen hatte.

Doch Lianne mochte nichts Schlechtes über Theas Neffen denken: Philipp stellte jedem einzelnen Timmendorfer gegenüber unmissverständlich klar, dass es niemals Bosse gewesen sein konnte, der ihn niedergeschlagen hatte. Eine Aussage, deren großer Haken es bedauerlicherweise war, dass Philipp nicht ein Fitzelchen von dem Angreifer gesehen hatte.

„Dann sind wir komplett. Sehr gut.“ Thea blickte in die Runde. Eine Ü-80-Soko-Leiterin, dachte Lianne. Das gibt es nur in Timmendorf.

„Vorweg erst einmal: Wie geht es deinem Jungen, Britt?“

„Mittelprächtig.“ Britt schenkte sich ein Wasser ein. „Er geht zur Schule, und seine Freunde halten natürlich zu ihm. Die meisten anderen Mitschüler scheinen ihn aber zu meiden, und die Lehrer üben sich in Neutralität. Und im Ort mag er sich zur Zeit nicht gern blicken lassen.“

„Eine Frechheit“, schnaubte Margot Dietz. „Die jungen Leute haben nichts getan, dafür lege ich meine Hand ins Feuer. Meine Mia sagt das auch, und das ist ein gutes Mädchen.“

Lianne war überrascht. Mia?

„Das ist Margots Großnichte“, raunte Britt ihr zu. „Sie gehört zu Bosses Clique.“

Lianne nickte. Jetzt sah sie die kleine, energische Rothaarige vor sich. Ob sich Margot Dietz nur wegen dieses Verwandtschaftsverhältnisses auf die Seite der Jugendlichen schlug? Nun, warum nicht.

„Und die Polizei?“, hakte Thea nach.

„Sie haben nichts weiter gegen ihn in der Hand“, berichtete Britt. „Können sie ja auch nicht haben.“

„Aber in eine andere Richtung ermitteln sie auch nicht“, brummte Hanno übellaunig, die Arme demonstrativ vor dem Oberkörper verschränkt. „Oder habt ihr einen von denen noch mal im Ort gesehen?“

„Nein.“ Philipp schüttelte den Kopf. „Aber was sollen sie auch machen – hier wie Sherlock Holmes herumschleichen?“

Norddeutsche Kriminalbeamte, die mit Tweed-Hüten, Pfeifen in den Mundwinkeln und Lupen vor den Nasen durch Timmendorf stromerten. Eine hübsche Vorstellung.

„Ich schätze, sie warten ab, ob noch etwas passiert", folgerte Thea. „Das werden wir natürlich nicht tun."

„Sondern?" Hanno Stöhlmaker war wirklich schlecht gelaunt.

„Lieber Hanno, es ist doch ganz einfach", setzte Thea an. „Bosse war es nicht – also war es jemand anderes. Derjenige – oder auch diejenige – wird weitermachen, jetzt ungehinderter als zuvor, weil die meisten Leute glauben, dass der Täter gefasst ist und nichts mehr unternommen wird. Wir aber wissen es besser."

„Aber wir können doch keine Sechs-Mann-Bürgerwehr auf die Beine stellen", wandte Philipp ein. „Mir hat das eine Mal im Übrigen gereicht."

„Nein, das stimmt." Thea nickte. „Das Risiko wäre zu hoch. Wir müssen uns aufs Observieren beschränken."

„Observieren?!" Lianne starrte ihre Chefin an. Auch die anderen „Soko"-Mitglieder sahen ratlos aus.

„Ja. So leid es mir tut – das Einzige, das wir tun können, ist, einen bestimmten Kreis von Verdächtigen … nun, etwas zu durchleuchten und sie zu beobachten. Natürlich nur im Vorfeld von relevanten Veranstaltungen." Thea machte ein zufriedenes Gesicht.

Einen Augenblick lang herrschte jene Stille, die sich auch auf Elternabenden ausbreitet, wenn die Lehrerin gefragt hat, wer sich denn zum Elternvertreter wählen lassen würde.

„An wen hast du gedacht?", fragte Margot Dietz dann. Lianne erinnerte sich daran, dass Theas Freundin beim letzten Treffen keinerlei Probleme damit gehabt hatte, mehrere Timmendorfer namentlich zu nennen.

„Tja. Das ist nicht persönlich gemeint", erklärte Thea. „Sondern mehr eine Frage von … Wahrscheinlichkeiten. Ich denke an insgesamt vier Personen."

„Die da wären?" Britt zog die Augenbrauen hoch.

„Okay. Das bleibt selbstverständlich unter uns." Thea zog ein beschriebenes Blatt aus ihrem Notizblock.

„Ole Martens", begann sie ohne Umschweife. „Weil er die vermögenden Timmendorfer aus Neid auf dem Kieker hat und weil diese Parole so gut zu ihm passt. Sigrid Steenkamp, ebenfalls aus Neid, wobei ich nicht sicher bin, ob sie in der Lage wäre, Philipp niederzuschlagen."

Wieder schwiegen die Umsitzenden.

„Gut. Als Dritte: Sophie Augsbach."

„Warum?" Britt schüttelte den Kopf. Hanno Stöhlmaker sah aus, als hätte er in eine Zitrone gebissen.

„Sie war fast jedes Mal am Tatort", führte Thea aus. „Und die Geschichte füllt ihre komische Internet-Zeitung. Klein-Sophie ist damit richtig groß herausgekommen."

„Deshalb soll sie Philipp niedergeschlagen haben? Bloß, um ein paar Artikel schreiben zu können? Dazu hat sie doch gar nicht die Kraft. Sigrid übrigens auch nicht. Also Thea, wirklich …" Hanno Stöhlmaker war drauf und dran, zu gehen.

„Ist alles schon vorgekommen", verteidigte sich Thea. „Außerdem sagte ich bereits: Nichts hiervon ist persönlich gemeint. Es geht nur um Wahrscheinlichkeiten. Deshalb habe ich auch Martin Schmitz in die Liste mit aufgenommen."

„Martin Schmitz?" Lianne spürte, wie ihr die Röte in die Wangen kroch. Sie hatte den aufdringlichen Ferrari-Fahrer seit dem peinlichen Zwischenfall nach dem Besuch der *Ozeanwelten* nicht mehr gesehen und nichts mehr von ihm gehört. Eine Anzeige hatte sie nicht erstattet. Vielleicht ein Fehler, aber Lianne widerstrebte es, zu viel Aufhebens zu machen. Deswegen hatte sie auch Britt gegenüber nichts erwähnt. Die Brüder Schmitz waren schließlich gut zahlende Stammkunden am Kiosk. Außerdem hatte der Ärger letztendlich dazu geführt, dass sie mit ihrem sonst so unzugänglichen Nachbarn noch zwei Stunden auf der Terrasse gesessen hatte und …

„Thea, mit Verlaub, aber jetzt verrennst du dich!" Margot Dietz schaute so empört, als hätte ihr Thea verkündet, dass ihre geliebte Helene Fischer in Wahrheit eine blutrünstige Serienmörderin war. „Du kannst doch nicht einen der Schmitz-Brüder verdächtigen! Warum um alles in der Welt sollte Martin so etwas tun?"

„Weil er auch pleite ist!", konterte Thea triumphierend. „Ich habe nämlich recherchiert und einen lieben, alten Freund in Dortmund angerufen. Das ganze Geld ist futsch, finito!"

„Das kann nicht sein." Selbst Philipp wirkte überrascht. Offenbar hatte Thea diese Knaller-Information bisher sogar ihrem Neffen vorenthalten. „Martin Schmitz ist ein erfolgreicher Makler, die haben ein Riesen-Unternehmen."

„So riesig ist es gar nicht", hielt Thea dagegen. „Es ist vielmehr so: Jupp und Martin haben von ihrem Vater einen gewaltigen Batzen Geld geerbt. Davon haben sie das Maklerbüro gegründet. Das läuft wohl, aber ihren üppigen Lebensstil finanzieren die Brüder größtenteils von ihrem Erbe. Und das von Martin ist jetzt perdu. Er hat sich verspekuliert, sagt mein Bekannter, und der kennt sich in Börsenkreisen gut aus."

„Aber … und was ist mit Jupp?", stotterte Margot. So gut befreundet ist sie mit den Mitgliedern unseres Dortmunder Sportwagen-Klubs offenbar doch nicht, dachte Lianne. Wegen etwaiger Geldsorgen haben sie sich jedenfalls nicht an Mutti Margots Busen ausgeheult.

„Jupp ist nicht betroffen", erklärte Thea achselzuckend. „Er mag nicht die hellste Kerze am Baum sein, aber zumindest ist er sich bewusst, dass er von Aktiengeschäften keine Ahnung hat. Sein Geld ist noch da – in Anbetracht seiner Prasserei ist das allerdings nur als vorübergehender Zustand zu betrachten."

„Und du meinst, dass Martin deshalb versucht, Veranstaltungen in Timmendorf zu sabotieren? Während Jupp die Timmendorf-Schützer anführt?" Unheilverkündende Falte auf Hanno Stöhlmakers Stirn.

„Ich meine gar nichts. Ich zähle nur die Fakten auf. Und nach denen zu urteilen kommt Martin Schmitz eher infrage als andere."

„Dann hat er also deinen sogenannten Fakten zufolge auch den Wagen seines Bruders zerkratzt?", erkundigte sich Hanno langsam. „Obwohl er zu dem Zeitpunkt meines Wissens nach gar nicht in Timmendorf war?"

„Das muss jemand anderes gewesen sein", meinte Thea unbeeindruckt. „Bei dieser Tat fehlte ja auch die Parole."

„Aha." Hanno Stöhlmaker ließ nicht locker. „Du hast jetzt also vier Personen … sagen wir, herausgegriffen. Die wir ab sofort – was? Auf Schritt und Tritt verfolgen sollen?"

„Beobachten, mehr nicht."

Sie bleibt am Ball, dachte Lianne. Aber es wird nicht gut ausgehen. Stöhlmaker sah aus, als würde er gleich platzen.

„Es geht vor allem um das Vorfeld von Veranstaltungen", machte Thea weiter. „Da könnte sich jeweils einer oder eine von uns um eine der genannten Personen kümmern. Mal bei denen zu Hause vorbeifahren, schauen, wo sie den Abend verbringen …"

„Thea, vergiss es. Es reicht." Der stellvertretende Wehrführer erhob sich. „Ich möchte dir zugutehalten, dass du in ernster Sorge um unseren Ort bist. Dennoch gehst du zu weit. Du verdächtigst willkürlich mehrere Leute aus … aus unserer Mitte. Du willst, dass wir diese Leute bewachen oder verfolgen oder was auch immer, obwohl sie nichts Schlimmes getan haben – soweit wir das beurteilen können. Das ist niederträchtig!"

Thea wollte etwas erwidern, aber Hanno hob die Hand.

„Ich bin noch nicht fertig. Abgesehen davon möchte ich darauf hinweisen, dass niemand von uns von einer Observation auch nur die geringste Ahnung hat und wir uns höchstwahrscheinlich nur lächerlich machen würden. Und herausfinden werden wir auf diese Weise auch nichts!"

Er stapfte durch den Sand, blieb auf dem Holzbohlenweg noch einmal stehen. „Wenn du dich beruhigt hast, können wir gerne wieder miteinander reden." Mit diesen

Worten verschwand der große, kräftige Mann hinter der Düne. Kein schlechter Abgang, dachte Lianne.

Thea war einen Moment lang aus dem Konzept gebracht.

„Tschüs, Hanno. Schade“, meinte sie. „Und ihr, was denkt ihr? Was haltet ihr von meiner Idee?“

„Also ich sage es offen, liebe Tante“, begann Philipp. „Ich finde, Hanno hat recht. Ich habe kein gutes Gefühl bei diesen Verdächtigungen – und wie einer beziehungsweise eine von uns jemanden observieren soll … Keine Ahnung.“

„Margot?“ Thea wollte offenbar eine namentliche Abstimmung durchziehen.

„Ich weiß nicht, Thea“, erwiderte die Frau in Pink zögerlich. „Ich stimme dir ja zu, aber rein praktisch gesehen wird das, glaube ich, nichts.“

Sie war deutlich verschnupft. Kein Wunder, befand Lianne. Erst darf sie ihren Prosecco nicht trinken, dann verkündet Thea das finanzielle Aus für einen von Margots Lieblingen. Erfolgreiche Mitarbeiterrekrutierung geht anders.

„Britt?“

„Liebe Thea, ich schließe mich den anderen an“, erklärte Britt. „Ich bin dir zwar sehr dankbar, dass du an Bosses Unschuld glaubst, und natürlich würde es uns wahnsinnig entlasten, wenn der wahre Urheber dieser Anschläge gefasst wird. Aber irgendwelchen Leuten hinterherspionieren, womöglich, wenn sie bei mir am Kiosk stehen und sich entspannt unterhalten wollen – nein, das mache ich nicht. Von dieser Observierungsgeschichte einmal abgesehen. Nein.“

„Mir geht es ebenso“, schloss sich Lianne hastig an. Gewiss, Thea war ihre Chefin, aber deswegen würde Lianne diesen Unsinn trotzdem nicht mitmachen, schon gar nicht als Einzige.

„Dann ist ja alles klar.“ Thea zog mit säuerlichem Gesicht an ihrer Zigarettenspitze.

„Tut mir wirklich leid“, meinte Britt. „Ich weiß, du hast es nur gut gemeint.“ Und „gut gemeint“ ist das Gegenteil von „gut“, hätte Lianne beinahe hinzugefügt.

„Ich muss los“, sagte Britt. „Sehen wir uns morgen, Lianne?“

Lianne nickte. Auch Margot Dietz kämpfte sich aus ihrem Strandkorb, legte Thea zum Abschied eine Hand auf die Schulter.

„Nichts für ungut, Thea“, meinte sie. „Morgen wie immer im *Café Möchtegern*?“

„Hm“, gab Thea zurück. Sie sah den beiden Frauen hinterher, deren ungleiche Silhouetten in der Dämmerung verschwammen. Lianne stellte Flaschen und Gläser auf ein Tablett.

„Ihr werdet euch noch wundern“, ertönte Theas Stimme.

„Bitte?“ Lianne hatte keine Lust, als eine Art letzte Mohikanerin mit Thea die Sinnhaftigkeit ihres Plans zu diskutieren.

„Ich sagte, ihr werdet euch noch wundern. Wenn wieder etwas passiert“, präzisierte Thea mit düsterem Kassandra-Blick. „Und es wird wieder etwas passieren, schon bald. Das habe ich im Gefühl.“

Kapitel 21

Nachtragend war Thea Harms nicht. Lianne hatte befürchtet, ihre Chefin würde ihr den Ausstieg aus der „Soko" verübeln, doch Thea hatte kein Wort mehr darüber verloren und Lianne für heute sogar einen freien Tag genehmigt. Thea selbst wollte einspringen, „und Margot hilft mir", und Lianne hätte am liebsten kontrolliert, wie die beiden Damen diesen Tag über die Runden brachten, aber das tat sie natürlich nicht.

Lianne hängte Handtuch und Badeanzug auf den Wäscheständer auf ihrer Terrasse. Dann der Blick über den Rasen und die niedrige Hecke auf die Ostsee. Ein milder Frühsommertag, aber windig, Schaumkronen auf dem Wasser.

Lianne fühlte sich so viel fitter als vor Monaten – unendlich weit entfernt von der Lianne, die damals mit dem hastig befüllten Transporter nach Timmendorf floh. Mittlerweile freute sie sich auf ihre Laufrunden, ihr Schwimmstil hatte sich durch die Übungseinheiten mit Thea klar verbessert. Heute Morgen hatte Lianne ohne betagte Trainerin einige Extrabahnen eingelegt. Wie machte sich denn ihre Kraultechnik ohne Theas strenge Anweisungen („Gestreckte Haltung! Armzug mit S-Kurve! Beinschlag! Zweieratmung!")? Sie machte sich gut.

Im Wohnzimmer auf dem Couchtisch der große, braune Umschlag, Papier gewordene Aufforderung. Lianne seufzte. Keine Chance, sich noch länger vor den Unterlagen zu drücken, die Matthias nach Timmendorf geschickt hatte. Zum einen Angebote von potenziellen Wohnungskäufern – vermutlich die leichtere Aufgabe. Matthias hatte die Preisvorstellungen der Interessenten angedeutet, hohe Summen, weit höher als gedacht, und wenn Matthias dieses Geld tatsächlich mit ihr teilte, dürfte sie nie wieder ein einziges schlechtes Wort über ihn verlieren.

Zum anderen die Scheidungsvereinbarungen, ebenfalls im braunen Umschlag, weshalb Lianne ihn bislang auch nicht geöffnet hatte, sondern um ihn herumschlich wie eine zögernde Katze, die keine Lust hatte, eine fette, selbstbewusst feixende Ratte anzugreifen. Vereinbarungen, die Endgültigkeit bedeuteten, einen dicken roten Schlussstrich, den Lianne nie gewollt hatte.

Doch sie hatte versprochen, die Dokumente durchzuarbeiten, ein Versprechen, das sie halten würde. Heute.

„Aber jetzt noch nicht", sprach Lianne laut in die leere Wohnung. Ein Griff nach der Einkaufstasche – das schöne Wetter schrie nach einem längeren Spaziergang, danach eine Einkehr beim Discounter und im Supermarkt am Höppnerweg, und dann war sie vielleicht bereit für die bürokratischen Schritte hin zum Ende ihrer Ehe.

Richtung Timmendorfer Platz: Eintauchen in die typische Timmendorf-Atmosphäre, schwer in präzise Worte zu kleiden, aber dennoch unverwechselbar. Ockerfarbenes Pflaster mit einem Stich ins Rötliche, Kleiderständer auf den Gehwegen, weiße Strandkörbe an der Kurpromenade, geschäftige Ruhe in den Boutiquen am Vormittag, Menschen in den Straßencafés. Das Grün der Eichen und Kiefern, in denen der Wind rauschte, milchigblauer Himmel, Geschrei von Möwen und Krähen, Dünen, endlose Sandflächen und dahinter die See. Wollte Lianne in ihre alte Heimat zurück? Nein. „Das gibt es nur in Timmendorf" – hier passte die Floskel, im positiven Sinne.

Auf der Kurpromenade vorbei am Seepferdchen-Brunnen, rechts der Strandpark mit der Trinkkurhalle. Anfangs hatte Lianne die beiden Kurparks verwechselt, bis Britt sie als Liannes persönliche Fremdenführerin aufgeklärt hatte.

„Da ist zum einen der Alte Kurpark", hatte Britt berichtet, „zwischen Strandallee, Bergstraße und Wohldstraße. Diesen Park hat der Lübecker Garteninspektor Harry Maasz Anfang der 1930er-Jahre geplant. Mit einem tollen Baumbestand – Trauerweiden, Birkengruppen, Rotbuchen und Ahorne zum Beispiel."

„Bist du auch Pflanzenkundlerin?"

„Nein, meine Liebe", hatte Britt würdevoll entgegnet. „Ich interessiere mich nur für meinen Geburtsort. Weiter im Text: Die Teiche im Alten Kurpark haben außerdem die Funktion von Regenrückhaltebecken, wenn zu viel Wasser herunterkommt."

„Und warum gibt es keinen Neuen Kurpark, wenn es doch einen Alten gibt?"

„Den gab es ja, nur Geduld. Das Areal zwischen Kurpromenade und Strand, in dem auch die Trinkkurhalle steht, hieß früher Neuer Kurpark. Es war einst ein Rosengarten, jetzt aber stehen dort vor allem, wie du weißt, große Kiefern.

Na, und dieser Park ist vor einigen Jahren in ‚Strandpark' umbenannt worden. Ich weiß allerdings nicht warum."

„Du weißt etwas nicht?!" Lianne gab sich entrüstet. „Da werde ich mir wohl ein neues, sprechendes Timmendorf-Lexikon suchen müssen …"

Lianne grinste, als sie vor dem *Hotel am Meer* den Weg nach rechts hoch zum Seebrückenvorplatz einschlug. Natürlich würde sie sich niemals einer anderen Informationsquelle zur Historie Timmendorfs zuwenden, Britt war unschlagbar. Sie begab sich sogar regelmäßig zu „Lesestunden" ins Timmendorfer Gemeindearchiv, untergebracht im Dachgeschoss des Strohdachhauses.

„Vielleicht hättest du Geschichte studieren sollen", hatte Lianne angeregt.

„Tja. Vielleicht." Britt hatte mit den Schultern gezuckt. „Aber so macht es auch Spaß."

Lianne ging an der Udo Lindenberg-Skulptur vorbei, weiter die Promenade entlang. Stecos *Strand-Treff* war noch geschlossen, er öffnete erst am späten Nachmittag. Hundert Meter danach, auf einer Bank vorm Strandzugang eine schmale, in sich zusammengesunkene Gestalt. Als Lianne sich näherte, hob die Gestalt den Kopf, verbarg hastig eine dunkelgrüne Flasche unter ihrer blauen Sommerjacke.

„Moin!" Lianne nickte Sigrid Steenkamp knapp zu. Die blasse Appartement-Vermieterin wirkte noch verhärmter als sonst und gab nur ein schwaches „Moin" zurück.

Lianne setzte ihren Weg fort. War das eine Weinflasche, die Sigrid so schnell hatte verschwinden lassen? Um diese Zeit?

„Na dann prost", murmelte Lianne. Du bist schrecklich, Lianne Paulsen, ermahnte sie sich gleich darauf. Wer um diese Zeit trinkt, hat höchstwahrscheinlich ein Problem, über das du dich nicht lustig machen solltest.

Ein Gedanke, der sie zu Kristof Lorenzen führte, zu der Stunde, die sie mit ihm auf der Terrasse verbracht hatte, nachdem Kristof sie aus den schmierigen Fängen von Martin Schmitz befreit hatte.

Lianne hatte Kristofs Wunsch nach einem alkoholfreien Getränk mit Traubensaft-Schorle nachkommen können. Gemeinsam hatten sie einen Moment schweigend auf den Gartenstühlen auf Liannes Teil der Terrasse gesessen. Blicke in den Abendhimmel, dann erklärte Kristof unvermittelt: „Ich bin Alkoholiker. Seit neuneinhalb Jahren trocken."

Überflüssiges Geschwätz konnte man Liannes Nachbarn nicht vorwerfen. Seine direkten Worte überrumpelten sie.

„Oh … ich … das ist gut. Ich meine, das ist eine gute, lange Zeit", erwiderte Lianne schließlich. Erzählte von ihrer eigenen Trinkerei, von den größer werdenden Weinmengen am Abend, den Cocktails und den Kräuterlikören, den ständigen Kopfschmerzen am Morgen, dem Sodbrennen und den Magenkrämpfen und dem allmählichen körperlichen Verfall.

„Seit Februar habe ich nichts mehr getrunken", schloss sie. „Na ja, fast. Einmal eine halbe Flasche Wein, mit Britt, im Schlafstrandkorb – und einmal bin ich mit dieser grässlichen Timmendorfer Pfütze abgestürzt, bei Stecos

Eröffnung, als sich Jupp und Ole fast geprügelt hätten und du dazwischengegangen bist."

„Ach, das." Kristof machte ein unbeteiligtes Gesicht, als hätte Lianne lediglich erwähnt, dass er einer älteren Dame die Tür aufgehalten hatte. „Die waren beide angetrunken, hatten sich nicht mehr im Griff. Ein Grund von vielen, mit der Sauferei aufzuhören."

„Aber nicht jeder schafft es so wie du."

„Sport hilft."

„Bist du deshalb Triathlet geworden?" Ihr Nachbar warf mit Informationen nicht um sich, aber Lianne war entschlossen, ihm das zu entlocken, was sie wissen wollte.

„Ja. Unter anderem. Aber mittlerweile ... hat der Sport einen Selbstzweck. Sozusagen." Kristof nahm den Tennisball auf, den Eddie angeschleppt hatte, warf ihn in den dunklen Garten. Der Hund rannte hinterher.

„Und woher kommt es, dass du nervige Männer so professionell zu Boden bringen kannst?", bohrte Lianne. „Hast du das bei der Polizei gelernt."

Kristof nickte.

„Wo genau bei der Polizei warst du denn?"

„Ach, egal." Wieder Schweigen. „Bei einer Spezialeinheit", rückte Kristof widerwillig heraus.

„Echt? Bei welcher?" Dass sie diesem Mann aber auch jedes Wort abringen musste!

„Egal. Letztlich war es keine gute Zeit."

„Hast du deshalb getrunken?" Lianne hielt kurz den Atem an. War sie zu weit gegangen? Aber Kristof blieb sitzen.

„Ja. Vor allem deshalb. Ich bin ... ich konnte einige Erlebnisse nicht verarbeiten."

Lianne fragte nicht, welche Erlebnisse das gewesen waren. Damit würde sie wohl eine Grenze überschreiten.

„Warst du verheiratet?", erkundigte sie sich stattdessen.

„Weißt du, was eine hochnotpeinliche Befragung ist?" Kristof grinste überraschenderweise.

„Entschuldige." Lianne wurde rot. „Ich bin zu neugierig. Es ist nur … du erzählst so wenig von dir, das ist ungewöhnlich."

„So spannend bin ich nicht." Kristof sah sie mit einem unergründlichen Ausdruck an. „Also gut: Ja, ich war verheiratet. Meine Frau hat mich vor ziemlich genau zehn Jahren verlassen, seit mehr als acht Jahren sind wir geschieden. Keine Kinder. Jetzt bin ich selbstständiger Handwerker, und das ist Eddie, mein Hund. Zufrieden?"

Lianne lachte. Dann wurde sie wieder ernst.

„Eine Scheidung habe ich auch vor mir." Sie berichtete von Matthias und Mareile, von ihrer Flucht und ihrer Ratlosigkeit bei ihrer Ankunft in Timmendorf.

„Und, bist du immer noch ratlos?"

„Nein." Lianne schüttelte den Kopf. „Ich weiß zwar nicht, wie es genau weitergehen soll – aber es stört mich nicht. Irgendetwas wird sich schon ergeben."

„Das stimmt." Kristof sah auf seine Uhr. „Zum Beispiel ein neuer Tag, an dem ich früh aufstehen muss. Danke für die Schorle."

Er erhob sich, rief Eddie und machte über den Rasen einen Bogen um die halbhohe Mauer, die Liannes Terrasse von seiner trennte.

„Gute Nacht."

„Eine Frage noch", reagierte Lianne schnell. „Was meintest du mit dieser hochnotpeinlichen Befragung?"

Kristof grinste erneut. „Die gehörte zur Inquisition im Mittelalter", informierte er Lianne. „Die Angeklagten wurden meist gefoltert, um Geständnisse zu erzwingen. Der Begriff ‚peinlich' kommt in diesem Fall von ‚Pein' – es geht also um Schmerzen."

Oh." Lianne wurde wieder rot. „Tut mir leid."

„Keine Ursache. Weißt du, was man beim Triathlon sagt?"

„Nein?"

„Schmerz ist Schwäche, die den Körper verlässt. Tschüs, Frau Nachbarin."

Lianne lächelte breit – und hielt überrascht inne. In Gedanken versunken, war sie fast bis Scharbeutz gelaufen. Links tauchte bereits der Parkplatz des *Baltic-Spaßbades* auf. Das hieß Rückmarsch bis zum Supermarkt im Höppnerweg – bestimmt zwei Kilometer!

Kopfschüttelnd machte Lianne kehrt. Wie lange wollte sie sich etwas vormachen? Sie hatte seit dem Gespräch auf der Terrasse sehr oft an Kristof gedacht, öfter, als eine Frau normalerweise an ihre Nachbarn dachte. Informationen über sein Leben, die ihr immer wieder im Kopf herumgingen, nach ihm Ausschau halten (bislang ohne Erfolg). Hatte sie sich in den wortkargen, hageren Mann mit den millimeterkurzen Haaren und dem netten Hund verguckt? Würde das ihrem kleinen, verwundbaren Herzen gut tun? Oder war sie in Bezug auf Männer einfach nur ausgehungert und richtete ihre romantischen Gefühle auf jede Zielperson, die sich nicht bei Drei in der Toilette eingeschlossen hatte?

Ob sie mit Britt darüber reden konnte? Die Freundin hatte zwar mehrmals angeregt, Lianne möge sich wieder auf jemanden einlassen, „und wenn es nur für den Übergang ist". Dabei aber vermutlich nicht in Britts Sinn: Kristof Lorenzen. Vielleicht würde sie Lianne auslachen? Oder noch schlimmer – würde Kristof Lianne auslachen, wüsste er von den Verwirrungen, die er bei ihr ausgelöst hatte?

„Schluss jetzt." Lianne schritt energisch voran, als müsste sie heute noch einen Großteil des Jakobsweges bewältigen. Fruchtlose Überlegungen, sie brauchte andere Gedanken. Was Thea wohl gerade machte? Ob sie zurechtkam? Klar, es war schließlich ihre Strandkorbvermietung, Thea hatte mehr Jahre Gästebetreuung auf dem Buckel, als Lianne in ihrem Restleben noch schaffen würde.

Ob Thea künftig allein weiter „ermittelte", sich als Timmendorfer Antwort auf Miss Marple auf die Spur des „Attentäters" begab? Sie hatte das angedeutet. Aber wie wollte sie vorgehen? Vor Ole Martens Hof in Groß Timmendorf wie im Fernsehkrimi in einem unauffälligen Mittelklassewagen Position beziehen und „observieren"? Wie lange würde es dauern, bis er das bemerkte? Oder sich an die Fersen von Sophie Augsbach heften? Dann würde Thea in Wallung kommen, die Reporterin hatte garantiert eine ganze Latte von Terminen, die sie abfahren musste. An eine Verfolgung von Martin Schmitz war gar nicht zu denken, jedenfalls nicht, wenn er in seinem gelben Ferrari saß. Obwohl er den ja vielleicht demnächst verkaufen musste, sollte er wirklich pleite sein.

Einzig Sigrid Steenkamp ließ sich wahrscheinlich gut im Auge behalten. Thea hätte sich vorhin unverbindlich neben sie auf die Bank setzen können. Wo Sigrid jetzt nicht mehr saß, wie Lianne feststellte, als sie am Strandaufgang vorbeilief. Hatte die vom Leben enttäuschte Appartement-Vermieterin inzwischen die ganze Flasche Wein ausgetrunken? Hoffentlich nicht.

Steckte tatsächlich eine dieser vier Personen hinter den Sabotageakten? Die Ermittlungen gegen Bosse Peters zumindest waren eingestellt worden. Der Verdacht gegen den 17-Jährigen stand jedoch bei diversen Timmendorfern weiterhin unausgesprochen im Raum, jede Wette.

Aber er war bei dem Brand nur vor Ort, dachte Lianne. Genau wie ich – und einige andere. Da könnte man die Verdächtigenliste deutlich verlängern: Lianne Paulsen. Kristof Lorenzen. Hanno Stöhlmaker, warum denn nicht, oder vielleicht noch Grit Nissen, die nahezu hundertjährige Kassiererin aus dem Schwimmbad – je mehr, desto lustiger die Gesellschaft für Theas aktuelle Favoriten.

Sinnvoller als diese Spekulationen erschien die Frage, welche Veranstaltung das nächste Ziel darstellen könnte – vorausgesetzt, Mister oder Miss „Die fetten Tage sind vorbei" setzte sein oder ihr Treiben fort. Ostsee-Hockey oder Ostsee-Volleyball, die beiden bekannten Sport-Turniere? Die „Leuchtende Nacht" im Alten Kurpark, ein groß angelegtes Lichterfest?

Oder die „Kulinaria", bei der es darum ging, teure Gerichte mit langen Namen zu verputzen? War eine derartige Schlemmerparty ein interessantes Ziel? Immerhin, es war nicht gelungen, das Strand-Dinner zu stören – von der Attacke auf Philipp abgesehen. Ein Anschlag auf diese „Kulinaria“ wäre doch eine schöne zweite Gelegenheit, den Leuten den Appetit zu verderben, oder?

Lianne überquerte die Kurpromenade, ging dann nach dem Timmendorfer Platz und dem kleinen Stichweg am Rathaus die parallel zur Poststraße verlaufende Erlenbruchstraße entlang, eine Abkürzung zum Höppnerweg.

Das Plakat war gar nicht so groß, Din-A4-Format im Alu-Rahmen, an einem Laternenpfahl. In der Mitte ein klassischer, roter Sportwagen, von einer Art Heiligenschein umkränzt, drumherum Andeutungen von Strand und Meer und Sonne. Darüber die Zeile: „Auto-Show Timmendorf – Hier werden Ihre Träume wahr“.

Lianne blieb so abrupt stehen, als wäre sie gegen eine Betonmauer gelaufen. Sie starrte auf die Ankündigung. Darauf hätte sie eigentlich von selbst kommen können.

Endlich ist es wieder so weit, der Zeitpunkt rückt näher. Ich habe lange genug gewartet.

Aber ich brauchte Erholung nach dem Misslingen der jüngsten Aktion. Gewiss, ich habe Rückschläge einkalkuliert. Theoretisch. Praktisch schmerzt es dann aber doch sehr.

Immerhin: Sie haben mich nicht geschnappt. Der Rückzug ist richtig gewesen. Dass ich dafür Gewalt habe anwenden müssen, war nicht geplant. Und nicht persönlich gemeint. Leid tut es mir jedoch nicht. Mit mir hat auch niemand Mitleid.

Dass sie den Jungen verdächtigen, hat mir eine zusätzliche Atempause verschafft. Wobei das auch nicht geplant war – und bedauerlich, denn ich mag den Jungen und seine Freunde, sie sind nicht wie die anderen. Noch nicht.

Die Pause hat mir Luft geboten, und ich konnte beobachten. Die Verbindungsperson verhält sich unauffällig. Außer mir weiß garantiert niemand, warum sie hier ist.

Ich selbst lasse mich selbstverständlich nicht täuschen. Das aber wiederum weiß sie nicht, kann sie nicht wissen. Oder?

Wenn ich darüber zu lange nachdenke, verliere ich den Faden. Also Konzentration, auf das nächste Ziel. Das so naheliegend ist, dass sie hundertprozentig mit mir rechnen müssten, wären sie nicht so dumm, den Jungen für den Täter zu halten. Das macht es mir leichter. Trotzdem werde ich sie dieses Mal ablenken. Sicherheitshalber.

Kapitel 22

Sie erkannte sie nicht sofort. Ein einziges Mal hatte sich Lianne das Foto von Mareile angesehen, auf der Internetseite des „Café Danzer", die neben sämtlichen jemals erfundenen Kaffee-Zubereitungen auch die „Spezialitäten aus unserer Pralinen- und Schokoladen-Manufaktur" pries.

„Unsere Chefin Mareile Danzer" stand unter dem Bild. Jung, blond, zart, strahlendes Lächeln, mehr hatte sich Lianne nicht gemerkt an jenem Tag nach Matthias' „Geständnis", da hatte sie genug zu tun mit Selbstmitleid und Fluchtvorbereitungen.

Später wollte sie nicht mehr oder traute sich nicht oder beides. Lianne war nicht der Typ für Selbstkasteiung, die keine Belohnung versprach, warum also ewig auf dieses Foto starren, sie hätte sich nur minderwertig gefühlt, und außerdem: Wie konnte eine Frau, die den ganzen Tag in einer Pralinen- und Schokoladenmanufaktur arbeitete, so schlank sein?!

Aber so schlank war Mareile gar nicht mehr, wie sich herausstellte. 29 Grad schon den zweiten Tag in Folge, keine Wolke am Himmel, kein Lüftchen, spiegelglatte See und heißer Sand, das ging an der Ostseeküste locker als Hitzewelle durch. Alle Strandkörbe besetzt, nahende Mittagsstunde, aber niemand hatte die Kraft, sich zu erheben, um eine – womöglich auch noch warme – Mahlzeit zu ergattern, lieber liegen und dösen und die Zeit dahintröpfeln lassen. Die Szenerie erstarrt wie auf einer überkolorierten Postkarte aus den 1970er-Jahren, Lianne im Schatten des gelben Sonnenschirms eines bekannten Sonnencreme-Herstellers, auf dem Plastikstuhl, dessen Beine immer einige Zentimeter im Sand versanken, den reißerischen Schweden-Krimi in der Hand, dieses Kapitel würde sie heute noch zu Ende lesen.

„Lianne? Lianne Paulsen?" Eine leise, aber feste Stimme. Lianne hob den Kopf. Vor dem Vermieterhäuschen eine zierliche Frau mit weichen, blonden Haaren und großen, blauen Augen, in einem leichten, blaugrünen Sommerkleid, die Sandalen an den Füßen in der gleichen Farbe.

„Ja?" Lianne stand auf. „Es tut mir leid, aber heute sind alle Körbe bereits …" Abbruch. Rauschen in den Ohren, leichtes Schwanken, und wie aus dem Nichts der drängende Wunsch nach einer Zigarette. Verwechselte sie die Frau eventuell? Nein. Das war Mareile. Matthias' Mareile, Mutter seines ungeborenen Kindes, jetzt sah Lianne auch, dass sich unter dem blaugrünen Sommerkleid das berüchtigte „Bäuchlein" abzeichnete.

„Wir kennen uns ja noch gar nicht persönlich." Mareile machte einige Schritte nach vorne, streckte entschlossen die Hand vor, und Lianne ergriff sie, reflexartig, als würde sie auf einem x-beliebigen Empfang ihrer Tischnachbarin vorgestellt werden und nicht die neue Frau ihres künftigen Ex-Mannes am Timmendorfer Strand begrüßen.

„Hallo", rang Lianne sich ab. „Ich ... das trifft mich jetzt doch sehr unvorbereitet."

„Entschuldigung." Mareile wirkte unsicher. „Ich habe extra vorher nicht angerufen. Ich dachte, dass du – ich darf doch Du sagen? Also, ich dachte, dass du es dann vielleicht ablehnen würdest, mich zu treffen."

„Ja, das ...", ... ist absolut richtig, wollte Lianne entgegnen, verkniff es sich aber, sah Mareile stattdessen ratlos an. Grundgütiger, die Frau war mindestens einen Kopf kleiner als Lianne, sie konnte Matthias allerhöchstens bis zur Achselhöhle reichen.

„Ich würde mich gern mit dir unterhalten", fuhr Mareile fort. „Aber ich weiß nicht, ob es jetzt passt, bei der Arbeit, ich kann sonst auch warten ..."

„Nein! Ich meine, das geht schon, in der Mittagszeit ist es meistens ruhig, jedenfalls bei der Hitze, kann aber sein, dass ich mich zwischendurch mal kümmern muss." Lianne immer noch im Schatten des Sonnenschirms, dennoch machten sich von ihrem Nacken aus feine Schweißrinnsale auf den Weg über ihren Rücken, als sei sie die Teilnehmerin an einer TV-Show im grellen Licht der Studio-Scheinwerfer.

Sie musterte ihre Nachfolgerin. Geriet Mareile nicht ins Schwitzen? Du liebe Zeit, sie war ja schwanger, durften Schwangere überhaupt so lange in der Sonne herumstehen?

„Hier, nimm den Stuhl." Lianne wies mit dem Kopf auf ihren Plastiksitz. „Ich hole mir einen anderen. Möchtest du etwas trinken?"

„Mineralwasser, gerne." Mareile ließ sich vorsichtig in dem halb versunkenen Stuhl nieder.

Im Vermieterhäuschen lehnte sich Lianne an die Wand. Durchatmen. Mareile war hier. Warum? Sie war tatsächlich hübsch und liebreizend und hatte etwas an sich, etwas Besonderes. Wäre Lianne ein Mann, könnte sie Matthias vermutlich verstehen, aber sie war kein Mann und ihre Fähigkeit zum Verständnis hatte Grenzen. Was nun?

Andererseits: Mareile war bei Lianne aufgekreuzt, nicht umgekehrt. „Den Gegner erst einmal kommen lassen" – sagten sie das nicht beim Fußball? Lianne schüttelte den Kopf, alberne Gedanken, wollte sie als Nächstes einen Ball aus der Spieletruhe holen? Dann lieber Mineralwasser aus dem Kühlschrank und einen weiteren Plastikstuhl.

„Hier, bitte sehr." Lianne reichte Mareile eine kleine Flasche Wasser, stellte den Stuhl mit einem Sicherheitsabstand von eineinhalb Metern in den Sand und setzte sich. Schade, dass sie aufgehört hatte zu rauchen, im Moment war das wirklich schade.

Über den Körben der Strandkorbvermietung Harms, Abschnitt Seeschlösschen-Brücke lag tiefer Mittagsfrieden. Die Temperatur noch ein wenig höher als am Vormittag, schlummernde Gäste, träge Möwen, nicht einmal Kindergeschrei. Keine Chance auf Unterbrechung der Situation am Vermieterhäuschen in Sicht.

„Du fragst dich sicher, warum ich hier bin", begann Mareile. Lianne nickte.

„Ganz genau kann ich es dir auch nicht sagen. Es ist … ich dachte, wir sollten uns kennenlernen und nicht nur … ein bestimmtes Bild voneinander haben. Wir sind ja nun doch auf gewisse Weise miteinander verbunden."

„Findest du?!“ Lianne starrte Mareile entgeistert an. Miteinander verbunden? Schöne Formulierung, aber echt.

„Ja. Ich meine, Matthias und du …“ Mareile zupfte an ihrem Kleid herum.

„Ihr wart so lange zusammen, und ich – ich wollte wissen, wer du bist. Ich habe natürlich auch ein schlechtes Gewissen, weil ich mit daran schuld bin, dass du dein Leben in Bremen hingeworfen hast, und … ach, vielleicht wüsste ich einfach gern, wie wir miteinander umgehen sollen.“

Schon wieder ein „Miteinander“. Ich werde doch wohl keine neue Freundin gefunden haben?, dachte Lianne spöttisch. Dann horchte sie überrascht in sich hinein. Sollte sie diese Begegnung nicht als dramatisch empfinden? Erschütternd? Schockierend?

Tat sie aber nicht. Das Ganze war vielmehr absurd, relativ interessant und konnte womöglich noch lustig werden. Lianne musste grinsen. Jetzt war es an Mareile, entgeistert zu starren.

„Entschuldigung.“ Lianne räusperte sich. Nur nicht daran denken, wie sie diese Begebenheit später Britt erzählen würde, dann bekäme sie auf der Stelle einen Lachanfall.

„Wie hast du mich gefunden?“ Sachfragen konnten vielleicht zum Ernst der Lage zurückführen.

„Deine Adresse lag auf Matthias’ Schreibtisch. Er hat dir doch so viele Unterlagen geschickt. Ich habe hin und her überlegt – und bin dann einfach losgefahren.“

„Mit dem Auto?“ Die Frau war immerhin schwanger. Nicht, dass sie, Lianne, verantwortlich war, wenn Matthias’ künftige Kleinfamilie auf der Autobahn einem Hitzekollaps erlag.

„Nein. Ich habe den Zug genommen, das war entspannter. Schwanger sein ist anstrengend."

Augen auf bei der Befruchtung, hätte Lianne gern gesagt, wäre sie nicht eine Meisterin der Selbstbeherrschung.

„Wann ist es denn so weit?", fragte sie stattdessen.

„Ende September. Ich ... wir freuen uns schon sehr."

„Herzlichen Glückwunsch." So viel Sarkasmus musste nun doch sein. Aber Mareile ging nicht darauf ein.

„Ich wollte dir sagen, dass es mir leid tut, dass du einen so großen Verlust erlitten hast, damit ich so glücklich sein kann." Mareile suchte nach Worten. „Ich habe das nicht leichtfertig getan. Matthias ist meine große Liebe."

Jetzt sind wir endgültig im Groschenroman-Jargon angekommen, dachte Lianne. Britt würde das gefallen. Und Lianne? Noch vor wenigen Monaten hätte sie sich eine üble Auseinandersetzung mit Mareile geliefert, Geschrei und Vorwürfe und Bitterkeit, Lianne wäre als moralische Siegerin aus allem hervorgegangen – und nun bedeutete es ihr gar nichts mehr.

Gewiss, in der Gesamtschau wäre es jetzt schöner, wäre Mareile eine grauenhaft hässliche Schwangere, unförmig dick und picklig und fetthaarig, nicht so zauberhaft und beschützenswert. Nur so am Rande. Aber letztendlich war es egal. Mareile und Matthias würden ihr Kind bekommen und eventuell glücklich sein bis ans Ende aller Tage – und Lianne war es egal.

„Was kann ich denn konkret für dich tun?", erkundigte sie sich. Mittagszeit hin oder her, allmählich sollte Mareile zum Punkt kommen.

„Ich weiß nicht. Ich war unsicher." Mareile sah auf ihre Füße im Sand. „Auch, weil Matthias demnächst dieses Projekt in Timmendorf hat, das hat mir zu denken gegeben, dass er dann wohl doch öfter hier ist, und ich habe Sorge …"

„Matthias hat ein Projekt in Timmendorf?" Davon hörte Lianne zum ersten Mal.

„Das wusstest du nicht? Oh. Ja. Paulsen-Projekte plant hier so etwas wie eine Strandbar, eine edle Lounge oder so, die Details kenne ich nicht. Aber ich dachte …"

Jetzt verstand Lianne.

„Du dachtest, dass er meinetwegen in Timmendorf arbeiten will? Um … was? In meiner Nähe zu sein?"

Sie hatte augenscheinlich ins Schwarze getroffen. Mareile nickte unglücklich.

„Also ich glaube, ich kann dich beruhigen." Lianne fühlte sich plötzlich seltsam mütterlich, oder zumindest wie eine ältere Tante, die ein aufgeregtes Kind besänftigen muss.

„Ich weiß nichts von einem Projekt, mir hat er nichts erzählt. Paulsen-Projekte plant immer alles Mögliche – das heißt noch lange nicht, dass auch alles tatsächlich umgesetzt wird. Und ganz sicher, hundertprozentig, will Matthias nicht zurück zu mir. Ich kenne ihn. Wenn er sich einmal entschieden hat, rückt er davon nicht wieder ab. Deine Sorge ist vollkommen unbegründet. Er liebt dich, er will das Kind, und wir lassen uns scheiden, fertig."

Mareile schwieg so lange, dass Lianne irgendwann unauffällig einen Blick auf ihre Uhr warf.

„Danke", meinte Mareile endlich. „Das hilft mir sehr."

Sie kletterte unbeholfen aus ihrem Stuhl. Lianne erhob sich ebenfalls.

„Ich hoffe, die lange Fahrt hat sich gelohnt", sagte sie.

„Auf jeden Fall", bekräftigte Mareile, die deutlich gelöster wirkte als bei ihrer Ankunft. „Noch einmal danke für deine Worte. Das ist … du hast menschliche Größe, echt. Matthias hat immer gesagt, dass du eine sehr starke Frau bist. Und du bist auch so schön. Wirklich."

Lianne stand der Mund offen. Mareile reichte ihr die Hand.

„Vielleicht sehen wir uns ja wieder. Ich nehme mir jetzt ein Taxi zum Bahnhof. Mach's gut."

Mareile drehte sich um, ging den Holzplankenweg zur Promenade hinauf, war wenige Sekunden später verschwunden. Lianne sank wieder auf ihren Stuhl.

Was für eine Begegnung! Die bezaubernde, junge Mareile fürchtete die Konkurrenz durch die deutlich ältere, abgerockte Ex-Frau. Wobei, so abgerockt war Lianne anscheinend gar nicht mehr. Nicht zu fassen.

Fünf Minuten später stemmte sich Lianne hoch. Höchste Zeit, die Reihen ihrer ruhenden Gäste abzuschreiten. Sie war eine pflichtbewusste Strandkorbvermieterin, und die war sie sehr gerne. Und, fiel ihr ein, sie wäre es vielleicht gar nicht, wäre Mareile nicht in Matthias' Leben getreten. Schade, dass sie der jüngeren Frau das nicht gesagt hatte.

Alkohol wirkte bei Hitze schneller und intensiver, hatte Lianne erst vor Kurzem wieder in einem Apothekenblättchen gelesen – dessen Informationen aber nicht allen

Timmendorfern eine Warnung waren, wie die Lage an Stecos *Strand-Treff* vermuten ließ.

Lianne war nach Feierabend ein Stück an der Wasserkante entlang in Richtung Scharbeutz spaziert, um das Treffen mit Mareile im Geiste Revue passieren zu lassen. Nach dem *Hotel am Meer* über den Strand zur Promenade, dort erblickte sie ein munteres Grüppchen an einem Stehtisch an der berüchtigten Bude. Es ging hoch her, mehrere bereits geleerte Flaschen Prosecco deuteten an, dass der noch frühe Abend einen fatalen Verlauf nehmen konnte.

Das allein hätte Liannes Aufmerksamkeit nicht erregt – die Zusammensetzung des Grüppchens aber war interessant. Thea wäre jetzt glücklich, dachte Lianne, waren doch sämtliche von ihrer Chefin ins Visier genommenen „Verdächtigen" versammelt: Sigrid Steenkamp und Martin Schmitz, mit geröteten Gesichtern ihre Gläser schwenkend. Ole Martens, missmutig in sein Bier blickend. Und soeben trat auch Sophie Augsbach hinzu, stellte eine schwere Kameratasche auf den Boden. Jupp Schmitz lehnte am Tresen der Bude, ließ sich von Steco gerade eine weitere Flasche Prosecco reichen.

„Die Frau Reporterin! Guten Abend!" Martin Schmitz hielt Sophie ein Glas hin, das sie huldvoll entgegennahm, und schenkte großzügig ein. „So jung und hübsch und dennoch fleißig bei der Arbeit – das gibt es nur in Timmendorf, haha."

„Na, auf der Suche nach Geschichten?" Jupp hatte sich genähert. „Jetzt, wo der Attentäter gefasst ist, sind die Themen nicht mehr so spannend, was?"

Sophie zog pikiert die Augenbrauen hoch. „Mach dir da mal keine Sorgen, Jupp. Es gibt immer etwas, über das es sich zu schreiben lohnt. Und wenn erst einmal der Prozess beginnt, habe ich eh wieder reichlich Stoff."

Lianne spitzte die Ohren. Redeten sie über Bosse? So unauffällig wie möglich schlenderte sie näher heran.

„Hoffentlich wird dieser Chaot verknackt", dröhnte Martin Schmitz. „Bin gespannt, was der Richter sagt. Da muss man doch einen Präze … Präsidenzfall schaffen."

Präzedenzfall, du Trottel, dachte Lianne. Mal ganz abgesehen davon, dass Bosse es nicht war, dass sie keine Beweise gegen ihn haben und dass es deshalb sowieso keinen Prozess geben wird. Und weiß hier eigentlich keiner, dass Verhandlungen gegen Jugendliche grundsätzlich nicht öffentlich sind?

„Also ich kann die jungen Leute verstehen", nuschelte Ole Martens. „Im Grunde haben sie doch recht."

„Ach ja", giftete Jupp, auf diesen Schlüsselreiz anspringend wie ein gieriger Labrador auf ein Stück Wurst. „Geht das schon wieder los. Ole Martens, der ewige Linksaußen. Aber ich möchte dich mal sehen, wenn die Autonomen dich aufs Korn nehmen."

„Mich? Wieso ausgerechnet mich?"

„Na, du bist doch Schweinezüchter." Jupp füllte sein Glas. Lianne drückte sich hinter die Litfaßsäule, die dankenswerterweise neben dem *Strand-Treff* stand.

„Da kommen bestimmt auch irgendwann diese radikalen Tierschützer bei dir vorbei", fuhr Jupp fort. „Das sind alles Autonome, und dann filmen und fotografieren sie alles in deinem Stall und stellen das ins Internet, natürlich zusammen mit deiner Adresse!"

„Blödsinn." Ole schüttelte den Kopf. „Außerdem geht es meinen Tieren gut, ich bin Biobauer!"

„Aber nicht zertifiziert", bemerkte Martin Schmitz.

„Ole versucht wenigstens, wieder auf die Beine zu kommen", mischte sich Sigrid ein. Sie klang weinerlich. „Ihr wisst ja gar nicht, wie das ist, wenn man alles verliert, aber Ole und ich, wir kennen das, wenn man ganz unten ist, schlimm ist das, wirklich schlimm."

Interessante Vorstellung von „ganz unten", überlegte Lianne mit Blick auf die zahlreichen, garantiert nicht billigen Flaschen auf dem Tisch. Ob Martin Schmitz jetzt beichten würde, dass er demnächst auch „ganz unten" sein würde, ohne teure Sportwagen und womöglich auch ohne Penthouse? Doch der füllige Dortmunder schwieg.

Lianne sah zur Seite. Steco stand in der Durchreiche seiner Bude, musterte sie mit seltsamem, schwer zu deutendem Gesichtsausdruck. Lianne fühlte sich ertappt, nickte ihm verlegen zu. Der seltsame Gesichtsausdruck verschwand. Steco wies mit einer Hand auf das trinkende Grüppchen, verdrehte die Augen.

Lianne grinste und winkte. Dann schlug sie den Weg zur Strandallee ein. Es brachte gar nichts, diese Menschen zu belauschen. Sie waren betrunken, gaben nur dummes Zeug von sich. So dumm, dass es Lianne höchst zweifelhaft erschien, dass eine oder einer von ihnen schlau genug sein sollte, die Anschläge verübt zu haben.

Die Begegnung mit Mareile ließ Lianne nicht los, beinahe hätte sie bei Matthias angerufen, und wäre es nur, um zu fragen, ob die werdende Mutter wieder unversehrt in Bremen gelandet war. Das hätte einen bizarren Gesprächsverlauf ergeben, womöglich wusste Matthias gar nichts von diesem kurzen Trip seiner Liebsten an die Ostsee, und nachher stand Lianne noch als Petze da.

Lieber laufen, trotz der Temperaturen, die jetzt am späten Abend aber sanken, hell genug war es immer noch. Rasch in die Sportklamotten geworfen, dann los, die Promenade entlang. An den prächtigen Villen waren fast alle Jalousien und Rollos hochgezogen, die großen Häuser waren jetzt voller Leben. Zahlreiche Menschen am Strand, die nach dem Sonnenuntergang die sanfte, friedliche Atmosphäre und das milde Licht genossen.

Am Ende der Promenade bog Lianne in die Straße „An der Acht“ ab, an der großen Werfthalle vorbei, dann links auf die Strandstraße in Niendorf. Hier ein kleiner Schlenker auf das Hafengelände: südlich des Hafenbeckens die aufgehäuften Netze und die dicht besetzten Stühle der Hafenräucherei, dahinter die Kutter, wichtige Lieferanten sowohl von frischem Fisch als auch von rustikalem, maritimem Ambiente. Vor dem schiffsartigen Neubau der Hafen-Information eine überdimensionierte Motoryacht, an Bord ließen sich einige junge Leute beim Getränk bewundern. Auf der anderen Seite des Hafens dann die Verkaufsbuden der Fischer und ihre Holzschuppen, letztere modern und einheitlich gestaltet – schick, aber bei Weitem nicht mehr so pittoresk und urig wie ihre Vorgänger, die alten, bunten Wohnwagen, von denen nur einer überlebt hatte als eine Art Gedenkstätte für ein verstorbenes Niendorfer Original.

An der Hafenspitze das hübsche, zum Restaurant umfunktionierte Zollhaus, dort begann der Promenadenweg bis zur Niendorfer Seebrücke, links Dünen und Strand und Ostsee, rechts kleinere Häuser und Villen, nicht so prachtvoll wie die Timmendorfer, aber einladend und gepflegt.

Lianne musste sich konzentrieren, zahlreiche Spaziergänger flanierten umher, dazwischen kämpften Fahrradfahrer um ihr vermeintliches Recht, es war schwer, im kriegerischen Gewimmel Zusammenstöße zu vermeiden.

Auf dem großen Platz vor der Seebrücke, dem weitläufigen Niendorfer Balkon, war jeder Platz auf den Bänken besetzt. Trotz der vielen Menschen lief Lianne auf die erst wenige Jahre alte Brücke, deren Kopf die Form eines Fisches hatte, was nur aus der Vogelperspektive gut zu erkennen war.

Der „Fisch“ markierte ihren Wendepunkt. Lianne nahm den Rückweg in Angriff, mehr als sechs Kilometer sollten es heute nicht werden. Sie freute sich darüber, ihre Muskeln zu spüren, rasche Erschöpfung und Atemnot waren nur ferne, unangenehme Erinnerungen. Entsprechend euphorisiert traf sie vor der „Pension Agathe“ ein, wo Kristof Lorenzen baumlang am Mäuerchen des Vorgartens lehnte und beobachtete, wie sie die letzten Meter zurücklegte.

„Moin“, rief Lianne fröhlich, und es hätte aus ihrer Sicht diverse Möglichkeiten einer passenden Antwort gegeben. „Sportlich, sportlich, du siehst wirklich gut aus“ beispielsweise, oder „Schön, dich zu sehen, willst du mit mir essen gehen?", oder auch „Ich muss ständig an dich denken und habe von dir geträumt".

Stattdessen nickte Kristof nur knapp und erklärte im Tonfall eines besorgten Orthopäden: „Mit dem Laufstil machst du dir auf Dauer die Knie kaputt."

„Oh. Danke schön." Lianne verzog das Gesicht. „Da spricht der Fachmann, wie?"

„Geht so." Kristof pfiff Eddie heran, der vergnügt aus dem Vorgarten stob und an Liannes Beinen hochsprang.

„Wenn du willst, kann ich dir ein paar Tipps geben. Können ja mal zusammen laufen." Er verzog keine Miene.

„Tipps. Ah ja. Tipps sind immer gut. Okay." In puncto Charme war bei Kristof noch viel Luft nach oben. Aber was wusste Lianne schon – vielleicht kam die Aufforderung zu einer gemeinsamen Trainingseinheit bei ihm einer Einladung zum Essen so nah wie möglich.

„Ja, dann. Ich muss noch …"

„… mit dem Hund raus. Gutes Gelingen." Nicht zum ersten Mal sah Lianne der hageren Gestalt und dem hüpfenden Hund hinterher. Ob ihre Chancen besser stünden, wenn sie ebenfalls Knickohren und struppigbraunes Fell aufweisen könnte? Sollte es überhaupt einen Weg zum Herzen dieses Mannes geben, dann war es ein überaus steiniger, und Lianne fragte sich, ob sie diesen Weg tatsächlich gehen wollte.

Kapitel 23

„Gerade vor und zurück, 90-Grad-Winkel, parallel zum Oberkörper." Erstens kommt es anders, zweitens als du denkst, stellte Lianne an diesem Morgen fest. Gemeinsames Lauftraining mit ihrem gestählten Nachbarn! Sie hatte mit einigem gerechnet – aber dass Kristof Lorenzen zunächst an ihrer Armhaltung herumkrittelte, war doch eine Überraschung.

„Wenn die Arme nach innen pendeln, zur Körpermitte, dann pendeln auch deine Knie zu den Seiten, und das sollen sie nicht", erklärte er, über den noch menschenleeren Timmendorfer Platz trabend. Warme Luft und wolkenloser Himmel: Ein weiteres sonniges Wochenende kündigte sich an. Ein Pritschenwagen der Gemeinde rollte heran, auf der Ladefläche ein Stapel rot-weißer Baken, die Absperrung für die Auto-Show vor dem Alten Rathaus.

„Knie sind scharnierartige Gelenke, sie sollten sich deshalb nur vor- und zurückbewegen. Außerdem verschwendest du bei einer Oberkörperrotation zu viel Kraft", dozierte Kristof ohne den Hauch eines Schnaufens und bog in den Strandpark ab. Als säßen wir beim Kaffeeklatsch, und der Herr gibt einen Schwank aus seiner Jugend zum Besten, dachte Lianne, die Mühe hatte, mit dem groß gewachsenen Sportler Schritt zu halten. Ja, sie wusste, dass der kluge Mensch so joggte, dass er oder sie sich dabei problemlos unterhalten konnte, theoretisch. Praktisch war diese Empfehlung wohl nur etwas für Leute, die nie geraucht hatten.

Immerhin, die Tipps zur Armhaltung konnte sie direkt umsetzen. Fühlte sich das Laufen besser an? Sie warf einen Blick zur Seite, bemerkte, dass Kristof ihre Füße interessiert musterte.

„Du bist eine Fersenläuferin", erklärte er trocken. „Macht nichts. Die Vorfußtechnik gilt zwar als wesentlich besser, aber für dein Niveau reicht das völlig aus."

„Danke", keuchte Lianne. Morgensonne, die auf die große Seebrücke schien, auf deren Geländer Möwen und Kormorane dicht an dicht. Ein leichter Wind über der Ostsee, sich kräuselnde Wellen, die glitzerten und blinkten.

Es könnte so romantisch sein, überlegte Lianne: Wir beide auf der Bank, hinten am Brückenkopf, mit einem schmackhaften Frühstück in einem hübschen Picknickkorb, ich in einem schicken Sommerkleid, mein Haar fällt frisch geföhnt auf meine Schultern, ich bin dezent geschminkt und …

„Wir sind hier nicht bei Wünsch-dir-was, sondern bei SO ISSES", erklang Svenjas Stimme in Liannes Kopf. Natürlich. Ein Frühstück würde es erst nachher im Vermieterhäuschen geben, und statt eines Sommerkleides trug sie knielange Radlerhosen und ein betagtes T-Shirt. Und selbstverständlich hatte Lianne vor dem Lauftraining kein Make-up aufgelegt – damit konnte sie sich vor einem Mann wie Kristof Lorenzen nur lächerlich machen.

„Gut ist, dass du langsam läufst. Lieber langsam und länger, damit kannst du deine Leistung viel besser steigern, als wenn du auf Schnelligkeit setzt."

Lianne begnügte sich mit einem Nicken, anstatt zuzugeben, dass sie im Vergleich zu ihren sonstigen Laufeinheiten heute Morgen rannte, als wollte sie noch den Bus erwischen.

Vor Stecos *Strand-Treff*: zwei Männer in Jeans und Oberhemden, einer von ihnen mit einem gelben Stativ und darauf montiertem Theodoliten. Lianne kannte dieses Gerät, Matthias hatte es ihr erklärt, damit wurden Grundstücke vermessen. Ob sie mit ihren Kenntnissen angeben sollte? Aber da waren sie schon vorbei, weiter in Richtung Scharbeutz. Kristof sagte nicht mehr viel, mahnte nur zwischendurch: „Armhaltung", „kurze Schritte".

„Wie lang ist der Timmendorfer Strand eigentlich?", fragte Lianne, schon allein, um vorzutäuschen, dass für sie Atemnot überhaupt kein Thema war.

„Etwa sieben Kilometer – wenn du die gesamte Gemeinde nimmst, also von der Ortsgrenze Scharbeutz bis nach Niendorf, zum Brodtener Ufer. Die Länge ist also beachtlich. Das Problem ist eher die Breite."

„Warum?"

„Sandverlust macht den Stränden zu schaffen, gerade im Frühjahr und im Herbst wird durch die Stürme viel Sand weggespült beziehungsweise regelrecht weggerissen." Kristof wies Richtung Strand, der zwischen den Kiefern hervorschimmerte. „Deswegen investiert die Gemeinde einige Millionen in ein neues Buhnensystem."

„Buhnen sind diese kleinen Dämme im Wasser, oder?“ Lianne kam schließlich nicht direkt von der Küste, da mussten derlei Fragen erlaubt sein.

„Richtig. Die neuen Buhnen sind aus Naturstein. Beim üblichen Seegang brechen sie die Wellen und halten den Sand.“ Für seine Verhältnisse war Kristof heute eine richtige Plaudertasche. Schade nur, dass man dafür mit ihm joggen gehen musste.

„Und was ist bei Sturm?“

„Bei Sturm oder vielmehr Sturmflut oder Hochwasser überspült die Ostsee die Buhnen“, sagte Kristof. „Und zwar so, dass sich keine Wirbel bilden. Damit wird auch der Sand nicht ausgespült.“

„Das funktioniert?“, hakte Lianne nach.

„Ja, in Niendorf hat es gut geklappt.“

„Dann lassen sich die Timmendorfer ihren Strand ja einiges kosten.“

„Geht so“, erwiderte Kristof. „Erstens ist der Strand immer noch die Hauptattraktion für die Gäste. Zweitens ist die Aufspülung von Sand viel teurer, vor Sylt werden dafür beispielsweise horrende Summen ausgegeben.“

„Spannend.“ Lianne freute sich über den Anblick des *Baltic-Spaßbades*. Die Hälfte der Strecke war geschafft. Rechts auf dem Strand herrschte munteres Treiben trotz der frühen Stunde. Es waren überwiegend junge Leute, die sich mit der Errichtung eines Pavillons mühten, andere schleppten Surfbretter, Paddel und Getränkekisten vom Parkplatz an die Wasserkante.

„Was ist hier los?“ Sie machten kehrt, und Lianne beeilte sich, um nicht zurückzufallen.

„Stand-up-Paddling", antwortete Kristof knapp. „Die Timmendorfer SUP-Tage. Ist letztlich Werbung für den Sport, jeder kann es ausprobieren. Wäre das nichts für dich?"

„Warum nicht. SUP könnte ich mir wenigstens leisten", sagte Lianne. „Im Gegensatz zu dem, was an diesem Wochenende bei der Auto-Show gezeigt wird."

„Ach ja, ich vergaß. Madame bevorzugt ja eigentlich Ferrari." Kristof blickte mit steinerner Miene geradeaus, grinste dann aber, als Lianne ihm in die Seite boxte.

„Kein Wort mehr über diese Höllenfahrt! Ich habe bitter für meinen Fehler gebüßt!"

„Entschuldigung!" Kristof hob die Hände. „Sehr tapfer von dir, mit dem Luxusleben abzuschließen."

„Witzig." Lianne schnappte möglichst unauffällig nach Luft. Wie konnten Experten nur empfehlen, sich beim Laufen zu unterhalten?

„Denkst du, dass etwas passiert? Bei der Auto-Show?", fragte sie dennoch.

„Keine Ahnung." Kristof zuckte mit den Schultern. „Dort sind fast ausschließlich teure Neuwagen, die werden gut bewacht – auch ohne die Timmendorfer Bürgerwehr."

„Thea glaubt fest an einen neuen Anschlag, das hat sie mir vorgestern im Schwimmbad gesagt", berichtete Lianne.

„Vielleicht hat sie recht", gab Kristof zurück. „Falls es diesen einen Täter gibt und die Jugendlichen es nicht waren – dann wäre die Auto-Show ein gutes Ziel. Aber dort ist wirklich viel Security vor Ort. Es dürfte schwer werden, an diesen Leuten vorbeizukommen."

Dass sie die Strecke bis Scharbeutz und zurück so schnell wie nie zuvor gelaufen war, spürte Lianne noch Stunden später deutlich, vor allem in den Oberschenkeln. Glücklicherweise drängten sich an diesem Morgen die Gäste bereits früh am Vermieterhäuschen, um das sonnige Wochenende in einem Strandkorb zu genießen. Die Schlange der Wartenden war so lang, als sei Freibier satt im Ausschank. Um 11 Uhr hängte Lianne das Schild mit der Aufschrift „Ausgebucht" an den Eingang und ließ sich in ihren Stuhl fallen.

„Du warst ja heute früh flott unterwegs." Lianne sah auf. Vor ihr stand Inge von Salzen und lächelte sie an.

„Ich habe dich gesehen, sehr sportlich", erklärte die Mittsiebzigerin fröhlich. „Und dann noch mit einem so gut aussehenden Trainingspartner …"

„Das ist mein Nachbar", erwiderte Lianne rasch.

„Noch besser." Inge von Salzen zwinkerte ihr zu. „Dann hast du es ja nicht weit. Zwei Kaffee, mit Milch, bitte."

Lianne kämpfte sich gegen ihre schmerzenden Muskeln aus dem Plastikstuhl. Jetzt hatte die Dauermieterin von Korb 36 sie doch tatsächlich in Verlegenheit gebracht.

Dabei war Inge von Salzen nicht die Einzige, die sich für Liannes läuferische Aktivitäten in Begleitung interessierte, wie sich in Britts Mittagspause herausstellte.

„Du warst also mit Lorenzen joggen", begrüßte sie Lianne.

„Woher weißt du das?" Lianne konnte sich nicht daran erinnern, Britt von Kristofs „Einladung" berichtet zu haben.

„Einer aus der Bauverwaltung hat euch gesehen und es Meeno erzählt, und von dem habe ich es. Timmendorfer Ortsfunk, du weißt Bescheid?"

„Ja, schon klar." Lianne verdrehte die Augen. „Das gibt es nur in Timmendorf, richtig?"

„Da wäre ich mir nicht so sicher. Die Landbevölkerung ist generell sehr aufmerksam." Britt schnappte sich einen Stuhl.

„Aufmerksamkeit schadet nie", erklang Theas raue Stimme vom Strandaufgang. Heute war sie in beigefarbenen Chiffon gehüllt. Jedenfalls glaubte Lianne, dass es Chiffon war, was sich da um Theas hagere Gestalt bauschte. Sie sah aus wie ein farblich leicht missglücktes Sahnebaiser.

„Alles ausgebucht, sehr schön", lobte Thea. Lianne schaffte einen weiteren Stuhl herbei.

„Wie war dein kleiner Ausflug heute Morgen mit dem attraktiven Nachbarn?", fragte Thea.

„Du nicht auch noch. Wahrscheinlich steht es schon im Internet, dass ich ein einziges Mal mit Kristof Lorenzen ein paar Kilometer gejoggt bin. Was für eine Sensation."

„Nun, ich finde es durchaus sensationell, dass mein wortkarger, wenngleich tadelloser Mieter mit einer Frau gesehen wurde", gab Thea ungerührt zurück. „Das war, wenn ich mich richtig erinnere, noch nie der Fall. Aber du hast dich ja auch gemacht, seitdem du hier bist. Ihr passt ganz gut zusammen."

„Finde ich auch", mischte sich Britt ein.

„Schluss jetzt. Ich möchte nicht mehr darüber reden." Lianne ging ins Vermieterhäuschen, schenkte drei Tassen Kaffee ein und brachte sie nach draußen.

„Erzähl mir lieber, wie es Bosse geht", forderte sie Britt auf. „Sind die Ermittlungen endlich eingestellt worden?"

„Ja." Britt griff nach ihrem Kaffee. „Zum Glück. Ich meine, es war eigentlich klar, weil er es ja nicht gewesen ist. Aber für uns bedeutet das eine große Erleichterung. Ich habe mich auch gleich breitschlagen lassen und ihm für heute großzügig Ausgang gewährt."

„Ausgang? Wohin? In Timmendorf wird jungen Leuten doch nichts geboten", erklärte Thea abschätzig.

„Bosse fährt mit seiner Clique nach Lübeck", berichtete Britt. „Sie wünschen sich nichts sehnlicher als ein Konzert auf der *Flori* zu besuchen, das ist dieses alternative Zentrum nahe der Musik- und Kongresshalle." Sie seufzte. „Und weil ja nach 23 Uhr kein Bus und kein Zug mehr hierher fahren, haben wir erlaubt, dass Bosse – mit seinen Freunden – bei Jonathans Bruder in der WG übernachten darf. Der studiert in Lübeck und wohnt in der Altstadt."

„Richtig so", meinte Thea. „Der Junge muss mal raus aus dem Kaff hier."

„Also ein Kaff ist Timmendorf nun nicht", widersprach Britt.

„Hier ist in der Tat mehr los, als ich dachte", stimmte ihr Lianne grinsend zu. „Vor allem im Vorfeld von Veranstaltungen …"

„Sehr witzig", knurrte Thea. „Darüber solltest du keine Scherze machen. Das könnte Unglück bringen."

Es war dieser Satz, der Lianne dann auch als Erstes durch den Kopf schoss, als mitten in der Nacht – dieses Mal um

4.15 Uhr – ihr Handy klingelte und Theas Foto im Display erschien.

„Was ist?!“, rief Lianne ins Telefon, von dem Déjà-vu-Erlebnis schlagartig hellwach.

„Es brennt.“ Thea klang aufgeregt, aber nicht derart von der Rolle wie nach dem Angriff auf Philipp.

„Die Auto-Show?!“ Ich wusste es, dachte Lianne.

„Nein, nicht die Autos! Hinten am Strand, bei diesem Surf-Festival!“

„Du meinst die SUP-Tage?“ Damit hatte Lianne nicht gerechnet.

„Ja, im Ort ist der Teufel los, alle Wehren sind auf den Beinen. Sag bloß, du bist davon nicht aufgewacht?“

„Also hier ist nichts zu hören.“ Lianne stieg aus dem Bett und angelte nach ihrer Jeans, die über einem Stuhl hing. Dann hielt sie kurz inne. Sollte sie wirklich zu dem Feuer eilen? Mehr als zusehen, um nicht zu sagen gaffen, konnte sie nicht. Doch in gewisser Hinsicht fühlte Lianne sich betroffen – und wütend. Wer war das bloß, der so schrecklich im schönen Timmendorf wütete und den Menschen hier die Freude an ihren Events, die niemandem schadeten, verderben wollte?

Während Lianne durch den Strandpark und über die stockdunkle Promenade lief, fasste sie zum vermutlich hundertsten Mal den Entschluss, sich ein vernünftiges Fahrrad zuzulegen. Allerdings hatten jetzt erst einmal andere Probleme Priorität. Sie hatte nicht bei Kristof geklingelt. Es erschien Lianne zu aufdringlich, ihn erneut zu nächtlicher Stunde als Beistand anzufordern.

Der Feuerschein war von Weitem sehen, ebenso die Blaulichter der Löschfahrzeuge. Als Lianne sich näherte, erkannte sie die beiden Pavillons für die Besucher der SUP-Tage, offensichtlich unversehrt.

Etwa fünfzig Meter weiter weg loderten allerdings beeindruckende Flammen in die Höhe. Zahlreiche Feuerwehrleute sperrten den Bereich ab. Vier von ihnen hielten mächtige Schläuche, aus denen Wasserstrahlen schossen. Hinter ihnen mehrere dunkelblau gekleidete Männer, auf ihren Polohemden die Aufschrift „Security". Auf der Promenade hatte sich ebenfalls eine Gruppe Menschen versammelt.

„Ich habe doch gesagt, dass wieder etwas passiert." Thea trat auf Lianne zu.

„Wie bist du so schnell hierhergekommen?"

„Philipp hat mich gefahren, er steht dort drüben." Thea wies auf ihren Neffen, der sich mit einem der Feuerwehrmänner unterhielt. Die Szenerie wurde durch das Feuer in dramatisches Licht getaucht. Aschefetzen in der Luft, ein Windstoß trieb beißenden Rauch über die Promenade und den Strand.

„Wir hätten weiter Wache halten müssen", dröhnte die Stimme von Jupp Schmitz aus der Menschengruppe. Er gestikulierte aufgeregt, neben ihm stand sein Bruder Martin. Die Tourismuschefin Tatjana Ebert verfolgte die Bemühungen der Feuerwehr mit düsterer Miene. Sogar die Bürgermeisterin, Ragna de Fries, war vor Ort, ihre blonde Wallemähne war unverwechselbar. Lianne konnte außerdem den Kommunalpolitiker Gustav Kiekbusch sehen sowie die beiden Unvermeidlichen: Ole Martens und Sigrid

Steenkamp. Waren die Angehörigen dieser Timmendorfer Clique womöglich an den Hintern zusammengewachsen? Auch Sophie Augsbach tauchte auf und fotografierte munter drauflos. Nächtliche Feuer schienen in Timmendorf ein großes Publikum anzuziehen.

„Die jungen Leute waren es jedenfalls nicht!", rief Thea der Gruppe zu.

„Warum?" Die Gesichter wandten sich Liannes Chefin zu, die sich in kämpferischer Pose auf dem Weg aufbaute.

„Wenn mich nicht alles täuscht, sind eure vermeintlichen Verdächtigen gerade alle in Lübeck", erklärte Thea triumphierend. „Da können sie wohl kaum zeitgleich hier ein Feuer gelegt haben!"

„Das wird die Polizei überprüfen", gab Jupp giftig zurück.

„Hoffentlich!"

„Thea, lass, das bringt doch nichts." Philipp legte seiner Tante eine Hand auf die Schulter.

„Philipp hat recht", meinte Lianne. „Dass Bosse und seine Freunde in Lübeck sind, wird sich hundertprozentig nachweisen lassen."

„Außerdem hält sich der Schaden offenbar in Grenzen", berichtete Philipp. „Der Einsatzleiter sagt, dass lediglich zwei Container brennen. Papiercontainer allerdings, deswegen das große Feuer."

„Aha?" Thea runzelte die Stirn. Auch Lianne wunderte sich. Papiercontainer? Das passte nicht zur Vorgehensweise des „Attentäters", diese Schlussfolgerung konnte jedes Kind ziehen.

„Und diese Parole?", frage Thea.

„Nichts zu sehen“, antwortete Philipp. „Aber das kommt vielleicht noch, erst einmal muss das Feuer gelöscht werden, bevor man mehr sagen kann.“

In diesem Moment läutete sein Handy. Philipp riss es hastig ans Ohr.

„Ja? Was?! Ach du Scheiße!“

Lianne sah, wie einer der Security-Männer ebenfalls aufgeregt in sein Telefon sprach und seinen Kollegen etwas zurief. Sie rannten in Richtung Zentrum, als sei der Teufel hinter ihnen her – oder als wollten sie sich bei einer Laufrunde mit einem durchtrainierten Triathleten messen.

„Was ist los?“ Thea zerrte ungeduldig an Philipps Arm.

„Einer der Wachleute ist bei den Autos niedergeschlagen worden!“, rief Philipp. „Und irgendetwas stimmt da bei der Auto-Show nicht!“

„Nix wie hin!“, kommandierte Thea und zog jetzt an Liannes Arm. „Du kommst mit, oder?!“

Binnen einer Minute saßen sie in Philipps altem Jeep. Die Strandallee hinunter, durch die Poststraße bis zum Parkplatz der Tourismus GmbH. Auf dem Timmendorfer Platz schon wieder Blaulicht.

Lianne sprang aus dem Auto, Philipp half Thea hinaus. Sie näherten sich den im Schein der Straßenlaternen glänzenden Neuwagen, etwa 15 Stück, sorgsam poliert und wie auf dem Präsentierteller.

Plötzlich schlug Lianne ein ekelerregender Gestank entgegen – nach Erbrochenem und faulen Eiern, schimmligem Käse und Fäkalien, eine grauenhafte Mischung. Sie spürte heftigen Würgereiz und blieb stehen.

„Herr im Himmel, was ist das?“ Thea war kreidebleich geworden und schwankte. Philipp hielt sie am Arm fest, sie ließ sich auf eine Bank sinken. Alle drei hielten sich die Nasen zu, doch das half wenig. Der Geruch schien durch die Kleider, ja, durch die Finger zu kriechen.

„Gehen Sie nicht näher ran!“ Ein Uniformierter lief auf sie zu, hob abwehrend die Hände. Hinter ihm tauchte Hanno Stöhlmaker auf, ebenso kreidebleich wie Thea. Seine Augen tränten.

„Tut euch das nicht an, Leute“, meinte er. „Lasst uns auf den Parkplatz gehen, dort ist es vielleicht auszuhalten.“

Sie zogen sich hinter einige auf dem Rondell parkende Autos zurück. Lianne kämpfte immer noch mit ihrem Würgereiz.

„Was machst du hier, Hanno?“, krächzte Thea.

„Na, ich war schon am Abrücken, die Lage hinten beim SUP ist unter Kontrolle“, erwiderte der stellvertretende Wehrführer. „Dann wurde Alarm vom Timmendorfer Platz gemeldet. Hätte ja noch ein Feuer sein können.“

„Ist es aber offenbar nicht“, sagte Lianne mit schwacher Stimme.

„Nein.“ Hanno schüttelte den Kopf. „Schlimmer, hätte ich beinahe gesagt. Anscheinend hat jemand Buttersäure auf und in die Autos gekippt.“

„Buttersäure?“ Philipp, Thea und Lianne starrten Stöhlmaker entgeistert an.

„Ja, das Zeug ist die Hölle, stinkt wie die Pest. Vorher hat der Täter noch einen Wachmann niedergeschlagen, den hat es ähnlich erwischt wie dich damals, Philipp.“

„Was ist Buttersäure?“, fragte Thea verwirrt.

„Wie der Name sagt: eine Säure, die durch Gärung von Butter entsteht. Üble Sache, ätzend, reizt auch die Augen und die Atemwege", erklärte Hanno Stöhlmaker.

„Und das hat jemand auf die Autos gekippt?!"

„Ja – und hinein, in die Lüftungsschlitze, wie es aussieht", präzisierte Hanno. „Keine Ahnung, ob man den Geruch wieder wegbekommt. Aber die Auto-Show ist gelaufen, würde ich sagen."

„Das war garantiert dieser Attentäter!" Theas Augen funkelten. Lianne rechnete beinahe damit, dass auf ihrer Stirn die Worte „Ich habe es ja gesagt" aufblinkten.

„Tja. Sieht so aus." Hanno Stöhlmaker zögerte einen Moment. „Ich darf euch das eigentlich gar nicht sagen, aber spätestens in ein paar Stunden weiß es ja eh wieder jeder. Die Polizei hat auf einer Motorhaube einen Zettel gefunden."

„Lass mich raten, was draufsteht", meinte Philipp ruhig. „Die fetten Tage sind vorbei, oder?"

„So ist es."

Update 23669 +++ DIE News und Termine für Timmendorfer Strand und Umgebung +++

Säure-Attentat: Polizei tappt im Dunkeln

Von Sophie Augsbach

Timmendorfer Strand. Die Timmendorfer kommen doch nicht zur Ruhe. Nach dem sechsten Anschlag im Urlaubsort fehlt vom Täter weiterhin jede Spur. Laut Melanie Berg, Sprecherin der Polizei-Direktion Lübeck, werde „mit Hochdruck nach allen Seiten ermittelt". Die Ergebnisse lassen allerdings auf sich warten.

Mittlerweile liegen erste Schätzungen zur Höhe des Schadens vor, der bei dem Säure-Attentat auf die Auto-Show entstanden ist. Nach Angaben von Tourismuschefin Tatjana Ebert hat der unbekannte Täter insgesamt elf Neuwagen von Autohäusern aus der Region beschädigt: sechs Fahrzeuge der Oberklasse, drei SUVs sowie zwei Mittelklasse-Limousinen. Wie bei den vorausgegangenen Attentaten wurde auch dieses Mal die Parole „Die fetten Tage sind vorbei" am Tatort hinterlassen.

„Es ist sehr teuer, die Buttersäure aus den Lüftungssystemen wieder zu entfernen", berichtet Ebert. Für die elf beschädigten Autos lägen die Kosten bei insgesamt weit über 100.000 Euro. Zwar hätten die betroffen Aussteller erklärt, dass ihre jeweiligen Vollkasko-Versicherungen die Kosten für die Neutralisierung der bestialisch stinkenden Buttersäure übernähmen. Es bleibt nach Ansicht von Ebert jedoch ein erheblicher Imageschaden für Timmendorf, zumal die Auto-Show nach dem Anschlag abgesagt werden musste.

„Wir werden die Sicherheitsmaßnahmen noch einmal verstärken", kündigt Timmendorfs Bürgermeisterin Ragna de Fries an. Bereits nach den ersten Anschlägen war die Zahl der privaten Wachleute erhöht worden. Bei der Attacke auf die Auto-Show hat der Täter allerdings ein Ablenkungsmanöver durchgeführt: Er steckte zwei Papiercontainer in Brand, die etwa 1,5 Kilometer von der Auto-Show entfernt an der Strandallee standen. Das Feuer lockte auch diverse Security-Männer an, die für den Schutz der Auto-Show zuständig waren. Der 32-jährige Wachmann, der bei der Auto-Show blieb und niedergeschlagen wurde, befindet sich laut Polizei auf dem Weg der Besserung.

Mitglieder der ehemaligen „Bürgerwehr" von Timmendorf bereuen es nun, dass sie ihre Aktivitäten nach der Festnahme eines 17-jährigen Timmendorfers im Zusammenhang mit dem Anschlag auf das Strand-Dinner eingestellt haben. „Das war ein großer Fehler", sagt Jupp Schmitz, Gründer der Gruppe „Wir schützen Timmendorf", selbstkritisch. Genannter 17-Jähriger hat laut Polizei ein „hundertprozentiges Alibi" und kommt keinesfalls als Täter infrage.

Selbstverständlich würden er und seine Mitstreiter die Gruppe jetzt neu aufstellen, betont Schmitz. „Wir nehmen die Patrouillen wieder auf", sagt er und bezeichnet den Anschlag auf die Auto-Show als „besonders perfide". „Man fragt sich ja auch, wie jemand an eine so gefährliche Säure gelangen kann", meint Schmitz.

Das ist jedoch nach Recherchen von „Update 23669" kinderleicht: Die Substanz kann mit drei Clicks im Internet bestellt werden, ein Liter ist für knapp zehn Euro zu haben.

Kapitel 24

An diesem Tag mussten auch junge, freie und wilde Menschen Zugeständnisse in puncto Kleidung machen, wollten sie keinen Hitzschlag erleiden. So hatte selbst Bosse Peters angesichts der rekordverdächtigen Temperaturen auf Lederjacke und Jeans verzichtet, stattdessen zu kurzen Stoffhosen und einem schwarzen T-Shirt gegriffen.

Er trat in die Pedalen, sauste die Promenade Richtung Niendorf hinunter. Die Luft über der Ostsee flimmernd wie in Filmaufnahmen von der Wüste, milchiger Himmel, kein Windhauch, Stillstand, keine Spaziergänger, keine frechen Möwen, dafür ein überfüllter Strand, kaum noch Sand zu sehen zwischen all den bunten Handtüchern. Darauf bewegungslos liegend wie vollgefressene Kegelrobben: Menschen dicht an dicht, ebenso im Wasser, träge dahintreibend, fleischige Bojen in der aufgewärmten See.

Bosse hingegen fühlte sich leicht und beschwingt, zum einen wegen des ungewohnten Outfits, zum anderen wegen des Anschlags auf die Auto-Show. Im Gegensatz zu fast allen Timmendorfern und Gästen freute er sich insgeheim über die erneute Aktion des unbekannten Täters – und der 17-Jährige vermutete, dass es seinen Eltern nicht anders ging. Zwar waren Britt und Meeno entsetzt über die hinterhältige Vorgehensweise und den hohen Schaden – andererseits brachte dieser Vorfall die endgültige Entlastung von Bosse mit sich.

Sein Alibi: Party in der „Tatnacht“, mit seiner Timmendorfer Clique bis zwei Uhr morgens nach einem großartigen Punk-Konzert auf der Lübecker *Flori*, anschließendes Herumlärmen in der WG von Jonathans Bruder bis kurz vor 5 Uhr, dann hatte ein entnervter Nachbar die Polizei gerufen – nicht die schlechtesten Zeugen.

Der Kiosk „An der Acht“ kam in Sicht. Bosse bremste, kettete sein Fahrrad an den Pfahl eines Steinzaunes, der eine protzige Villa umrahmte – das Schild „Fahrräder anschließen verboten“ an dem hässlichen, mit Steinen gefüllten hohen Drahtkorb ignorierend. 50 Meter weiter links ein klappriges Tor im morschen Jägerzaun, der das Grundstück von Jonathans Oma begrenzte. Der Garten direkt an der Promenade („1A-Lage“ im Immobilienkäufer-Jargon) war mit hohen Kiefern bewachsen, Sichtschutz für ein kleines Wochenendhaus in der Mitte. Jonathans Familie nutzte die Holzhütte selten, verkaufen wollte die Oma dennoch nicht. Dabei hätte sie das auf einen Schlag reich gemacht. Ein Makler hatte Interessenten angekündigt, die drei Millionen Euro für das Areal auf den Tisch legen wollten, Abriss- und Rodungskosten nicht inbegriffen. Nicht zu fassen.

Mias rote Haare leuchteten weithin. Sie trug zwar auch im Hochsommer nur Schwarz, heute war es ein kurzes Kleidchen, ließ jedoch den zentimeterdicken Kajalstrich weg. Sie saß im Schneidersitz unter einem Sonnenschirm auf einer auf dem Rasen ausgebreiteten Decke, neben ihr lagen Jonathan, Laura und Vito wie gefällte Bäume in der Sonne.

„Kommst du auch noch?“, begrüßte Mia Bosse, der ein Handtuch aus seinem Rucksack zog und sich lang darauf ausstreckte.

„Sorry. Ich musste meiner Mutter helfen.“

„Wir haben mit der Besprechung extra auf dich gewartet“, meinte Mia streng. „Aber jetzt können wir ja anfangen.“

„Du bist immer noch bei der Aktion in Groß Timmendorf?“ Bosse hoffte, dass er damit unrecht hatte.

„Ganz genau“, zerstörte Mia diese Träume. „Jetzt, da deine Unschuld einwandfrei feststeht, können wir sicher sein, dass die Polizei kein Auge mehr auf dich hat. Also kann es losgehen.“

„Bist du sicher, dass das eine gute Idee ist?“ Bosse hatte ein mulmiges Gefühl. Der unberechtigte Verdacht gegen ihn hatte ihn spüren lassen, was es bedeutete, Ärger mit den Ermittlungsbehörden zu bekommen. Unschuldig hin oder her – ein zweites Mal wollte er das nicht erleben.

„Wir waren uns doch einig.“ Jonathan setzte sich auf. „Oder hast du jetzt Angst?“

„Nein, schon gut.“

„Wir machen im Grunde nichts Illegales. Ich meine, wir machen nichts kaputt oder so“, sagte Laura. „Jedenfalls nicht viel.“ Die stämmige 18-Jährige hatte sich in eine Art dünnen, braunen Sack gehüllt. „Wir wollen uns nur umsehen.“

„Und wenn wir etwas finden?“, fragte Bosse.

„Dann machen wir Fotos oder filmen. Das Material geht dann an die Polizei, den Amtstierarzt und den Tierschutz", erläuterte Mia ruhig. „Selbst wenn wir geschnappt werden, was ich nicht glaube – sie können uns keine große Sache anhängen."

„Du hast ja recht." Dennoch fühlte sich Bosse nicht gut. Es war einige Zeit her, dass sie beschlossen hatten, sich heimlich in der Schweinezucht von Ole Martens in Groß Timmendorf umzusehen. Auslöser dieser Idee war ein Bericht über Missstände in einem süddeutschen Bio-Betrieb, der Mia sehr aufgewühlt hatte. Sie hatte ihre Freunde davon überzeugt, dass es wichtig sei, die Betriebe in der Umgebung wenigstens „zu überprüfen". Nachdem jedoch Bosse ins Visier der Polizei geraten war, hatten sie diesen Plan auf Eis gelegt.

Und wenn es nach Bosse ginge, konnte der Plan dort auch liegen bleiben. Seine Freunde wussten nicht, wie es war, diverse Stunden in der Polizeistation zu verbringen – Bosse schon. Aber er würde Mia, Laura, Jonathan und Vito nicht hängen lassen. Sie hatten auch zu ihm gehalten, als er noch verdächtigt wurde.

„Schön." Mia wirkte zufrieden. „Also zunächst die Klamotten: schwarz, logisch, dunkle Turnschuhe, die Sturmhauben bringe ich mit, okay?"

„Wir wollen doch keine Bank überfallen", sagte Laura.

„Nein. Aber mit Video-Überwachung ist trotzdem zu rechnen", erklärte Mia.

„Dafür hat Ole gar kein Geld", warf Jonathan ein. „Würde mich wundern, wenn er überhaupt eine Alarmanlage hat."

„Doch", sagte Vito, „hat er. Aber die geht nur los, wenn die Lüftungsanlage ausfällt. Hat mir mein Vater erzählt. Der kauft ab und zu Fleisch bei Ole."

„Sehr gut. Jonathan, du bringst ein Brecheisen mit, ja?“ Mia fixierte den schmächtigen Jugendlichen mit dem Blick eines berüchtigten Desperados, der einen Überfall auf die Postkutsche plant.

„Ja, läuft“, brummte Jonathan. „Und dann – ich meine, wenn wir drin sind?“

„Dann gucken wir, ob alles seine Ordnung hat“, erwiderte Mia. „Wenn nicht, halten wir das mit unseren Handys fest. Im Gegensatz zu euch habe ich mich bereits mit der Schweinehaltungsverordnung beschäftigt. Es geht unter anderem um die Wasser- und Futtertröge, den Platzbedarf, Bewegungsfreiheit, Liegebereiche, Möglichkeiten zur Beschäftigung, eventuelle Verletzungen der Tiere, das Stallklima, die Beleuchtung …“

„Alter Schwede.“ Bosse sah seine Freundin anerkennend an. „Du hast dich echt reingearbeitet.“

„Natürlich. Was dachtet ihr denn?“

„Nicht, dass du selbst Schweinezüchterin wirst.“

„Das kommt für eine Vegetarierin wohl kaum infrage.“ Mia schüttelte den Kopf. „Nein, ich bin grundsätzlich gegen Tierhaltung und Tierzucht zwecks Fleischverzehr. Aber wenn es schon erlaubt ist, dann sollten sich die Züchter zumindest an die Vorschriften halten. Und ich kann mir vorstellen, dass diesbezüglich einige Leute Dreck am Stecken haben.“

Das amtierende Timmendorfer Rathaus hatte einfach keinen Stil. Seufzend sah sich Thea Harms in der „Eingangshalle“ um. Sie war nicht mehr als ein verwinkelter Raum mit Tresen und Treppenhaus, der ungute Erinnerungen an die späten 1970er- bis zu den frühen 1980er-Jahren weckte. Thea wäre nicht überrascht, an jeder Ecke einen verknöcherten Finanzbeamten mit Schlaghosen an den Beinen und Gummibaum in der Hand zu treffen. Noch dazu lag die Timmendorfer Verwaltung fast außerhalb, hinten an der Strandallee Richtung Scharbeutz, in einem unattraktiven, knapp 50 Jahre alten Betonklotz. Ein Umzug war mehrfach von Kommunalpolitik und Verwaltung diskutiert worden, die Suche nach einem neuen Domizil geriet jedoch zu einem – selbst für Timmendorfer Verhältnisse beispiellos komplizierten – Desaster ohne Ergebnis.

„Moin, Thea Harms mein Name." Sie wandte sich an die unauffällige junge Frau am Empfang. „Ich habe einen Termin im Fachbereich Bauen, wegen der Einsicht in die Bauakten."

„Ich melde Sie an." Die junge Frau griff zum Telefonhörer. „Die nötigen Einverständniserklärungen haben Sie dabei?"

„Kein Problem", nickte Thea. Sie hatte keine einzige Einverständniserklärung, von wem auch, sie wusste ja noch gar nicht, wonach genau sie suchte. Aber das würde sich schon ergeben.

„Die Treppe hoch, dann den Gang nach links hinunter", erklärte die Empfangsmitarbeiterin. „Zimmer 46."

„Danke." Während Thea die Treppen hinaufging, dachte sie an das ehemalige Rathaus zurück, an das schmucke Gebäude, einst als „Olgaheim" Ende des 19. Jahrhunderts am Timmendorfer Platz errichtet und seit Ende des Zweiten Weltkrieges nicht länger ein Ort der Erholung, sondern schönes und zentral gelegenes Rathaus der Gemeinde. Bis zum Abriss in den 1990er-Jahren, wobei heftige Proteste der Timmendorfer dazu führten, dass das „Olgaheim“ rekonstruiert und der Nachbau 1999 eingeweiht wurde. Seither beherbergte das Haus allerdings „nur“ die Tourismus GmbH und die Gemeindebücherei, was Thea zutiefst bedauerte.

Doch damit musste sie sich abfinden. Nicht abfinden wollte sich Thea hingegen mit der Fortsetzung der Anschläge. Wer wusste schon, was dem Täter nach Brandstiftung und Buttersäure noch einfallen würde? Er säte Verunsicherung und Misstrauen im Ort, und Thea Harms würde nicht untätig zusehen, wie jemand ihr geliebtes Timmendorf zerstörte.

Deswegen hatte sie Überlegungen angestellt – allein, denn auf die Unterstützung der ehemaligen Mitstreiter aus der „Soko“ konnte sie nicht zählen. Sie schienen weiterhin auf die Polizei zu vertrauen, obwohl jedes Kind erkennen konnte, dass die Ermittler keinen Schritt weiterkamen. Weil sie Timmendorf nicht kannten, jedenfalls nicht so gut wie Thea.

Ihr war klar, der Täter kannte sich in Timmendorf aus und hatte es auf Veranstaltungen abgesehen, die ein Hauch von Luxus umwehte. Seine Parole war ein Indiz für Neid und den Wunsch, anderen Menschen möge es schlechter gehen – weil, da war sich Thea sicher, es dem Täter auch schlechter ging oder in naher Zukunft schlechter gehen würde.

Was den Kreis der von ihr anvisierten Verdächtigen anging, war Thea jedoch ins Grübeln geraten. Sophie Augsbach, Sigrid Steenkamp, Ole Martens und Martin Schmitz hatten sich in den vergangenen Wochen nicht auffälliger verhalten als andere Timmendorfer. Hatte sie sich getäuscht? Und wenn ja, wer käme außerdem in die engere Wahl? Wer noch hatte größere materielle Verluste erlitten – oder würde sie demnächst erleiden? Und warum?

Geschäftsübernahmen! Das war Thea schlagartig eingefallen, als sie sich eine weitere Tasse ihres höllisch starken Kaffees eingeschenkt hatte. Wer war pleite, wer musste aufgeben, wer wurde aufgekauft? In der Gerüchteküche köchelte aktuell nichts. Wenn überhaupt jemand etwas wusste, dann der Vorsitzende des örtlichen Gewerbevereins – und eventuell Mitarbeiter der Verwaltung, die zusammen mit der Kommunalpolitik größere Vorhaben absegnen mussten. Sie würden einer alteingesessenen Timmendorferin wie Thea Harms gewiss helfen und ihr Akteneinsicht gewähren, sodass sie sich einen Überblick über kommende Projekte und die Betroffenen verschaffen konnte, oder etwa nicht?

Nein, lautete die Antwort auf diese Frage wenig später. Der Sachbearbeiter aus der Bauverwaltung erklärte Thea unmissverständlich, dass sie keineswegs ohne Einverständniserklärung der Eigentümer in irgendeine Bauakte blicken durfte. Nein, auch nicht, wenn sie zehnmal Thea Harms war. Basta.

Immerhin: Der Mann hatte sie auf die Internetseite der Gemeinde verwiesen und gezeigt, wo sie öffentlich zugängliche Informationen finden konnte.

„Politik – Ratsinformationssystem“ hatte Thea sich notiert, und dann: „Recherche – Bauausschuss“. Unter diesem Punkt klappte eine lange Liste auf: Tagesordnungen der zahlreichen Sitzungen mit den verschiedenen Themen, dazu seitenlange Vorlagen und Sitzungsprotokolle.

„Wunderbar“, murmelte Thea, während sie die Strandallee in Richtung Zentrum marschierte. Zum Glück besaß sie einen leistungsfähigen Computer – und die nötige Entschlossenheit, sich ab sofort zu Hause durch diesen Wust an Informationen zu arbeiten. Irgendwo war der entscheidende Hinweis versteckt, das spürte sie genau.

Die riesigen Sonnenschirme, aufgestellt wie ein kleines, schattiges Wäldchen rund um Britts Kiosk, waren ihr Geld heute ein Hundertfaches wert. Ohne sie hätte es kein Mensch länger als drei Sekunden vor dem weiß getünchten Gebäude ausgehalten, auf das die Sonne gnadenlos herunterbrannte. Lianne spürte die Hitze des Promenadenweges durch die Sohlen ihrer dünnen Sandalen.

Sie schwitzte im leichten Sommerkleid – das sie sich mittlerweile leisten konnte, hatte sie doch drei Kleidergrößen verloren. Eine Elfe machte das nicht aus ihr, doch Lianne war sehr zufrieden. Mit der Person, die ihr jetzt aus dem Spiegel entgegenblickte, hatte sie nicht mehr gerechnet.

Vor der Ausgabe des Kioskes erwartete sie gähnende Leere, vermutlich fehlte den meisten Menschen erneut die Kraft, sich zwecks Nahrungsaufnahme irgendwohin zu bewegen.

„Eine große Traubensaftschorle, aber zackig!“, rief Lianne in die Fensteröffnung.

Britt tauchte auf, sichtlich erschöpft. Ihre blonden Haare standen vom Kopf ab, ihr Gesicht war gerötet.

„Ach du bist es", meinte sie müde. „Mittagspause?"

„Ja, sieht so aus."

„Und wer passt auf die Strandkörbe auf?"

„Ein Stammgast – beziehungsweise eine ‚Gästin', falls es das Wort gibt", erklärte Lianne. „Inge von Salzen, sehr nett. Sie hat mit ihrem Mann einen Saisonkorb gemietet und kennt sich inzwischen so gut aus, dass sie mich für eine halbe Stunde vertreten kann."

„Du hast es gut", seufzte Britt, während sie die Schorle mixte. „Meine Vertretung hat mich hängen lassen."

„Oje. Kann denn Bosse nicht einspringen?"

„Der hat mir vorhin schon geholfen, als die Getränke geliefert wurden." Britt stellte die Schorle vor Lianne auf den Tresen. „Danach wollte er seine Freunde treffen, davon wollte ich ihn nicht abhalten."

„Jetzt ist er ja auch wieder ein freier Mann, sozusagen. Ich meine, ein Jugendlicher, frei von jeglichem Verdacht, oder nicht?"

„Das stimmt." Britt nickte. „Eine große Erleichterung für uns. Wobei die Sache mit dieser Buttersäure wirklich übel ist."

„Übel ist der richtige Ausdruck." Lianne dachte mit Schaudern an den Brechreiz zurück, den der grässliche Gestank bei ihr ausgelöst hatte.

„Was mich wundert: Müsste die Polizei dem Täter nicht über diese Säure auf die Spur kommen?", fragte Britt.

„Warum?"

„Na, bei ‚Update' stand doch, dass man das Zeug ganz leicht im Internet ordern kann. Dann müsste man doch auch herausfinden können, ob jemand hier aus der Gegend so etwas bestellt hat."

„Eigentlich ja", pflichtete Lianne ihr bei. „Wahrscheinlich wird das auch schon überprüft, denke ich. Aber was, wenn es zig Anbieter gibt? Das dauert bestimmt. Und was, wenn der Täter die Säure schon vor längerer Zeit bestellt hat, vor einem Jahr oder so? Das sind dann eine Menge Leute, die kontrolliert werden müssen. Oder wenn er sie sich gar nicht unter seinem richtigen Namen hat schicken lassen?"

„Tja." Britt zuckte mit den Schultern. „Ich dachte ja nur. Es wäre schön, wenn der Spuk endlich ein Ende hätte."

„Finde ich auch", ertönte eine ruhige Männerstimme hinter ihnen. Lianne drehte sich um. Steco. Der mittelgroße Mann trug ein weißes T-Shirt und graue Cargoshorts und wirkte von der Hitze ebenfalls mitgenommen. Tiefe Falten in seinem scharf geschnittenen Gesicht, die dünnen, graublonden Haare allerdings wie stets korrekt zurückgelegt.

„Steco, grüß dich", sagte Britt. „Auch eine Erfrischung? Der heutige Tagestipp ist Traubensaftschorle."

„Da sage ich nicht Nein." Steco lächelte. „Oder störe ich?"

„Ach was." Lianne winkte ab. „Wir haben nur über das ewige Topthema gesprochen, dieses Mal mit dem Schwerpunkt Buttersäure."

„Eine hässliche Geschichte." Steco wurde ernst. „Nach allem, was ich über diese Säure weiß, ist sie sehr gefährlich, sie kann schwere Gesundheitsschäden verursachen."

„Kann ich mir vorstellen.“ Lianne stürzte die Hälfte ihrer Schorle hinunter, als müsste sie nach einer Wüsten-Wanderung eine Dehydration ausgleichen, während Steco nach seinem Glas griff.

„So gesehen können wir alle froh sein, dass nichts Schlimmeres passiert ist“, meinte Steco.

„Noch nicht“, unkte Britt. „Aber es ist ja kein Ende in Sicht.“

„Leider.“ Steco seufzte. „Wir können nur hoffen und der Polizei gute Gedanken schicken, damit sie diese … nun, diese zerstörte Seele bald findet. Sie hat wahrhaftig genug schlechtes Karma gesammelt.“

„Vor allem hat sie – oder er – genug schlechtes Karma verbreitet“, erklärte Lianne trocken.

„Ja, das sicher auch.“ Steco schwieg einen Moment.

„Ich bin aber wegen einer anderen Sache hier“, sagte er dann. „Ich werde am Freitag am *Strand-Treff* zu einer großen Sause laden – und ich brauche Unterstützung.“

„Unterstützung?“, fragte Britt.

„Hilfe beim Ausschank“, präzisierte Steco. „Es sind so viele Leute eingeladen, ich habe auch eine Live-Band gebucht, es wird mit Sicherheit eine der besten Partys der Saison. Aber die beiden Studentinnen, die sonst bei mir arbeiten, sind an diesem Wochenende nicht da, und allein schaffe ich es nicht. Da habe ich an euch gedacht.“

„An uns?“ Lianne zog die Augenbrauen hoch. „Wegen unserer jugendlichen Studentinnen-Ausstrahlung, oder weshalb?“

Steco lachte. „Nun, ich finde euch durchaus noch sehr jugendlich. Vor allem aber hat mich euer Einsatz beim

Cocktail-Ausschank beeindruckt, ihr wisst schon, an dem Abend bevor das Polo-Zelt brannte. Ich glaube, ihr könntet auch am Freitag mit der Meute fertigwerden."

„Dein Vertrauen ehrt mich." Britt verzog das Gesicht. „Aber ich kann am Freitag nicht, ich muss zum Elternabend. Nachdem Bosses Weste wieder rein ist, will ich nicht gleich wieder unangenehm auffallen – indem ich diese hochwichtige Zusammenkunft schwänze."

„Verstehe. Und wie sieht es bei dir aus?" Steco sah Lianne fragend an. „Ich zahle natürlich einen anständigen Stundenlohn."

„Hm." Lianne überlegte. Das Geld war ihr egal, und eigentlich hätte sie den Freitagabend lieber auf ihrer Couch verbracht. Aber sie mochte den freundlichen, unaufdringlichen Steco.

„Also gut, ich mach's." Sie hob ihr Glas. „Wann soll ich zum Dienst antreten?"

„Toll, wirklich, danke!" Steco strahlte. „18.30 Uhr reicht völlig – oder bist du dann noch nicht mit den Strandkörben durch?"

„Das geht schon. Ich habe inzwischen eine zuverlässige Aushilfe an der Hand."

„Super." Auch Steco hob sein Glas. „Das wird mit Sicherheit eine wunderbare Feier, das gibt es nur in Timmendorf – und wir müssen endlich wieder positive Energie in den Ort zurückbringen."

Sie sind tatsächlich darauf reingefallen. Kaum zu glauben. Sie sind im Grunde doch sehr dumm.

Es war so leicht, sie abzulenken. Danach habe ich schnell gehandelt, so schnell und so überraschend, dass sie mir nichts entgegensetzen konnten.

Das mit dem Wachmann ist bedauerlich. Aber der ist letztlich glimpflich davongekommen. Bislang keine Toten. Was sich ändern wird. Beim nächsten und zugleich letzten Mal.

Diese Nadelstiche befriedigen mich nicht mehr. Und obwohl ich gut geworden bin, sehr gut, mache ich mir nichts vor. Sie werden mir früher oder später auf die Schliche kommen, vielleicht durch die Bestellung dieser Wunder-Säure im Internet, und dann habe ich keine Chance mehr, das große Finale zu feiern.

Deswegen wird meine Abschlussparty bald steigen, sehr bald. Nur noch zwei Tage. Die Verbindungsperson wird dabei sein. Wahrscheinlich will sie die Gelegenheit nutzen, mich auszuspähen. Sie hat ja keine Ahnung, was sie erwartet.

Ich schon.

Noch zwei Tage. Dann ist alles vorbei. Nicht nur für mich.

Kapitel 25

Dieses Mal mühte sich Sigrid Steenkamp nicht, die dunkelgrüne Flasche zu verbergen, die sie bereits geleert hatte. Stattdessen blickte sie Lianne nur aus müden, glasigen Augen entgegen, als diese vor dem Strandkorb der Appartement-Vermieterin stehen blieb.

Verblüffend, dass Sigrid vorhin einen Nachmittagskorb gebucht hatte. Doch diverse Körbe waren wegen des Wetterumschwungs frei. Statt der tagelang vorherrschenden Hitze bot der heutige Tag erfrischende 23 Grad und leichte Bewölkung – für den norddeutschen Sommer gute Werte, dennoch wenig Andrang am Strand.

Also hatte Lianne den Schlüssel für Korb Nummer 45 an Sigrid ausgehändigt, seither nichts mehr von der schmalen, verhärmten Frau gehört – aber eine Ahnung, womit sich Sigrid die Zeit vertrieb. Am späten Nachmittag, nachdem sich die vorletzten Gäste verabschiedet hatten und lediglich Schlüssel Nummer 45 noch am Brettchen fehlte, die Bestätigung: Sigrid hatte sich im Strandkorb „einen geballert", wie Thea es ausdrücken würde – und sie, Lianne, konnte zusehen, wie sie damit fertigwurde.

Dabei hatte sich Lianne auf einen frühen Feierabend gefreut. Nun, sie würde das Beste aus der Situation machen und versuchen, Sigrid auf den Zahn zu fühlen. Ohne sich erneut Theas „Ermittlungen" anzuschließen – doch nichts sprach gegen eine aufschlussreiche Unterhaltung mit Sigrid.

„Moin.“ Sigrids Stimme klang leicht verwaschen.

„Moin.“ Lianne zückte zwei Wasserflaschen, ließ sich im Schneidersitz im Sand nieder.

„Bitte sehr.“ Sie reichte Sigrid eine der Flaschen. „Wasser tut dir jetzt bestimmt gut.“

„Hm.“ Sigrid blickte das – ihr offenbar wenig vertraute – Getränk misstrauisch an, als hielte sie ätzenden Essigreiniger in der Hand. Immerhin öffnete sie die Flasche und nahm einen Schluck.

„Dir geht es nicht so gut, oder?“, fing Lianne an.

„Nein.“ Sigrid schüttelte den Kopf. „Aber nett, dass du fragst. Normalerweise interessiert sich niemand für mich.“

„Aber du kennst doch so viele Leute hier.“ Lianne sah Sigrid fragend an. „Du hast doch Freunde im Ort.“

„Freunde! Haha!“ Sigrid lachte verächtlich. „Ich habe hier keine Freunde. Nicht mehr, seit Bernhard mich verlassen hat.“

„Bernhard ist dein Mann?“

„War. War mein Mann.“ Zu Liannes Erleichterung nahm Sigrid noch einen Schluck Wasser. Vielleicht konnte der verkonsumierte Wein so weit verdünnt werden, dass ein Abtransport der Frau Richtung Taxistand in naher Zukunft möglich war.

„Hat mich verlassen“, nuschelte Sigrid. „Für eine Jüngere. Seitdem zähle ich für die Leute nichts mehr.“

„Bist du sicher?“ Lianne runzelte die Stirn. „Heutzutage ist eine Frau allein doch genauso viel wert wie ein Mann. Oder ist es, weil du … na ja, ich habe gehört, dass du durch die Scheidung auch nicht mehr so wohlhabend bist wie vorher?"

„Ach das." Sigrid verzog das Gesicht. „Das glauben die meisten, ja. Weil sie keine Ahnung haben. Und ich werde einen Teufel tun und sie aufklären."

„Aufklären worüber?"

„Bernhard hat sich freigekauft", platzte Sigrid verbittert heraus. „Er hat mir die Hälfte seines Vermögens überschrieben, dafür, dass ich ihn so schnell wie möglich habe ziehen lassen, ohne Zicken. Und Bernhard hatte ein wirklich großes Vermögen."

„Aber wieso …", … bist du so schlecht gekleidet und lässt dich so gehen?, hätte Lianne am liebsten gefragt, verkniff sich diese deutliche Ansprache jedoch.

„Wieso ich so aussehe, als wäre ich ein Sozialfall?" Sigrid lachte freudlos. „Weil es mir egal ist, wie ich aussehe, seit Bernhard weg ist. Ich bekomme doch eh keinen anderen Mann mehr, in meinem Alter."

Alter ist wohl nicht das drängendste Problem, dachte Lianne. Hör doch erst einmal mit dem Saufen auf. Dann rief sie sich innerlich zur Ordnung. Im Grunde ähnelte Sigrids Schicksal dem Liannes. Der Unterschied: Lianne hatte mehr Glück gehabt, zufällig einige Menschen in Timmendorf zu treffen, die ihr geholfen hatten – und sie verfügte über einen größeren Selbsterhaltungstrieb als die Frau vor ihr im Strandkorb.

„Aber die Appartement-Vermietung … ich dachte, dass du damit deinen Lebensunterhalt verdienst?"

„Quatsch. Peanuts." Sigrid machte eine wegwerfende Geste. „Ich brauche halt Beschäftigung. Lenkt mich ab."

„Aha. Ich hatte vermutet, dass du vielleicht traurig wärst, weil du … sozial schlechter gestellt bist, seit dein Mann weg ist", wagte sich Lianne nach vorne. „Da habe ich mich wohl geirrt."

„Das meinen viele." Sigrid schüttelte den Kopf. „Glauben, dass ich neidisch bin auf die anderen mit ihren Autos und Yachten und Häusern und Uhren und so weiter. Dummes Zeug. Könnte ich mir auch alles kaufen, wenn ich wollte. Wahrscheinlich denken einige sogar, dass ich dieses Arschloch bin, dass die Anschläge verübt hat."

Sie kicherte mädchenhaft, als habe sie einen schlüpfrigen Scherz gemacht, und klang wesentlich betrunkener als Lianne es sich gewünscht hätte.

„Nein, nein", fuhr Sigrid fort. „Ich will nur meinen Bernhard zurück. Aber den krieg ich nicht, und einen anderen auch nicht." Sie griff nach der leeren Weinflasche, blickte missmutig hinein. „Ist ja schon leer."

„Das ist auch gut so." Lianne hatte genug gehört, und Sigrid war nicht damit geholfen, dass sich Lianne ihren Feierabend weiter vermieste.

„Ich bringe dich jetzt zum Taxi." Lianne griff nach Sigrids Hand und zog die schmale Frau aus dem Strandkorb. Sigrid schwankte einen Moment, hielt sich aber auf den Beinen, während Lianne den Korb verschloss und anschließend Sigrid unterhakte. Das Vermieterhäuschen hatte Lianne in weiser Voraussicht schon vor ihrem Besuch bei Korb Nummer 45 verschlossen.

Sigrid Steenkamp ließ sich widerstandslos die Promenade entlang, an den *Ozeanwelten* und dem *Café Möchtegern* vorbei zum Taxistand am Hochzeitshügel führen.

Dort bugsierte Lianne die zarte Gestalt auf den Rücksitz eines Wagens, dessen Fahrer bereits „Moin, Sigrid, wie immer?“ gerufen hatte.

Lianne sah dem Taxi einen Moment hinterher. Die Appartement-Vermieterin gehörte nicht in den Kreis der Verdächtigen. Das würde sie morgen Thea berichten.

Der frühe Abend war deutlich milder als der Tag es verheißen hatte. Lianne sah in den sanftblauen Himmel. Lieber noch nicht nach Hause. Stattdessen Spaziergang am Strand, vielleicht kurz bei Steco vorbeischauen. Es konnte nicht schaden, ihren Arbeitsplatz für morgen Abend vorab zu besichtigen.

Todsicher war der Tipp nicht, aber verheißungsvoll genug, dass sich Sophie Augsbach nach Abschluss der aktuellen Meldungen und Berichte erneut ihre Kamera schnappte und loszog. Früh am Abend konnte sie ruhig ein bis zwei Stunden opfern – vielleicht würde es sich lohnen.

Sie fröstelte in ihrem dünnen, hellgelben Sommerkleid und ihrer ebenfalls dünnen Jeansjacke. Aber jetzt erst nach Hause fahren, sich umziehen und sich dann wieder auf die Pirsch begeben – nein danke, ein bisschen Frieren hatte noch niemandem geschadet. Zumal ein, zwei, drei hübsche Fotos vom bekannten Schauspieler Tim Zinker eine Gänsehaut wert waren.

Der Hinweis, dass Zinker sich in Timmendorf aufhielt, kam direkt aus seinem Hotel, das Zinker vor einigen Jahren übernommen hatte. Jetzt trug es seinen Namen und war vollgestellt mit seiner Möbelserie unter dem Label „Zinker-Design“.

In „Zinkers Lodge" hatte der Schauspieler seine eigene Zimmerflucht. Sophie wiederum war mit einem der Zimmermädchen so weit verbunden, dass die Hotelangestellte sie regelmäßig informierte, wenn Zinkers Suite für die Ankunft des Hausherrn hergerichtet wurde. Vorhin hatte sie Sophie eine Handy-Nachricht geschickt. Grund genug, sich auf die Suche zu begeben.

Sophie hatte bereits im *Kaiser* und im *Waldemars* vorbeigeschaut: nur die übliche Gemengelage aus aufgekratzten Touristen und gelangweilten Einheimischen. Auch im *Café Möchtegern* und im *Café Mitte* Fehlanzeige.

Wohin könnte es Tim Zinker verschlagen haben, wenn er überhaupt im Ort war?

Sophie rückte den Gurt ihrer schweren Kameratasche zurecht, während sie über den Timmendorfer Platz spazierte. „Update 23669" konnte muntere Bilder von feiernden Prominenten gut gebrauchen. Nicht, dass Sophie sich über die vergangenen Monate beschweren wollte – der Attentäter war aus Sicht des Boulevard-Journalismus natürlich ein Geschenk.

Aber es war alles doch sehr negativ.

In der Lokalberichterstattung durfte der Leitsatz „Nur schlechte Nachrichten sind gute Nachrichten" nicht überstrapaziert werden. Die Leute erwarteten auch Positives, Fröhliches, Buntes – gerade jetzt. Die Sorge war groß, dass die Vorfälle allmählich am Image Timmendorfs nagen könnten. Ein gut gelaunter A-Prominenter mit heiterer Entourage in Timmendorf wäre derzeit die ideale Abwechslung bei „Update 23669".

Aber dafür musste sie Zinker finden.

Noch eine Möglichkeit: das hinter dem *Hotel am Meer* gelegene Restaurant, berühmt für seine Fischkarte, die wiederum Tim Zinker schätzte – Sophie hatte ihn schon einmal dort fotografiert.

„Also gut", murmelte die Reporterin vor sich hin. Vorne der Seebrückenvorplatz in Sichtweite, dann würde hinter dem *Strand-Treff* auch schon das *Landgasthaus* kommen.

„Bist du sicher, dass er weg ist?"

Zögernd blickte Jonathan zu dem kleinen, heruntergekommenen Haus aus rotem Ziegelstein hinüber, das sich vor der sich dahinter erstreckenden, einstöckigen grauen Halle wegzuducken schien. Auf die Entfernung von etwa 150 Metern war nicht zu erkennen, ob sich in der ärmlich wirkenden Behausung jemand aufhielt oder nicht?

„Ziemlich sicher", antwortete Bosse. „Er ist vor einer halben Stunde bei meiner Mutter am Kiosk eingetroffen – und üblicherweise hängt er dort stundenlang herum."

Bosse hatte an diesem Tag mit Ole Martens' Besuch am Kiosk gerechnet und richtig gelegen. Nachdem der selbst ernannte Öko-Bauer sein Fahrrad neben Britts Kiosk angeschlossen und die erste Flasche Bier geordert hatte, hatte der – in der Nähe des Kioskes postierte – Vito deshalb wie verabredet seine Freunde alarmiert.

Gemeinsam waren Bosse, Mia, Jonathan und Laura die knapp drei Kilometer nach Groß Timmendorf geradelt, von der Dorfstraße auf den holprigen Feldweg abgebogen, der zu Martens' abgelegenem Resthof führte, und hatten Sichtschutz hinter einer Baumreihe gesucht.

„Wenn er früher nach Hause fährt, sagt uns Vito rechtzeitig Bescheid“, meinte Mia lässig.

Als es darum gegangen war, wer Ole Martens während der „Aktion“ im Auge behalten sollte, war die Wahl sofort auf Vito gefallen. Jeder aus der Clique wusste, dass er die schwächsten Nerven hatte und für den geplanten „Besuch“ im Schweinestall nicht geeignet war. Vito sah das offenbar auch so, zumindest hatte er den Auftrag mit sichtlicher Erleichterung angenommen.

„Also los.“ Laura versuchte, entschlossen zu klingen, doch Bosse glaubte, Beklemmung in ihrer Stimme zu hören. Sie trug ein schwarzes, wie immer sackartiges Kleid und schwarze Turnschuhe. Bosse, Mia und Jonathan hatten schwarze Jeans, schwarze Pullover und ebenfalls schwarze Turnschuhe an.

„Hier, die Sturmhauben.“ Mia reichte die mützenartigen Strickmasken herum.

„Müssen wir die aufsetzen?“, fragte Jonathan zweifelnd.

„Wenn wir uns dem Gelände nähern ja. Oder möchtest du, dass Martens oder die Polizei dein zauberhaftes Antlitz auf den Aufnahmen der Videoüberwachung sehen?“

„Also gut.“ Jonathan streifte sich die Sturmhaube so über, dass sie wie eine Halskrause saß, und nahm ein robust wirkendes Brecheisen aus seinem Rucksack.

„Noch einmal: Wir machen nichts kaputt – außer vermutlich die Tür“, erläuterte Mia. „Wir sehen uns nur um, und alles, was uns auffällt, wird gefilmt. Okay?“

Die anderen drei nickten.

„Dann los.“

Mia ging Richtung Hofeinfahrt, die anderen folgten ihr. Weit und breit niemand zu sehen. Ole Martens lebte tatsächlich sehr abgeschieden.

An dem Haus aus Ziegelstein vorbei. An der langen Seitenwand der grauen Halle roch es nach Schweinemist, das Quieken der Tiere war zu hören. Rasch warf Bosse einen Blick auf sein Handy – war bereits eine Warnung von Vito eingetroffen?

Kein Netz.

Bosse fluchte im Stillen. Sollte er die anderen informieren? Aber sein Handy war nicht mehr das neueste und hatte öfter Empfangsprobleme. Sollten sie deshalb die Aktion abbrechen?

Mia unterbrach seine Gedanken.

„Das gibt es ja gar nicht." Sie trat an eine Seitentür der Halle heran. Der Schlüssel steckte im Schloss. Mia drehte ihn herum und drückte die Klinke hinunter.

„Offen!"

„Das gibt es nur in Timmendorf", spottete Bosse.

„Dann mal rein in den Schweinestall", flüsterte Mia.

„Das wird nichts mehr heute, Ole." Britt nahm ihrem einzigen Gast dessen soeben geleerte Bierflasche ab. „Nimm es mir nicht übel, aber ich nutze die Flaute aus und mache dicht."

Die Abkühlung hatte für einen ungewöhnlich ruhigen Tag am Kiosk gesorgt, Britt war froh, einmal früher schließen zu können als sonst.

„Kein Ding." Ole winkte ab. „Es sei dir gegönnt."

„Du kannst ja noch bei Steco vorbeifahren."

„Nein, danke." Ole blickte mürrisch. „Zu viel Schickimicki da in letzter Zeit. Und morgen will er die ganz große Sause feiern."

„Tja. Wie du meinst. Mach's gut." Britt schob rigoros die Fensterscheibe zu. Noch ein wenig aufräumen – dann konnte sie zu Hause die Füße hochlegen.

Ole schlurfte zu seinem Fahrrad, machte sich umständlich daran, es aufzuschließen. Frisch war es heute, er war zu leicht angezogen. Besser, er fuhr direkt nach Groß Timmendorf zu seinem Hof.

Hätte er das WC neben dem Kiosk aufgesucht, hätte er dort einen korpulenten 17-Jährigen angetroffen, der hektisch mit seinem Handy herumfuhrwerkte. Vito brach trotz der kühlen Temperaturen der Schweiß aus.

„Der Teilnehmer ist vorübergehend nicht erreichbar."

Viermal hatte er diese Ansage jetzt gehört. Von vier verschiedenen Handys. Mia, Bosse, Laura, Jonathan. Und hinter Vitos eilig versendeten Textnachrichten („Er kommt!!!") prangte jeweils nur ein Häkchen – die Übertragung auf die Telefone der Empfänger stand also noch aus.

Aber warum?

Konnte der Empfang auf Ole Martens Hof so schlecht sein? Und was um Himmels willen sollte Vito jetzt tun?

Er öffnete vorsichtig die Toilettentür. Ole schwang sich gerade auf sein Fahrrad und rollte gemächlich Richtung Zentrum. Dort würde er vermutlich auf die Wolburgstraße abbiegen, sich immer weiter seinem Zuhause nähern.

Wie lange würde Ole für die Strecke benötigen?

Vermutlich 20 Minuten, schätzte Vito. Ob er Ole einholen konnte? Der Mann würde sich nichts dabei denken, wenn Vito an ihm vorbeifahren würde.

Aber dafür musste Vito schnell sein. Verdammt schnell.

Er steckte sein Handy in die Tasche seiner Windjacke und rannte zu seinem Fahrrad, seinem Spitznamen aus Kindertagen, „Kugelblitz", alle Ehre machend.

Ausnahmsweise Rückenwind – damit fühlte sich Ole Martens für den plötzlichen Temperaturabfall entschädigt. Hitze war ohnehin nicht sein Ding, aber er hatte ja auch nicht die Zeit und das gefüllte Portemonnaie, ganze Tage in der Sonne herumzuhängen und es sich gut gehen zu lassen.

Jedenfalls nicht mehr. Früher, ja, früher hatte er genug Geld, um regelrechte Orgien am Strand zu feiern. Hatte er aber nicht getan – keine Lust und vor allem keine Zeit.

War sein Leben damals wirklich besser gewesen? Nein. Aber das Geld wünschte sich Ole dennoch zurück.

Schon allein, um vor grässlichen Angebern wie den Brüdern Schmitz nicht so dumm dazustehen. Ekelhaft, wie die herumprotzten. Peinlich, wie sie sich in ihre sündteuren Sportwagen hinein- und hinausmühten. Ole hätte sich an Jupp und Martin gewöhnen müssen, so lange, wie die schon nach Timmendorf kamen. Konnte er jedoch nicht. Aber sie würden auch noch sehen, was es hieß, alles zu verlieren. Ganz bestimmt.

Die Dorfstraße zwischen den Feldern links und rechts entlang, vorbei am Ortsschild von Groß Timmendorf.

Wenig später der Feldweg, der zum Hof führte, stets eine Herausforderung für Oles altes Fahrrad.

Rund um den Hof war alles still. Das leise Quietschen einer Tür fiel sofort auf. Das Quietschen der Seitentür zum Geräteraum des Schweinestalls, um genau zu sein. Ole sah, wie sie ins Schloss fiel, als er auf die Hofeinfahrt rollte.

Wagte es tatsächlich jemand, bei ihm einzubrechen? Aber warum? Doch das konnte er später fragen. Jetzt musste er handeln.

Ole sprang von seinem Rad und war mit einem Satz an der Tür. Er hatte wieder einmal den Schlüssel stecken lassen. Nachlässig, gewiss, aber er hatte nie Probleme mit ungebetenen Besuchern gehabt. Bis heute jedenfalls. Aber diese Besucher würden bald selbst mehr Probleme haben, als sie sich vorstellen konnten.

Ole drehte den Schlüssel herum, lehnte sich an die Stallwand. Jetzt saßen sie fest. Anders als beim Futterraum gab es vom Geräteraum keinen Zugang zum großen Stall, zu seinen Tieren. Eigentlich unpraktisch, Ole hatte diesen Umstand oft verflucht. Doch heute freute er sich darüber.

„Mist, hier sind wir falsch.“ Mia ließ den Schein ihrer Taschenlampe über die schmutzigen Regale an den Wänden gleiten: Spraydosen und Plastikflaschen mit Reinigungsmitteln, außerdem Zangen, ein staubiger Trockenfutterautomat, alte Leuchtstoffröhren, poröse Gummimatten, Kabeltrommeln, Kunststoffschalen, ausrangierte Wärmelampen sowie ein Sammelsurium an Gegenständen, deren Zweck vermutlich nur Schweinehalter kannten.

„Geht es dort hinten nicht weiter?“ Jonathan hatte als Letzter den langen, schmalen Raum betreten.

„Nein, hier sind nur Regale“, sagte Mia. „Wir müssen wieder raus.“

„Wäre ja auch zu schön gewesen.“ Jonathan drückte die Klinke der Tür hinunter. Doch diese ließ sich nicht öffnen.

„Klemmt die Tür?“, fragte Bosse besorgt. „Warte, ich helfe dir.“

Zu zweit stemmten sie sich dagegen. Doch nichts geschah.

„Die klemmt nicht“, meinte Laura ruhig. „Die hat jemand abgeschlossen.“

„Aber wer …“, setzte Mia an. In diesem Moment tauchten die Umrisse eines Gesichtes hinter dem verdreckten, höchstens 20 mal 20 Zentimeter kleinen Fenster auf, das in Kopfhöhe neben der Tür eingelassen worden war.

„Masken aufbehalten“, zischte Mia. „Taschenlampen aus.“

Binnen Sekunden standen die vier Jugendlichen im Dunkeln.

Draußen lehnte sich Ole wieder an die Tür. Er hatte genug erkannt. Vier maskierte Einbrecher waren in den Geräteraum eingedrungen. Wahrscheinlich hatten sie einen Zugang zum Stall, zu den Schweinen gesucht.

Er hätte mit etwas Derartigem rechnen können. Waren es radikale Tierschützer, die ihn anschwärzen wollten? Oder gewöhnliche Diebe, die glaubten, bei ihm sei etwas zu holen?

Egal. Auf jeden Fall wollten sie ihm schaden, ihm das Letzte nehmen, das er noch hatte. Aber nicht mit Ole Martens.

Er hob den Kopf. Hatte er dort drüben, bei der Baumreihe, eine Bewegung wahrgenommen? Doch es war zu dunkel, als dass er auf die Entfernung etwas erkennen konnte.

Sei's drum. Ole zog den Schlüssel ab und steckte ihn in seine Jeans. Er musste in Ruhe nachdenken. Die Eindringlinge sollten eine Lektion erteilt bekommen, die sie nicht vergessen würden.

Etwa 150 Meter von Ole entfernt drückte sich Vito zitternd in den Schatten einer mächtigen Eiche. Einige grauenhafte Sekunden lang hatte es so ausgesehen, als würde Ole zu ihm herüberkommen. Doch der Schweinehalter schlenderte zu seinem baufälligen Ziegelhäuschen und trat ein.

Was jetzt?

Vito war zu langsam gewesen. Als er am Hof eintraf, konnte er gerade noch sehen, wie Ole die Tür abschloss. Vito war, so schnell er konnte, zu der Baumreihe geradelt, hatte sein Rad ins hohe Gras geworfen. Davon hatte Ole zum Glück nichts bemerkt.

Seine Freunde saßen hinter dieser Tür in der Halle fest, dessen war sich Vito sicher.

Und kein Netz.

Das meldete jetzt auch sein Handy.

Doch er musste jemanden um Hilfe bitten. Die Polizei? Nein, lieber nicht. Wie hörte sich das denn an? „Meine Kumpels sind bei Ole Martens eingebrochen, und dann hat er sie gemeinerweise eingeschlossen"? Toll. Abgesehen davon alarmierte Ole höchstwahrscheinlich gerade selbst die Polizei. Einen Festnetzanschluss würde er in seiner Hütte wohl haben.

Sollte Vito sich an seinen Vater wenden? Auf keinen Fall. Der würde ihm den Kopf abreißen.

Es gab nur zwei Personen, die Vito in dieser Lage einfielen. Er presste die Lippen zusammen. Dann zog er sein Fahrrad aus dem Gras, schwang sich darauf und radelte den Feldweg hinunter – so schnell und so leise er konnte.

Kapitel 26

Es gab nichts, das es nicht gab. Thea Harms schwirrte der Kopf. Gern hätte sie zwecks Stärkung zu einem geistigen Getränk gegriffen, doch sie fürchtete, damit vollständig die Orientierung im Ratsinformationssystem der Gemeinde Timmendorfer Strand zu verlieren. Wo sie seit Stunden unterwegs war – seit langen, quälenden Stunden.

Entwurfs- und Auslegungsbeschlüsse, Mittelanmeldungen, Veränderungssperren, Vorlagen, Berichte und Empfehlungen – Inhalte von Tagesordnungen und Protokollen einer schier endlosen Reihe von Bauausschuss-Sitzungen. Dominierend dabei: Anträge, und zwar scheinbar auf alles – Änderung von Bebauungsplänen, Befreiung von Festlegungen, Erteilung des gemeindlichen Einvernehmens und, und, und.

Nicht völlig uninteressant, das nicht. Thea entdeckte einige spannende Vorhaben, hatte zeitweilig sogar das Gefühl, sich ins Behördendeutsch eingearbeitet zu haben. Ohne die Suche nach etwas Bestimmtem hätte sie ihren Ausflug in die Welt des Baugesetzbuches durchaus genießen können.

Aber Thea war auf der Suche – und deshalb ungeduldig. Nirgendwo der kleinste Hinweis auf eine umwälzende Neuerung, die irgendjemanden im Ort beeinträchtigte, geschweige denn ernsthaft schädigte. Klicken, lesen, überlegen – und nicht der Hauch einer Spur.

Thea hatte sich offenbar geirrt. Dabei war sie sich so sicher gewesen.

„Zeitverschwendung", murmelte sie. Der Ordnung halber würde sie sich die letzten beiden Tagesordnungen der Sitzungen dieses Jahres vornehmen – und dann Schluss. Sie hatte es versucht und war gescheitert.

„TOP 4." Thea beugte sich näher an den gigantischen, hochmodernen Computer-Bildschirm heran, den Philipp samt Rechner, Scanner und Drucker in ihrem Wohnzimmer aufgebaut hatte.

„Entwurf einer Aufhebung des Bebauungsplanes Nr. 113 für ein Gebiet auf der Promenade, nördlich des *Hotels am Meer* und westlich der Strandallee („*Strand-Treff*")."

Thea runzelte die Stirn. *Strand-Treff*? Stecos Bude?

Beigefügt: drei Dokumente im PDF-Format. Thea öffnete das erste.

„Der Entwurf einer Aufhebung des Bebauungsplanes Nr. 113 für ein Gebiet auf der Promenade, nördlich des *Hotel am Meer* und westlich der Strandallee („*Strand-Treff*") und die dazugehörige Begründung werden in der vorliegenden Fassung gebilligt", las sie. Weiter:

„Der Bauausschuss hat die Aufhebung des Bebauungsplanes Nr. 113 der Gemeinde Timmendorfer Strand beschlossen, um den Rückbau (Abriss) der vorhandenen Bebauung sowie eine Neubebauung zu ermöglichen."

Abriss? Stecos Bude sollte abgerissen werden? Thea war hellwach.

Mit dem *Strand-Treff* würde Steco alles verlieren. Ebenso wie Ole Martens hatte Steco einst zum reichen Teil der Bevölkerung gehört, bis zum Zusammenbruch seiner wirtschaftlichen Existenz. Allerdings hatte Steco, anders als Ole, nie Ärger oder Verzweiflung über sein Schicksal gezeigt. War er nicht sogar Buddhist und stand deshalb über allen irdischen Begierden?

Thea las weiter.

„Ziel ist es, die Attraktivität des zentral gelegenen Anlaufpunktes auf der Promenade zu stärken. Gemeinsam mit dem Planungsbüro Paulsen-Projekte aus Bremen hat die Verwaltung das Konzept für eine Neubebauung erarbeitet, das Folgendes vorsieht:

- Wegfall der bisherigen Bebauung in Form eines Kioskes/einer Trinkhalle („*Strand-Treff*")

- Neubebauung mit einer zeitgemäßen Dünen-Lounge, einstöckig plus Staffelgeschoss, inklusive 150 Quadratmeter Strandterrasse (siehe gesonderte Anlage Nr. 2b)."

Anlage Nr. 2b: die hübsche Skizze eines stylischen, flachen, weißen Gebäudes mit hellgrauen Holzverkleidungen, einer asymmetrischen Vorderfront, verglastem Obergeschoss und lang gestreckter Sonnenterrasse mit Meerblick.

„Alter Schwede." Thea pfiff durch die Zähne. Verglichen mit dieser Dünen-Lounge wirkte der *Strand-Treff* wie ein armseliger Bretterverschlag.

Ob die Gemeinde Steco auch künftig als Pächter an dieser Stelle einplante? Unvorstellbar. Thea schüttelte den Kopf. Der schmale, unscheinbare, nicht mehr junge Steco in dieser Umgebung! Das wäre wie ein pensionierter

Finanzbeamter als Hauptattraktion einer Drag-Queen-Show. Abgesehen davon würde die Gemeinde für diese Dünen-Lounge garantiert ein Vielfaches der Pacht verlangen, die derzeit für den *Strand-Treff* fällig war.

Theas Blick fiel auf den Schriftzug unter der Zeichnung. „Paulsen-Projekte / Bremen". Sie erstarrte. Paulsen war nicht der originellste Name, der sich im Norden finden ließ. Aber in Bremen …

Rasch tippte sie den Namen in eine Suchmaschine. Sekunden später hatte sie den Namen „Matthias Paulsen" entdeckt. Ein Klick auf „Bilder" – da war er, ein großer, attraktiver, blonder Mann, und auf einem der Fotos stand an seiner Seite Lianne, eine dickere, unglücklicher wirkende Lianne als die von heute, in einem unvorteilhaft geschnittenen, grünen Abendkleid.

Jetzt kam Thea an einem geistigen Getränk doch nicht mehr vorbei. Ab an die Hausbar, ein sehr großes Glas mit süßem Sherry randvoll gefüllt, als handele es sich um Apfelschorle für einen durstigen Marathon-Läufer, und zurück an den Bildschirm. Nachdenken.

Liannes Mann beziehungsweise künftiger Ex-Mann plante also eine funkelnagelneue, schnieke Lounge in Timmendorf, für die die Gemeinde Stecos Bude abreißen wollte. Ob Lianne davon wusste? Unwahrscheinlich. Thea konnte sich nicht vorstellen, dass Lianne diese Geschichte für sich behalten hätte. Warum auch?

Und was war mit Steco? Selbstverständlich musste er diese Pläne kennen, und zwar schon lange. Thea klickte sich erneut durch die Liste der Bauausschuss-Sitzungen. Wann war das Thema zum ersten Mal zur Sprache gekommen?

Da! Vor fünf Monaten stand der B-Plan Nr. 113 zum ersten Mal auf der Tagesordnung, allerdings im nichtöffentlichen Teil, weshalb keine Anlagen dazu veröffentlicht worden waren. Im Protokoll der Sitzung: ebenfalls keine Erwähnung.

Danach tauchte dieser Tagesordnungspunkt im Abstand von etwa sechs Wochen auf, meist am Ende einer langen Folge anderer TOPs, unauffällig platziert und abgearbeitet.

„Durchgerutscht“, murmelte Thea. Anscheinend waren die Timmendorfer und die Berichterstatter im Ort mit anderen Vorgängen beschäftigt, somit nicht über den bevorstehenden Abriss des *Strand-Treffs* gestolpert.

Dabei wäre das ein gutes Thema. Steco hätte darauf aufmerksam machen können, ihm wäre mindestens ein Artikel sicher gewesen, zum Beispiel bei diesem „Update 23669“, hätte er nur kurz Sophie Augsbach beiseitegenommen.

Hatte er aber nicht. Warum?

Thea griff zu ihrem Handy. Lianne war nicht erreichbar, bei Philipp ging zumindest die Mail-Box an. Thea sprach eine lange Nachricht drauf.

Dann wanderten ihre Augen wieder die Reihe der Fotos entlang, die das Internet zu Matthias Paulsen ausgespuckt hatte. Wenn eine Mumie wie Thea diese Zusammenhänge so schnell herausfinden konnte, dann konnte es jeder. Und dann tat es auch jeder – den sie etwas angingen.

Hätte Steco nicht darüber sprechen müssen? Wenn schon nicht mit Lianne, dann doch mit seiner guten Freundin Thea?

Sinnlose Grübeleien. Thea würde Steco direkt konfrontieren, in seiner Bude, und zwar jetzt. Zudem würde ihr ein Abendspaziergang guttun und die Wirkung von einem Viertelliter Sherry mildern.

Zitternd vor Aufregung stand Vito in der Dorfstraße vor der einzigen Bushaltestelle in Groß Timmendorf, trat unruhig von einem Fuß auf den anderen. Hervorragendes Netz hier im Ort, kein Vergleich zu dem toten Loch rund um Oles Hof. So hervorragend, dass Vito blitzschnell die Nummer von Britt und Meeno Peters im Internet gefunden hatte, um dort anzurufen.

Vito wollte niemanden verpfeifen, schon gar nicht Bosse bei dessen Eltern, aber er hatte sich keinen besseren Rat gewusst. Wären Britt und Meeno so streng wie Vitos Vater – niemals hätte er an diese Adresse einen Notruf abgesetzt. Doch Britt und Meeno erschienen Vito entspannter, und sie hatten sich entschlossen hinter ihren Sohn gestellt, als dieser neulich verdächtigt wurde, das hatte Vito sehr beeindruckt.

Was nicht hieß, dass Meeno erfreut gewesen war, von Vito zu hören. Nachdem er erfahren hatte, um was es ging.

Die erste Reaktion: langes Schweigen. Dann hatte Meeno noch einmal nachgefragt, ob er Vito richtig verstanden hatte. Dahingehend, dass Bosse und seine Clique bei Ole Martens eingebrochen waren, um Missstände bei dessen Schweinehaltung aufzudecken. Und dahingehend, dass Ole die vier Jugendlichen offenbar eingesperrt hatte.

Vito hatte das bestätigt. Mit stockender Stimme und hochrotem Kopf.

„Wir sind gleich da. Bleib an der Haltestelle", hatte Meeno knapp befohlen und aufgelegt.

Vor drei Minuten. Die Klodtstraße, wo Familie Peters wohnte, lag um die Ecke. Ein Katzensprung.

Der alte, dunkelblaue Kombi von Meeno Peters bremste an der Haltestelle. Meeno steckte den Kopf aus dem Fenster. Britt saß neben ihm.

„Fahrrad angeschlossen?"

Vito nickte schnell, als sei er ein gehorsamer Gefreiter, der seinem Vorgesetzten Meldung macht.

„Steig ein."

Vito kletterte auf die Rückbank. Meeno gab Gas, bog in den Feldweg ein. Kein Wort, während sie Richtung Hof rumpelten.

Im Scheinwerferlicht die Einfahrt. In Oles Ziegelhäuschen brannte Licht. Die lang gestreckte Halle lag im Dunkeln.

Meeno bremste, zog den Zündschlüssel ab. Sie stiegen aus. Kein Laut zu hören, nicht einmal zartes Schweinequieken.

„Niemand zu sehen", sagte Britt leise. „Auch keine Polizei."

„Schade", knurrte Meeno. „Verdient hätten sie es."

Mit festem Schritt steuerte er die Tür des Ziegelhäuschens an. Britt folgte ihm, Vito schlich kleinlaut hinterher.

Meeno drückte einen fleckigen Kunststoff-Klingelknopf. Im Inneren des Hauses erklang ein scheppernder Gong. Sekunden später wurde die Tür aufgerissen. Ole Martens stand vor ihnen, den rechten Arm erhoben. In der Hand hielt er eine mächtige Axt. Sein Blick wirr wie der des gejagten Opfers im Horror-Film, kurz vorm finalen Kampf mit dem Monster.

Britt schrie auf und wich, ebenso wie Meeno und Vito, von der Tür zurück.

„Ole, beruhig dich!“, rief Meeno. „Wir sind es nur!“

Langsam ließ Ole Martens die Axt sinken.

„Meeno? Britt? Was wollt ihr hier? Und wer ist das? Habe ich dich nicht vorhin beim Kiosk gesehen?“ Ole wies auf Vito, der sich sehr weit weg wünschte, seinetwegen sogar zu seinem strengen Vater in die Restaurantküche, lieber drei Stunden lang Zwiebeln hacken als das hier.

„Wir … es gibt ein Problem“, fing Meeno vorsichtig an.

„Das könnt ihr laut sagen! Ihr ahnt ja nicht, was hier passiert ist!“, rief Ole erbost.

„Doch“, sagte Meeno ruhig. „Wir ahnen es durchaus. Deswegen sind wir ja hier. Und das ist Vito, ein Freund von Bosse.“

„Ah, ein Freund von Bosse …“ Ole verstummte.

Man kann förmlich sehen, wie ihn die Erkenntnis ereilt, dachte Britt. Eigentlich wäre es lustig, wenn es nicht so ernst wäre.

„Das ist nicht wahr, oder?“ Ole starrte das Ehepaar Peters an. „Bosse … und seine Freunde …“

„Sitzen vermutlich in deiner Halle fest und streicheln Schweine“, gab Meeno zurück. „Das heißt, falls du noch nichts weiter unternommen hast als sie einzuschließen.“

„Nein, habe ich nicht.“ Ole schüttelte fassungslos den Kopf. „Und sie sitzen auch nicht bei den Schweinen, sondern bloß im Geräteraum. Haben die falsche Tür gewählt.“

„Auch das noch." Radikaler Tierschutz will gelernt sein, ging es Britt durch den Kopf. Aber sie sprach diesen Gedanken lieber nicht aus.

„Warum hast du nicht die Polizei gerufen?", fragte sie stattdessen.

„Nein, noch nicht. Ich …" Ole seufzte. „Ich wollte erst einmal überlegen. Ich dachte, ich lasse sie ein bisschen schmoren. Wusste ja auch nicht, dass euer Junge dabei ist. Sie tragen Masken, wie Profis. Ich habe mich wirklich erschreckt, und ich war natürlich sauer. Andererseits …"

Er warf sich in seine schmale Brust.

„Ole Martens hat noch nie jemanden bei den Bullen verpfiffen."

„Wie schön", erwiderte Meeno trocken. „Wobei ich dir das nicht hätte verdenken können."

„Meinst du?" Ole wirkte nicht begeistert. „Also, je länger ich darüber nachdenke … Ich mag Bosse, echt. Guter Junge. Kein Schickimicki-Typ, so viel ist sicher. Und diese Geschichte mit dem Tierschutz … die jungen Leute haben ja recht, es passieren schlimme Dinge in dieser Branche …"

„Du willst sie also nicht anzeigen?", hakte Meeno nach. Er hörte, wie Vito hinter ihm aufatmete.

„Nein." Ole schüttelte den Kopf. „Ehrliches, idealistisches Engagement – das ist doch selten heutzutage. So gesehen, könnt ihr stolz sein auf …"

„Jetzt ist aber Schluss." Britts Stimme war eisig. Meeno, Ole und Vito sahen sie mit großen Augen an.

„Vielen Dank, Ole, dass du auf die Polizei verzichten willst", erklärte Britt langsam. „Das wissen wir zu schätzen

– besonders, weil Bosse vor Kurzem schon Ärger hatte. Aber dass du ihn und seine Freunde verteidigst oder sogar loben willst – das geht zu weit. Schlüssel?“

Vito hatte berichtet, dass Ole eine Hallentür abgeschlossen und den Schlüssel eingesteckt hatte.

„Hier.“ Ole zog den Schlüssel aus seiner Hosentasche, reichte ihn Britt.

„Danke.“ Sie holte tief Luft. „Die graue Tür dort vorne?“

Ole nickte.

„Gut. Ihr könnt hierbleiben.“ Britts Miene erinnerte an den Gesichtsausdruck eines einsamen Elite-Soldaten, der beschlossen hat, dem Feind eine endgültige Lektion zu erteilen. „Macht euch Kaffee oder Tee. Meine Ansprache wird etwas länger dauern.“

Und so war es dann auch.

Überfüllt war die Timmendorfer Promenade bei diesem Wetter wahrhaftig nicht. Außerdem war es spät geworden. Vereinzelte Pärchen an der Düne, die auf die im Mondlicht funkelnde Ostsee blickten. Ab und an ein laut klingelnder Fahrradfahrer und wenige Jogger, die mit Stirnlampen ausstaffiert in Richtung Scharbeutz oder Niendorf trabten.

Lianne würde morgen früh wieder ihre Laufstrecke in Angriff nehmen, versuchen, die Tipps von Kristof umzusetzen. Seit ihrer gemeinsamen Runde hatten sie sich nur ein paar Mal zufällig im Hausflur getroffen und knappe Worte gewechselt. Lianne hätte Kristof gern eingeladen, auf einen Kaffee oder eine Schorle oder einen Spaziergang, aber ihr fehlten die richtigen Worte. Der große, hagere Mann wirkte so unzugänglich, dass sie davor zurückscheute, ihm eine Unternehmung vorzuschlagen – worüber sie sich im Nachhinein immer wieder ärgerte. Mehr als Nein sagen konnte er doch nicht – allerdings war eben ein Nein genau das, was Lianne von ihrem Nachbarn nicht hören wollte.

Sie musste Geduld haben. Jetzt aber wollte Lianne lediglich kurz in Stecos Bude vorbeischauen, als Einstimmung auf ihren morgigen Arbeitseinsatz, dann ein ruhiger Abend auf der Couch.

Sie passierte die Udo Lindenberg-Statue, näherte sich dem sechseckigen Pavillon, der in der Dämmerung seltsam unbelebt wirkte. Die Ausgabefenster des weißen Gebäudes: geschlossen, die Jalousien: heruntergelassen. An den Stehtischen auf dem kleinen Vorplatz kein Mensch, im Pavillon schien jedoch Licht zu brennen.

Lianne zögerte kurz. Sie hatte fest damit gerechnet, einen geöffneten *Strand-Treff* vorzufinden. Erschien Steco der heutige Abend so wenig lohnenswert, dass er einen Ruhetag einlegte? Und sollte sie ihn dabei stören oder einfach morgen wiederkommen, wenn ihr Einsatz anstand?

Schließlich trat Lianne an die Holztür des Pavillons, klopfte. Sekunden später wurde die Tür geöffnet – und Steco starrte die unerwartete Besucherin derart entgeistert an, als sei Lianne eine Höllengestalt, die sich direkt aus der Unterwelt auf die Schwelle seiner Bude gebeamt hatte.

Seine sonst so sorgsam zurückgelegten Haare standen vom Kopf ab, sein scharf geschnittenes Gesicht war rot angelaufen. Er trug ein schäbiges, schwarzes Muskelshirt und eine abgewetzte, olivgrüne Cargohose. Die linke Hand hatte er in einer Hosentasche versenkt, die sich merklich ausbeulte.

„Hallo", begrüßte ihn Lianne zögernd. Sein wilder Blick jagte ihr einen Schrecken ein.

„Störe ich?", fragte sie vorsichtig. „Ich dachte, ich schaue vorbei und sehe mir vor der großen Party alles an, damit ich morgen nicht so unvorbereitet bin …"

Sie stockte. Der Innenraum des Pavillons war hell erleuchtet. An der Wand Getränkekisten, in den Regalen Flaschen und Gläser. Auf der breiten Ablage vor dem großen Ausgabefenster erspähte Lianne jedoch etwas, das nicht zu den Vorräten für eine ausufernde Sommerparty passte: mindestens zehn dicke, mit schwarzer Folie umwickelte Röhren, etwa 40 Zentimeter lang, aus denen bunte Kabel oder Schnüre ragten.

Lianne sah Steco an. Binnen einer Sekunde war klar, dass er erkannt hatte, dass sie etwas erkannt hatte.

„Aber ich kann natürlich auch morgen …", versuchte Lianne noch einen Rückzug, aber es war zu spät. Blitzschnell griff Steco nach ihrem Arm, zerrte sie in den Pavillon, warf die Tür zu. Mit überraschender Körperkraft drückte der schmale Mann Lianne an die Wand und zog seine linke Hand aus der Hosentasche.

Eine Waffe, der Typ hat doch tatsächlich eine Waffe, schoss es Lianne durch den Kopf, dann spürte sie auch schon den kalten Lauf der Pistole (oder war es ein Revolver? Woher um Himmels willen sollte Lianne das wissen?) an ihrem Hals.

„Sei still", zischte Steco.

Lianne schluckte. Ihr wurde übel. Ausgehend von ihrem Magen breitete sich in ihr ein nie gekanntes Gefühl von Panik aus. Vor einer Minute war sie noch arglos an der Ostsee entlanggebummelt – und jetzt stand sie hier in diesem Pavillon mit einem Irren, der sie mit einer Schusswaffe bedrohte. Sie hätte sich nicht einmal bewegen können, wenn er es ihr befohlen hätte. Ob sie sich vor Angst in die Hose pinkeln würde? Aber das war vermutlich das geringste Problem.

„Telefon!", herrschte Steco Lianne an. Er hatte üblen Mundgeruch, komisch, dass ihr das nie aufgefallen war. Lianne wollte ihr Handy aus der Seitentasche ihres Fleece-Pullovers ziehen, doch sie konnte sich nicht rühren.

„Ich mach schon." Steco lockerte den Griff seiner rechten Hand, hielt mit der linken weiterhin die Waffe an Liannes Hals. Er tastete ihren Pullover ab, griff in die Tasche, zog Liannes Smartphone hervor und warf es in die hintere Ecke des Raumes, wo es mit einem hässlichen Scheppern landete.

„Hinsetzen!" Steco wies auf die gegenüberliegende Ecke, schubste Lianne ein Stück weit, bis sie es schaffte, mit zitternden Knien an der Wand herunterzurutschen. Breitbeinig blieb er vor ihr stehen und sah auf sie hinunter.

Stille.

Ob sie etwas sagen sollte? Aber was? Lianne kannte derlei Situationen nur aus dem Fernsehen, dort stammelten die Leute (die Geiseln) meist etwas Hilfloses wie „Tun Sie mir nichts" oder „Lassen Sie mich gehen". Lianne glaubte nicht, dass sie eine solche Bemerkung aus dieser Lage befreien konnte, und etwas Besseres fiel ihr nicht ein.

„Okay“, sagte Steco ruhig. Lianne sah zu ihm auf. Der wilde Blick war verschwunden, Steco wirkte plötzlich so gelassen wie üblich, wie der normale, freundliche *Strand-Treff*-Steco, der Streit schlichtete und versöhnliche Weisheiten aus der Welt der Buddhisten unters Volk brachte.

„Du bist also schon hier.“ Steco schüttelte den Kopf. „Das ändert natürlich alles. Aber was soll's. Ich bin flexibel.“

Irre blieb er offenbar weiterhin, auch wenn er nicht mehr so guckte. Ob Lianne ihn fragen sollte, was er überhaupt meinte? Oder ob ihn das provozieren würde – zu was auch immer?

Lianne räusperte sich, schob ihre Beine etwas nach vorn, um bequemer sitzen zu können. Sofort fasste Steco seine Waffe fester.

„Nicht bewegen!“

In diesem Moment schlug jemand bollernd gegen die Tür.

„Steco?“, hörte Lianne die unverkennbare, raue Stimme von Thea. „Bist du da drin?“

Steco starrte Lianne aus seinen verwaschenen, grauen Augen drohend an, legte einen Zeigefinger auf die Lippen. Absurd, dachte Lianne. Es ist, als hätte ich all das schon einmal in einem Krimi gesehen. Absurd, aber nicht witzig.

Steco trat an die Tür, wobei er weiter seine Waffe auf Lianne richtete. Dann riss er die Tür auf und zerrte Thea auf die gleiche Weise in den Pavillon wie zuvor Lianne.

Thea war überrumpelt und nicht mehr so sicher auf den Beinen wie die gut 40 Jahre jüngere Lianne. Sie geriet ins Stolpern und klammerte sich kurz an die Ablage, bis Steco sie unsanft herumdrehte und sie grob neben Lianne schob, die instinktiv die Hände nach vorn nahm, um ihre betagte Chefin abzufangen. Lianne schaffte es, Theas Arme zu packen und sie neben sich auf dem Boden abzusetzen.

„Was zum Teufel …“, krächzte Thea und starrte zunächst Lianne und dann Steco an, der jetzt mit seiner Waffe auf den zweiten Überraschungsgast dieses Abends zielte.

„Ruhe!“, herrschte Steco Thea an, was diese mit dem berühmten Hochziehen ihrer Augenbrauen quittierte. Thea war blass, ihre Frisur leicht zerrupft, ansonsten aber wirkte die betagte Herrin der Strandkörbe nicht sonderlich beeindruckt. Lianne spürte tiefe Erleichterung darüber, nicht mehr allein mit dem durchgedrehten Steco zu sein – und schämte sich eine Sekunde später für dieses Gefühl, schließlich nützte es ihr, Lianne, gar nichts, dass sich auch Thea in Gefahr befand.

„Gib mir dein Telefon!“ Steco fixierte Thea und streckte die Hand aus. Sie griff in ihre roséfarbene Sommerjacke, zog ein mindestens zehn Jahre altes Handy heraus, das Steco in die Ecke zu Liannes Smartphone warf.

„Dann machen wir es eben heute“, erklärte er – erneut mit jener unheimlichen Ruhe, die er vor Theas Erscheinen bereits an den Tag gelegt hatte. „Dann seid ihr nur zu zweit, aber besser als nichts.“

„Kannst du mir mal sagen, was das Affentheater hier soll?“, gab Thea so grantig zurück, als spräche sie mit einem überdrehten Kind, das sein Zimmer auf den Kopf gestellt hatte. „Bist du völlig verrückt geworden? Seit wann hast du eine Waffe? Und was sind das für seltsame Basteleien da vorne auf dem Tisch?“

Gute Fragen, dachte Lianne. Sehr gute Fragen. Schade, dass sie selbst nicht mutig genug war, sie zu stellen. Sie musste sich ab sofort zusammenreißen und einen Weg finden, ihre Angst zu überwinden. Es konnte nicht sein, dass eine über 80 Jahre alte Frau diese schreckliche Lage allein meistern musste, während Lianne stocksteif an der Wand verharrte und darauf wartete, ob sie sich einnässte oder nicht.

„Das, liebe Thea, sind keine Basteleien, sondern Sprengsätze mit überaus durchschlagender Wirkung.“ Steco war ein gewisser Stolz anzuhören. „Super-Böller, sozusagen, jeder zwei Kilo schwer. Zusammengestellt aus einer Wagenladung Polenböller. Haben mich einen Haufen Geld und Arbeit gekostet. Aber die Mühe hat sich gelohnt, findest du nicht?“

„Und damit willst du dein eigenes Geschäft in die Luft jagen? Ich dachte, die Bude wird sowieso abgerissen“, meinte Thea. „Den Aufwand könntest du dir doch sparen, oder?“

„Ah, ich sehe, du weißt Bescheid.“ Steco zeigte ein verzerrtes Grinsen. „Die Verbindungsperson hat dir natürlich alles erzählt.“ Er wies auf Lianne.

Verbindungsperson? Der Mann war wirklich reif für die geschlossene Psychiatrie. Aber leider nicht drin. Und wieso sollte der Pavillon abgerissen werden?

„Quatsch. Verbindungsperson.“ Thea schnaubte verächtlich durch die Nase. „Du siehst zu viele schlechte

Filme. Nein, ich habe in den Unterlagen aus dem Bauausschuss gelesen, dass dein Laden verschwinden soll. Hättest ja mal etwas sagen können."

„Warum? Meinst du, irgendjemand hätte mir geholfen?" Steco schüttelte den Kopf. „Nein, sie wollen doch alle immer edler und schicker werden hier an der Küste. Niemand würde sich auch nur einen Millimeter weit für meine kleine Hütte einsetzen, wenn sie stattdessen eine edle Lounge am Strand haben können."

Edle Lounge am Strand? Das hatte sie vor Kurzem erst gehört. Lianne überlegte, bekam den Gedanken aber nicht zu fassen.

„Außerdem hat sie dich bestimmt auf dem Laufenden gehalten." Wieder wies Steco anklagend auf Lianne.

„Sorry, aber ich weiß nicht, was du meinst", brachte sie hervor.

„Ach nee." Steco lachte bitter. „Dann hast du natürlich mit der Firma Paulsen-Projekte nichts zu tun, und du kommst auch nicht aus Bremen, was?"

„Äh … doch." Lianne dachte fieberhaft nach. Dann riss sie die Augen auf.

„Paulsen-Projekte plant eine Strand-Lounge – hier? Das kann doch gar nicht sein."

„Gib dir keine Mühe." Steco winkte ab. „Ich habe ein wenig gebraucht, bis ich erkannt habe, wer du bist. Aber dann war alles klar. Ich habe mich trotzdem nicht von meinem Weg abbringen lassen."

Er warf einen Blick auf die schwarzen Röhren. Jetzt, da Lianne wusste, was sie enthielten, erschienen sie wesentlich bedrohlicher als zuvor. Matthias hatte mit seinem

Partner an dieser Stelle ein Projekt geplant? Deswegen nannte Steco Lianne „Verbindungsperson“. Er dachte, dass sie davon gewusst hatte, womöglich an dem Vorhaben beteiligt war. Sie würde ihn kaum vom Gegenteil überzeugen können. Schade. Sehr schade sogar, betrachtete man die aktuelle Lage.

„Seit wann weißt du von dem Projekt?“, fragte Thea in sachlichem Ton. „Seit Februar oder März, richtig?“

Steco nickte.

„Und dann hast du dich dazu entschlossen, alle Timmendorfer büßen zu lassen? Für was – für dein persönliches Unglück? Deswegen diese Anschläge?“ Thea fixierte Steco streng. Der richtete sich kerzengerade auf, umklammerte weiterhin seine Waffe.

„Ja, deswegen“, erklärte er triumphierend, als verkündete er den überraschenden Sieg des Außenseiters bei der Oscar-Verleihung. „Sie sollten merken, dass sie sich nicht einfach ungestraft alles nehmen können, was sie haben wollen. Jemand musste ein Zeichen setzen.“

„Tolles Zeichen.“ Thea verzog den Mund. Hatte sie denn überhaupt keine Angst?

„So beeindruckend waren deine Aktionen auch wieder nicht, lieber Steco“, sagte sie kühl. „Ich sehe auch nicht, dass sie deine Situation verbessert haben.“

Steco steckte hinter all den Anschlägen! Liannes Augen wurden noch größer. Die Feuer, die Buttersäure, die Parole an den Tatorten – das alles ging auf das Konto dieses unauffälligen, freundlichen Budenbetreibers?

„Es ging nicht um Verbesserungen.“ Steco griff hinter sich und hielt eine der Röhren in der rechten Hand. „Ich habe nichts Gutes mehr zu erwarten, das habe ich verstanden. Ich wollte … nun, sagen wir, ich wollte die Last nur nicht allein tragen.“

„Sondern den *Strand-Treff* sprengen?“ Thea runzelte die Stirn.

„Das wäre ein tolles Finale gewesen. Eine große Party, jede Menge Leute rund um meine Bude und dann – peng! Aber das hat sie mir verdorben – und du auch! Warum musstet ihr euch auch einmischen, ich wollte alles in Ruhe vorbereiten!“

Wütend starrte er die beiden Frauen an.

„Deswegen wird es jetzt nur ein kleines Finale geben – nur wir drei und diese hübschen Super-Böller. Das gibt es nur in Timmendorf, haha.“

Lianne begann zu zittern. Er wollte sie in die Luft jagen – sie und Thea und sich selbst! Wie viele Minuten hatte sie noch zu leben?

Jemand klopfte an die Tür, die wenig später geöffnet wurde. Sophie Augsbach steckte ihren blonden Kopf in den Raum.

„Steco, grüß dich, du, ich suche Tim Zinker, er soll in Timmendorf sein, und ich dachte, vielleicht weißt du …“ Ihre Stimme erstarb, als sie die Waffe in Stecos Hand sah.

„Sophie, hallo“, sagte er spöttisch. „Hier geht es heute Abend ja zu wie auf dem Hamburger Hauptbahnhof. Komm rein. Jetzt sind wir schon zu viert.“

Kapitel 27

„Philipp, hier ist deine Tante! Warum gehst du nicht ans Telefon? Ich mag es nicht, auf diesen Apparat zu sprechen!"

Seufzend hielt Philipp sein Handy ein Stück weit vom Ohr weg. Thea auf seiner Mailbox. Dass sie es nicht mochte, „auf Band" zu sprechen, hatte sie noch nie daran gehindert, es dennoch zu tun, sehr ausgiebig meist, schon allein, weil die Mailbox sie nicht unterbrechen konnte. Philipp lehnte sich in seinem Stuhl an einem der Fenstertische im Teehaus zurück. Das hier konnte dauern.

„Also, wenn du das hörst", schepperte die Stimme seiner Tante, durchs Smartphone so verzerrt, als käme sie aus einem Blecheimer: „Ich habe recherchiert und herausgefunden, dass Stecos *Strand-Treff* abgerissen werden soll! Mir hat er nie etwas gesagt. Dir? Es steht seit Monaten fest. Die Gemeinde will dort etwas Neues bauen lassen, ein schickes Lounge-Gedöns – und Liannes Mann beziehungsweise ihr Ex-Mann, egal, plant das alles! Das wird Steco nicht gefallen! Ich habe einen ganz bestimmten Verdacht. Ich kann Lianne nicht erreichen, bleibe aber am Ball! Melde dich, wenn du das hier hörst! Tschüs."

Philipp ließ das Handy sinken, runzelte die Stirn. Was war denn das? Stecos *Strand-Treff* vor dem Abriss, Liannes Mann – und Thea hatte einen Verdacht? Welchen? Eilig wählte er die Nummer seiner Tante, doch niemand nahm den Anruf entgegen.

Was brütete Thea jetzt aus? Philipp wusste, wie eigensinnig sie sein konnte. Offenbar hatte sie nicht aufgehört, im Zusammenhang mit diesen vermaledeiten Anschlägen weiter herumzuspionieren. Wenn sie nun ihre Verdächtigungen in der Gegend herumposaunte, brachte sie sich in Teufels Küche.

Lianne ging ebenfalls nicht an ihr Handy. Zufall?

Entschlossen stand Philipp auf, warf einen Schein auf den Tisch. So groß war Timmendorf nicht, vor allem nicht für einen durchtrainierten Mann mit einem schnellen Mountainbike. Er würde Thea schon finden.

Er lief die Seeschlösschen-Brücke hinunter zur Promenade und schwang sich auf sein Fahrrad. Binnen weniger Minuten erreichte er die Villa seiner Tante in der Rodenbergstraße. Die Bewegungsmelder ließen die Außenbeleuchtung anspringen, als er auf die Haustür zuging, die Villa selbst war dunkel. Philipp zog den Schlüssel hervor, den Thea ihm „zur Sicherheit" gegeben hatte, schloss auf.

„Thea? Bist du hier?", rief er im dunklen Flur. Keine Antwort.

Vielleicht besprach sie sich mit Lianne? Philipp lief hinaus, schloss sorgfältig ab und trat erneut in die Pedalen. Wieder nur wenige Minuten bis zum nächsten Ziel. Er stellte sein Fahrrad in den Vorgarten der ehemaligen „Pension Agathe", stieg die Treppe hinauf und drückte auf den Klingelknopf von „L. Paulsen".

Nichts. Philipp klingelte erneut. Wo steckten die beiden bloß – falls sie überhaupt zusammen waren? Im

Waldemars? Im *Café Möchtegern*? Oder bei Stecos Bude, um mit ihm direkt ihre Verdächtigungen auszudiskutieren?

Die Holztür schwang auf. Kristof Lorenzen und Eddie, der fröhlich wedelnd an Philipp hochsprang.

„Philipp, grüß dich." Kristof nahm Eddie am Halsband. „Ist gut, Eddie, aus."

„Weißt du, wo Lianne ist?", fragte Philipp, allmählich von einem mulmigen Gefühl beschlichen.

„Nein, habe sie heute noch nicht gesehen." Kristof schüttelte den Kopf. „Ist etwas passiert?"

„Keine Ahnung. Aber Thea hat mir eine seltsame Nachricht auf die Mailbox gesprochen. Sie ist nicht zu Hause, und ich dachte, sie wäre vielleicht bei Lianne. Beide sind auch per Handy nicht zu erreichen."

„Merkwürdig." Kristof überlegte. „Was war das für eine Nachricht?"

„Warte, ich spiele sie dir vor." Philipp kramte sein Smartphone heraus. Vielleicht konnte sich Kristof einen Reim auf Theas Text machen?

Kristof lauschte so konzentriert in Philipps Handy, als würde er schwache Funksignale aus dem Weltall empfangen. Dann sah er Philipp ernst an.

„Stimmt das, was deine Tante sagt? Dass die Bude von Steco abgerissen werden soll?"

„Ich weiß es nicht." Philipp zuckte ratlos mit den Schultern. „Ich habe vorhin zum ersten Mal davon gehört – eben durch diese Nachricht. Ich weiß nicht, woher Thea das wissen will, und ich weiß auch nicht, was Lianne damit zu tun haben soll."

„Wenn es stimmt, würde das einiges erklären." Kristof sah beunruhigt aus, was wiederum Philipp beunruhigte.

„Denkst du, sie haben irgendwie … Ärger?" Philipps mulmiges Gefühl schickte sich an, zu handfester Angst zu werden. So kratzbürstig Thea auch sein konnte – er hing sehr an seiner Tante und konnte den Gedanken nicht ertragen, dass ihr etwas zustieß.

„Das kann ich nicht beurteilen", antwortete Kristof. „Ich schlage vor, ich bringe schnell den Hund in die Wohnung, und dann fahren wir zusammen zu Stecos Bude und sehen nach, ob deine Tante und meine Nachbarin dort sind."

Kurz darauf rollten die beiden Männer auf ihren Rädern die Strandallee entlang Richtung Timmendorfer Platz.

Es war eng geworden im Pavillon, an der Seitenwand herrschte regelrechtes Gedränge, seit sich auch Sophie Augsbach in Stecos Gewalt befand. Nebeneinander hockten die Reporterin, Lianne und Thea auf dem Boden und blickten zu Steco, der sich zu einer längeren, larmoyanten Rede hatte hinreißen lassen, anstatt sofort seine äußerst durchschlagkräftig wirkenden Super-Böller zu zünden.

Sophie sieht aus wie ein verschrecktes Kaninchen an Silvester, dachte Lianne, und bei mir ist es höchstwahrscheinlich nicht besser. Einzig Thea ließ sich von der Waffe und den Spreng-Drohungen des Mannes vor ihr nicht sonderlich beeindrucken – zumindest war ihr äußerlich keine Erschütterung anzumerken.

Thea schien sich auch als einzige Geisel Stecos tragische Geschichte genau angehört zu haben – die Geschichte von seinem florierenden Bauunternehmen, von der Expansion, von den 1500 Mitarbeitern und von der vielversprechenden Beteiligung an einer Bank, die zusammenbrach, weil sie sich mit Immobilienkrediten verhoben hatte. Weshalb er, Steco, im Zuge der Finanzkrise alles verlor, was er sich erarbeitet hatte.

„Deshalb saß ich dann in dieser Bude fest“, lamentierte er, während er die drei Frauen abwechselnd anklagend fixierte. „Habe versucht, bescheiden zu leben. Aber nicht einmal das will man mir gönnen!“

Wie selbstmitleidig, dachte Lianne, die nur mit einem halben Ohr zugehört hatte – zu groß war ihre Angst, in nächster Zeit in die Luft gejagt zu werden. Selbstmitleidig und verbittert, aber es ist wohl der falsche Moment, es Steco direkt zu sagen.

„Du bist selbstmitleidig und verbittert“, meinte Thea in diesem Augenblick. „Was mich wundert, weil du doch angeblich Buddhist geworden bist. Ich dachte, für euch zählt materieller Besitz nicht?“

Thea hatte anscheinend die Nerven, Steco in ein Gespräch zu verwickeln – um ihn vom Entzünden der Zündschnüre abzuhalten. Lianne war zutiefst dankbar für die mentale Stärke ihrer älteren Freundin. Doch wie lange würde diese Strategie funktionieren?

„Der Buddhismus lehrt, dass man sich nicht an Status, Geld oder Besitz klammern soll“, gab Steco unfreundlich zurück. „Das nennt sich Anhaftung. Man soll loslassen, weil am Ende des Lebens ja sowieso alles vorbei ist.“

„Aha.“ Thea nickte. „Aber dann verstehe ich nicht, warum du dich so darüber aufregst, dass du all dein Geld verloren hast und jetzt deine Bude verschwinden soll. Ist das keine Anhaftung?“

„Doch.“ Steco schwieg einen Moment lang.

„Ich bin ja auch gar kein Buddhist geworden!“, schrie er dann so plötzlich los, als habe Thea mit ihren Fragen einen Schalter umgelegt. Sophie klammerte sich an Liannes Arm. Lianne begann erneut zu zittern. Der Mann war völlig irre.

„Ich habe es versucht, aber ich kann nicht loslassen!“, zeterte Steco weiter. „Die Buddhisten haben doch keine Ahnung! Status und Geld – das ist alles, was zählt! Ohne das bist du nichts!“

„Das sehe ich anders“, gab Thea ungerührt zurück. „Ich glaube, du hast dich verrannt, Steco. Das ist doch nur eine fixe Idee. Hör zu: Wie wäre es, wenn du die Mädels gehen lässt und wir beide uns noch ein wenig unterhalten? Wir finden bestimmt eine Lösung, und dann vergessen wir alles, was in der letzten Stunde vorgefallen ist. Hm?“

Lianne hielt den Atem an. Thea war einfach unglaublich.

„Auf keinen Fall.“ Steco schüttelte den Kopf. „Kommt nicht infrage. Ich gehe nicht in den Knast – und für die Anschläge würden sie mich auf jeden Fall zu einer Haftstrafe ohne Bewährung verurteilen, erzähl mir nichts, das weiß ich genau. Außerdem seid ihr selbst schuld, weil ihr mir hinterhergeschnüffelt und damit mein großes Finale verdorben habt.“

Er griff nach einem der Super-Böller, aus dem eine leuchtend gelbe Zündschnur ragte.

„Genug geplaudert, meine Damen", sagte Steco. „Die Zeit für das große Feuerwerk ist gekommen."

Er legte die Waffe auf die Ablage, griff mit der nun freien Hand in die Seitentasche seiner Cargohose und zog ein Feuerzeug hervor.

Im Strandpark war es mittlerweile so dunkel, dass Philipp beinahe in eine der beiden massigen Gestalten hineingefahren wäre, die sich vor ihm und Kristof auf einem der Wege in Richtung Seebrückenvorplatz bewegten. Philipp bremste scharf ab, die Gestalten wandten sich ruckartig um.

„Pass doch auf!", rief eine vertraute Stimme. „Das ist kein Fahrradweg hier!"

Die Brüder Jupp und Martin Schmitz unternahmen einen Abendspaziergang.

„Jupp, entschuldige", sagte Philipp. „Tut mir leid, wir haben es eilig."

„Ach ja?" Jupp musterte Kristof, der ebenfalls angehalten hatte. „Wohin willst du denn mit Mr. Bodyguard?"

„Guten Abend." Kristof nickte den Brüdern zu. Jupp hatte ihn nie wieder auf den Vorfall bei der Saisoneröffnung des *Strand-Treffs* angesprochen, als Kristof ihn davon abgehalten hatte, sich weiter mit Ole Martens auf dem Boden zu wälzen. Und auf Martin Schmitz war Kristof nicht mehr getroffen, seit er Lianne auf dem TSNT-Parkplatz aus dessen Fängen befreit hatte. Somit hatte es keine weiteren Auseinandersetzungen zwischen Kristof Lorenzen und den Brüdern gegeben – allerdings auch kein klärendes Gespräch.

„Wir suchen meine Tante und Lianne“, sagte Philipp. „Habt ihr sie zufällig gesehen?“

„Nein.“ Martin schüttelte den Kopf. „Wir waren im *Möchtegern* und danach im *Waldemars*, dort waren sie nicht.“

„Mist.“ Philipp setzte sich wieder auf dem Fahrrad zurecht. „Dann fahren wir jetzt zu Steco.“

„Da sind sie bestimmt nicht, Steco hat heute geschlossen“, berichtete Martin.

„Hast du ihn getroffen?“, fragte Kristof. Martin betrachtete ihn kritisch, als könnte ihm Kristof jeden Moment wieder den Arm auf den Rücken drehen, entschied sich aber dafür, zu antworten.

„Ja, heute Nachmittag. Er war komisch, viel hektischer als sonst, hat jede Menge Kartons in seine Bude geschleppt. Und er hat gesagt, dass er heute nicht öffnet, weil er für morgen so viel vorbereiten will.“

„Für morgen?“, hakte Kristof nach.

„Ja, er feiert eine große Sommerparty, hat jede Menge Leute eingeladen“, meinte Jupp. „Fußball will er auch zeigen. Das gibt es nur in Timmendorf, hehe.“

„Fußball?“ Philipp war irritiert.

„Er hat etwas vom ‚großen Finale‘ gesagt“, erinnerte sich Jupp. „Aber ich weiß gar nicht, wer morgen spielt.“

„Niemand“, meinte Philipp langsam. „Morgen ist überhaupt kein Fußball, und schon gar kein Finale.“

„Hm. Klingt alles etwas seltsam“, kommentierte Martin.

„Zu seltsam für meinen Geschmack.“ Kristof trat resolut in die Pedale. „Ich sehe jetzt nach, was dort los ist.“

Er fuhr los, Philipp folgte ihm.

„Wir kommen auch!“, riefen ihnen die Brüder Schmitz hinterher. „Vielleicht könnt ihr ja Verstärkung gebrauchen.“ Sie lachten.

„Setz dich wieder hin, sofort!“

Aufgeregt fuchtelte Steco mit der Waffe vor Liannes Nase herum. Als er das Feuerzeug hervorgezogen hatte, war sie aufgesprungen, hatte „Nein!“ geschrien. Daraufhin hatte Steco das Feuerzeug fallen lassen (gut) und wieder zu seiner Waffe gegriffen (schlecht).

„Ich meine es ernst!“ Der Blick seiner grauen Augen war noch irrer geworden. Lianne schielte vorsichtig auf die Pistole (den Revolver?). War das vielleicht nur eine Attrappe? Und falls nicht – war die Waffe überhaupt geladen?

Beides konnte Lianne nicht beurteilen, und eine Fehleinschätzung könnte in ihrer aktuellen Lage fatale Folgen haben. Deshalb ließ sie sich vorsichtig wieder zwischen Thea und Sophie auf dem Boden nieder.

„Steco, jetzt hör doch auf mit dem Unsinn!“, versuchte es Thea auf die strenge Tour. „Das bringt doch nichts!“

„Ich könnte etwas für dich tun“, meldete sich Sophie leise zu Wort. „Wenn ich einen Artikel schreibe, über deine Bu… über deinen Pavillon, und mich für dich einsetze, dann wird er vielleicht gar nicht abgerissen und …“

„Schnauze! Ihr haltet jetzt alle die Schnauze!“, schrie Steco. „Ich habe genug von diesem verlogenen Gerede! Die Sache ist gelaufen, aus, Ende, vorbei!“

Er sah auf den Boden, suchte offenbar das Feuerzeug, hielt aber weiterhin seine Waffe in Richtung der drei Frauen. Wenn er wenigstens diesen grässlichen Super-Böller aus der Hand legen würde, dachte Lianne. Doch Steco hielt seinen selbst gebauten Sprengsatz eisern umklammert wie ein Kleinkind sein Lieblingskuscheltier.

„Steco, bist du da? Hallo?"

Das war Philipps Stimme! Jetzt erklang lautes Scheppern. Anscheinend bollerte er gegen die Jalousie des schmalen Ausgabefensters an der Seite. Zeitgleich versuchte jemand anderes auf der entgegengesetzten Seite des Pavillons die Tür zu öffnen – die Klinke senkte sich nach unten. Doch Steco hatte abgeschlossen, nachdem er Sophie in seine Bude gezwungen hatte, um weitere Überraschungsbesuche zu verhindern. Davon, dass jetzt jemand vor der Tür stand, bemerkte er jedoch nichts. Lianne hatte aber gesehen, wie sich die Klinke bewegte und schöpfte vorsichtig Hoffnung.

„Ruhe!", befahl Steco.

„Steco, ich höre doch, dass du da bist!", rief Philipp. „Was ist los? Ist meine Tante bei dir? Und Lianne? Mach auf!"

Stecos Nerven spielten nicht mehr mit. Die klaustrophobische Situation in dem kleinen Raum hatte nicht nur die Geiseln erschöpft.

„Verschwinde!", brüllte er. „Lasst mich alle in Ruhe! Es ist sowieso zu spät!"

Er zerrte die Jalousie ein Stück weit hoch. Vor der Scheibe erschien Philipps erschrockenes Gesicht. Steco hielt ihm den Super-Böller entgegen.

„Ich jage den Scheißladen in die Luft! Und deine Tante und diese … diese Spionin nehme ich mit! Ihr werdet euch wundern, und zwar gleich!"

Steco ließ die Jalousie wieder nach unten sausen und wandte sich den Frauen zu.

„Jetzt darf ich keine Zeit mehr verlieren!“

Kapitel 28

Fassungslos starrte Philipp auf die heruntergelassene Jalousie. Das hier geschah doch nicht wirklich. War er in einen schlechten Film geraten? Oder spielte jemand „Streiche mit versteckter Kamera“?

Ein entschlossener Griff an seinem Arm, ein harter Ruck, und Philipp wurde hinter die Litfaßsäule neben dem Pavillon gezogen. Erschrocken sah er in das blasse, ernste Gesicht von Kristof.

„Was war das?“, stammelte Philipp. „Hast du das gehört? Will der uns verarschen? Soll das witzig sein?“

„Nein, das ist mit Sicherheit kein Scherz.“ Kristof blickte Philipp eindringlich an. „Pass auf. Jetzt müssen wir schnell sein.“

In diesem Moment erklangen fröhliche Stimmen von der Promenade am *Hotel am Meer* herüber. Sie näherten sich.

„Jupp und Martin! Verdammt“, flüsterte Kristof. „Also gut, sie können uns helfen. Du bleibst hier.“

Er verschwand, blitzschnell und lautlos wie eine Katze auf nächtlicher Jagd, tauchte wenig später wieder auf, die beiden verärgert wirkenden Brüder links und rechts an den Armen gepackt.

„Was soll der Scheiß?“, grummelte Jupp, doch Philipp hielt beschwörend einen Finger an die Lippen.

„Seid ruhig, bitte. Das ist kein Witz, sondern todernst“, zischte er. „Bitte! Steco hockt in seiner Bude und ist offenbar verrückt geworden. Er hat so etwas wie einen riesigen Knaller in der Hand, und er hat drei Geiseln.“

„Drei?“, warf Kristof leise ein.

„Ja“, flüsterte Philipp, während ihn die Schmitz-Brüder ungläubig anstarrten. „Ich habe meine Tante und Lianne gesehen – und Sophie, Sophie Augsbach, die Internet-Reporterin!“

„Auch das noch“, murmelte Kristof. „Ihr macht jetzt genau, was ich sage.“

„Warum? Was soll das?!“ Jupp sah gereizt aus.

„Jupp! Steco ist der Attentäter, verflucht!“, herrschte Philipp ihn an. „Der, den wir alle suchen! Er dreht durch, weil seine Bude abgerissen werden soll! Aber das muss ich euch alles später erklären, jetzt ist einfach keine Zeit! Ihr müsst unbedingt auf Kristof hören!“

Jupp und Martin sahen sowohl wenig begeistert als auch überfordert aus, als seien ihnen urplötzlich die Rollen in einem komplizierten Theaterstück zugefallen.

„Philipp, du gehst in die Richtung und sperrst die Promenade ab, so gut du kannst.“ Kristof zeigte auf den Weg Richtung Scharbeutz. „Lass niemanden durch. Und alarmier die Polizei. Sag ihnen, dass wir eine Geiselnahme haben, mit einem bewaffneten Täter, der mit dem Einsatz von Sprengstoff droht. Jupp, du sperrst die andere Seite.“ Kristof wies in Richtung *Hotel am Meer*. „Es ist wichtig, dass sich niemand mehr dem Pavillon nähert.“

Philipp und Jupp nickten.

„Martin, du hast eine schwierige Aufgabe. Es könnte gefährlich sein", fuhr Kristof flüsternd fort. „Du musst zur Bude und versuchen, Steco abzulenken – tu so, als wärst du zufällig vorbeigekommen. Traust du dir das zu?"

Martin schluckte. „Ich mach's."

„Super. Ich versuche, noch einmal an die hintere Tür zu kommen." Kristof fixierte nacheinander Philipp, Jupp und Martin. Seine Einsatztruppe. Ein Strandkorb-Vermieter und zwei übergewichtige Immobilien-Makler, wo es perfekt ausgebildete Spezialkräfte gebraucht hätte.

„Wir müssen die Nerven behalten – und dürfen keine unvorsichtigen Aktionen wagen", sagte er. „Am besten wäre es, wir halten ihn hin, bis das SEK hier ist. Fragt sich nur, ob wir so viel Zeit haben."

Zeit war auch ein interessanter Faktor für die im *Strand-Treff* Versammelten. Genauer, die Zeit, die Steco noch benötigte, um sein Feuerzeug wiederzufinden und anschließend seinen mörderischen Showdown zu zünden.

Mit trockenem Mund und flachem Atem verfolgte Lianne, wie der schmale, unauffällige Mann mit wildem Blick den Fußboden abscannte und sich dann hinhockte, wobei er seine Waffe weiterhin auf die drei Frauen richtete.

„Ihr bleibt, wo ihr seid!"

Steco klemmte seinen Super-Böller zwischen seine Knie und tastete den Boden ab. Ohne Erfolg, wie Lianne dankbar registrierte. Sie lauschte nach draußen. Philipp musste doch bemerkt haben, was hier vor sich ging. Wo blieb das Sirenengeheul der Polizei? Andererseits war vermutlich höchstens eine Minute vergangen, seit Philipp in den Pavillon geblickt hatte. So schnell war die Polizei nun auch wieder nicht. Außerdem fiel Lianne ein, dass ausgerechnet Sirenengeheul ihre Situation wahrscheinlich nur verschlechtern würde. Was, wenn Steco bei diesem Geräusch vollends die Nerven verlor und sie einfach alle abknallte? Und, nächste Frage, warum hatte er das nicht schon längst getan?

Lianne musterte die Waffe in Stecos Hand. Pistole, ging es ihr plötzlich durch den Kopf. Natürlich. Matthias hatte sich einige Male darüber lustig gemacht, dass Lianne als leidenschaftliche Krimi-Guckerin überhaupt keine Ahnung von Schusswaffen hatte, und den Unterschied erklärt. „Ein Revolver hat eine Trommel, eine Pistole ein Magazin."

Eine Trommel hatte die Waffe in Stecos Hand nicht. Und sie war aus Metall, nicht aus Plastik, meinte Lianne zu erkennen. Auf der schwarzen Oberfläche sah sie einige Kratzer. Wenn das eine Attrappe war, dann eine sehr gut gemachte. Oder eben keine – weshalb Steco sie alle hier binnen Sekunden erschießen könnte, sollte er glauben, dass die Polizei vor der Tür stand.

„Herkommen!" Steco winkte Lianne mit der Pistole zu sich heran. Sie erhob sich mit zitternden Beinen. Er nahm seinen Böller wieder in die Hand, schubste Lianne vor die große Ablage, ließ sich auf ihrem Platz an der Wand zwischen Thea und Sophie nieder, drückte Sophie die Waffe an die Schläfe. Die Reporterin schluchzte.

„Du suchst jetzt das Feuerzeug, aber schnell!", befahl Steco. „Und mach keinen Scheiß, sonst ist unsere liebe Internet-Journalistin sofort tot."

Vorsichtig ging Lianne in die Hocke, ließ ihren Blick durch das Halbdunkel unter der Ablage schweifen. Ein wenig Müll, zerknülltes Papier, Zigarettenkippen. Eine Bierkiste, mehrere staubige Flaschen Wein – und eine Eisenstange, etwa einen halben Meter lang. Daneben das Feuerzeug!

Im Film wäre jetzt alles klar: Die Heldin schnappt sich die Eisenstange, dreht sich mit einer präzisen Bewegung (bei der sie sehr schön und sehr gefährlich aussieht und ihr frisch geföhntes Haar elegant um ihr zauberhaftes Antlitz schwingt) zum bösen Täter um, schlägt ihn nieder, rettet alle, wird gefeiert.

Doch das hier war kein Film, und Lianne war keine Heldin. Ihre Knie schmerzten, und bis sie sich mit dieser Stange unter der Ablage herausgewunden hätte, hätte Steco Sophie und Thea dreimal erschießen können. Aber was zum Teufel sollte Lianne nur machen? Steco einfach das Feuerzeug geben, damit er sie alle in die Luft jagen konnte? Vorgeben, sie könnte es nicht finden? Wo blieb die Polizei? Wie viel Zeit war verstrichen?

„Leuchte auf, mein Stern Borussia! Leuchte auf, zeig mir den Weg!" Lautes Grölen zerriss die Stille im Pavillon. Dann hämmerte jemand an das große Ausgabefenster. Lianne fuhr zusammen. Eine vertraute Stimme.

„Ganz egal, wohin er uns auch führt: Ich werd immer bei dir sein!", intonierte der angeheiterte Sänger vor dem *Strand-Treff* weiter, als befände er sich nach glorreichem Sieg auf dem Heimweg vom Westfalen-Stadion. Wieder ein Hämmern.

„Steco? Steco, bissu da? Hassu noch was zu trinken?!"

Steco sprang auf, drängelte sich neben die noch immer kniende Lianne an die Ablage, hielt ihr die Pistole in den Nacken.

„Kein Wort!", zischte er. Lianne hörte hinter sich, an der Wand, an der Sophie und Thea saßen, Rascheln und Knistern, wagte es aber nicht, aufzublicken. Hatte sie sich wirklich jemals Sorgen wegen ihrer Figur, ihrer Scheidung, ihres Jobs gemacht? Was für lächerlich kleine Probleme.

„Steco! Steeeeeco! Olé, olé, olé!", skandierte der Zecher jetzt. „Einer geht noch, einer geht noch rein!"

Das war doch Martin Schmitz! Ausgerechnet jetzt forderte er von Steco einen Drink? Was für ein Timing. Das gab es nur in Timmendorf.

Ein Klirren ertönte. Anscheinend hatte Steco einige Lamellen der Jalousie auseinandergebogen.

„Hau ab, Martin!", rief er. „Hier ist geschlossen! Für immer! Ich mache jetzt Schluss!"

Dann brach die Hölle los.

Ein dumpfer Knall, Scherben, die neben Lianne auf den Boden rieselten, etwas Nasses in ihrem Nacken. Geschrei – hell und laut von Sophie, tief und heiser von Steco. Ein Stoß in Liannes Seite, der Griff mit der Hand in etwas Scharfes, Schmerz. Beine um sie herum, Gerangel, Super-Böller, die von der Ablage rollten und zu Boden fielen, in eine rote Pfütze, in der auch die Pistole scheppernd landete.

„Feierabend. Das war's für dich." Eine ruhige Stimme. Kristof. Sekundenlange Stille.

Lianne stand langsam auf. Von ihrer rechten Hand tropfte Blut. Sie hatte sich in eine der zahlreichen grünen Scherben auf dem Boden gestützt. Es tat weh.

Steco quer über der Ablage, reglos. Kristof, über ihn gebeugt, hielt Stecos Arme auf dem Rücken zusammen, einer menschlichen Schraubzwinge gleich. In der geöffneten Tür, mit großen Augen: Martin Schmitz. Er sieht ja ganz nüchtern aus, dachte Lianne unwillkürlich. Warum hat er denn so laut herumgegrölt?

Sophie war wieder auf den Beinen. Sie lehnte an der Wand, kreidebleiche Überlebende statt sonnengebräunte Strand-Reporterin, in der Hand einen abgebrochenen Flaschenhals, grünes Glas, daher also die Scherben.

„Lianne, alles in Ordnung?" Wieder Kristofs ruhige Stimme.

„Ja." Lianne räusperte sich. „Glaube schon."

Endlich ertönte in der Ferne das Geräusch von Polizeisirenen. Oder war es ein Rettungswagen? Lianne würde sich über beides freuen.

„Sophie?" Wieder Kristof.

„Ich bin okay." Die dünne Stimme der Reporterin zitterte, doch die junge Frau machte einen halbwegs stabilen Eindruck.

Steco stöhnte. „Du brichst mir die Arme."

Kristof ging gar nicht darauf ein.

„Thea?" Keine Antwort. „Thea?!"

„Oh nein!" Lianne stürzte an Kristof vorbei. Ihre Freundin, ihre exaltierte Chefin, die Herrscherin der Timmendorfer Strandkörbe, die Grande Dame der Lübecker Bucht – zusammengesunken in der hinteren Ecke des Pavillons.

Die zerbrechlich wirkenden Beine seltsam verdreht, das Kinn auf dem Brustkorb, die Augen geschlossen, die Gesichtszüge entspannt und friedlich, als würde Thea nur schlafen.

Kapitel 29

Es war voreilig gewesen, zwei Gläser der „Timmendorfer Pfütze“ zu nehmen, als ein gefülltes Tablett die Runde machte. Aber Klaus von Salzen hatte sich nichts dabei gedacht oder zumindest nichts Schlechtes. Ein Fehler.

„Grauenhaftes Gebräu“, raunte ihm seine Frau Inge zu, während sie mit einem Löffel in der dunklen Flüssigkeit rührte und überlegte, ob es helfen würde, wenn sie die Basilikum-Blätter herausfischte.

„Ja“, murmelte Klaus von Salzen. „Aber da müssen wir jetzt durch.“

Mit Todesverachtung hoben sie ihre Gläser und tranken. Damit waren sie in der Menge rund um Britts Kiosk nicht allein. Dicht gedrängt standen Menschen an den Stehtischen im Abendsonnenschein. Andere hatten die Sitzbänke an der Seite belegt. Die Getränke – alkoholische wie nichtalkoholische – flossen in Strömen. Um die Szenerie hatte Meeno in weitem Bogen Kordelständer aufgebaut, an denen rote Schilder mit der Aufschrift „Geschlossene Gesellschaft“ baumelten.

„Ich freue mich trotzdem, dass Lianne uns eingeladen hat“, sagte Klaus vergnügt. „Eine große Ehre, hier sind ja ansonsten nur Einheimische.“

Er hatte recht. Es war Britts Vorschlag, das ersehnte Ende der Anschläge in Timmendorf und die Ergreifung des Täters mit einer Sommerparty zu feiern. Auf der Gästeliste standen fast ausschließlich Timmendorfer – das „Who is Who des Ortes“, so Britts großspuriger Kommentar. Lianne aber hatte auch ihre Lieblings-Stammgäste der Strandkorb-Vermietung berücksichtigt.

„Ich freue mich auch.“ Inge von Salzen nickte. „Obwohl mir immer noch ganz anders wird, wenn ich bedenke, was dieser furchtbare Mensch vorhatte.“

„Unfassbar“, stimmte ihr Mann zu. „Vermutlich wird es eine Weile dauern, bis die Gemeinde den Schock verarbeitet hat.“

Und ein Schock war es, für alle und jeden, als zwei Tage nach der dramatischen Geiselnahme nachzulesen war, was Steco getan und was er noch geplant hatte. Die Lokalzeitung überschlug sich regelrecht, hatte aber gegenüber „Update 23669“ das Nachsehen – schließlich war die frisch gekürte Chefreporterin Sophie Augsbach unmittelbar vor Ort gewesen, hatte sogar maßgeblich dazu beigetragen, den Täter zur Strecke zu bringen.

Tatsächlich war Sophie eine entscheidende Rolle zugekommen, mussten auch diejenigen einräumen, die nicht zu ihren Fans gehörten. Während Steco versucht hatte, den vermeintlich betrunkenen Martin Schmitz loszuwerden, hatte Thea eine Rotweinflasche aus einem der Kartons an der Wand gezogen und sie Sophie gereicht – denn Thea war offenbar klar gewesen, dass sie trotz aller Entschlossenheit nicht schnell genug auf die Beine würde kommen können.

Sophie war nach kurzem Zögern hochgeschnellt, hatte Steco die Flasche auf den Kopf geschlagen, ihn allerdings nur halbseitig getroffen. Zeitgleich hatte Kristof Lorenzen, alarmiert durch Stecos Ausruf „Ich mache jetzt Schluss!“, das Warten aufs SEK aufgegeben, die Tür des Pavillons eingetreten und sich auf Steco geworfen.

„Immerhin hat der Mann gestanden“, meinte Klaus von Salzen. „Damit dürften sämtliche Zweifel beseitigt sein – falls es überhaupt welche gab.“

Steco hatte sich in den Vernehmungen als überaus redselig erwiesen und alle Taten eingeräumt. Auch hatte er die Details seines Plans für das „große Finale“ ausführlich vor den Ermittlern ausgebreitet. In einer von Steco angemieteten Garage lagerte zudem eine Fülle von Indizien: Spraydosen, Benzin, ein halber Liter Buttersäure und mehrere Müllsäcke voller Überreste der „Polen-Böller“, aus denen Steco seine Sprengsätze gebaut hatte. Sogar der Bestellzettel für die Pistole lag in einem Fach (es war tatsächlich eine Attrappe gewesen, aber eine äußerst gute, wie Kristof Lianne später erklärt hatte). Alle Beweise waren so fein säuberlich aufgereiht, dass ein Kriminaltechniker anmerkte, es habe nur noch die Beschriftung mit dem jeweiligen Datum des Anschlages gefehlt.

„Ich hoffe, er kommt nicht so bald wieder aus dem Gefängnis frei“, erklärte Inge von Salzen und kippte angewidert den letzten Rest der „Timmendorfer Pfütze“ hinunter, als handele es sich dabei ebenfalls um Buttersäure. „Brrr! Geschafft!“

„Zum Glück ist Lianne nichts Schlimmes passiert“, sinnierte ihr Mann. Das Ehepaar blickte zu Lianne hinüber, die gerade ein Tablett voller Cola-Gläser zu einem Stehtisch balancierte. Sie trug ein bläulich-fliederfarbenes

Sommerkleid, exakt in der Farbe ihrer Augen, und leichte Sandalen. Ihre linke Hand war verbunden, ansonsten machte sie einen unversehrten Eindruck.

„Eine Runde Cola, die Damen und Herren!", rief sie. Ole Martens, Meeno sowie Bosse und vier weitere Jugendliche wandten sich ihr zu.

„Keine Pfütze?", maulte Meeno scherzhaft.

„Sei ein Vorbild, Papa." Bosse verteilte Gläser an Mia, Laura, Jonathan und Vito.

„Tja. Du kannst durchaus ein Vorbild brauchen", gab Meeno zurück. Bosse verzog das Gesicht. „Schon gut."

„Jetzt hack nicht weiter auf dem Jungen herum", meinte Ole grinsend. „Wir haben uns doch geeinigt."

„*Ihr* habt euch geeinigt", merkte Mia spitz an.

„Und ihr seid gut dabei weggekommen", erwiderte Lianne. Britt hatte ihr von dem Einbruch beziehungsweise dem gescheiterten Einbruchsversuch von Bosse und seiner Clique bei Ole Martens berichtet. Lianne hatte es erst nicht glauben können. Vor allem nicht, dass die Jugendlichen so unvorsichtig (oder besser doof) gewesen waren, sich im Geräteraum einsperren zu lassen.

Ole Martens hatte im Zuge dieser Geschichte menschliche Größe gezeigt und gemeinsam mit Meeno und Britt den Jugendlichen eine „Alternative" (Bosse nannte es „Ultimatum") unterbreitet, nachdem ihnen Britt in aller Deutlichkeit den Marsch geblasen hatte: 50 Stunden Arbeit auf Oles Hof für jede und jeden von ihnen, unentgeltlich natürlich. Dafür durften die jungen Leute, allen voran Mia, ihre Verbesserungsvorschläge für die Tierhaltung vorbringen und umsetzen.

„Das wird schon.“ Ole winkte ab. „Wir werden uns verstehen, davon bin ich überzeugt.“

„Vielleicht kann ja Sophie einen Bericht über euren Einsatz schreiben“, schlug Lianne mit süffisantem Lächeln vor. Bosse, Mia und Jonathan hoben entsetzt die Hände, doch Ole schien Gefallen an der Idee zu finden.

„Warum nicht“, meinte er. „Wo ist sie überhaupt?“

„Sie kommt später“, erwiderte Lianne. „Seit ihrer Beförderung zur Chefreporterin ist sie in der Redaktion nahezu unabkömmlich.“

„Wozu eine Geiselnahme doch gut ist“, spottete Ole, wurde dann aber wieder ernst. „Entschuldige, war nicht so gemeint. Darüber macht man keine Witze.“

„Sehe ich auch so“, antwortete Lianne.

„Hast du denn Sigrid schon gesehen?“, versuchte Ole, ein anderes Thema anzuschneiden.

„Sigrid kommt nicht. Sie wird längere Zeit fort sein“, berichtete Lianne. „Sie hat mir eine E-Mail geschrieben, und ich soll den Inhalt an alle weitergeben, die es interessiert: Stecos Plan hat Sigrid sehr schockiert. Sie möchte nicht genauso verbittert und hasserfüllt werden wie er, und deshalb hat sie sich entschlossen, eine Entziehungskur zu machen. Sie wird mindestens vier Monate dafür benötigen, glaubt sie.“

„Oha.“ Ole nahm einen Schluck Cola. „Respekt.“

„Ja. Das wird gewiss nicht leicht für sie. Aber sie meinte, sie habe keine Lust mehr, zu saufen – und sich zu verstecken.“

Lianne blickte auf die Ostsee hinaus: platt und regungslos in der vollkommen windstillen Abendluft, die orangefarbene Sonne in unwirklicher Schönheit widerspiegelnd. Am Strand viele Spaziergänger, über der Szenerie tiefe Ruhe. Ob es daran lag, dass der „Die fetten Tage sind vorbei"-Spuk endlich ein Ende hatte? Oder bildete sich Lianne das nur ein?

Wie auch immer. Nicht jeder der Anwesenden wusste die Ruhe zu schätzen. Bedeutungsschwangere Synthesizer-Klänge, gepaart mit zittrigem Saitenspiel (Lianne tippte spontan auf Harfe), waberten plötzlich über die Partygäste hinweg. Dann ertönte eine – für Gesangsexperten gewöhnungsbedürftige – helle Kinderstimme: „Im Jahre 1909, da ward ein Stern geboren …"

Ratlosigkeit auf den Gesichtern der Norddeutschen, Jubel am Stehtisch der Nordrhein-Westfalen, die augenblicklich einstimmten: „Und man sah sofort an seinem Schein, er kann nur aus Dortmund sein!"

Konsterniert meinte Lianne, die Melodie von „Amazing Grace" zu erkennen (womit sie, wie sich herausstellte, richtig lag). War das Blasphemie? Und was, um Himmels willen, war in Britt gefahren, die für die Musikauswahl verantwortlich zeichnete? Zwei quälende Strophen später aber wurde klar, worum es ging: „Leuchte auf, mein Stern Borussia!", forderten das unbekannte, singende Kind und die am NRW-Tisch Versammelten. Jubel und Gelächter brachen aus. Martin Schmitz, dem das Lied natürlich gewidmet war, lief rot an, während ihm sein Bruder und andere Umstehende auf die Schulter klopften. „Das gibt es nur in Timmendorf!", rief einer.

Lianne grinste. Diesen Song würde Martin in Timmendorf nie wieder loswerden. Aber das war in gewisser

Weise auch eine Anerkennung seines mutigen Einsatzes am *Strand-Treff*, wo er den Betrunkenen gemimt hatte, um Steco abzulenken. Dieses Unterfangen hätte auch ganz anders und wesentlich übler für Martin ausgehen können, daran gab es keinen Zweifel. Martin hatte danach berichtet, ihm sei einfach nichts Besseres eingefallen als diese Hymne, zudem habe er sich diesbezüglich nach unzähligen Besuchen im Westfalen-Stadion textsicher gefühlt.

Pleite war Martin übrigens tatsächlich. Jupp aber hatte Lianne und Britt gegenüber – mit dem Gesichtsausdruck eines Entwicklungshelfers auf dem Weg in ein gefährliches Krisengebiet – betont, dass er seinem Bruder aus der Misere helfen und „das Schlimmste" verhindern würde. Die Freundinnen waren gerührt gewesen, bis sie erfahren hatten, dass Jupp mit dem „Schlimmsten" den drohenden Zwangsverkauf des gelben Ferraris meinte.

„Was ist denn das für entsetzliche Musik?", unterbrach eine vertraute, raue Stimme die heitere Fußballstimmung. Alle Köpfe wandten sich zum Promenadenweg – dann brandete noch lauterer Jubel auf als beim Borussen-Lied. In einem silbrig funkelnden Rollstuhl saß Thea in großer Robe: glänzendes, hellblaues Satinkleid, üppige, dunkelblaue Federboa, eine Tonne Schmuck (garantiert echt), die unvermeidliche Zigarettenspitze in der rechten Hand und frischen Lila-Stich im auftoupierten Haar. Hinter ihr stand Philipp, deutlich dezenter gekleidet, mit stolzem Lächeln. Ein neu rekrutiertes, elfengleiches Wesen (dieses Mal rothaarig) schmiegte sich an ihn und staunte aus runden Augen in die Welt.

„Thea!“ Meeno stürmte auf die alte Dame zu, verpasste ihr einen herzhaften Kuss auf die Wange. „Toll, dass du hier bist! Du ahnst nicht, was du uns allen für eine Freude machst!“

„Na, ob sich wirklich alle freuen …“, gab Thea gewohnt bissig zurück. Doch damit lag sie falsch, davon war Lianne überzeugt. Ganz Timmendorf hatte um seine berühmte Herrin der Strandkörbe gebangt. Lianne selbst würde nie den Anblick ihrer Freundin und Chefin auf dem Boden dieses verdammten Pavillons vergessen. Blass, reglos, in verdrehter Haltung. Tot!, war es Lianne durch den Kopf geschossen, oh nein, bitte nicht, lass sie nicht tot sein!

Und Thea war nicht gestorben. Doch sie hatte in der Aufregung einen Kollaps erlitten und war in Ohnmacht gefallen. Zwar war sie Minuten später wieder ansprechbar gewesen, aber ihr Arzt hatte darauf bestanden, dass sie sich mehrere Tage im Krankenhaus erholte. Thea hatte ihn als „übervorsichtigen Quacksalber“ bezeichnet und von einer „winzigen Kreislaufschwäche“ gesprochen, wegen derer man sie „noch lange nicht entmündigen“ dürfe, doch der Mediziner hatte sich nicht erweichen lassen.

Die richtige Entscheidung, dachte Lianne, denn Thea sah trotz ihrer aufwendigen Garderobe schwächer als sonst aus. Angegriffen, noch nicht wieder voll in Form.

„Na, dann wollen wir mal!“ Sie bedeutete Philipp mit einer herrischen Geste, sie mitten ins Geschehen zu schieben.

„Was darf es denn zu trinken sein?“ Britt hatte sich mit einem Tablett vor Thea aufgebaut.

„Eine Pfütze natürlich!“, erwiderte Thea sofort. Sekunden später tauchte Britt mit dem gewünschten Getränk auf.

„Deine neue Pflegerin?“, fragte sie Thea mit einem vergnügten Seitenblick auf Philipps rothaarige Eroberung, die sich hilflos an seinen Arm klammerte, während er bereits muntere Sprüche mit den Brüdern Schmitz austauschte.

„Nein, das bin selbstverständlich ich“, dröhnte es neben Britt und Thea. Erschrocken wandten beide den Kopf: Margot Dietz, ebenfalls mächtig in Schale geworfen, in grellem Grün und giftigem Gelb. Besitzergreifend schnappte sie sich die Schiebegriffe des Rollstuhls. „Ab sofort kümmere ich mich um Thea, bis sie wieder richtig gesund ist!“, verkündete die Matrone.

Thea warf Lianne einen entnervten Blick zu. „Ich glaube“, sagte sie weithin hörbar, „dann gehe ich doch lieber zurück ins Krankenhaus.“

An einen anderen Ort wünschte sich auch Kristof Lorenzen. Vielleicht hätte er sogar lieber noch das Krankenhaus genommen als jenen Stehtisch, an dem ihn die Tourismuschefin Tatjana Ebert, Gustav Kiekbusch vom Tourismusausschuss und die Bürgermeisterin Ragna de Fries persönlich einkesselten. Abwechselnd redeten sie auf ihn ein, während er stumm an seiner Apfelschorle nippte und versuchte, Hanno Stöhlmaker an seine Seite zu ziehen, der sich allerdings sichtbar sträubte.

„Herr Lorenzen, das können Sie uns nicht abschlagen“, erklärte Ragna de Fries resolut. „Sie werden um eine

Ehrung nicht herumkommen, versuchen Sie es also gar nicht erst."

„Ich möchte wirklich nicht", murmelte Kristof, warf einen sehnsüchtigen Blick zum Strand. Wie schön wäre es, jetzt dort entlangzulaufen. Allein. Oder mit Eddie. Oder mit Eddie und …

„Vielleicht sollten wir warten, bis Steen Cordes verurteilt ist?", schlug Tatjana Ebert vor. „Wann beginnt der Prozess?"

„Oh, das kann dauern", mutmaßte Gustav Kiekbusch mit wichtigem Gesicht. „Monate, wenn ihr mich fragt. Es wird einiges zusammenkommen. Sachbeschädigung, Brandstiftung, Körperverletzung, dann diese schreckliche Geschichte im Pavillon – wie wird denn da die Anklage lauten, Herr Lorenzen, Sie sind doch vom Fach, sozusagen, was meinen Sie?"

„Ich weiß nicht." Kristof zuckte mürrisch die Achseln. „Vermutlich Bedrohung, Geiselnahme, versuchte Herbeiführung einer Sprengstoff-Explosion."

„Vielleicht sogar versuchter Mord?", fragte Kiekbusch mit einem vergnügten Funkeln in den Augen, als ginge es um das bunte Rahmenprogramm fürs lustige Dorffest.

„Möglich." Kristof schob Hanno Stöhlmaker an den Tisch. „Fragen Sie doch mal den stellvertretenden Wehrführer, der kennt sich damit bestimmt auch sehr gut aus."

Stöhlmaker verdrehte die Augen. Anders als die meisten Partygäste war er schlechter Stimmung, konnte es sich nicht verzeihen, dass er Thea bei ihren „Ermittlungen" im Stich gelassen hatte. Seit dem dramatischen Vorfall im *Strand-Treff* war keine Stunde verstrichen, in der sich Hanno Stöhlmaker nicht mit Selbstvorwürfen quälte.

Kristof hatte jedoch keine Lust, darauf Rücksicht zu nehmen. Auf einmal erblickte er auf dem Promenadenweg eine vertraute Gestalt, die sich zügig Richtung Strand bewegte.

„Sie entschuldigen mich", gab er knapp in die Runde. „Ich muss … ähm … kurz weg."

Lianne beugte sich zu ihren Füßen hinunter, was sie noch vor Kurzem nicht so locker geschafft hätte, band ihre Sandalen los und warf sie hinter einen der verschlossenen Strandkörbe. Es würde sie schon niemand stehlen.

Sie atmete tief ein, blickte auf die Ostsee und das sanft illuminierte Teehaus am Ende der Seeschlösschen-Brücke. Zahlreiche Möwen patrouillierten wieder an der Wasserkante entlang, weiter draußen tauchte aus dem Wasser ein Kormoran auf, einen zappelnden Fisch im Schnabel. Menschen schlenderten über den Strand, allein oder als Pärchen Hand in Hand oder umringt von lachenden, kreischenden Kindern, die sich nach Muscheln und anderen Kostbarkeiten bückten.

Lianne reckte sich noch einmal, wandte sich Richtung Niendorf – und rannte los.

Nahe am Wasser war der Sand etwas härter als weiter oberhalb an der Düne. Dennoch versanken ihre Füße bei jedem Schritt einige Zentimeter im nachgiebigen Untergrund, doch das störte Lianne nicht. Ihr Kleid flatterte um ihre Beine, ihre Haare wehten im Laufwind, vermutlich weder elegant noch betörend, aber immerhin, sie wehten.

Mit jedem Meter mobilisierten sich weitere Energien in ihr. Strandkörbe, Menschen und Bäume oben an der Promenade zogen in rascher Folge vorbei, links das Wasser, schön tiefblau heute, Strandkörbe um Strandkörbe, sie konnte lässig weiterlaufen, immer weiter, es machte ihr gar nichts aus.

An der Promenade die Schranke zur Straße „An der Acht", Lianne war bis Niendorf gerannt, stoppte, ließ sich in den warmen, weichen, hellen Sand fallen. Sie drehte sich auf den Rücken, blickte in den dunkelblauorange verfärbten Abendhimmel. Ihr Atem ging schneller als sonst, aber dennoch ruhig, sie spürte ihre Wadenmuskeln und ein tiefes Glücksgefühl, das durch ihren Körper strömte.

Mehr als jetzt ging nicht. Mehr als jetzt wollte sie auch nicht. Sie hatte alles, was sie brauchte.

Matthias würde tatsächlich in der nächsten Zeit einige Male nach Timmendorf kommen. Wegen des Neubaus, der anstelle des *Strand-Treffs* Urlauber und Einheimische beglücken sollte. Und weil sich nach Matthias' Ansicht die Scheidung „im persönlichen Kontakt" besser regeln ließe.

Lianne war es egal. Sollte er die Dinge in die Hand nehmen. Ihretwegen konnte Matthias auch bei jedem Besuch an der Ostsee Mareile mitbringen, Mareile mit ihrem stetig wachsenden Babybauch. Lianne würde ihnen brav jeden Tag einen Strandkorb vermieten, gern auch den mit dem roten Herzen, das Liebesnest für Romantiker. Kostete natürlich extra.

Lianne richtete sich auf den Ellenbogen auf, sah an sich hinunter. 23 Kilo. Sie hatte 23 Kilo abgenommen, eindeutige Anzeige der allwissenden Glas-Diagnose-Waage heute Morgen. Dementsprechend gut saß das bläulich-fliederfarbene Sommerkleid.

Lianne legte sich wieder in den Sand. Noch vor wenigen Monaten hätte sie für diesen Gewichtsverlust jemanden ermordet. Vielleicht keinen nahen Angehörigen oder Freund, aber einen Fremden, warum nicht, hallo, 23 Kilo!

Aber etwas hatte sich verändert. In den vergangenen Wochen war Liannes Interesse an ihrem Gewicht mehr und mehr in den Hintergrund gerückt. Der morgendliche Gang auf die Waage: oft ausgelassen. Das sorgfältige Notieren der verzehrten Nahrung nebst Kalorien und Fettpunkten: meist vergessen. Die Sporteinheiten: immer eingehalten, ohne darüber nachzudenken.

Dann die schlimme Stunde in Stecos Pavillon. Mit der Überzeugung, in wenigen Augenblicken sterben zu müssen, verlor der Wunsch nach dem Schlanksein schlagartig an Bedeutung. Wie fast alles andere auch. Lianne hatte sich nur noch gewünscht, am Leben zu bleiben. Wie lächerlich und kleingeistig waren ihr all ihre Sorgen und Nöte aus diesem Blickwinkel erschienen. Und wie peinlich, in gewisser Hinsicht, dass erst ein durchgeknallter, rachsüchtiger Spinner wie Steco sie darauf stoßen musste, was ihr wichtig war: einfach leben. Hier. Strandkörbe vermieten. Joggen. Abends am Kiosk stehen, auf einen Feierabend-Schnack. Ihre gemütliche kleine Wohnung. Ihre Freunde und Freundinnen, besonders Britt und Thea – Thea, von der Lianne einen schrecklichen Moment lang gedacht hatte, sie hätte sie verloren.

Ein langer Schatten fiel auf Liannes Gesicht. Sie richtete sich erneut auf. Kristof stand vor ihr. War das ein Lächeln im steinernen Gesicht des sportlichen Asketen und Helden von Timmendorf?

„Dein Laufstil hat sich verbessert“, erklärte er trocken, setzte sich neben Lianne in den Sand.

„Danke“, erwiderte sie ebenso trocken. Ihr Nachbar war wirklich ein Romantiker vor dem Herrn.

Sie schwiegen, sahen aufs Wasser. Das ist das Gute an der Ostsee, dachte Lianne. Wenn sonst nichts ist, kann man immer noch aufs Meer gucken.

„Was willst du jetzt machen?“, fragte Kristof nach einer Weile.

„Alles wie gehabt“, gab Lianne zurück. „Arbeiten. Sport. Mich scheiden lassen.“

„Sonst nichts?“

Sie sah lange in ein Paar aufmerksame, braune Augen.

„Ein bis zwei Sachen mehr fallen mir noch ein“, erklärte sie schließlich.

Lianne legte sich wieder auf den Rücken, breitete Arme und Beine zur Seite aus und malte einen Sand-Engel. Dann sprang sie auf und betrachtete ihr Werk.

Ein lustiger, hübscher Sommer-Sand-Engel. Und neben ihm entstand soeben noch einer, etwas größer und schmaler, aber unverkennbar ein zweiter Sand-Engel. Der ausgezeichnet zum ersten passte.

Dankeschön

Seit ich als Lokalredakteurin in Timmendorfer Strand arbeite, habe ich viel über diesen schönen Ort erfahren. Deshalb danke ich allen, die mir seit Jahren alle Fragen zur Geschichte, zu Gebäuden, Projekten, Sehenswürdigkeiten und Eigenheiten Timmendorfs kompetent und geduldig beantworten – besonders den Mitarbeitern der Gemeindeverwaltung, der Timmendorfer Strand Niendorf Tourismus GmbH und des Heimat- bzw. Gemeindearchivs.

Ein großes Dankeschön geht außerdem an meine lieben Testleser: Mama und Papa, Christine und Thomas, Dido, Christian – und Carsten, auch dafür, dass du es mit mir aushältst.

Im Verlag CW Niemeyer bereits erschienen ...

DREI TOTE IN DER LÜNEBURGER HEIDE.
EIN DORF, DAS SCHWEIGT.

Hauptkommissarin Inka Brandt zieht nach einer unangenehmen Trennung mit ihrer Tochter von Lübeck nach Undeloh in die Lüneburger Heide. Ihre Schwester betreibt dort einen Biobauernhof. Die reine Idylle sollte man meinen. Doch weit gefehlt, denn bald schon liegt ein Toter im Dorfteich. Zusammen mit ihren Kollegen von der Hanstedter Kripo beginnt Inka zu ermitteln. Der Tote war Therapeut im Seerosenhof, einer psychosomatischen Klinik. Über das Opfer sagen alle nur Gutes – selbst die Patienten –, von Mordmotiven will niemand etwas wissen. Als aber eine zweite Leiche gefunden wird, beginnt sich Inka ernsthaft zu fragen, ob es tatsächlich so eine gute Idee war, aufs Land zu ziehen ...

Der erfolgreiche Heide-Krimi nun bei CW Niemeyer.

Angela L. Forster. Heidefeuer
416 Seiten. Taschenbuch. ISBN 978-3-8271-9554-8

#niemeyerbuch

Jetzt kein Buch mehr verpassen

Im Verlag CW Niemeyer bereits erschienen ...

Nina Morettis 10. Fall

Das Szenario auf dem Platz vor dem Druidenstein, wie die Bewohner der kleinen Siegstadt Kirchen den markanten Gipfel nennen, ist an Grausamkeit kaum zu überbieten. Alles erinnert an die Sagen, die sich um den ehemaligen Opferplatz der Kelten und Germanen ranken und an dem noch heute der Geist der Druidin Herke wandeln soll. Wer ist der geopferte junge Mann?
Am folgenden Tag stirbt im örtlichen Klinikum ein Archäologe, der von sich behauptet, er habe einst den Dolch der Herke ausgegraben. In seinen Händen hält der Tote das blutverschmierte Schwert eines Germanenfürsten. Werden Hauptkommissarin Nina Moretti und ihr Team die selbsternannte Druidin rechtzeitig stoppen können, bevor sie erneut tötet?

Micha Krämer. Druidenwahn
400 Seiten. Klappenbroschur. ISBN 978-3-8271-9504-3
E-Book 978-3-8271-8561-7 (Pdf)
978-3-8271-8360-6 (Epub)

#niemeyerbuch

Jetzt kein Buch mehr verpassen

Im Verlag CW Niemeyer bereits erschienen ...

Der Fall am Bahnhof von Minden wirkt zunächst sehr nebulös. Der Tote hatte durchaus überzeugende Gründe, um im tristen Monat November freiwillig aus dem Leben zu scheiden. Kurz darauf häufen sich die Ereignisse. Über Facebook und eine spezielle Whats-App-Gruppe sieht es so aus, als würde ganz gezielt zu Selbstmord aufgerufen. Aufnahmen von Überwachungskameras vermitteln jedoch ein anderes Bild. Die Kripo geht von einem Serientäter, einer Gruppe oder mehreren Nachahmern aus und muss ihre Kräfte überregional bündeln. Hauptkommissar Alexander Rosenbaum ermittelt mit dem Team „Bahnsteig" mit zeit- und kräfteraubendem Einsatz. Ganz anders gelagert scheint da das Ereignis in der traditionsreichen Museums-Eisenbahn von Minden zu sein, als im folgenden Frühjahr eine Reisende einem Bienenstich erliegt. Den Hinweis seiner Nachbarin auf die tödlich endende Zugfahrt hält Alexander zunächst lediglich für eine amüsante Geschichte ...

Andrea Gerecke. Endstation Minden
352 Seiten. Klappenbroschur. ISBN 978-3-8271-9509-8
E-Book 978-3-8271-8566-2 (Pdf)
978-3-8271-8365-1 (Epub)

#niemeyerbuch

Jetzt kein Buch mehr verpassen

Im Verlag CW Niemeyer bereits erschienen ...

Töte ich Menschen, ohne mich daran zu erinnern?

Diese Frage stellt sich der 20-jährige Paul. In ihm existieren zwei unterschiedliche Persönlichkeiten, die - bis auf wenige Ausnahmen - nichts voneinander wissen. Ein Hannoverscher Bestsellerautor wird abends vor seinem Haus von einer unbekannten Gestalt getötet. Paul befürchtet, der Täter zu sein, kann sich jedoch an nichts erinnern. Kurz darauf beginnt der renommierte Psychiater Dr. Mark Seifert eine heimliche Affäre mit Pauls Mutter, bringt damit eine tödliche Kaskade ins Rollen. Es gibt ein altes, düsteres Geheimnis, dessen Aufdeckung einige Personen in Pauls Umfeld um jeden Preis verhindern wollen. Die verstörende Wahrheit kostet mehrere Menschenleben. Gelingt es Mark Seifert, die Hintergründe der Tötungsserie aufzudecken, bevor der Täter ein weiteres Mal zuschlägt?

Thorsten Sueße. Hannover sehen und sterben
512 Seiten. Klappenbroschur. ISBN 978-3-8271-9508-1
E-Book 9978-3-8271-8565-5 (Pdf)
978-3-8271-8364-4 (Epub)

Im Verlag CW Niemeyer bereits erschienen ...

Ein Rhein-Main-Krimi

DER VIERTE FALL FÜR FRAU WUNDER UND HERRN SPYRIDAKIS

Die Kunsthistorikerin Köckel-Simons erleidet einen grotesken Tod - man findet sie aufgeknüpft an einer elektrischen Tafel im Hörsaal. Die Ermordete wurde von ihren Kollegen spöttisch Mona Lisa genannt. Weil sie rätselhaft und undurchschaubar war wie die von Leonardo? Oder gibt es noch andere Gründe?
Kommissar Vlassi Spyridakis verwandelt sich in einen Studenten, ermittelt undercover, agiert wahrlich komisch - was ihn leider an den Rand des Todes führt. Doch gemeinsam mit seiner Chefin Julia Wunder und seinem Mainzer Kollegen, der als Hausmeister tätig wird, finden sie einiges über die Tote heraus. Eine heiße Spur führt nach Frankfurt zu einem hochverdächtigen Kunstauktionator …

Lothar Schöne. Mona Lisa stirbt im Rheingau
416 Seiten. Klappenbroschur. ISBN 978-3-8271-9507-4
E-Book 978-3-8271-8564-8 (Pdf)
978-3-8271-8363-7 (Epub)

#niemeyerbuch

Jetzt kein Buch mehr verpassen